暦物語《コヨミモノガタリ》

西尾維新
NISIOISIN

KODANSHA BOX

第一話　こよみストーン

第二話　こよみフラワー

第三話　こよみサンド

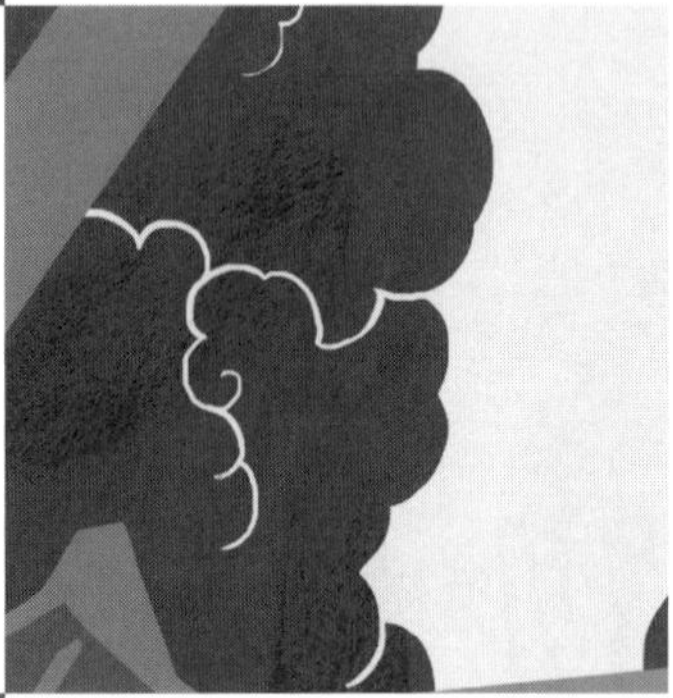

第四話　こよみウォーター

第五話　こよみウインド

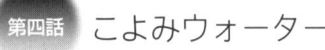

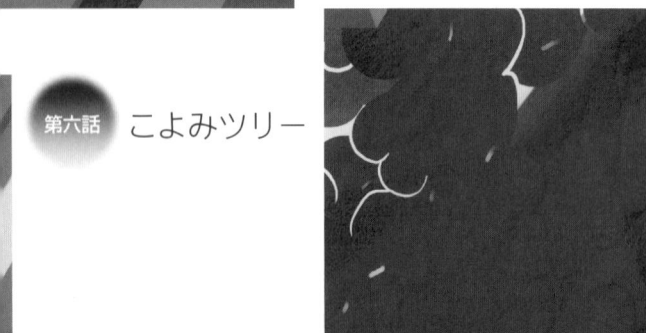

第六話　こよみツリー

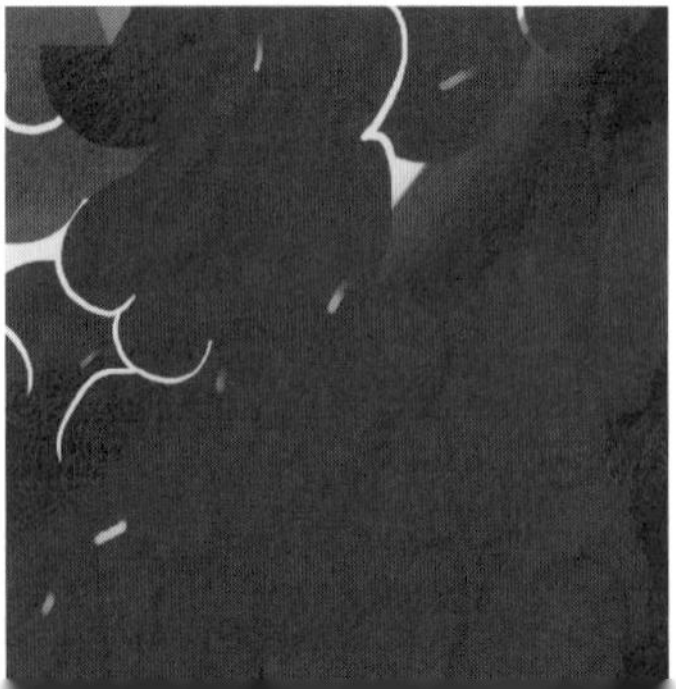

第七話　こよみティー

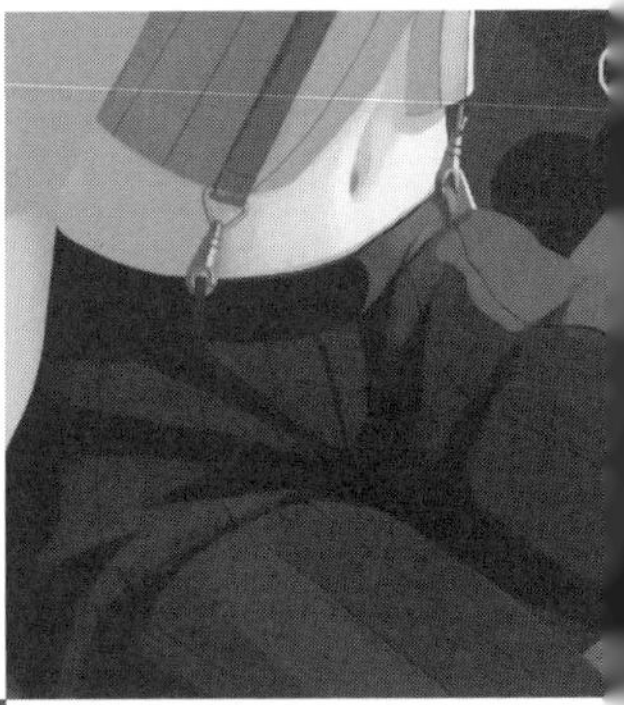

第八話　こよみマウンテン

第九話　こよみトーラス

第十話　こよみシード

BOOK&BOX DESIGN
VEIA

FONT DIRECTION
SHINICHI KONNO
(TOPPAN PRINTING CO., LTD)

ILLUSTRATION
VOFAN

本文使用書体：FOT- 筑紫明朝 Pro L

第十一話　こよみナッシング

第十二話　こよみデッド

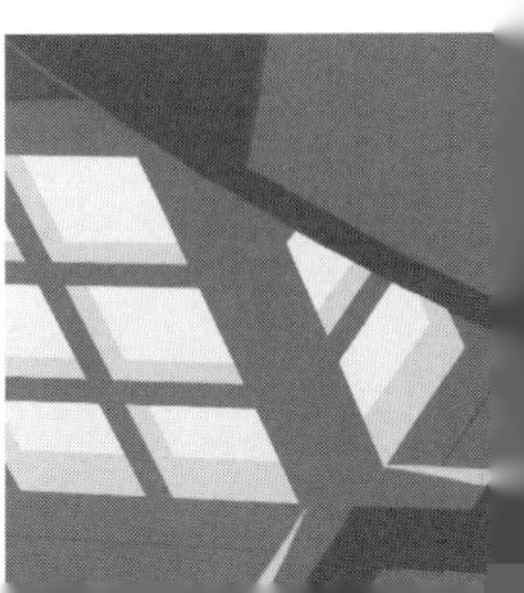

第一話　こよみストーン

SUN	MON	TUE	WED	THU	FRI	SAT
						1
2	3	4	5	6	7	8
9	10	11	12	13	14	15
16	17	18	19	20	21	22
23	24	25	26	27	28	29
30						

4

April

001

羽川翼《はねかわつばさ》と知り合い、彼女と同じクラスになったばかりの四月初旬頃、僕がどんな気持ちで学校に通っていたかと言えば、僕がどんな気持ちで通学路を、どんな気持ちで道を歩んでいたかと言えば、まあ、どんな気持ちでもなかったと言うしかない。

道を歩む気持ちを。

道を具体的なものだと思えていなかった。

学校に通う理由を具体的に見出せていなかった。

妹達に起こされて、学生服に着替えて、自転車に乗って、僕には分不相応《ぶんふそうおう》な進学校である私立直江津《なおえつ》高校に向かう——そんなルーチンを、ホームワークのごときルーチンワークを既《すで》に二年、僕は繰り返しているわけだけれど、しかし、そんな繰り返しにどんな意味があるのかを、どんな意味がないのかを、考えたこともなかった。

いや、考えても考えても、それはまるっきり答の出ない問題だから、とっくの昔に考えるのをやめたと言うべきかもしれない。

ただまあそれは、日本というこの国の、高校生という肩書きを持つ少年少女の大半がそうであり、そうであるはずで、何も僕が特別であるということにはなるまい——義務教育を終えて、必ずしも通う必要がない、つまりは少なくとも建前《たてまえ》の上では、『自分の意志で通っている』はずの高校教育を受ける生活に、具体的どころか、抽象的な意味さえ茫洋《ぼうよう》として見出せていないというのが、おおよその少年少女の本音ではないだろうか。

極《ごく》少数の、はっきりと地に足のついている、充実した高校生からすれば妖怪のごときアウトサイダーであるこの僕が、だから学校に向かうにあたって、毎日のように首を傾《かし》げているのも、きょとんとしているのも、しからばむべなるかなというものだ。

いや、別に不満があるわけではない。

迂闊《うかつ》にもそういうことを一旦《いったん》思ってしまうと、心がちょっぴり不穏《ふおん》になるだけで、不満があるわけではない——もしも学校に通っていなければ、その分何かしたいことがあるかと言えばそんなことはないし、何かできることがあるかと言えばそんなこともないのだが。

僕なんか何もないのだが——何もない僕だからこそ。

高校生であることは。

学校という場所は。

僕を僕として保証してくれるのだ。

特に、取り立てて言うなら高校三年生の一学期が始まる、その直前の春休み——僕は地獄のような春休みを経験していたのだった。

自分が一介《いっかい》の高校生であることを忘れてしまいかねないような、もう二度と学校に通えなくなってしまいかねないような、地獄の底を見たのだった。

普通が一番幸せとか、平凡な日常こそが至上とか、そういうありふれた文言《もんごん》の正しさを、由緒正しさを、嫌というほど思い知ることになった、そんな春休みだった——だから、その保証は、僕にとって助かるもののはずなのだった。しかしながら、にもかかわらず僕は、四月、学校に通う道を自転車で進みながら、どうして僕は当たり前みたいに、それがあたかも定められたルールみたいに、登校しているのだろう——そして授業を受けて下校しているのだろうと、不思議に思っている。

おかしなものだ。

あれだけの地獄を経験したなら、僕は痛感したはずの平凡な日常のありがたさとか、そういうものを大切にし、一日一日を大切に送る僕になっていそうなものなのに——地獄から回帰した僕は、やっぱりただの僕でしかなかった。

喉元《のどもと》過ぎれば熱さを忘れるように、過ぎれば地獄も忘れてしまうものなのだろうか。

その件について一度、羽川に相談してみた。

僕は日常のありがたさを、ありがたみを理解できない、感情のない木石《ぼくせき》ではないのかと相談してみた
――すると彼女はこう答えた。

いつものように、何でも知っているのではないかと思わせる、安心感に溢《あふ》れた笑顔で、こう教えてくれた。

「それはそうだよ、阿良々木《あららぎ》くん。日常っていうのは、当たり前に『ある』ものなんだから。『ある』ものに、『ありがたさ』や『ありがたみ』は、感じられないでしょう。道はあって歩いて、当たり前」

002

「何？　石？」

「うん。石」

「石って……、道に落ちているあれか？　それとも宝石とか？」

「いや、宝石なわけがないでしょ」

わけがないでしょ、と言われても、こちらとしてはまだまったく話を把握《はあく》できていないので、あるわけとないわけの区別がつかない。

言うならわけのわからない状態だった。

しかしわけのわからない状態を維持することは、僕の本意ではない――混乱状態は苦手だ。だからひとつずつ、順番に順を追って理解していくことにした。整理の基本は順を追うことだ。

今日は四月十一日で、ここは放課後の教室である――他に誰もいない教室で、僕は羽川と二人で、来週行われるクラス懇親会《こんしんかい》に向けた会議をしていた。

どうして僕と羽川がそんな会議を開いていたのかと言えば、僕がクラスの副委員長であり、羽川がクラスの委員長だからだ――いや、本来この会議には、

各班の班長、または代表者も参加するはずだったのだが、みんな外せない大事な用事があるとかないとかで、判で押したように不参加だった。

大事な用事があるというのは、うん、まあまるっきりの嘘《うそ》ではないのだろうけれど、しかし、この参加率の悪さは『羽川に任せておけば大抵のことは大丈夫だろう』というもたれかかった安心感に裏打ちされているものだろうことは間違いなく、そう思うと、なんだか、羽川の優秀さは罪でもある。それも結構な重罪と言えよう。

僕程度の足手まといがいたところで歯牙《しが》にもかけない優秀さは、知らず周囲をスポイルする——まあ、僕としては、羽川と二人きりで話ができるという環境が、嬉《うれ》しくないわけではないのだが。

いや、特に下心があるという意味ではなく、直江津高校は進学校であり、三年生のクラスともなると、ほぼ全員が受験生となり、かなりのピリピリムードで、クラス懇親会なんてやっている場合かよ、みたいな剣呑極《けんのんきわ》まる雰囲気で、僕のようなおちこぼれからすると、相当居心地が悪い場所なのだ。

つまり、羽川と二人きりなのが嬉しいというより、他のピリピリした生徒がいないという状況が嬉しいのだ——明日受験があっても世界中、どこの大学機関でもトップ合格できるであろう器量を持つ羽川は、ピリピリムードとは無縁《むえん》である。

無縁というなら、この進学校においてまったく受験する気のない、どころか卒業すら危ういというこの僕もまた、ピリピリムードとは無縁なので、そういう意味では、この会議の参加者二名は、集まるべくして集まった選りすぐりの二名ということができるのかもしれない。

とは言え基本的には億劫《おっくう》がりな僕なので、大事な用さえあれば僕も帰っていたかもしれないけれど、生憎《あいにく》、僕は暇《ひま》だった。死にそうなくらい暇だった。家で妹達と喧嘩《けんか》しているよりは、羽川と向き合っているほうが、いくらか人生らしいというものだ。

で、その会議中。

というか、議題の取りまとめをほぼ終えたところの、何かの雑談の折に。

「石」

と。

羽川のほうから切り出してきたのである。

「石なんだけど」

「……いや、だから石がどうしたんだ？　ん？」

石。

それとも意志だろうか？

阿良々木くんは意志が弱いとか、そういう話をしているのだろうか——別段、そんな、僕の生きかたを責め立てられるような流れではなかったはずなのだが。なごやかに打ち合わせを進めていたはずなのだが。

「石っていうか……そうね」

羽川は言う。

なんだか彼女には珍しく、妙にはっきりしない物言いだった——と言うより、どういう風に『それ』を表現したらいいか、決めかねているようでもあった。

迷っている。

判断に迷っている——のでは、なく。

まだ『それ』を決める段階ではないから、『それ』を呼べる段階ではないから、あえて決めていない。

だから漠然《ばくぜん》と——石、と言う。

そんな感じだった。

「まあ、強《し》いて言うなら——石像かな」

「石像？」

「いや、石像じゃあないんだけれど」

「…………」

「だから強いて言うなら——よ。んーっと」

えへへ、と羽川は微笑《ほほえ》んだ。

すごく可愛《かわい》らしかったが、しかしコマンドとしてやったことは、笑って誤魔化《ごまか》したということだった。

僕としては、その誤魔化しに乗ることも決してやぶさかではなかったけれど、その『石（もしくは石像）』とやらに対する興味が勝った。

「おい羽川。石ってなんだよ」

「あー、いいの。自分でわからないことを人に訊《き》くべきじゃなかったね」

「名言過ぎるだろ」

わからないことは人に訊けよ。

聞くは一時の恥、聞かぬは一生の恥って諺《ことわざ》を知らないのか――いや、僕が知っているような諺を、羽川が知らないはずがないか。

「ただまあ、忍野《おしの》さんはこういう話を集めるのがお仕事なんじゃなかったっけな――と思って」

「こういう話？」

「都市伝説。街談巷説《がいだんこうせつ》。道聴塗説《どうちょうとせつ》――」

羽川は指折り数えるように、言った。

「――だったら、学校の七不思議とかも、そうなんじゃないかなって思って」

「七不思議？　え？」

「いやいや、七不思議ってわけじゃあないんだけどね。ただほら、学校っていう場所は、怪談の宝庫だったりするじゃない？　元は墓場だったとか、戦争中に空襲があったとか、そういう――」

「え？　直江津高校って、そんな歴史のある学校なのか？」

「ないけど」

どうなんだよ。

まあ、この学校の由緒なんて、僕も知らないけれど――自分が通っている学校の出自《しゅつじ》を知らないというのは、考えてみれば危うい話でもある。つまりそれは、よくわからない場所によくわからない気持ちのまま通っているということになるのだから。

当たり前のように。

それは――よくわからな過ぎる。

「ふう……、僕のこの学校に関する不見識こそが、つまりはひとつ目の不思議というわけかな……」

「いや、全然格好良くないし」

羽川に突っ込みを入れられた。

別に嬉しくない。

冗談が通じなかったのだろうか――羽川は真面目な性格だが、しかし決してユーモアを解さない奴ではないので、だとすれば単純に面白くなかったのだと思うと、嬉しくないどころか、ショックなくらいだ。

それを置いても、女子に格好良くないと言われて、嬉しい男子がいるものか。

「不見識っていうほどではないし、それにそれがひとつ目になるのもおかしいでしょう」

しつこく駄目出しをされた。

突っ込みというより指導だった。

訂正すべきは徹底して訂正するという彼女の姿勢は、なるほど立派なものだとは思うけれど、その矛《ほこ》先《さき》が自分に向くのはあまり本意ではない。

本意ではないというか、はっきり不本意というか、まあ、苦手だ。

苦手というか、お手上げだ。

「校舎とかの作りが比較的新しそうだから、そんな戦前からあったような、古い学校じゃないとは思うけれど」

学校に関するパンフレットか何かで、創立何周年とか、そんな数字を謳《うた》っていたかな？　謳っていそうなものだが、そうだとしてもよく憶《おぼ》えてない……そもそも、興味を持ってそういう数字を見ていないのだ。

「一応、前身の学校機関みたいなのもあったけれど、直江津高校としての歴史は十八年だよ。今年で十八歳。私達と、だいたい同い年だよ」

「へえ……思ったより……」

思ったより古いんだな、と言いかけて、しかし僕や羽川と同い年であるということを鑑《かんが》みると、そんなに古くないと言えるのかもしれない。

しかしさすが羽川。

僕などとは違って、自分が通っている学校の歴史を、出自を、きちんと把握していた——たぶん、中学三年生の頃、受験をするにあたって、自分が通おうとしている高校が果たしてどういう場所なのか、彼女は詳細《しょうさい》に調べたのだろう。

いや、それ以前から、一般常識の範囲内として知っていたという可能性もある——どちらにしても、嫌な中学生だが。

「んん？　何？　思ったより？」

「いや……中途半端だなって思って」

「あはは。そうかもね。でも、七不思議を語るには、やっぱりちょっと歴史がないかな——学校内で、事故で死んだ生徒、みたいな話もないみたいだし」

「ないみたいだしって……」

それは。

それはさすがに、どうだろう——人の生き死に。受験をするときに調べる種類の情報ではないし、まして一般常識の範囲内ではないと思うのだが。

十八年分の歴史を、学校史を、かなり詳細に紐解《ひもと》かなければわからない情報だと思うのだが——

「つまり、なんていうのかな。怪談らしい怪談、みたいなのは、直江津高校にはないという話——なのよ」

「ふうん……まあ、僕も特には聞いたことがないけれど」

もっとも、僕の場合は、もとよりそういう、生徒間の噂話《うわさばなし》に関して決定的に疎《うと》いというのはあるのだが。

誰それさんと誰それさんが付き合っているとか、誰かれさんと誰かれさんが喧嘩したらしいとか、そういうホットな話題を、そもそも頭に入れたくないというのもある。

情報過多な今の世の中に反旗を翻《ひるがえ》す、というような意図があるわけではないけれど、情報通や事情通を気取《きど》りたくないというのはある。はっきりある。ニュースと隔絶《かくぜつ》して生きたいというスタンスだ。

とは言え一方、同時に羽川のような『なんでも知っている』奴に憧れていたりもするのだから、僕の生活態度もいい加減、いい加減だ。

「えっと……、何の話だっけ？　ごめん、羽川。さすがに取りとめがなさ過ぎて、ついていけなくなってきてるんだけれど……」

「え？　ほら、阿良々木くん、だから言ってるじゃない。石が――」

「その石っていうのがわからないんだよ。順を追って説明して欲しいんだ」

「追ってるじゃない？」

羽川はきょとんとした風に言った。

まあ、なんというか、きっと、羽川自身はそのつもりなのだろう――順を追ってわかりやすく説明しているつもりなのだろうし、実際、聞く人が聞けば、羽川の説明はわかりやすいのだろう。

ただし、残念ながら僕には、僕ごときにはちんぷんかんぷんだった。会話とは相手のレベルに合わせるべきだ。むろん、高いほうから低いほうに。

最低限、石の話をしているのか、怪談の話をしているのか、はっきりさせて欲しい。

「んん。えっと、だから――」

僕からの要請を受けて、羽川は、やや困った風に言った。

「――石の怪談？」

「？」

石の階段？

003

石の階段、ではなかった。

それなら羽川も最初から石段《いしだん》と言うだろうし、こんなもったいぶったというか、持って回った話の運びかたはしないだろう。

石の怪談。

である。

ただ、石の怪談と言ったところで、言われたところで、別に話が進むわけではないのだった——相変わらず、わけはわからないままだった。

ただ。

「ああ——」

ただ、その後、教室の戸締りを終えて、それから羽川に連れられるがままに直江津高校の中庭に到着したところで、多少の進展はあった。

進展と言っても、それは僕の頭の中だけでの進展であって——実際に何かが動いたわけではないのだが。

状況そのものは石のように不動だったが。

意図を告げられないままに中庭に連れられていったので、その向こうにあるゴミ捨て場にでも連れていかれるのかと思ったけれど、目的地は中庭の花壇《かだん》だった。

いや。

花壇にあった——石だった。

その石もまた。

石のように、動きはなかったのだが。

「——なるほど。でもまあ……、これは、『石』とも『石像』とも言いがたいな……。いや……」

確かに、羽川が表現を曖昧《あいまい》に留《とど》めたのはわからないでもなかった——中庭の花壇、果たして誰が世話をしているのか、僕からすれば謎である花壇の奥に、その石はあった。

石。

強いて言うなら石像——ただ、それは僕が促《うなが》したから羽川は無理をして、本当に強いてそう言っただけで、それは『像』には見えなかった。

ごろりとした石。

それ自体は、ただの石——ただ、強いてだろうと強いられてだろうと、それを『石像』と表現するに足る理由も、決してないわけではなく。

というのは、その石は、祠《ほこら》の中に納められていたからだ——祠の中に納められて、そしてご丁寧《ていねい》に、お供《そな》え物までされていた。

「…………」

いや、『ご丁寧に』というのは、やや表現が過剰だった。お供え物の置かれかたも、祠の作りも、丁寧とは程遠《ほど》い手荒さ——というよりは、稚拙《ちせつ》さだった。とても作法として正しい手続きを踏まれているとは思えない、というより、全体的にそれは、子供の工作、子供のおままごとの産物のようだった。

「蹴ればそれでバラバラになっちゃいそうな祠だな……」

「祠を蹴るとか、阿良々木くん、ものすごい発想だね……」

罰《ばち》が当たるよ、と羽川が言った。

まあ、それは羽川の言う通りだった——春休みのことがあって、僕の発想は確かに、多少の暴力性を帯びているのかもしれない。

それに、罰が当たるかどうかはともかく、実際に蹴ったとしたら、木板を釘《くぎ》でその形に打ちつけただけと見える祠そのものだけならたやすくバラバラに砕けるかもしれなかったが、中に祀《まつ》られている石となると、そうはいかないだろう。

どころかこちらが骨折するかもしれなかった。

石の大きさは、もちろん岩というほどではないにしても、とても蹴り飛ばせるような小石ではなかったのだから。

メジャーを持ち歩いているわけではないので正確なところはわからないけれど、大体サイズとしては、ラグビーボールくらいだろうか。

でこぼこのラグビーボール——それも薄汚れたラグビーボールである。その大きさから、女子の羽川には持ち上げられない重さがあると予想できる——男子の僕でも、ひょっとしたら持ち上げられないかもしれないと思うと、迂闊には手を出せない。

羽川の前でそんな失態を演じたくない。

見栄っ張りな男子高校生が僕だった。

「羽川。お前が言っていたのは、この石のことなのか？」

「うん。そう」

「えっと――」

頷《うなず》かれてしまうと、そこで話が終わってしまう。

しかしこの場合、僕があとに続けるべき、適切な質問とはなんだろうか？

「――このお供え物って、羽川がしたのか？」

「まさか。私は学校にお菓子を持ち込んだりはしないよ」

「だよな……」

どこか的外れな会話になってしまった。

かみ合っているようでかみ合っていない。

しかしまあ、確かに、祠と同じく、簡易的なといらか、手作り感に溢れる木製の供え台の上に置かれた駄菓子は、持ち込む持ち込まない以前に、羽川のセンスではない気がした。

こいつはもうちょっとオシャレなおやつを食べているそうだ――大量に糖分を消費しそうな生きかたをしているので、甘いものが嫌いということはないだろう。

「元はと言えば、なんだけれど――ほら、私達、春休みに散々《さんざん》、忍野さんにお世話になったじゃない？それで何か、お礼ができないかと思ったんだけれども――」

「お礼って……」

いや。

春休みに忍野に世話になったのは『私達』ではなく僕一人であり、しかもそれについては、別途料金を請求されているので（計五百万円だ）、そこで羽川が忍野に対して『お礼ができないか』と考えるのは理屈に合わないのだが、そのあたり、理屈ではない少女である。

どちらかと言えば、他ならぬ僕こそが羽川に何か、お礼ができないかと考えるべきなのだが――いや、それについて決して考えていないわけではないし、そのために僕はクラスの副委員長という不似合いな肩書きも甘受《かんじゅ》しているのだが……、今もこうして連れられるがままに中庭に付き合っているのだが、しかしそもそも、僕ごときが『何かする』ことによって、それが羽川の利になるようなことがあるのだろうか？

そう考えると空《むな》しくもなるが。

僕がそんなことを考えているとも知らず——いや、ひょっとするとそれも知っているのかもしれないが——羽川は説明を続ける。

「——で、忍野さんって、怪異譚《かいいたん》を蒐集《しゅうしゅう》しているんでしょう？　それが忍野さんの本業って言うか……、お仕事なんでしょう？」

「仕事？　あいつ、だけど働いたりしてるのか？　そう言えば怪異譚の蒐集がどうとか、なんとか、言ってたのを聞いた気はするけれど……、それはどちらかと言えば趣味の領域じゃないのか？」

別にそれを本にまとめるとか、学会で発表するとか、そういう先を見据えての行為だとは思えない。定住地を持たない、その日暮らしのふらふらした男だし……。

「怪異譚の蒐集だなんて、絶対にお金にならないだろう。経済を回さないだろう」

「働くっていうのはお金じゃないんだよ、阿良々木くん」

「…………」

発言が重い。

高校生の言うことかよ——と思う反面、高校生だからこそ言えることなのかもしれない。だけど羽川なら、実際に自分が働き始めてからも、そういうことが言えそうだ、とも思うのだった。

「話戻すね。えいやっと。だから、もしも直江津高校に、七不思議っていうか、『学校の怪談』みたいなのがあったら、忍野さんにそれを教えてさし上げるっていうのはどうかなって思ったの。お礼になるかなって」

「お礼に……なるのか？　いや、お前の気持ちに水を差すつもりはまったくないんだけれど……、忍野が集めている怪異って、もっと本格的なもののことなんじゃないのか？　吸血鬼とか……」

「『学校の怪談』が本格的じゃないとは限らないでしょ。それに、知名度で言えば、『学校の怪談』は、怪異界のエリートだよ。『けらけらおんな』を知っている人ってそうはいないけれど、『トイレの花子さん』なら誰でも知ってるでしょう？」

「まあ……、人口《じんこう》に膾炙《かいしゃ》するっていうのが怪異のバロメーターなんだとすれば、知名度の高さってのは大事ではありそうだけれどよ……」

その辺は文化のパラドックスだよな。

あまりにも知名度が高過ぎると、それは安っぽさや俗っぽさと連結しかねないと言うか……、いわゆる高尚《こうしょう》さから遠ざかる。

「人口に膾炙するからこそ、都市伝説やら街談巷説やらに繋《つな》がっていくんだろうし……、程度の問題なのかな。匙加減《さじかげん》って言うか……、みんなが知っていることだと、噂する意味がなくなるというか」

「忍野さんは、だけど、高尚感を求めているわけじゃないと思うよ？　噂話って、やっぱり大衆文化だと思うし」

「ふうむ。それはそうかもしれないけれど、どうだろうな。お前の気持ちをないがしろにするつもりはないけれど、『学校の怪談』なんて持って行ったら、あいつ、鼻で笑うんじゃないのか？」

「忍野さんはそんな人じゃないよ」

「…………」

僕の中ではそのものずばり『そんな人』なのだが、どうやら羽川の中では違うらしい。

「いや、そうじゃなくって。つまり羽川、僕が言いたいのは、みんなが知っているような、知名度の高い『学校の怪談』を、忍野は求めていないんじゃないかって……、そんな知識は当然のものとして、持ってるんじゃないのかってことなんだけど？」

「どうかな。それはもちろん、持っているかもしれないけれど、『学校の怪談』って、おのおの学校ごとにバリエーションがあるし、それに——大人になっちゃうと、学校の中に入るのって難しくなるじゃない。つまり忍野さんみたいな大人からしてみれば、蒐集しにくいタイプの怪異譚になるんじゃないかって——」

ああ。

「蒐集しにくい——」

そうか——僕自身が高校生で、『当たり前』みたいに学校に通っているから、ぱっと言われてもぴんと来ない話だけれど、確かに部外者の、それも大人にしてみれば、学校ほど中に入り込みづらい、閉ざされた空間はないのかもしれない。

特に忍野みたいなタイプの大人は……、定職らしい定職も持たず、定住地らしい定住地も持たない大人は、下手《へた》をすれば一歩敷地内に入っただけでも通報されかねない。

だから学校内部の怪異譚を調査しようと思えば、通っている生徒から個別に聞き取りでもするしかないのだろうけれど、それはそれで不審者の行いである。

テレビ番組じゃああるまいし、公式に取材を申し入れたところで、門前払いを食らわされるのが関の山だろうしな……。

「なるほど。だから羽川、お前が『学校の怪談』の調査をして、それを自《みずか》ら忍野に教えてあげようとしたわけだ」

「教えてあげようだなんて言いかたをしたら、おこがましいけれどね——さしあげる、よ。それに阿良々木くんの言う通り、忍野さんはそういうのを、必要としてないかもしれないし。ただそれでも、できることは全部やりたくなるじゃない」

「……いや、僕は人生に対してそこまでアクティブにはなれないけれど」

できることは全部やりたくなるどころか、できるだけ何もやりたくないというのが、僕の基本的な生活指針である。

だけどね、と羽川は嘆息《たんそく》する。

「さっき言った通り。調べてみたけれど、私達が通う直江津高校ってまだ歴史が深いとは言えないから、そういう怪談みたいなのは全然、形成されてなくって——ああ、これは空振りだったかなって思ったんだけれど」

空振りという言葉を自然に使う羽川。

たぶん、『できることは全部やりたくなる』という羽川は、その人生において、僕には考えられないほどの数の『空振り』を経験してきてもいるはずだから——まあ、それでも心が折れることなく、『空振り』と、そして『大ヒット』を飛ばし続ける彼女は、やっぱり異端ではあるよなあ、と思う。

それこそ忍野がその辺、うまく表現していたような——なんて言ってたんだっけ？

「ただ、それでもひとつ、気になったことがあって。気になったことというか——なんとなく、気にかけたくなったことというか」

「……？　それが、この石？　なのか？　石というか……、石像というか」

僕は言いながら、もう一度それに目をやる。

やはりただの石にしか見えない——ただ、祠と捧《ささ》げもので飾り立てられているので、なんだかそれは、『ありがたい』、霊験《れいげん》あらたかな石のように感じられもする。

そのような形に彫られた石像のようにも見えてくる。

ああ、そう言えば——霊験あらたかと言えば、僕はそういうのにはまったく詳しくないので、これは迂闊な発言になるかもしれないけれど、石の中には、持っているだけでお守りのようになる、『パワーストーン』みたいなものがあるという話もあるんだっけ？

『パワーストーン』とか『パワースポット』とか、

その手の話は、実際のところ、それこそ怪異譚とはやや趣《おもむき》を異にするのだろうが。

「うん……そう。そういうこと」

「つまり、お前が色々と調べものをしている中で、この中庭の花壇の奥にあった、不思議な石を見つけた――だけど調べてみても、この石の正体がわからないとか、そういうことなのか？」

とりあえずここまでの情報を、僕は頭の中でそれなりに整理してみる。整理整頓がそんなに得意というわけではないが、散らかったカオス状態が苦手な僕は、こんな風にすぐに、物事をわかりやすくまとめたくなる癖《くせ》があった。わかりやすくまとめることが決して真実に繋がるルートでないことは、それなりに知ってはいるのだが。

対する羽川は、情報処理能力が僕とは桁《けた》違い――どころか単位違いだからだろう、このくらいのカオス状態も『整っているもの』として対応できるようで、

「そうじゃないの」

と、あっさりと、そしてやんわりと、僕の『まとめ』を否定する。

こいつの部屋とか、案外滅茶苦茶《めちゃくちゃ》散らかっているんじゃないかと思った。まあ羽川に限らず、天才の部屋って散らかっているイメージがあるよな。

どの道偏見なんだろうけれど……。

「そもそも私、こういう石がここにあることは、前から知っていたし」

「……お前はなんでも知ってるな」

「なんでもは知らないわよ。知ってることだけ」

羽川はさらっと言って、

「だけど昔はこうじゃなかったのよね」

と続けた。

「昔はこうじゃなかったってのは？」

「私が一年生の頃――つまり入学したばかりの頃ね？学校内を一通り調べたことがあったんだけれど」

「なんでそんなことしてんだ、お前……」

「いや、一応、自分がこれから三年間を過ごす学校が、どんな場所なのか知りたいじゃない。好奇心って奴？」

「好奇心っていうか……」

好奇心っていうか、奇行だ。

優等生の行動は謎に満ちていた——受験にあたって直江津高校のことを詳しく調べたに違いないという、思えば勝手な僕の想像も、遥《はる》かに越える天才の奇行だった。

まあ、それを今、とやかく言うような局面でもない。

「つまり約二年前、お前が調査……、というか、まあ学校探検をしたときには、この花壇には、こんな石はなかったってことなんだよな？」

「違う違う。聞いてよ。だから、石はあったの。躓《つまず》きそうになったから、よく憶えてる」

「躓く？　え？　お前、ものに躓いたりするの？」

「私のことをなんだと思ってるのよ、阿良々木くん……」

うんざりしたような顔をする羽川。

露骨に。

優等生扱いや超人扱いを受けることが、実は嫌いな彼女なのだ。

「私だって、ものに躓きそうになることくらいあるよ」

「そうか……意外だな」

まあ実際彼女は、僕という石ころに躓いて、春休みに酷《ひど》い目にあっていたりもしているので、その点完全とは言いがたいかもしれない。

ただし、『そうになった』と言うことは、躓いたわけではないという点に注意が必要だった。

「でも、あったんなら問題ないじゃん」

「だからこうじゃなかったんだって。石はあったけれど——祠はなかったの」

「？」

「お供え物も、それを置く台も」

つまり誰かが、と羽川は言う。

「誰かが——この二年の間に、この石を、石像みたいに飾り立て——祀り上げたっていうことになるんだ」

「…………」

004

その夜。

僕は、ある廃ビルへと向かった。

数年前に潰《つぶ》れた学習塾跡だ——ビル一棟を使っての学習塾なのだから、それなりにスケールのある塾だったのかもしれないけれど、しかし駅前に進出してきた大手予備校の、火の如《ごと》き侵略には敵《かな》わず、撤退したのだとか、夜逃げしたのだとか、色々聞くが、果たしてその真相は知らない。

まあ。

なんだろう。

そういう意味では僕は、出自のよくわからない高校から、出自のよくわからない廃ビルへと向かったわけで、よくもまあそうも曖昧な道を何の危機感もなく辿《たど》れるものだと、我ながら呆《あき》れる。

ただ、羽川翼ならぬ僕にとっては、そういうのは調べてまで知りたいことではないのだった。

忍野は。

「やあ、阿良々木くん——待っていたよ」

専門家・忍野メメは、そんな、相変わらずのとぼけた台詞《せりふ》で僕を迎えた——四階の教室でのことである。

教室の隅には金髪の幼女がいたけれど、それについての描写は割愛《かつあい》。

僕はことと次第《しだい》を忍野に告げた。

もっとも、そこにいささかの脚色を付け加えなかったわけでもないが。

「ふむ。石か」

と、忍野——アロハ服のおっさんは言う。

「石っていうのは、信仰の対象になりやすいものではあるよね——阿良々木くんが言う、パワーストーンなんていうのも、趣は違えど、根本的にはその類《たぐい》だと思っていいよ」

「ふうん……宝石に魔力が宿るとか言うのも、おんなじことか？」

「まあ、現代で——現代社会で宝石が人を魅了するのは、見た目よりも値打ちによるところが大きいけれどね——」

忍野は軽く笑う。

すごくちゃらちゃらした風で、正直、苦手なタイプなのだが。

しかし忍野メメは、決してちゃらちゃらしているだけのおっさんではない——僕の命を救い、僕の尊厳を救い、僕の人間性を救ってくれたおっさんなのだ。

ちゃらちゃらしていることに違いはないけれど。

「阿良々木くんの言いかただと、その石はいわゆるラグビーボールみたいな大きさなんだよね？　じゃあそのラグビーボールは、どっち向きに飾られていたの？」

「どっち向きって？」

「縦向き？　横向き？　ラグビーボールというからには、縦と横があるだろう？」

「ああ……」

細かいことを訊いてくるなあと思う反面、そもそも羽川に代わって細かいことを説明しに、するために、僕はここに来たのだから、これは僕の落ち度みたいなものである。

やっぱ羽川が直接ここにくればよかったのかもしれないと思ったが、しかし非常事態とか、緊急事態というわけでもないのに、なかなかうら若き娘さんを、夜遅く連れまわせないという良識が先立ったのだった。

「お地蔵様《じぞうさま》みたいな感じだよ。……祠も含めて考えると、あれってひょっとすると、本当にお地蔵様を模《も》しているのかもしれないけれど……なんだっけ？　地蔵っていうのは、仏教の神様なんだっけ？」

「よく知ってるね、阿良々木くんなんかが」

「なんかって言うな」

自然に言うな。

しかしまあ、確かにたまたま持っていた知識なのは否めないし、しかも出せる知識はこれでおしまいだった。

地蔵が仏教における、何の神様なのかも定かではない。

「えっと……、道を守る神様なんだっけ？　いや、でも六地蔵って聞いたことあるな……、あれ？　でも笠地蔵って……」

なんだか言えば言うほど、馬脚《ばきゃく》を顕《あらわ》していく感じだった。

「はっはー。日本じゃあ、お地蔵様と道祖神《どうそじん》が、一緒になってるところがあるからね——まあ、それでも花壇にあるのはおかしいか」

珍しく忍野が、僕のあたふた振りを馬鹿にすることなく、むしろフォローするようなことを言ってから、

「石像」

と言う。

「石像という言いかたをするからには、それっぽい形の石だったのかい？　単純な丸っこさじゃあなく、彫りがそういう、人型《ひとがた》になっていたとか——」

「いやあ、どうかな……正直、僕の場合はそういう先入観を羽川から与えられていたから、そういう風に見えたと言えば見えたんだけど……けど、たぶん、何の偏見もなく、たまたま花壇を通りかかったときとかに、あの石を見ていたら——ただの無骨《ぶこつ》な石だと思っただろうな」

「へえ」

「いや」

　忍野がにやにやして頷いたのを受けて、僕は首を振った。

「違うかもしれない――たまたま花壇を通りかかって、そのとき何も聞いていなかったとしても、あんな風に木製の祠で囲まれて、祭壇《さいだん》を設けられた状態だったら、やっぱり、石像のように彫られた石だと思ったかも――」

「シミュラクラ現象」

「え？」

「人間ってのは、顔らしいものを見れば、それを顔のように見てしまうという話だよ――壁のしみとか、汚れとかから、人間を見出してしまうとかね。まあ、古風に言うなら幽霊の正体見たり枯《か》れ尾花《おばな》って奴かな？」

「幽霊の正体――怪異も、怪異譚も、そのなんとか現象ってのが、噛《か》んでるって話か？」

「いやいや、それとこれとはまた別問題――あと、阿良々木くん。仮にその石が石像だったとしても、彫られたとは限らないよ。雨風で自然に風化して、そういう形になったのかもしれないしね」

「風化ね」

「どうなんだい？　その話じゃあ、きみの愛すべき友人は、二年前にも、飾られていない状態の石を見ていたはずだけれど――そのときと形は変わっていないのかい？」

「変わってないって言ってた」

　そもそも普通ならば、躓きそうになってようがなってなかろうが、二年前に見た石の形なんて、石のことなんて憶えていないのが普通だろうが、しかし羽川翼はそこのところ普通ではない。

　二年分、時代による色はついてるにしても、昔見たときもああいう、ラグビーボールみたいな形の石だったと言う。

　つまり二年の間に、外側を飾った誰かはいても、本体――石そのものに手を加えたものはいないということである。

「ふむ。それで、委員長ちゃんの意見は？」

「意見というか——」

忍野は羽川のことを『委員長ちゃん』と呼ぶ。

優等生扱いを嫌う彼女からすれば、あまり嬉しくないニックネームだろうけれど、しかし相手が忍野だからなのだろうか、特に不満もなさそうに受け入れている。

ちなみに一度僕が冗談で『委員長ちゃん』と呼んでみたら、びっくりするくらい怒られた。立ち直れないかと思った。

「羽川は、つまり飾られていない状態でその石を見ているから、やっぱりそのときは、ただの石だと思ったらしい。だけど、今回、忍野、お前へのお礼っていうことで学園の調査を開始して——二年前に見た石の様子が、なにやら変わっていることに気付いたわけだ。それをとても不気味に思った——とか」

「不気味——ね」

忍野は僕の表現を反復した。

「まあ確かに、ただの石だったはずのものが、祠に納まって祀られていたら、そりゃあ不気味だろうね——委員長ちゃんが何かを不気味に思うなんてことがあるのかどうか、はっはー、僕には見当もつかないけれどね」

「笑いごとじゃねえよ」

羽川の語り口がそうだったからかもしれないけれど——なんというか、確かに、学園内で謎の信仰が芽生えている節《ふし》があるというような事態は、揺るぎなく不気味であり、そうでなくとも看過《かんか》しにくいものがある。

僕のような、学校に対しての帰属意識が低い人間でもそう思う。

「じゃあ——まずはその、供えられていたという駄菓子の出自を調べたくなるところだろうけれど、しかし委員長ちゃんのことだ。それは阿良々木くんに話をする前に、既に終えているのかな？」

「…………」

相変わらず見透《みす》かしたようなことを言う。

というか、羽川のことについて、忍野に知ったようなことを言われるのは、なんだか心がささくれ立つものがあった——不思議な感情だ。知り合ったばかりの癖に知ったようなことを、と言っても、所詮《しょせん》僕と羽川の付き合いも、忍野より数日先んじている程度である。

そもそも、僕こそ羽川のことを、何も知らない。

「うん。その銘柄や、賞味期限から逆算した販売時期とかを見て、売られていた店、買いそうな生徒を特定して——」

「まるで名探偵だね。聞き込みを行ったのかい」

「いや、そこまではまだしていないみたいだ」

「踏み込み過ぎだと思ったのかな？」

「違う。調査の過程で、誰かひとりが捧げものをしているわけじゃなくて、なんていうか不特定多数の人間が、その祠に、駄菓子やらなんやらを置いていってるらしいことがわかったから——そうなると調査の手を広げざるを得ず、秘密裏に動くことはできなくなると判断したってことらしい」

「…………」

「というわけで、こういう話はお前が好きだろうと思って持ってきたんだ。羽川から、世話になったお礼だそうだ」

とりあえず、話すべきことは話したと判断して、僕はそんな風にまとめた。

いや、まとまったかどうかは定かではないけれど、とにかく、今こうして忍野のところにやってきたのは、決して学校にあった謎の石について相談をしたかったからではなく、学校であった不思議な出来事の情報を、厚意で持ってきただけなのだということを強調した。

そういうことにしておかないと、僕の抱える借金が更に膨れ上がることになりかねない。いや別に、現状の五百万円でも、十分払いようがないのだから、この上、いくら借金額が増えたところで、別に構わないという考えかたもあるが。

　聞けば借金というのは、額がある一定以上の大きさになると、借主は、別に破れかぶれになるわけでもないのだろうが、借金を返せないことや、借金額が増えることに対して抵抗を覚えなくなっていくそうだ。案外、僕は今、そのボーダー上にいるのかもしれない——とすると、やっぱりこれ以上の借金は抱え込めないのだった。

　だから僕としては、相談料を取られるかもしれないリスクは冒《おか》しにくいので、多少、いや露骨に、恩着せがましいことを言うのも、この際やむをえないというものだった。

「はっはー」

　そんな僕の思惑などお見通しだとばかりに、そら笑いをした。

『けらけらおんな』という妖怪の話を羽川がしていたけれど、その妖怪はこんな風に笑うのかというような笑いかただ。

「な、なんだよ」

　と僕は戸惑う振りをする。

　いや、本当に見透かされたのだとすれば、振りではなく本当に戸惑うことになるのだが——

「や、やっぱお前みたいな専門家は、学校の怪談みたいなお話には興味がないか？　もっとこう、文献に基づくような、小難しい話のほうが好みか？」

「いやいや、それについては委員長ちゃんの読みが正しいよ——確かに、オールラウンダーであるこの僕の専門範囲にも、それなりに得手不得手ってのはあってね。学校という閉ざされた空間の中のお話は、なかなか集めにくいものがある——ありがたい提供さ」

「だ、だよな」

「でも、だからと言って阿良々木くん。これは委員長ちゃんからの厚意であって、きみからの厚意ではないんだから、この一件をもってきみの借金が棒引きされるということはないから、そこのところくれぐれもよろしくね」

「…………」

まあ。

借金が増えなかっただけ御《おん》の字か。

期待していなかったわけじゃないんだけれど
――この辺が落としどころだろう。

「怪異譚とは言いにくいものがあるけれど――はっはー、いい話をもらったよ。ちゃんと記録しておかなきゃね」

「……忍野。参考までに聞かせて欲しいんだけれど、お前が集めてるそういう『物語』って、集めて、最終的にどうするつもりなんだ?」

「ん?」

「えっと……、だから、本にまとめるとか、学会で発表するとか……、そういう予定があったりするのか?」

放課後、羽川と話したときに考えたことの確認を、別に今取る必要はないのだけれど、しかし機会があれば訊いておきたいことではあった。

その程度には気になる。

つまりこの男が、言うなら僕の恩人が、果たして本当に職業として怪異を集めているのか、それとも、本当は無職なのに、趣味を仕事だと言い張っているのか……。

「はっはー。僕は別段、怪異学の権威とかじゃあないからね、そんな立派なことはしないよ。まあ、集めた話を、欲しがる人に売ったりはするけれど」

「売る? 買い手がつくのか? 怪談なんかに」

「なんかとは、言うもんだね。その怪談の主役になりかけた阿良々木くんが」

「……ちなみにいくらくらい?」

「はっはー。販売先との取引額を、販売元に教えるのはどうかねえ」

「…………」

まあ、そう言われれば引き下がらざるを得ないけれど、しかし、僕から相談料を取って怪異の件を解決して、その怪異譚をよそに売ってお金を得るんじゃあ、なんていうか、すげえおいしい商売のようにも思える。

　中間マージンって奴だろうか。

　もちろん、素人《しろうと》が思うほどおいしくはないのだろうが……、とにかく、まあ、ちゃんと忍野の蒐集が、収入に繋がっていることがわかっただけでもよしとしよう。

「でも、この話は、誰かが買ってくれそうなものなのか？」

「さてねえ。あの人はなんでも欲しがるけれど――最近あの人、またよくわからないことしてるみたいだし、距離を置いておくのが正解って気がする。まあ、だからと言ってあいつにだけは売れないかな――」

　忍野はなにやら、この先の算段を立て始めたが、それはいささか気が早いというか、取らぬ狸《たぬき》の皮算《かわざん》用《よう》というものだろう。

　学校の花壇に変な石が祀られていたというだけの話じゃあ、何の落ちもつかない――文字通り、話にならないという奴だ。

　そこになんらかの解釈を見出してこそ、専門家というものだ。

「で、どうなんだ？　忍野」

「ん？　どうなんだ、とは？」

「いや、聞き返されると、なんとも答えにくいけれど……、専門家として、この件をどう思う？」

　僕は疑問点を整理して、問い直した。

「二年前、その時点ではただの石ころだったはずのものが、二年後、一部の生徒達――不特定多数の人間から信仰を集める、怪異じみた何かになる、なんてことがあるのか？」

「物体が怪異になることは珍しくもない――元々、怪異だって何かの基準があって、生じるものだしね。ただし」

「ん？」

「怪異だから信仰されるのか——信仰されたから怪異になったのかは、決めかねるよね」

「怪異だから信仰されるのか、信仰されるから怪異なのか？」

僕としては、忍野の言葉を素直に繰り返しただけのつもりだったのだが、しかしどうやら齟齬《そご》があったようで、

「違う違う」

と忍野は言った。

「信仰されるから怪異なのか——じゃない。怪異だから信仰されるのか、信仰されたから怪異になったのか——だ」

「……？　ああ、まあ確かに、細かい文言、てにをはは違ったみたいだけれど……、それってわざわざ指摘するほどの違いかよ？」

「この場合はね」

意味深に言って、忍野は、

「ただ、話を聞いただけじゃ、やっぱりちょっとわかりづらいからさ。阿良々木くん、絵を描いてもらえないかい？」

と訊く。

「え？」

「うん。学校帰りに直接ここに来たのなら、ノートと筆記用具くらい持ってるだろ？」

「まあ、持ってるけど……」

まさかここにきて、お絵かきを要求されるとは思っていなかった。僕は面くらったが、しかし、求められればそれに応えないわけにもいくまい。

「だけど僕、正直、絵心はないんだよな。意外に思われるかもしれないけれど」

「学校で美術の時間とかに習ったりしないの？」

「うちは進学校だから、芸術系の科目は、力入れられてないんだよ。それも選択式で、僕が取ったのは美術じゃなかったし」

「ふうん……まあ、じゃあ、大体でいいから」

「わかった」

　僕は取り出したノートに、シャープペンシルを走らせる。記憶に頼って──二年前の出来事と言われれば、もう何も憶えていないと言うしかないけれど、しかしほんの数時間前のことなら、これでも十代の現役高校生である、羽川ではなくても憶えられる程度の記憶力はある。

「こんな感じなんだが」

「ああ、これじゃ駄目だよ」

　第一感想で駄目出しをされた。

　もしも僕が画家を目指していたなら、もう立ち直れない。

　嘘でも褒《ほ》めるとかできないのか。

「駄目とか言うなよ。これでも一生懸命、真似《まね》て描いたつもりだぜ。線が多少歪《ゆが》んで見えるかもしれないけれど、本当にこういう形だったんだ」

「そうじゃなくってさ。石だけを描くんじゃなくって、祠や祭壇まで描いてくれなくっちゃ」

「ふうん？　でも──」

「いいから」

　理屈抜きで促されて、僕は仕方なく、言われた通りにする。まあ、別に祠や祭壇を描き足すくらい、大した手間ではない──そんな複雑な造形の建物じゃあなかったしな。

　祠と、他に表現がないからそう言い表しているだけで、シンプル極まると言うか、釘打ちされていなければ、積み木みたいなものなのだ。

「へえ。こういう形なのかい。祠は」

「ああ──ただ」

　すべてを描き終えて、僕は言った。背景まで描いてやろうかというサービス精神も発揮しかけたが、無理はしないことにした。

「祭壇に関しては、なんていうかありふれた形というか、供え物を置くだけのちっちゃな机ってイメージしか受けなかったけれど、この祠の形に関して言えば、稚拙ながらも何かを模している感じはあるんだよな」

「へえ?」

僕が渡したノートをためつすがめつ見ながら、忍野は僕の言葉に反応する。

「どっかの寺で見たのか……、それともそれこそ、道の地蔵様とか、道祖神とかで見たのか、わかんねえけど……、祠の形自体に、思い当たる節がある気がするんだ」

「おいおい。先に言ってくれよ、そういう雑学を持っているならば。それとも己の博学さを披露《ひろう》するための、隠し玉のつもりだったのかな?」

にやにやしながら忍野が言う。

責めるというより、明らかに馬鹿にしている口調だった。

「いや、漠然とそう思っていたというだけで、今、こうして絵に描いてみて、初めて意識に上ったたって感じなんだよ。そういう意味では——」

お前が描けと言ってくれたお陰で思い出せたようなものだ、と言いかけて、僕は慌《あわ》てて取りやめた。

『くれた』とか『お陰』とか、迂闊にそんなことを言うと、料金を請求される恐れがあると思ったのだ——いや別に、忍野がそんな強突《ごうつ》く張《ば》りの、守銭奴《しゅせんど》だと思っているわけではないのだが。

お金の話が出たあとだから、つい警戒してしまったのだ。

それはともかく。

「——えっと、しかし、でも具体的に思い出せたわけじゃあないいんだよ。どっかで見たことがあるような気がするというか、初めて見るんじゃない節があるというか……忍野、お前ならわかるか? もしもその祠が、何らかの何かを模しているんだとすれば——」

「……いや、わかるとは言えないな。ただし」

ただし、と言った後、忍野は黙って、ノートを僕に返して来た。折角《せっかく》描いた力作が、五分足らずで役割を終えてしまったことが寂しくもあったが、別にここは僕の画力を品評する場ではない。

「ただし、なんだよ。言いかけて黙るなよ——何か心当たりがあるんなら、それをちゃんと教えてくれよ」

僕の意図としては、あくまでも理性的に詰め寄ったつもりだったけれど、しかし力作がそんなに役立たなかったようだという、言うなら『得意でもない奴に絵を描かせておいて、その程度の反応かよ』という不満が漏《も》れ出てしまったのか、結果としていささか語気が荒くなってしまった。

もっとも、僕のそんな反応は、忍野にとっては意にも介さず受け流せるもののようで、

「はっはー。元気いいなあ、阿良々木くんは。何かいいことでもあったのかい？」

と返すだけだった。

「ちなみに阿良々木くんの考えを聞きたいな。博学な阿良々木くんの意見を是非《ぜ》是非《ひ》聞きたいな。阿良々木くんはこの件を、どういう風にとらえているんだい？」

「どういう風って……、いや、お前もさっきちらっと言ってたけれど、僕は『学校の怪談』ではあっても、これが怪異譚かどうかは微妙だと思ってるって感じかな」

「へえ。つまり？」

「いや、面白くもない現実的な解釈になるけれど、つまり、誰かが、誰かはわからないけれど誰かが、花壇に落ちていた石を、あんな風に、神様みたいに祀り上げたんだと——だって、人間が作らないと、祠なんて現れないだろう？」

「吸血鬼なら具現化させるかもしれないけれどね」

と、忍野は教室の隅の、金髪の幼女に目をやった。

まあ、そういう例外は確かにあるが。

「だけど、明らかに人間の工作だったぜ、あの祠は。そう思った。まあ、百パーセントとは言わないけれど……」

「ふむ」

「で、この場合誰かっていうのは、複数で、つまり

不特定多数の生徒が、ちょっとした宗教というか、信仰グループみたいなものを形成して、あの石をご神体《しんたい》にしているとか……そういう感じ？」

うまく言葉にできないし、また、この件の問題点も言い表しにくいけれど、学校の中に奇妙な信仰が生まれているというのは、やはり不気味だ。

普通に怖い。

「だけど信仰は自由だぜ。憲法で保障されてる」

「いや、それはもちろんなんだけれど——でも、今回の場合は、羽川の証言によって、祀られているその石が、ほんの二年前までただの石ころだったことがはっきりしているんだ——そう思うと、なんだか気持ち悪くならないか？」

十八年の歴史しか持たない直江津高校に、『学校の怪談』がないのとは逆で、信仰を受けているらしい石が、二年前まで路傍《ろぼう》の石だったというのは、なんとなく受け入れにくい。

そういうことだと思う。

「怪異譚に必ずしも、歴史や由緒《ゆいしょ》が必要なわけでもないんだけれどね——新しい怪異だって、次々に生まれ、生み出されていくわけだから」

「気持ち悪いっていうのは、なんらかの悪意が絡んでそうで気持ち悪いってことなんだと、僕は思うよ。羽川はそれを心配しているんだと思う。つまり、誰かが信仰をでっちあげて、ご神体をでっちあげて、多数の生徒を騙《だま》しているんじゃないかって——」

「騙して？」

忍野は言う。

「騙して、駄菓子を巻き上げているんだと？」

「……いや、まあねえ」

「騙すなら、もっとちゃんと騙しそうなものだけれどね——僕は直接見たわけじゃないけれど、阿良々木くんの稚拙な絵を見る限り、祠の作りは相当稚拙じゃないか。絵と同じくらい稚拙じゃないか」

「忍野。自分でも下手だとわかってはいるが、それでも人から言われると傷つくんだぜ？」

僕が描いたことによって、稚拙な祠が更《さら》に稚拙になったみたいな言いかたをするな。

「もしも誰かを騙そうとするなら、もっと立派な祠を作るんじゃないかい？　意匠《いしょう》を整えてこそ、人は騙せる——と、僕の友達が言っていたよ」

「お前に友達なんかいないだろ」

「そうだね。友達じゃなかったかもね」

傷つけ返してやろうと思って言ったのだが、傷つくどころか、忍野はむしろ嬉しそうに笑うだけだった。

どういう心境なのだろうか。謎だ。

「それに、あいつの場合はそれも嘘だという可能性があるし。まあ、それにしたって、阿良々木くんの印象としてはどうだい？」

「まあ、確かに……、その通りではあるけれど。騙すなら、あんな子供の工作みたいな祠にはしないだろうな。自分で作れないのなら、外部に発注することもできるはずだし。だとすると、本気の信仰って線か？　稚拙であろうと、祠を自分達で作らねばならないという教義があるとかの。うーん、でも、いくら信仰の自由があるとは言っても、学校の中で独自の信仰を開創《かいそう》するというのは、ちょっと……」

それにその場合、何を好き好んで、その辺に落ちていた石を信仰しているのかという疑問が残る。それこそ宝石とかならともかく……、それとも、僕や羽川には感じ取れなかっただけで、あれは実は、ものすごいパワーストーンだったりするのだろうか？

「パワーストーンだったなら、今の阿良々木くんは、何か感じとれそうなものだよね——ふむ。じゃあ阿良々木くん。委員長ちゃんにはこう伝えなさい。あの子ならば、これですべてを理解するはずだ」

忍野は。

普段からにやにやしている忍野は、なぜか——ここで一層、機嫌よさそうな表情を僕に見せてから、言った。

『学校の怪談』の調査は一旦おいて、と。

「今度は直江津高校のカリキュラムを調べてみたらどうだい——と。なにせ、学生の本分は勉強なんだからね」

005

次の日。

朝の教室で、見透かしたような専門家である忍野メメからの言葉を伝えると、聡明《そうめい》過ぎる女子高生である羽川翼は、一瞬で、

「ああ」

と、すべてを理解したようだった。

なんだよこの二人。怖いよ。

と思ったが、凡愚《ぼんぐ》である僕は、当然何もわかっていないわけで、その後、羽川からことの真相とやらを聞くために、そんな失礼なことはなるべく言わず、普通に、

「どういうことなんだよ」

と訊くにとどめた。

「んん？　あ、いや、今回の件は私の取り越し苦労だったって話——ああ、忍野さんにも阿良々木くんにも、恥ずかしいところ見せちゃったな。空振りっていうか、空振り三振って感じ」

「いや、全然伝わってこないんだけれど……、お前の恥ずかしいところ？　僕がそれを見逃したってことなのか？　だから、どういうことだ？」

「どうもこうも。言い訳になっちゃうけれど、私も元々、疑問を持っていなかったわけでもないのよ。信仰をするなら、もっとちゃんと信仰するんじゃないかって——ただ、いい加減なご神体と、いい加減な祠というその不具合こそが、忍野さんの言う不気味さや、阿良々木くんの言う気持ち悪さに繋がっていたっていうのもあったから、ついつい心配しちゃった。よかった、何事もなくて」

「羽川。頑張れ、お前なら僕にわかるように説明することもできるはずだぞ」

「頑張れって言われても……」

羽川は苦笑した。

僕の頼みかたがおかしかったらしい。

「だから、色んな疑問点を整理していくと、導き出せる平和的な結論があったってこと。私も阿良々木くんも、今の今まで、石のほうを中心に見ていたじゃない？」

「え？　ああ、うん。……でも、石じゃないほうって……あるのか？」

「だから祠だよ。祠のほう」

「祠……？」

「そう。祠。石じゃなくて、祠のほうを中心に考えていれば、忍野さんのお手を煩《わずら》わすことはなかったの」

お手を煩わすもなにも、あいつは廃ビルの中で、僕の話を聞いていただけなのだが……。

「祠を中心に考えるって言っても……、それをしたらどうなるんだ？　あんなボロボロの祠――」

「んん。つまり、わかりやすく言うと、たぶん、あの石は祭られるために祠に入れられたんじゃなくって――祠に入れるものとして、あの石が選ばれたってこと」

「……そのふたつは、違うのか？」

「大違いだよ。祠はあくまでも入れ物であって、それ自体は信仰の対象じゃあないから――少なくとも、この件の根本のところに、奇妙な信仰が絡んでいるという線がなくなるの」

「でも、それだって、同じことだろう？　むしろ信仰がそれに絡んでいないと言うのなら、誰かが信仰をでっち上げようとしたってことになっちまうんじゃや――」

「いや、それが勘違いなのよ」

羽川は言った。

「そもそも作られた時点では、あの祠は祠じゃなかったんだから」

「…………?」

「直江津高校のカリキュラムなんだけれど——うん、改めて調べなくても、受験する前に一度調べているから、ピンと来たの」

やっぱりそういうことをしていたのか。

怖気《おぞけ》が走る。

「ほら、一年生のとき、選択式の芸術の授業があったじゃない——私はあれ、美術を選んだんだけれど、でも、芸術の授業って、美術のほかに、書道と技術があったじゃない? 忍野さんが調べたらってそれとなく示したのは、その技術の授業のカリキュラムなんだと思う」

「技術……?」

「うん。まあ、木工とかの授業だね。そしてそのカリキュラムの中に、小屋の自由工作——みたいなのがあったの」

「…………」

「私は実際には受けていない授業だから、確かじゃあないけれど、要はその授業で作られた小屋が、あの祠なんだと思う」

「…………」

「それも、あの出来を見る限り失敗作だよね——仮定の話だけれど、大体、起こったことは、こんな感じだったんだと思う。ある生徒が、技術の時間に小屋を製作しようとして、失敗する。失敗でも、それは授業で作った作品だから、家に持って帰れって言われる。でも、家に持って帰ったところで捨てるしかないものだから、こっそり学校に捨てていこうと、ゴミ捨て場に向かった。で、そのとき、花壇の近くを通る」

確かに。

あの花壇のすぐそばに、ゴミ捨て場はある。

あのサイズのゴミを捨てるのなら、教室のゴミ箱には捨てられないから、普通は直接捨てに行くことを選ぶだろう。

「通って、問題の石を見かける——いや、ひょっとすると、私みたいに躓きかけたのかも。とにかく、手頃な大きさの石を見つけて、こういう石を中に置いたら、この失敗作も、意外と見られるようになるんじゃないかって――」

祠があるから――石が石像に見えるのではなく。石があるから――木屑《きくず》が祠に見える。

シミュラクラ現象――とは違うのだろうが。

失敗が。

失敗作が、失敗作でなくなる。

「逆――あべこべ、か」

僕は声を震わせながら、そう言うのがやっとだった。

「うん。もちろん、稚拙であることに変わりはないけれど、少なくとも、捨てたくなるような失敗作から、祠――小屋に見えるようにはなったから、それをそのままに、その生徒は帰っちゃったんでしょう。そして、まるで信仰を受けているかのような、石像の出来上がりというわけ」

「祭壇や……、供え物の駄菓子は？」

「祭壇に関しては、似たようなことがあったんだろうね。授業なのか、それとも部活なのか、何なのかで作った『失敗作』を、この祠の前における祭壇っぽいんじゃないかって置いて帰った生徒がいたとか……。駄菓子は、これはもう、授業の失敗とかじゃなくって、花壇の世話をしている人なのか、通りかかった生徒とかが、手にあったそれを、何気に置いていっているだけなんだろうね」

「……信仰なんて大袈裟《おおげさ》なものじゃあ決してなく、ただ、そこにそれっぽいものがあるから、なんとなく、供えているだけ？」

「供えているっていうか、学校に持ち込んだお菓子の余りを置いて帰っただけとかかな……、元から、ありそうな可能性ではあったけれど、石の出自が信仰じゃないというのなら、うん、その可能性が一番高いや」

なるほど……。

小銭でもない駄菓子というのは、『余ったから置いていっている』感が、非常に高い……。

「花壇の管理……誰がしているか知らないけれど、でも、いきなり祠ができてたら、管理者としては処分しそうなものだけれど……」

「いやあ。普通の感覚を持っていたら、祠に見えるものを、そうそう壊せないでしょう。罰が当たるかもって思うもん」

「確かにそれは……」

そしてそのうち、あることが『当たり前』になってくる——か。

出自など問われず。

そこにあることが当たり前の——『ありがたい』ものとして。

「…………」

「ふー、すっきりした！」

羽川はそう言って、気持ち良さそうに伸びをする。

彼女のような人格にとって、『わからないことがある』という状態は、きっとストレスになるのだろう、本当にすっきりしたみたいな笑顔である。

「そうか……、僕としては腑《ふ》に落ちないというか、色々思うところのある、感じるところのある結論だけどな——」

「そんなことないよ。阿良々木くんのお陰だよね」

「え？　僕のお陰って？」

「だって、阿良々木くんが忍野さんに、『なんだか祠に見覚えがある』みたいなことを言ったから、忍野さんも真相がわかったんでしょ？　いくら忍野さんでも、判断材料がなければ、そんな風には思えないもんね——『閉ざされた場所』である学校のカリキュラムなんて、予測できるはずがないし。何かを模しているから見覚えがあるんじゃなくって、授業で同じものを作ったことがあるから、見覚えがあったんでしょう？　阿良々木くんが取っていた美術じゃない芸術の授業って、つまり、技術だったってことなんだよね？」

「……まあ、そうだよ。そういうことだ」

寺や道で見たのではなかった。

見たのは技術工作室で——だった。

忍野とて、僕に絵を描くよう要請したときは、単純に祠の形を知りたかっただけなのだろうが——そのときの『描いているうちに思い出した』反応を見て、真相の当たりをつけた——というわけだ。

わけなのだが。

「じゃあ、これにて一件落着だね——って、阿良々木くん。どこに行くの？　もう授業始まっちゃうよ？　あ、こら、廊下走っちゃ駄目だって——」

006

後日談というか、今回のオチ。

僕は羽川の制止も聞かず、廊下を走って校舎を出、中庭に向かい、花壇に到着し、それからそこに、石像にも見える石を祭った祠を持ち上げて、地面に叩《たた》きつけて破壊した。

「はあ、はあ、はあ、はあ——」

いや。

今更壊したところで何の意味もないのだが——それでも気が治まらず、僕は祠を分解し、ただの板切れへと戻した。

そこまでしなくても、中から石がなくなった時点で、それはただの板切れみたいなものだったが——とにかく僕はその板切れを、ゴミ捨て場へと運んだ。

それは。

果たして二年越しの、運搬だった。

「…………」

そう。

言うまでもなく、この祠は二年前に僕が木工の授業で作製し、そして家に持って帰ることなく、大体羽川が言った通りの流れで、花壇に放置していったものだったのだ。

見覚えがあるのは、授業で作ったのと同じものだから——ではなく、授業で作ったそのものだからだったのだ。

すっかり忘れていた。

羽川と違って二年前のことなんか憶えているわけがないと言っても、さすがにこれはあんまりだった。稚拙とか、子供の工作とか、ボロボロとか、散々酷いことを言い放っていた僕だが、なんのことはない、自作の小屋だったんじゃないか。

忍野の嫌な笑みの理由がわかった。

本当は爆笑したいのをこらえていたに違いない——恥ずかしいところを見られてしまったという羽川だったが、それはもう、今の僕程ではまったくないだろう。

まさかたった二年前のことを完全に忘れる奴なんているわけがないという前提を持つであろう羽川には、幸いまだバレていないようだけれど……、僕としては、もう彼女の顔を直視できないくらいの恥ずかしさだった。

とは言え、授業が始まるとなれば、出席日数が危険であり、羽川から更生《こうせい》を命じられている僕としては教室に戻らないわけにもいかない。

とぼとぼと、ゴミ捨て場から離れる僕の視界に、さっきまで祠に納まっていた石が入る。うん、もうただの石にしか見えない。

動かない。

ただの石にしか。

一応、駄菓子の供え物はまだあるけれど、その効果だけでは、石は石像にも、ご神体にもならないようだ——あの駄菓子が片付けられてしまえば、きっともう二度と、次の駄菓子が置かれることはないだろう。

そう思うと、恥ずかしさの勢いで、祠を破壊してしまった自分の行為がうしろめたくもあった。まあ、罰が当たることが絶対にないのは、製作者である僕が一番知っているのだが……。

ただ、失敗作を家に持って帰りたくないという僕の億劫《おっくう》がりや、恥ずかしがりによって、神様っぽく祀られたり、またただの石に戻されたりと、慌ただしい目にあったその石に対して、多少申し訳ない気持ちにもなった。

石に謝るというのもおかしな話だが……、と思いつつも、僕は花壇に入って、その石を拾い上げる。

怪異だから信仰されるのか、信仰されたから怪異となるのか——忍野はそう言っていた。

確かに。

駄菓子とは言え、供え物をされるところまでこの石が『行った』ことは間違いのない事実であり——ひょっとすると、僕の思想のない行為は、この石を怪異にしていたのかもしれないと思うと、申し訳なさも際立《きわだ》つというものだった。

そこにあるのが当たり前の石から。

ありがたい石像となり。

そしてありえない怪異になっていたかもしれない——そこにもはや出自は関係ない。

ありえないが当たり前になる。

そんな日が訪れていたかも。

そう思うと、漫然と学校に通うのも考え物だ——と思った。しみじみと思った。

教室に帰って、まだ先生が来ていなかったら羽川に、訊いてみるとしよう。日常のありがたさをわからない僕は、木石ではないのか——と。

石も石像になり。

木も祠になるのなら、木石も悪くはないのだろうが。

「……ん？　あれ、この石」

と。

そこで、僕は気付いた。

手触りで気付いたのだが、しかし、それは二年前には気付かなかったことだった。そう、この触感、この質感、間違いない。

「コンクリじゃん」

第二話　こよみフラワー

SUN	MON	TUE	WED	THU	FRI	SAT
	1	2	3	4	5	6
7	8	9	10	11	12	13
14	15	16	17	18	19	20
21	22	23	24	25	26	27
28	29	30	31			

5
May

001

戦場ヶ原《せんじょうがはら》ひたぎと奇縁が生じた五月の初旬、つまりはゴールデンウィークが明けた頃の僕は、まあこれと言って弱音を吐くわけじゃあないが、心身ともに疲れ切っていた。心身ともに疲れ切っていたというか、心身ともに痛めつけられ切っていたというか——とにかく、散々だった。

散々屍々と言うべきか——日常というものが信じられなくなるほど、散々だった。

板子《いたご》一枚下は地獄——それは船に乗り、海に出る漁師が使うたとえだったはずだが、しかし陸の上でも同じことらしい。

地面一枚下は地獄。

普段自分が歩いている地面が、地盤が、どれほど頼りなく、どれほど脆《もろ》く、壊れやすいものなのか——僕は痛感した。

痛みと共に感じた。

当たり前のように学校に向かう道や、当たり前のように学校から帰る道すら、当たり前のようにあっさりと崩落するかもしれないという——危ういバランスの上に建立《こんりゅう》されていることを思い知った。

思い知った？

否。

僕は何も知らない——異形《いぎょう》の羽を持つ少女、羽川翼の言い草じゃあないが、しかし僕が知っていると言えるのは、精々《せいぜい》、僕が知っていることだけで、そして僕が知っていることと言えば、僕という男の愚《おろ》かっぷりくらいだった。

戦場ヶ原ひたぎ。

深窓の令嬢と呼ばれたあのクラスメイトならば、しかし、僕がそんな日常の脆さを、身をもって思い知るよりずっと以前から、知っていた。

その生活から、人生から、嫌でも理解せざるを得なかったと表現できるかもしれない——控えめに伝え聞いている彼女の、古びたタイトロープのような半生は、話半分に聞いても恐るべきものがあった。

「日常と非日常の間に壁がある、みたいな考えかたがそもそも間違っているのよ——もちろん、日常と非日常は区別しなければならないけれど、そうでなければ生きていけないけれど、でも、そことそこは地続きであって——こなたとかなたは、繋がっている」

彼女は淡々《たんたん》と、平坦《へいたん》で平淡な、何の感情もこもっていないような口調で言うのだった。

「上と下ということもない——日常から非日常に落ちるということもないし、非日常から日常に這《は》い上がるということでもない。歩いていたら、ふと違う場所に、ふと知らない場所にいる、みたいなもの——」

道を踏み外す、みたいなものだろうか。

歩道を歩いていたら、ふと、知らないうちに車道に出てしまっていたとか——まあ、比喩《ひゆ》としては納得《なっとく》できそうな話だった。

確かに。

ガードレールや横断歩道がなければ、車道と歩道に区別なんてなさそうだ。

「そうね。そして思いがけず交通事故に遭《あ》ったりする——車と歩行者、どちらが日常でどちらが非日常なのか、わかったものじゃないけれど。阿良々木くんが乗っている自転車みたいに、当たり前みたいに車道と歩道を行き来する乗り物もあるしね——」

厳密に言うと、自転車で歩道を走るのは道路交通法には違反しているのだが、しかしかといって、自動車側からしてみれば、自転車に車道を走られるのは困りものというのが、いわゆる現代社会的ではないだろうか。

「そう。つまり、たとえ歩いている地面が崩れなくても、まっすぐ歩いているつもりでも、『事故』に遭うことはある——それは足場がなくなり、日常から非日常に落下するわけではない。でもね、阿良々木くん」

戦場ヶ原は。

大して気持ちも込めずに言った。

「日常から日常に落ちることはあるわ。非日常から這い上がって、そこがまた非日常ということも」

002

火曜日の夕方——僕は戦場ヶ原ひたぎと、例の学習塾跡からの帰り道を歩いていた。帰り道というか、僕としては紳士的に、女子である戦場ヶ原を彼女の家までエスコートしているくらいのつもりだったのだが、しかし彼女の態度は強烈に辛辣《しんらつ》で、すさまじく尖《とが》っていた。

「あら？　阿良々木くん、どうして人の独り言を勝手に聞いてるの？　育ちが悪いの？」

「勝手に聞こえてきたんだよ、僕の悪口が！」

「ふっ。褒めたつもりだったんだけどね」

「シニカルなキャラみたいになるな！　どこまで好意的に解釈したら、『一緒にいたら吐き気がする』という独り言が、褒め言葉になるんだよ！」

「吐き気っていっても、ひょっとするとつわりかもしれないじゃない？」

「一緒にいたら妊娠《にんしん》しそうって意味だったの⁉」

いや。

それでも褒め言葉にはならないだろ。

「あ。そっか。さっきからなんだか吐き気がするなって思ってたけれど、わかった、阿良々木くんと一緒に歩いているからだ」

「え⁉　何お前、さも気付きを得たみたいな独り言で、僕に攻撃を試みているの⁉」

五月九日。

「阿良々木くんの男っぽさを、世界に向けてアピールしようと思っての心ばかりの独り言だったのよ」

「とんだネガティブキャンペーンだよ。マイナスプロモーションだよ」

「でも、阿良々木くんこそ、さっきから独り言がうるさいんだけど」

「え？　あれ、おかしいな、僕はお前と会話をしているつもりだったんだけど……」

五秒に一回の割合で傷つけられている気がする。

僕は一体、何と喋《しゃべ》っているのだろう。

女子か、それとも刃物か？

「…………」

まあ。

それでも、徹して紳士的に解釈すれば、戦場ヶ原ひたぎ――このクラスメイトのこんな態度も、わからないそれではないのだった。いや、本当に、極めて紳士に徹しなくてはならないけれど、わからないそれではないのだった。


なにせ彼女は苦しみ続けていた――苦しささえ感じないほどに、苦しみ続けていた。

麻痺《まひ》を通り越して中毒になってしまう程、苦しみ続けていた。

病に。

苦しんでいた。

闘病生活を続けていた――そして昨日、偶発的に僕と接点を持つことによって、その闘病生活にはついにピリオドが打たれたのだった。

いや、僕と接点を持つことによって、などと言うと恩着せがましい。たとえ僕と出会っていなくとも、彼女ならばいずれ、自力で己の身を救済してみせたことだろう――まあ、それはともかく。

怪異がらみであった彼女の病は、忍野に頼ることによって、とりあえずの解決を見たのだった――それがつい昨夜のことで、今日はその後始末というか、事後処理というか、問題にならない程度に生じていた不具合を解決するために、再び忍野の元を訪れていたというわけだ。

その帰り道である。

戦場ヶ原にしてみれば昨日の今日だ——いきなり尖った、病と闘うために尖った性格を、元に戻せはしないだろう。僕としては、いつか彼女のそんな棘《とげ》が丸くなるのを、友達として祈るだけだった。

「しかしまあ……、病気が治ってみると、健康のありがたみがわかるというけれど、病の期間が長かった私にしてみれば、こんな風に『ただ歩く』というのも、なんだか目新しいわ」

「ふうん。そうか」

「まったくの別天地を歩いている感じ」

「別天地ね……」

歩くだけが目新しいとは大袈裟な、とも思うけれど、それは彼女の、偽《いつわ》りだらけだった彼女の、偽らざる本音なのだろう。

ちなみに、昨日は自転車で向かった学習塾跡だったが、今日は僕も徒歩での往復である。事情——というか、昨日の解決によっておこった不具合によって、自転車が使えなかったのだ。

まあ、幸い、その不具合はあと腐れなく解決したので、明日からはまた、お気に入りのマウンテンバイクを乗り回せるという意味では、スキップをして帰りたいくらいだった。

ただ、そんな真似をしたら、隣を歩く戦場ヶ原からどれくらい馬鹿にされるかわかったものではないから、普通に歩く。

「ところで阿良々木くん。奇跡的にも女の子と一緒に歩いているんだから、車道側を歩きなさいよ。気《き》が利かないカスね」

「…………」

別にスキップをしなくても馬鹿にされた。

まあ、これについては彼女の言う通り、迂闊な話ではあったので、僕は戦場ヶ原の左側に立った。

なあに、戦場ヶ原が僕を紳士として育てようとしてくれているのだと思えば、傷つかずに済むというものだった。

「ちょっと、左側に立たないでくれる？　どうせ私の心臓を狙っているのでしょう、お見通しよ」

「…………」

僕に因縁《いんねん》をつけたいだけだった。

予想通り過ぎる。

棘が丸くなるのを友達として祈りたいと思ったけれど、祈ることそのものはともかく、友達としてそれができるかどうかが、怪しくなってきた。

「……それくらい元気がありゃ、家の前まで送らなくても大丈夫そうだな。じゃ、この辺で……」

「何を言っているの？　送るならちゃんと家まで送りなさい。戦場ヶ原ひたぎは、帰り道を途中までしか男子にエスコートしてもらえなかったなんて評判が立ったらどうするのよ。深窓の令嬢と知られる私の立場が台無しじゃないの」

「自分の心配しかしてねえ……」

「もしもここで帰ったりしたら、阿良々木くんが私の命を狙ったという噂を流すわよ」

「人の評判はどうでもいいのか」

しかも誰が信じるんだよ、その噂。

僕は暗殺者として名高くねえよ。

「大体、お前には噂を流す相手がいないだろう」

「教室でもどこでも、独り言を呟《つぶや》き続けるから大丈夫よ」

「そんな女子が大丈夫じゃないだろ」

送ればいいんだろ送れば、と僕は肩を竦《すく》めた。

サービス精神のつもりが、なんだか義務みたいになってしまった——いいんだけれどな、別に、暇だし。

することないし。

それこそ下手なことを言って、昨日みたいに『口止め』されてはたまったものじゃあない——没収した文房具の山は、もう返しちゃったしな。

「さて……、しかしどうしたものかしらね」

「ん？　何がだ？」

「あ、ちょっと待って。今、阿良々木くんにも理解できる言いかたを考えるから」

「その前にお前は、阿良々木くんを不愉快にさせない言いかたを考えろ」

「ほら、私、今回の件で、忍野さんから料金を請求されたじゃない?」

「ああ。そうだな」

十万円である。

僕が抱えている忍野に対する五百万円の借金と較べれば、まあそれほどの金額ではないと言えるかもしれないけれど、しかしやはり女子高生からしてみれば、かなりな高額だ。

なんとなくいやらしいと感じるのは、十万円というのは、戦場ヶ原の家庭の事情を慮《おもんぱか》っても、ぎりぎり手が届くというか、『なんとかなりそう』と思わせる金額設定だというところである。

「お前、貯金とかあるのか?」

「ないない。借金ならあるけど」

「え? 親ならともかく……、お前自身の名義で借金があるの? 忍野以外から?」

「ええ。私のチームは去年のペナントレースを借金4で終えたわ」

「プロ野球チームのオーナーなのかよ」

大富豪じゃねえか。

十万くらい即金《そっきん》で返せ。

カードで払え。

ただ、他に借金はなくとも、貯金がないというのは本当だと思う——そうなると、十万円を、これから戦場ヶ原はなんとか稼《かせ》がねばならないわけだ。

「忍野さんが言っていたように、ファーストフードでアルバイトをするしかないかな」

「まあ、僕の借金についてもそうだけれど、あると き払いの催促なしだから、そんなに慌てて金策を練《ね》る必要はないと思うぜ」

「阿良々木くんと違って、私、お金のことはきちんとしたいの」

「僕がお金にだらしない前提で話をするな」

「踏み倒すならちゃんと踏み倒したいし、支払うならちゃんと支払いたいの」

「…………」

ちゃんと踏み倒す正当な手順なんてあるのか？

それにしても、ファーストフードでアルバイトをする戦場ヶ原というのが、あまり想像できないのだけれど……。

「いらっしゃいませ、こんにちは。こちらでお持ち帰りですか？」

「店で食う選択肢を与えろ。是《ぜ》が非《ひ》でも帰そうとするな」

「ご一緒にポテイトゥは如何《いかが》ですか？」

「なんでネイティブなんだよ」

「ご一緒に馬鈴薯《ばれいしょ》はいかがですか？」

「生のジャガイモが出てきそうなんだが……」

「ふむ。やっぱり私には不向きみたいね——アルマイト」

「アルマイトなら大向きだよ、お前」

と、そこで僕は思いついたことを言う。

思いついたことというのは、先月、羽川と話したことだ——忍野の『仕事』は怪異譚の蒐集であり、集めた怪異譚を誰かに売って、金銭を得ることがあるという——

「戦場ヶ原。お前、何か怪談とか知ってる？」

「阿良々木くんとこうして一緒に歩いていることを怪談と呼ぶのであれば、知ってる」

「それは怪談じゃない」

「じゃあ知らない」

やかましいわ。

人の親切を踏みにじるという言葉があるが、まだ親切にしてもいないのに踏みにじられるという経験は珍しい。

僕は言った。

「いや、忍野って、専門家として怪異譚の蒐集を本分にしているからさ——もし、珍しい怪異譚とか、レアな都市伝説とか、そういうのをお前が知っているのであれば、それで借金を棒引きにできるかもしれないと思ってさ」

「ふうん……物々交換みたいな話になるわね。阿良々木くんにしてはいい情報をくれたわね。褒めてつかわす」

「…………」

普通にありがとうって言ってくれないかなあ。

現存する感謝の言葉で、一番嬉しくない言葉じゃあないだろうか、褒めてつかわす。

「ただ、生憎、自分で経験した以上の怪異譚なんて、私は知らないわね」

「別に怪異に、以上も以下もないと思うぜ」

「おっと、上からの発言ね。さっすが怪異の王とおかかわりになりあそばされた、お阿良々木くんは言うことが違うわ。違いまくるわ」

「お阿良々木くんってなんだよ」

「それはもう、お阿良々木くんほどの高みから見たら、ご覧になられたら、どんな怪異も、怪奇現象も平等かもしれないけれど、私のような底辺を這う下賤《げせん》の者からすれば、ちょっと差が大きいのよ、大阿良々木くん」

「大阿良々木くんって」

なんだろう、こいつ、偉そうにしている割に、卑屈な台詞《せりふ》が様になるな……。

「大バッハとか小バッハとか言うけれど、人の名前によく小とかつけられるわよね……。私にはとても真似できないネーミングセンスだわ」

「まあ、大とつけるのはいいけれど、小とつけるのは酷いよな」

「ねえ、極小阿良々木くん」

「名前のことを言っているんならともかく、もしも身長のことを言っているのであれば、厳重に抗議するぞ！」

「なに。偉大阿良々木くんと呼べばいいの？　偉大阿良々木くん」

「…………」

卑屈が似合う……。

問題だよなあ。

「ともかく、私は怪談なんて知らないわ。怖い話とか、本質的に苦手だしね。労働よりも、そっちのほうが苦手だから、やっぱりアルバイトをするしかなさそうね」

「ふうん……、まあ、お前のしたいようにすればいいけれどな」

どう考えても怖い話のほうが得意そうだけれど……、というか、正直言って、昨日、僕が体験した彼女との第一次遭遇が、十分に『怖い話』のような気がするが。

狂気・ホッチキス女。

忍野の奴、買ってくれないかな……。

五百万円くらいで。

「失礼なことを考えているわね、阿良々木くん」

「なんで無駄《むだ》に鋭いんだよ……」


心の中でぼやくことも許されないのか。

自分の悪評に対して厳し過ぎるだろ。

「はっきり言っておくけれど、阿良々木くん。私の周辺二百メートル以内では、内心の自由など許されていないのよ」

「圧政だなあ」

「表現の不自由、信仰の不自由、思想の不自由が保障されてるわ」

「暴政だろう」

しかも意外と縄張《なわば》り広っ。

どんな個人だよ。

「呼ぶ人は私のことを、赤の女王と呼ぶようね」

「鏡の国のアリスか」

「あるいは、赤の他人と呼ぶようね」

「普通に嫌われ者じゃねえか」

「真っ赤な嘘と呼ぶ者もいる。『真っ赤な嘘』、レッド・フェイクと」

「なんだその通り名。格好いいけど、嫌われ過ぎだろ」

「……あれ？　私、嫌われ過ぎじゃない？　こんなので私、この先の人生、大丈夫かしら……」

急に不安になったらしく、戦場ヶ原は足を止めて、真剣に考え始めてしまった。

情緒不安定な奴だ……。

さっきは、割と本気で、途中で別れようと思ったけれど、こんな奴を天下の公道に放置していくことはできそうもない。ちゃんと家まで送り届けてやるのが、友達としての義務だと思った。いや、たとえ友達じゃなかったとしても、一般市民としての義務だと……。

「まずいわね。なんとか世間の機嫌を取らないと。阿良々木くんの次に嫌われ者と呼ばれるのは御免《ごめん》だわ」

「……お前、本当に僕の友達になる気があるのか？　フレンドになる気があるのか？」

「もちろんあるわよ。阿良々木くんのフレネミーになる気は」

「フレネミーって、確かフレンドとエネミーを合わせた言葉だろ⁉」

「そう。つまり、友達でもあり、敵でもあるという……」

「いや、友達でもあり敵でもある奴は、普通に敵だろうが！」

いいライバル関係みたいに言ってんじゃねえよ。

僕にお前と競《せ》るなにかなんかねえよ。

「ちなみに私は、『私って友達、全然いないのー』みたいなことを言いながら、少なくともそんなことを言える友達はいる奴が大嫌い」

「…………」

心が狭い……。

狭量過ぎる。

「真に友達がいないっていうのがどういうことなのか、そいつらに教えてあげたくなる」

「いいだろ。許してやれよ。お前にはもう、僕がいるんだから」

「む」

戦場ヶ原が僕を見た。

すごい目で見た。

目で喰《く》われるかと思うような目だった——なんだろう、彼女の性格を考える限り、こんな風に友達面《づら》する奴も嫌いなのだろうか。

うーん。

やっぱり羽川のようにはいかないなあ……。

「ふ。まあそうね」

ややあって、戦場ヶ原はそう言った——ホッチキスを取り出すことも、カッターナイフを取り出すこともなく、そう言った。

こんなに胸を撫《な》で下ろすことはそうないというくらいにほっとした。

「寛大な心で許してあげるとしまうま」

「しまうま?」

「語尾を動物にしてみたら可愛くなるかと思って」

「お前の性格がまったく読めねえ……」

謎過ぎる。

過ぎる謎。

それとも、ひょっとすると彼女なりの照れ隠しなのだろうか——もしそうだとすれば、可愛いところもあるものだが。

「怪談ね——何かあればいいんだけれど」

アルバイトをするという方針を固めながらも、しかし一応、僕が出した案もまだ考慮はしてくれているようで、そんな風に考える仕種《しぐさ》をしてみせる戦場ヶ原。

あるいは、それも照れ隠しかもしれないが。

「嘘の怪談話をでっち上げるという手もあるわね」

「あるか」

やっぱ可愛くねえ。

僕の恩人に対して、そして自身の恩人に対して、ガセネタをつかませようとか、平然と何をたくらんでるんだ、こいつ。

「まあ、確かに……、嘘のお話でお金を稼ごうだなんて、それだとあの下種野郎《げす》と同じになっちゃうか」

「ん？　あの下種野郎？　誰のことだ？」

「え？　ああ……、私が下種野郎と言うときは、常に阿良々木くんのことよ」

「いや文脈上おかしいだろ！」

「おや」

と。

足を止めていた戦場ヶ原が、いきなり動いた——それも、前にではなく、横にである。つまり、歩道から車道に、ふらりと飛び出すような形だった。

なぜふいにそんな行動を取ろうとしたのか、理解できるわけもなかったが、しかし、まあとても長い付き合いとはいえないけれど、昨日から行動を共にしている身として、彼女の突飛《とっぴ》なアクションには既に慣れっこだった僕は、反射的に戦場ヶ原の動線を遮《さえぎ》った。

彼女の肩を抱く形で。

女子とは言え、人間一人分の体重の移動を遮るのだから、やっぱり、ずっしり来るものがあった——昨日。

昨日階段で、戦場ヶ原を受け止めたときとは違って——

「……何よ」

「え？」

「気安く触らないで」

「あ、悪い」

と、僕は戦場ヶ原の肩から手を離す。

「ただ、お前がいきなり道路に飛び出そうとするから……」

「なに。私が自殺するとでも思ったの？　衝動的に？」

「衝動的って言うか……」

言っちゃあ悪いけれど、そういう危うさはあるよな、こいつ。

闘病生活は終わったとは言え、彼女の気持ちの中では、まだ全然終わっていないのだろうし——これから病院で、精密検査やらを受けなければいけないことを差し引いても、だ。

「大丈夫よ。一日三回、食事のたびごとに自殺している阿良々木くんとは違って、私は自殺なんてしないわ」

「そんな服薬気分で自殺してねえよ、僕は」

「え？　じゃあなんで阿良々木くんはクラスの女子全員から『自殺くん』って呼ばれてるの？」

「え？　僕、クラスの女子全員からそんな風に呼ばれてるのか……？」

本当に自殺ものじゃねえか。

それこそ虚言だとは思うが、しかし地味に気がかりなので、後日ちゃんと羽川に確認しておくとしよう……『僕って女子全員からなんて呼ばれてるの？』なんて訊いたら、羽川はびっくりするかもしれないけれど……。

「じゃあその『自殺くん』が訊くけどさ、お前、なんでいきなり、道路に飛び出そうとしたんだ？」

「飛び出そうとしたんじゃなくて、ちょっと、あれを見ようと思ったのよ」

「あれ？」

戦場ヶ原が指さした方向を、僕は見た。道路を挟んだ、向こう側の歩道——その電柱である。いや、正確には電柱ではなく、その電柱の根元のあたりだった。

そこに花束《はなたば》が置かれていたのだ。

それも真新しい花束が。

献花台《けんかだい》というわけではないが、あれは——

「角度的に電柱の陰になって、何があるのかわからなかったから——だから角度を変えて見ようと思ったの。どうやら、ここら辺で交通事故があったみたいね」

「みたいだな……最近かな？」

学習塾跡と戦場ヶ原家を繋ぐルートは、普段僕が使っている道とは違うルートで、それこそテリトリー外なので、ここで交通事故、でないにしてもなんらかの事故があったとしても、知る由《よし》もないのだが……。

「けれど、その花に気を取られてお前が交通事故にあったんじゃあ、事故にあった人も浮かばれねえぞ。気をつけろよ」

悲しいことに、そういう二次被害も世の中では起こりうると聞く——『この先事故多発』の看板に気を取られて、正面衝突をする車があるとか、なんとか。

「車が通っていないことくらい、ちゃんと確認したわよ。下種野郎の心配には及ばないわ」

「友達を下種野郎と呼ぶお前が心配だよ」

それに、それは嘘っぽいしな。

いかにも、花に気を取られてという風だった——昨日階段から滑り落ちた件もあわせて考えると、こいつは案外、無用心《ぶようじん》な奴なのかもしれない。

神経質で無用心って、最悪じゃねえか。

せっかく『病気』が治ったっていうのに、そばにいてやらないと死にそうだな、こいつ——絶滅危惧種かよ。家まで送り届けるどころか、家の中まで送り届けてやりたくなってきた。

うーむ、恐ろしく手のかかる奴と友達になってしまった……。

「思い出したわ」

「ん？」

いきなり戦場ヶ原がそう言ったので、僕は首を傾げた。

「思い出したって、何を思い出したんだ？　僕の尊厳か？　それとも僕に対する謝罪の作法か？」

「ないものは思い出せない」

「ですか」

「思い出したのは『怖い話』よ——阿良々木くん」

「なんだよ」

「お姫様からの命令よ。よきにはからえ」

「…………」

そんな口調のお姫様がいるか。

003

戦場ヶ原姫の命令に従い、翌五月十日、早朝、僕は直江津高校の校舎の屋上を訪れた。

一人で、である。

話が話なのだから、本来は戦場ヶ原も同行すべき事案なのだけれど、しかし生憎、彼女は今日からしばらく、かかりつけの病院への通院生活を余儀なくされることになるのだった。

だから僕は『友達』として、彼女の代わりに動くことになったのだった——いや、友達というか、いいように使われているだけという気もするけれど、まあ、頼まれごとを断る理由はない。

暇だしな。

「お願いね。上首尾《じょうしゅび》に終わったら、またおっぱい見せてあげるから」

「見せていらんわ」

またとか言うな。

そんなやりとりを挟みつつだが、まあ快諾した僕は、戦場ヶ原の言に従って、校舎の屋上を訪れたのだった。

「校舎の屋上？　どの校舎の？」

「どれでもいいわ。全部そうだったから」

戦場ヶ原はそう言っていたので、僕は、自分のクラスがある校舎の屋上に、まず登るのだった——いや、こういう言いかたをすると、まるで正当な手順を踏んで屋上に登ったみたいに聞こえてしまうかもしれない。

ただ、直江津高校の屋上は、基本的に封鎖されていて、一般生徒の立ち入りは禁止されている。屋上に出入りする扉は施錠されていて、一般生徒どころか、一般以下生徒である僕が入れる場所では、本来なかった。

じゃあどうやって屋上に侵入、不法に侵入したのかと言えば、最上階の窓から、校舎の外側を這い登るようにして——である。

ちょっと手を滑らせたら即死だ。

なんで一昨日《おととい》知り合った女子に頼まれたくらいでそこまでの危険を冒さなくてはならないのか、自分でも理解に苦しむけれど、案外僕は、『友達からの頼みごと』みたいなものに、飢《う》えていたのかもしれない。

うーん。

友達を作ると人間強度が下がるという主義は、もう取り下げたとは言っても、こういう局面にぶつかってみると、やっぱりあながち間違いではなかったと思わされるな……。

一応、戦場ヶ原の名誉のために釈明しておくと、彼女はたぶん、僕がここまでするとは思ってはいなかったはずである。

と言うか、戦場ヶ原は、

「仲良しの羽川さんに頼めばいいわ。羽川さんが何か理由を作って先生に申請すれば、先生は喜んで屋上への鍵を貸してくれるはずだから」

と、そう言っていた。

まあ、優等生の羽川が頼めば、大抵の先生は、どんな無茶でも通してくれるだろうが——しかし、それをしなかったのは、僕の羽川に対する遠慮である。ゴールデンウィークのこともあったし、あまりあいつに頼るのも気が引けた。

まあ、危険な行為だとは言っても、校舎の壁を這い上がる程度のことは、もちろん進んでやりたいことではないけれど、そのゴールデンウィークの悪夢や、春休みの地獄を思い出せば、僕にとってはそれほどのリスクではない。

で。

「あ……、本当だ。戦場ヶ原の言った通りだ」

屋上のフェンスを外側からよじ登って、屋上のタイルに足をつけたところで、僕は戦場ヶ原が言っていたことが、虚言でなかったことを知る——虚言だと思っていたのかと問われれば、まあ、虚言かもしれないとは思っていたのだった。

いや、申し訳ないけれど、あんな呼吸をするように嘘をつく奴の言うことを、そうそう鵜呑《うの》みにはできないのだ。

鵜の目鷹《たか》の目、光らせてねえと。

で、まあ眼を光らすのに躍起《やっき》になってしまって、うっかりそれを後回しにしてしまったけれど、校舎の屋上において、果たして何が戦場ヶ原の言う通りだったのかを説明すれば——彼女の発言が嘘かもしれないと疑っていたため、ここまでそれを伏せて描写していたというのもあるのだが——それは、花束だった。

花束。

屋上のフェンスに近いところに、ビニールの包み紙に包まれた花束が置かれていたのである——置かれていたというか、献花されていたというか。

とにかく。

立ち入り禁止のはずの屋上に、真新しい花束があった。

「…………」

戦場ヶ原は昨日、道路の電柱のところに置かれていた新しめの花束を見て、この屋上にある花束のことを思い出したらしい——裏を返せば、彼女にとってはそれは、忘れてしまうほどのたわいない出来事だったということにはなる。

あっさり忘れ、ふと思い出せる程度の、たわいない出来事。

ただ。

たわいなくはあっても——しかし、それを、不思議だとは思ったらしい。

「いや、戦場ヶ原——そもそもお前はどうして、屋上に行ったんだ？」

昨夜。

まだ彼女の発言に対して疑惑たっぷりだった僕としては、少しでも発言の裏づけを取ろうと、そんな質問をした。

「立ち入り禁止の屋上に、お前はどうやって入ったんだ？」

「羽川姉さんほどじゃないけれど、私だって優等生なのよ。口実をつけて先生に頼めば、鍵を借りることくらいはできるわ」

「そりゃそうなんだろうけれど、羽川のことを羽川姉さんとか呼ぶな」

「おやおや。羽川さんを姉さんと呼んでいいのは自分だけだという主張？」

「僕も呼んだことねえよ」

なぜか戦場ヶ原は、僕が羽川に片恋していると邪推《じゃすい》しているのである。何が根拠なのかわからないけれど……。

「じゃあまあ、それは今はいいよ。今は措《お》くよ。お前はいつ、どんな用があって、屋上に登ったんだ？口実をつけてっていう言いかたからすると、先生には真実を告げてないっぽいが……」

「うわっ、だっさ。自分には推理力がありますアピールだ」

「…………」

僕には戦場ヶ原の言葉を深読みする権利がないようだった。とにかくひと言ごとに僕を攻撃してくるので、このままだと回想が終わらないから、その辺りは割愛しつつ、戦場ヶ原の言っていたことを思い出すと――

「ともかく私は、直江津高校に入学し、それから身の安全のことを考えたのよ。身の安全を考え、実のある行動を取ったのよ」

とのことだった。

なぜかわざわざ駄洒落《だじゃれ》っぽく言っているのはともかくとして、まあ、彼女はクラスの住所録にも偽の住所を書くくらいに、他者に対して警戒心の強い女子なのだ。

羽川が受験するときに、あるいは入学したあとに、直江津高校のことを調べたのとは違う意味で、どこが危険でどこが安全か、誰が味方で誰が敵かを、徹底的に調査したのだという。

入学した直後だけの話じゃあなく、二年間、ずっとそうやって、継続的な追跡調査をしていたとか――まあ、だったら僕が先日破壊した、中庭花壇の祠のことも知っていたのだろうが、あれは彼女からすれば『安全』なものと、別段意に介することもなく、スルーしたのだと思われる。

そして同じようにスルーしたもののの中に、立ち入り禁止の屋上の花束があった――というわけだ。

「怪異譚とか、怪談とは違うんだけれど――でも、よく考えたら、不思議な話ではあるでしょう?」

そう。

不思議な話なのだ。

だって――羽川も言っていたではないか。

直江津高校の、十八年の歴史の中で、生徒が死んだというような事件は、一件も起こっていないのだから――だから。

こんな。

まるで誰かが、校舎の屋上から飛び降りたかのような献花があるのは――不思議なのだ。

「…………」

ハリボテの祠に、通りすがりの生徒が駄菓子を供えていくのとはわけが違う。こんな、本格的っぽい献花――

僕は、屋上に設置された給水塔の梯子《はしご》に手をかけ、更に一段高いところに登り、そしてそこから見渡すことで、他の校舎の屋上を確認した――それも戦場ヶ原の言った通り。

すべての屋上に、ひとつずつ、ひと束ずつ、花束が置かれていた。遠目なので確実なことは言えないけれど、見る限り、束ねられた花の種類は同一らしいが……。

「…………」

羽川が。

忍野に、お礼としてなんらかの『学校の怪談』のようなものを提供しようとして、学校を調べていた羽川が、このことを知らなかったのは――まあ、彼女の場合戦場ヶ原と違って、合法的な場所しか調べていないからだったと思われる。

確かに、なんでも知っているわけじゃあないんだな、あいつも……。この場合、知っている戦場ヶ原のほうがおかしいというか、怖いのだが……。

「かつて飛び降り自殺があったわけでもないのに、人知れず、誰にも知られることなく、ひっそりと、すべての校舎の屋上になされ続けている献花――こういうお話って、忍野さんが欲しがったりしないかしら？」

戦場ヶ原は例の無表情と。

そして平坦な口調で言った。

「具体的には十二万円くらいの価値がないかしら？」

「…………」

二万円のキックバックをもらおうとしていた。

本当に変わった性格だよな、あいつ……。

病気のせいで、怪異のせいでひねくれたのかとも思っていたけれど、いやもちろんひねくれたんだろうけれど、ひねくれる前からあの女は十分変な性格だったようだと思われる。

深窓の令嬢と呼ばれていたのは演技ゆえだと言っていたが、その演技がなかったら彼女は一体何と呼ばれていただろう……。

ともかく。

戦場ヶ原の話の裏づけは、こうして取れたわけだ――となると、僕がすべきことは、それをそのまま忍野に伝えることだった。

というと、まるで淡々として、まるで僕自身はこの件にまったく興味がないかのような態度だけれど、しかし僕としては、この話を忍野がどのように解釈するのかには興味があった。

存在しない自殺者への献花。

花束。

そこには確固たる目的があるのか、意図があるのか、それとも——

「……ま、それはともかく」

僕は呟く。

給水塔の上で。

「どうやって校舎の中に戻ろうかな……」

004

「登るのは簡単でも降りるのは難しい——はっはー。まるで人生と同じだね。で、阿良々木くん、実際にはどうやって降りたんだい？」

怪異譚を集めるのが趣味なのか仕事なのかはともかくとして、なんにしても僕の失敗譚を聞くのが大好きと見える忍野は、とても嬉しそうに、そう訊いてきた。

僕は、早速《さっそく》その日の放課後、学習塾跡の廃ビルを訪れたわけだが——まさかそこで、まず自分のうっかりを問われることになるとは思わなかった。

教室の隅を見ると、金髪の幼女がむすっとした感じに僕を見ている——彼女にとっては、怪異譚にしても失敗譚にしても、僕の話はそんなに面白いものではないらしい。

まあ、どんな話でも、僕に関する話が、あいつにとって愉快であるはずがないか。

「いや、まあ、普通に降りたよ。普通に頑張って降りたよ。フェンスから乗り出して、来たとき開けた最上階の窓から入るために、手足を突っ張って、壁を伝って降りたよ」

「はっはー。そりゃあ頑張ったね、阿良々木くん。吸血鬼の力が懐かしいんじゃないかい？　吸血鬼の力があれば、校舎の屋上からくらい、飛び降りても平気だもんね」

「まあ、平気だったかな……けど、懐かしいとはとても思えないけれど。もどきの力でも、十分にもてあましているくらいだ」

「ふむ。もどきの力と言えば」

忍野は、教室の隅の幼女を示した。

「今度の土日あたりに、阿良々木くん、忍《しのぶ》ちゃんに血を飲ませにきてあげてね。でないと、あの子、ころっと死んじゃうから」

「……わかった」

ああ。

そう言えばあの金髪幼女には忍野が、名前をつけたんだったな――忍野忍。正直、まだ全然慣れないが――とはいえ真の名前で呼ぶわけにもいかないのだから、無理矢理にでも、僕はそれに適応していかなければならない。

「忍に、血を飲ませに、な」

それにしても、ゴールデンウィークからこっち、僕は少しこの学習塾跡に頻繁《ひんぱん》に来過ぎているようにも思う――どうして僕は、高校時代という人生で一度しかない貴重な青春を、廃ビルでチャラいおっさんと会うために費やしているのだろう。

まあ、忍野の奴、この廃ビルでの生活も長くなってきたから、チャラいというよりも、小汚いおっさんになっているんだけれど……。

「…………」

とは言え。

僕も別に、本当に高校時代を、人生に一度しかない貴重な青春だと思っているわけではない――人生に一度しかないし、青春ではあるのだろうけれど、それを貴重だと思っているわけではない。

それは吹けば飛ぶような。

頼りのないものだ――怪しさひとつで消し飛ぶような、そういうものだと思っている。

なに、青春とか言っても。

春が過ぎれば――夏が来るだけである。

「で、どうなんだ。忍野。今僕が持ってきた話には、十二万円——じゃなくって、十万円くらいの価値はあるか？」

「んー……」

「なんだよ」

忍野が例によって思わせぶりに黙るので、僕としては詰め寄らざるを得ない。

「いや、全額じゃなくてもいいんだぜ？　十万円は行き過ぎでも、八万円とか、五万円とか——」

「………」

「に、二万円とか——」

あ。

駄目だなこれ、と僕は言いながら思った。

表情を読めるほどに、忍野はわかりやすい奴ではないけれど、それでも働く直感というものはある——なんというか、まったく脈がない。

羽川が忍野に提供した例の祠の話には、まだしも忍野は、興味を示したようだったが——もしも羽川がお金を請求していたら、忍野は支払っていただろう——、今回は、どうやらそれとは具合が違うようだった。

「阿良々木くんって、あのお嬢ちゃんの電話番号とか、メールアドレスとかって、知ってる？」

「いや、聞いてない……」

いきなりの質問に、正直に答える僕。

「一昨日聞いておけばよかったのに。じゃあ、阿良々木くんはあのお嬢ちゃんとは連絡が取れない状態なんだね？」

「まあ……いや、近いうちに教えてもらうつもりだけれど……」

そんな風に、馬鹿にしたみたいな言い方をすることはないだろう。

電話番号の交換とか、慣れてないんだよ。

「連絡って、なんでだよ？」

「こう伝えて欲しかったんだよ。『ご期待には添いかねますので、料金は別途用立ててください』って——」

「…………」

まあ、心の準備は済ませていたので、驚きもしない。

それに、それについては連絡を取るまでもない——戦場ヶ原としても、元々はアルバイトをして、ちゃんと十万円を支払うつもりになってはいたのだ。

こちらはあくまでも予備のプランと言うか……。

だから、もしもこの駄目元がうまくいくようだったら、今日中に報告するという約束になっている。

つまり、報告がなければ、あいつは特に思うところもなく、バイト情報誌を調べ始めるのだろう。

……ただ、忍野に指摘されるまで気付かなかったけれど、仮に戦場ヶ原の話に金銭的価値があった場合、彼女の電話番号を知らない僕は、わざわざというか、またも彼女の住むアパートを訪問することになっていたのか……。

無茶苦茶な話だ。

フットワークが軽いというか、今時の高校生ではまったくない——いや、別に僕は、自分が今時の高校生だというつもりは、まったくないのだが。

「そうかい。ま、じゃあ今度学校で会ったときにでも、正式に伝えておいておくれよ」

「ああ……、ま、あいつしばらく病院通いだから、学校には来ないと思うけれど……、でも、なんにしてもいずれあいつに報告することになるときに、理由もなしじゃあ、僕が殺されちまうからさ。どうしてこの話に、一円の価値もないのかは、教えてもらっといていいか？」

「一円の価値もないは言い過ぎだね。ただ、小銭切捨てで計上しないと、帳簿をつけていない僕としては、経理がこんがらがってしまうからさ」

「小銭……」

小銭というのは、どの辺までが小銭だろうか。

僕の感覚では、五百円玉はもう小銭と表現し辛《づら》いものがあるのだけれど、しかし仮にそれを含むとしても、小銭という切捨てかたは、なんだか普通に無価値だと言われるよりも、辛辣なものがあるように思える。

気遣いがないというか……、本当、そういう言いかたをする奴なんだよな、こいつは……。戦場ヶ原がこの場にいなくて本当によかったと思った。

春休みやゴールデンウィークよろしくの、バトル展開になりかねない。

それだけは避けなければ……。

「はっはー。なんだよ阿良々木くん、元気いいなあ。何かいいことでもあったのかい？」

「いや、僕としてはなんというか、悪いことが起きないように万全の態勢を敷きたいだけなんだけれど……」

いつもの忍野の言葉に対する反応も、これから先の危惧を思うと、やや鈍くなってしまった。僕の失敗譚は笑い飛ばす忍野だが、将来への不安を抱える僕を笑い飛ばすほどに彼も人でなしではなかったようで、

「そうかい。そうだね」

と言う。

「本来ならば相談料をいただきたいところだけれど、なあに阿良々木くんとは満更《まんざら》知らない仲じゃあない、今回だけは特別に、ロハで教えてあげよう」

「……助かるよ」

下心があったとは言え、なんで仕事だという怪異譚集めに協力しようとして、逆にお金を払わねばならんのだと反論したくもなったけれど、まあ、ロハにしてくれるというのなら、それに越したことはない。

ただし忍野はそんな僕に対し、

「助けるわけじゃあないさ。人は一人で勝手に助かるだけだからね――」

と言った。

「まず、阿良々木くんたちが見たという、交通事故現場についてだけれどさ――あそこでは先月、死亡事故が起きているんだよ。道路を横切ろうとした歩

行者が、軽トラに撥《は》ねられている」

「へえ……、そうなのか。よく知ってるな」

「この学習塾跡からは近所だし、それを僕は、阿良々木くんに手伝われるまでもなく、そもそも怪異譚を蒐集するために、あっちこっちを調べているわけだからね——そりゃ知ってるよ」

「そっか……」

手伝われるまでもなくとか言われると、すごく疎外感があるけれど……、まあ、事実には違いないか。あえて忍野はそういう、人を突き放すみたいな物言いをする傾向があるし。

しかし、わかっていたことではあったが、死亡事故が起こって、誰かが亡くなったというのは痛ましい限りだ——それが誰か、どこに住む誰かはわからないから、悼《いた》むにも限りがあるけれど。

あそこに花束を置いた、おそらくはその死亡者の親族には及ぶべくもないけれど、それでも一応、心の中で冥福《めいふく》を祈った。


「まあ、僕の仕事は交通事故調査官じゃないから、その件を詳しく調べたってわけじゃあないんだけれど……、ただ、あそこって、元々交通事故が起きやすい構造にはなっているんだよね。今回の場合は、歩行者の無茶な横断が原因みたいだけれど……」

忍野は解説を続ける。

こいつは人の死を悼んだりはしないのだろうか、とも思うが、まあその辺、人間性で言えば、僕のほうが偽善的と思われるかもしれない。

「そうでなくとも、死亡事故でなくとも、車の自損事故とか、単純接触とか、そういうのが多発している——とか」

「ふうん……まあ、戦場ヶ原も危うく道路に飛び出すところだったしな……」

本人は安全確認は済ませていたといっていたが、大抵の人間は、あの状況においてはそう言うだろう。事故に遭った後も、同じことを言うかもしれない。

「ああでも、戦場ヶ原の場合は献花された花束に気を取られて、だったかな――道路の構造の問題じゃあないのか」

「うん。まあ、そういうこともある。それについては、気になるところではあるし、かといってご遺族の気持ちを無下《むげ》にするわけにもいかないから、このあと僕が出たときにでも、その花束の位置に変化を加えておくよ」

「……うん、そうしておいてくれ」

むしろ僕が、昨日の時点でそうしておくべきだったことを思うと、どんな顔をして『そうしておいてくれ』なのか不明だが、まあ、僕は僕の顔をして、そう言うしかないだろう。

こいつ、僕に対しては無神経な癖に、そういうところには気の回る奴なんだよな……。

「それはともかく、話を戻してくれよ、忍野」

「戻すような話はないよ。話はまったくそれていない――さて、問題は、誰かが校舎から飛び降りて自殺したわけでもないのに――あるいは、転落事故があったわけでもないのに、なぜか通っている高校の、すべての屋上に花束が置かれている――ことだったね？」

「ん……、あ、ああ。そうだよ」

戦場ヶ原が僕に対して、『自殺くん』とかなんとか、とんでもねえニックネームをつけかけるから、なんとなく思考がそっちに傾いていたけれど、普通、屋上から落ちたというのならば、転落事故の可能性を考えるものだろう。

たとえば今日の朝、僕が落ちていたら、それは転落事故だった……。

「まあ、実際に転落するかどうかはともかく、屋上ってのは確かに、事故の起こりやすい場所ではあるよね。だから立ち入り禁止にされていた」

「まあ……、屋上が開放されている学校ってのは、冗談みてーに高いフェンスで囲まれてたりするしな。直江津高校の場合は、僕が外側から乗り越えられるくらいのフェンスだったけれど」

「そうだね。……まあ道路にしても、学校の中にしても、事故や事件が置きやすい場所というのはあるわけだ——わかりやすく言うと、パワースポットの逆みたいなものかな？」

「……霊的に悪い場所ってことか？　えっと、なんかそういうのあるんだよな。鬼門《きもん》の方角とか、なんとか——」

またもうろおぼえの知識を、頑張って披露しようとする僕だったが、そんな頑張りは、忍野の、

「いや、そういうのとは違うけどね」

というひと言によって、無為《むい》に終わる。

こいつはこいつで、僕を育てる気がないな。

僕がすごい素質を持っていたらどうするんだ？

……何の素質かは知らないけれど。

「もちろん、霊的に悪い場所ってのはあるよ——僕は今、それを調べていたりもする」

「？」

「いや、忘れてくれ。阿良々木くんにはまだ早い話だったし、余計な話だった。ここでこそ話を戻そう。阿良々木くんが話をそらしたりするから大変な時間のロスだ」

「いや、別に今、そんなに焦《あせ》ってる局面じゃないだろ……」

なんだか強引に有耶無耶《うやむや》にされた気がするが……、まあいいか。忍野の仕事の詳細までを、僕は知りたいわけではないのだ。

確かに、吸血鬼がらみで来た町に、随分長く滞在していると思ってはいるけれど。

「時間のロサンゼルスだ」

「……そういう面白くないことを言っている時間があるんだったら、僕の雑談にも付き合って欲しいと思うけどな」

「あの道路はそれほどではないけれど、事故が起こりやすいつくりの場所ってのは、僕みたいな旅人からすれば、全国至るところにある。こんなところに歩道橋があったら視界が遮られるじゃないかとか、

ここで工事を行ったら、向こう側からの飛び出しが見えないよ、とか——また、自殺者が、自殺するのに選びやすい場所というのもある。いわゆる自殺の名所って奴だけれど……、けれど、それはあくまでも地形とか環境とかの問題であって、霊的な要素は関係ないよ」

「……はあ。まあ、そう言われればそうなんだけれど。怪異の専門家らしからぬ発言だな」

「いやまあ、何かマイナスイメージなことがあると、怪異のせいにされがちな風潮を、僕は憂《うれ》えているわけさ。はっはー」

忍野はそんな風に笑う。

それを聞くとなんだか殊勝《しゅしょう》な心がけのようではあるが、しかし、社会におけるマイナスイメージを背負うのが怪異の役割みたいなところがあるので、そうなると鶏《にわとり》が先か卵が先かみたいな話になってきそうだけれど……。

「別に僕は、今回の件を怪異がらみだと思っているわけじゃないさ。別に『怖い話』じゃあないし、いつだったか話した祠みたいに『不気味な話』でもないしな。戦場ヶ原だって、昨日まで忘れていたようなせいぜい、ちょっとだけ気にかかるというか……、『不思議な話』程度にしか思ってないよ」

『すこし・ふしぎ』というわけかい」

「いや別に藤子不二雄先生をここで持ち出すつもりはねえよ」

まあ、でもニュアンスとしてはそんな感じだ。

なにこれ？

くらいの感じ。

NKだ。

「あの道路で事故が起きたことも、お前の言う通り、別に怪異の仕業ってわけじゃあないんだろうし——戦場ヶ原が道路に飛び出しかけたのも、怪異とか霊とかのせいじゃなくって、単純に、花束の角度の問題だもんな」

「そうだね。まあそれも、地形や環境の問題と言えるのかもしれない——だから僕は、その花束の位置を、これから変えに行こうと思っているわけだけれども」

忍野は言った。

阿良々木くん、と。

「献花された花束が事故を招くことがあるんだったら——その逆もあるとは思わないかい？」

005

後日談というか、今回のオチ。

今回と言っても、そのオチがついたのは、結構先の話となった——なぜなら、僕は忍野の話を聞いて『納得』してしまい、つまり、感じていた『不思議』がすっかり解消されてしまったため、結局僕は戦場ヶ原にその件を報告しなかったからだ。

僕から連絡のなかった戦場ヶ原は戦場ヶ原で、その件についてもう触れることはなかった——次に会ったときにでも言えばいいかくらいに考えていたけれど、次に会ったときには、つまり五月十四日の日曜日には、それは結構な大事件があったために、この件はなんとなくと言ったら言葉は悪いけれども、まあなんとなく、有耶無耶になってしまったのだった。

以前のように戦場ヶ原は忘れたのだろうし。

僕も、同じように忘れてしまった。

それを思い出したのは、五月の下旬あたりのことである——僕は戦場ヶ原に、

「思い出した」

と言って、その話をした。

「要するに学校側の、屋上管理の一環だったみたいなんだよな——あの花束」

「屋上管理？」

戦場ヶ原は、言われて思い出したみたいなリアク

ションこそ見せたが、しかしさすがは才媛《さいえん》、一瞬ですべてを思い出したらしく、そんな反応をする。

「そう、鍵の管理とか、フェンスの設置とかと同じ——まあ、その二つに較べたら、気休めというか、おまじないというか、ジンクスみたいなものらしいけれど」

「花束が——花束を屋上に置くことが、なんの管理になるの？　屋上庭園か何かのつもり——にしては、悪趣味よね。阿良々木くんのファッションセンスくらい悪趣味よね」

「意味もなく僕のファッションセンスを責め立てるな」

「何その学生服」

「私服ならともかく、学生服を責めるなよ！　お前、直江津高校のすべての男子を敵に回すつもりか！」

「阿良々木くん以外の男子なんて、全員敵に回ってもへっちゃらよ」

「その場合僕も敵に回るって言ってんだよ！　まあ、確かに悪趣味じゃああるんだが……」

「でしょ？」

「いや、僕のセンスや学生服がじゃなくて、花束が、だぞ？　悪趣味な企《たくら》みではあるんだが——誰が考えたのかは知らないけれど、まるで『ここで誰かが死んだ』ことを示すかのような花束を置くことで、逆説的に『ここは危険だぞ』という警告代わりにしていたんだと……」

「警告代わり……？　『この先事故多し』みたいなこと？」

「ああ。自殺の名所とかは、それを思いとどまるように促す看板があったりもするみたいだけれど……、そういう看板の存在が自殺の名所を自殺の名所たらしめたりもするみたいだけど……、ともかく、普通に危険だって言うんじゃあありきたりで効果が薄いと思った誰かがいたんだろう。強烈だもんな、『過去にここで誰かが死んだ』っていうメッセージは——」

「…………」

その花束に気を取られて道路に飛び出しかけた戦場ヶ原のような例もあるけれど——忍野は『その逆』という言いかたをしたが、普通はそういう花束を見たら、過去にここで事故があったんだ、ここは危険かもしれないという風に、用心したくもなるものだろう。

注意を喚起《かんき》するために。

学校側が花束を置いた。

「……カラス避けにカラスの死体を飾るようなものかしら？　そうしておけばカラスが用心して近付かないという？　……でも、それって、ジンクス以上の効果、あるかしら？　カラスの死体を飾るみたいに、花束じゃなくて実際に事故に遭った死体を置くならともかく……」

「恐ろしいアイディアを出すな、お前は悪魔か。まあ、気休めっつーか、遊び心に近いものなんだろうって忍野は言っていたよ。戸締りとフェンスで、落下防止策としては本来十分なんだからな——ただ、それでも完全とは言えない。お前みたいに嘘をついて、屋上に入る生徒が実際にいるわけだし」

「ちょっと、阿良々木くん。人を嘘つきみたいに言うのはやめてくれないかしら？　私は口がうまいだけよ」

「毒舌じゃねえかよ。うまい毒とか最悪じゃねえか。だから完全とはいえない管理状況に際して、学校側は、そういうおまじないで、気休めをしていたって話——いない死人に対して、誰かが献花を続けていたとか、そういうことではないらしい」

「ふうん……」

なるほど、と戦場ヶ原は納得した風だった。

まあ、そう説明されてしまうと、まるで当たり前みたいで、日常みたいで、疑問の挟みようもない解答ではあった。

不思議や。

まして怪しさの入り込む余地はない。

話としては、不謹慎《ふきんしん》な面白さもあるけれど――少なくとも忍野が集めたい類の話じゃあなかっただろう。

小銭程度の価値しかないと言われもするか。

となると、羽川はこの件を、案外知っていたかもしれないと思う――その真相までを知っていて、だからこそ、忍野のところにこの話を持っていかなかったのだと。

「けれど、新たな不思議は生じるわね。どうして忍野さん、そうわかったのかしら？ 似たような例を知っていたのかしらね。阿良々木くんの話を聞いただけで、どうしてそこまで断定することができたのかしら？」

「断定ってほどじゃあないけれど……、ほら。僕もお前も、同じように誤解していたけれど……、事故にしろ自殺にしろ、屋上からの転落があったのなら、花束を置くのは屋上じゃないだろ」

「あ」

「落ちた先の地面だろ」

交通事故の場合、まさか命を落とした道路の真ん中に花束を置くわけにはいかないだろうけれど――仮に屋上から落下事故があったとすれば、通常、地表のほうに献花はされる。当然だ、転落者が命を落としたのは、屋上ではなく地表なのだから。

「なるほど……それは誤解だったわね。だけど誰の身にも起こりうる間違いではあるわよね」

「自己フォローが早いな……」

「まあ、ジンクスとは言え、落下対策なのだから、仕掛ける側としては、たとえその齟齬《そご》がわかっていたとしても、花束は屋上に置くしかなかったというわけね――ただし」

そんな行為も、これからはもう行われないでしょうね――と、戦場ヶ原はその、校舎の屋上を見上げた。現在改修中――新しく、背の高いフェンスを設置している最中の校舎の屋上を。

そう。

屋上の改修工事が始まったことが、僕がこの件を思い出せたきっかけだったのだ。そして戦場ヶ原に、二十日近く遅れての報告ができたというわけだが……、ただ、それで胸のつかえが取れて、すっきりしたかと言えば、そんなことはなかった。

むしろこの件を、すっかり失念している状態のほうが、気が楽だったくらいである――だって、今、屋上がそのような改修を余儀なくされているのは、『先日校舎の外側を伝って屋上に入り込んだ生徒がいたらしい』という噂が立ったからなのだから。

学校側も、まさか、外から屋上に侵入する馬鹿者の存在を想定していなかっただろう――外からの侵入者に対し、花束が有効であるはずもないしな。

新たなるフェンスの設置代。

十万円やそこらじゃあ、済まないだろう。

そして、もしも侵入者の正体が僕だとばれたら――僕の身は退学では済まないだろう。むろん、それを促した戦場ヶ原の身も、ただでは……。

「……阿良々木くん」

「わかってる、この件は二人だけの秘密だ」

「いえ……、秘密じゃあ少し足りないわね」

「足りなきゃいったいどうするんだよ」

「もちろんこれまで通りにするのよ」

「これまで通り？」

「忘れましょ」

とは言え忍野さんへの十万円だけは、忘れない内になんとかしなくちゃね――と。

戦場ヶ原ひたぎは感情を感じさせない、例の平坦な口調で言ったのだった。

第三話　こよみサンド

SUN	MON	TUE	WED	THU	FRI	SAT
				1	2	3
4	5	6	7	8	9	10
11	12	13	14	15	16	17
18	19	20	21	22	23	24
25	26	27	28	29	30	

6

June

001

八九寺真宵《はちくじまよい》と知り合ったのは――互いの事情を知り合ったのは、名前も読めない公園でのことだったけれど、それ以降彼女と会う場所は、いつも道の上だった。

元々、公園にいたときも彼女は、母親を訪《たず》ねようとして迷子《まいご》になっていたのだが、まあそれゆえに、いわゆる道に関しては一家言《いっかげん》あるのではないかと思って、僕はいつだったか、八九寺に訊いてみたことがある。

お前は。

お前は自分の歩む道を、いったいどんな風にとらえているのかと――それは換言すると、お前は自分の人生をどのようにとらえているのかという質問に他ならない。

念のために断っておくと、僕はとりたてて、自分にそんなことを訊く資格があると思っていたわけではないし――彼女がどんな思いで生きていようと、それは僕とはまったく無関係だと思っていた。

無関係という言いかたが無神経なのだったら、まあ、どんな生きかたをしていようと八九寺の勝手だとか――それも勝手な言い分だと言うのなら、八九寺の自由だと思っていたと言い直そう。

たとえ友達であろうと。

それこそ羽川のような、無私無二の友達であろうと――生きかたにまで干渉する権利はないのだから。

死にかたには、もちろん関与するにしても……。

「道、というのはわたしにとって」

と。

八九寺はそんな僕の質問に、こんな風に答えたのだった。

「歩く場所、それだけですけれど」

いやいや。

それは単純に、道路という意味での道だろう——そうじゃなくって、いやそうでもあるんだけれど、もっと概念的な意味での道について、僕は訊きたかったのだが。

「いえいえ、阿良々木さん。それだって同じですよ。道は歩く場所です」

僕がした訂正にも八九寺は、揺るがなかった。いつものように彼女は、にこにこしたまま、愛想よく続けたのだった。

「道というのは、たとえどんな道でも、どこかとどこかを繋ぐ場所です——スタートがどこだったとしても、ゴールがどこだったとしても、それは変わりません。普通、行き止まりのことを、道とは言わないでしょう?」

つまり、と八九寺は言った。

「この道はどういう道だろうとか、どこに続いているんだろうとか、不安定な道で今にも崩れそうだとか、他の道に移りたいとか、そういうことを考えるのは構いませんけれど——それでも、ひとつだけやっちゃあいけないことがあるんです。それをやったら、やった瞬間に、道が道ではなくなってしまうというタブーが」

そのタブーとはなんだと訊いた僕に、八九寺は答えた。

歴戦の迷子は答えた。

「立ち止まることです」

止まったらそこは道ではなくなるのです。

002

「あ……、こんにちは、飽き飽きさん」

「ちょっと待て八九寺。僕との会話にもうすっかりうんざりしているかのごとき倦怠感《けんたいかん》溢れる風に呼びかけてくるな。僕の名前は阿良々木だ」

「失礼。噛みました」

「違う、わざとだ……」

「噛みまみた」

「わざとじゃない⁉」

六月中旬。

月半ば。

例によって道を歩いていると八九寺を見かけた僕は、いつものように彼女に声をかけた——そして例によって八九寺は僕の名前を噛んできた。

しかも嫌な噛みかたをしてきた。

飽きてんじゃねえよ。

まだそんなに飽きるほど、お前とお喋りしてねえよ。お喋りし足りてねえよ。

もっとお前と喋らせろ。

「噛むわたしが悪いみたいに言わないでくださいよ。わたしが普通に喋っていたら、偶然噛みやすい名前の人が現れただけのことでしょう?」

「お前が喋っていることと、僕が現れたことを分けて考えるな。分割するな。噛みやすい名前の僕が現れたから、お前は喋ってるんだろうが」

「いやでも、考えてみてくださいよ、阿良々木さん。わたしは阿良々木さんの名前を頻繁に噛んでいますけれど、阿良々木さんはわたしの名前を噛んだことはありませんよね? 阿良々木さんの名前のみ、噛まれるのが現状なんですよね? つまりそれは、阿良々木さんが悪いってことですよ」

「何理詰めっぽく僕が悪いことにしてるんだよ。理論が一足飛ばしじゃねえか。お前が噛んでるんだから お前が悪いだろ」

「まあ確かにわたしもこの件には一枚噛んでいると言えますがね」

「うまいこと言ってんじゃねえよ。お前しか噛んでねえんだよ」

ふと、僕は八九寺の名前を噛むとしたら、どんな噛みかたがあるだろうと考えた——はちくじ、はち

くじ、はちくじ。

駄目だ。

すごく言いやすいぜ。

「で、阿良々木さん」

切り替えて。

八九寺は僕に訊いてきた。

「今日はどちらに?」

「見ての通り、これから学校だよ。こないだ話しただろ? 僕はおちこぼれの不良学生から真面目《まじめ》な高校生へとジョブチェンジしたんだよ。だから学校に行くんだ」

「不真面目な高校生でも、学校には行きますけどね」

「いや、お前八九寺、これまでの僕の不真面目さをなめるなよ。僕が一、二年生の頃、学校に行く振りをしてどこに行っていたと思っているんだ」

「どこに行っていたんですか」

「ショッピングモールで買い物をな」

「浅い不真面目さですね……」

「しかも金がないからウインドウショッピングだ」

「大人女子ですか」

まあ。

大人女子という不思議な単語はともかくとして、確かに、今から思えばなんでそんなことをしていたのだろうと思える、我ながら謎な行動だった。

補導されるリスクを冒してまで、僕はお店屋さんの窓を見たかったのだろうか?

あの頃の経験、まったく身についていないんだけれど……人生において、なんのプラスにもならないんだけれど。

「…………」

いや、そうじゃなくって、たぶんあの頃の僕は、学校にいたくなかったのだ——そして家にもいづらかった。

だからそれ以外の場所なら、どこにいて何をしていてもよかったのだろう——きっとそれで、救われたみたいな気分になっていたのだろう。

何からなのかは知らないけれど。

救われたみたいな気に。

「はあ……、それはそれは。現実逃避を地で行く感じですね。地対空逃避ですね。阿良々木さん、駄目だ駄目だとは思っていましたけれど、そこまで駄目な人だったんですか」

「おいおい、辛辣だな」

「今度から駄目駄目さんと呼んだほうがよろしいでしょうか？」

「気ィ遣ってるみたいな風に悪口を言ってんじゃねえよ！　僕の名前がひとつも残ってないじゃないか！　僕が一枚も噛んでねえ！」

「いや、でもそうなるともう、残すほどの名前じゃないわけでしょう？」

「僕だって別に歴史に名を残したいわけじゃあないけれど、それでも駄目駄目さんという名前を残したいとは思わないよ！」

まあ。

地対空逃避と言われればわけがわからないが、現実逃避を地で行くと言われれば、それはその通りである——なんというか、もしもあの調子で高校生活を続けていたら、今頃結構なことになっていたかもしれない。

道を踏み外す。

どころでは済まなかったかも……。

そう思うと、春休みに羽川と会ったこと——忍と会ったこと。

そして戦場ヶ原と会ったことは、僕にとって、大きな人生の転換点となったのかもしれなかった。

「まあ、かもしれませんね。道を歩くというのは、人に出会うということでもありますから」

「おお。いいことを言うじゃないか、八九寺」

「そうですよ。だから阿良々木さんの言う通り、あのかた達との出会いは、阿良々木さんにとって大きな折り返し地点になったのです」

「いやいや！　折り返し地点じゃなくて転換点だっ

てば！　折り返し地点だとしたら早過ぎるだろ！」

「まあまあ、天才と馬鹿は早死にするって言いますからね」

「明らかに今、僕を馬鹿のほうのくくりに入れただろ！　折り返し地点って！　言うなら、僕、今十八歳だから、三十六歳で死ぬことになるじゃん！」

「あ。これは意外です。掛け算はできるんですね、阿良々木さん」

「な、何までできないと思ってたの？」

　僕が数学が得意なのは知ってるはずだよな？

　それが僕のような落ちこぼれが受験生へとジョブチェンジしうる、唯一の根拠というか、指針なのだから。

「いや、でもですね、阿良々木さん。数学の得意不得意はともかくとして、誰でも掛け算や割り算ができるっていうのは、考えてみたらすごいことだと思いませんか？　なんとなくみんな習っちゃってますけれど、実は結構高度なことやってますよね。掛け算、割り算」

「確かにな……言われてみればそうかもしれん。そういうのって誰がいつ定めたのかわからないけれど、でも、小学二年生で九九を習うように定めた人って、結構偉大かもしれない」

　そう考えると、英語を幼少のうちに教えるという考えかたは、案外間違っていないのかもしれない。

「まあ、受験に取り組むためには、まず僕は、高校をちゃんと卒業しなくちゃいけないからな。前にもこういうこと、言ったかもしれないけれど、とにかくそんなわけで、こうして学校に向かっているわけだ。偉いだろう。掛け算を小二で習わせると決めた人くらい偉いだろう」

「だから学校くらい誰でも向かいますって……」

「そんなわけで八九寺。お前の相手をしている時間はないいんだ」

　僕は、八九寺の歩幅に合わせて、歩いて押していた自転車に跨《またが》り直す。通学用のママチャリである。

もっとも、通学用でないマウンテンバイクは、先月、不慮の事故でバラバラになったため、今はもうこのママチャリに、『通学用』という冠《かんむり》をつける必要は、あんまりなくなっている。

ママが乗っているわけでもないのにママチャリというのは、よく考えたらおかしいが……うちの母親あたりは、なんというか、モンスターみたいなバイクに乗ってるしな。

「さらばだ。なに、寂しがることはない。お前が会いたくなったとき、僕はまたお前の前に、颯爽《さっそう》と現れてやるさ」

「それは永遠にお別れって意味ですか？」

「何故だよ！　会いたいと思えよ！　僕に！」

「痛いとは思ってますけど……」

嫌そうに言う八九寺さん。

すかしたことを吐《ぬ》かした僕に対する嫌悪感を隠そうとしない。

子供に嫌われるというのは結構なダメージを被《こうむ》る事実であり、僕はペダルを漕《こ》ぎ出しそこなった。

いい去りどきを逸《いっ》してしまった――えっと、まあこれも何かの機会だ。何か八九寺に言っておくべきことはなかったかな――と僕は考える。

あ。

そうだ。

あのことをまだ八九寺に言っていなかった。

「なあ、八九寺」

「なんでしょう、余り1さん」

「余り1さん？　なんだそれ、僕の名前を言い間違えたのか？　それとも3を2で割ったのか？」

「あ、ご心配なく、今のは噛んだわけではありません。クラスで班分けのときに、何かと余り1になりがちな阿良々木さんの新たなるニックネームです」

「誰が何かと余り1になりがちなんだよ」

なんでどいつもこいつも、僕に感じの悪いニックネームをつけたがるんだ。

「お前に言っておかなきゃならないことがある」

「なんでしょう」

「忍野」

僕は言った。

「忍野メメ——お前も世話になったあの専門家のおっさん。この町から出て行っちまったから」

つい先日のことである。

ある日ふらりとこの町に現れたときと同じように、ふらりとこの町から去っていった——恐らくは今頃、どこか別の町で。

この町でしていたのと同じように、怪異譚を蒐集し——どこにでもいるような、つまり僕みたいな、どうしようもない奴の、面倒を見ているのではないだろうか。

「はあ……それはまた、いきなりですね」

「いや、たしかにいきなりではあるんだけれど。元々根無し草の放浪者だし、あいつにしてみればそれでも長居したってほうなんだろうけれど——うん、お前は直接会ったことがないから、あんまり関心がないかもしれないけれど……、まあ、無縁ってわけじゃあなかったからな。一応言っておかないとと思ったんだ」

「関心がないなんてやめてくださいよ。あのかたに対してわたしが捧げている感謝と言ったら、阿良々木さんなんて物の数ではないですよ」

「感謝しているのはいいことだが、わざわざ僕を物の数から外すな。僕だってあいつには相当感謝してるよ」

「本当、もし野さんにはいくら感謝してもしたりませんよ」

「誰だよ、もし野さんって。感謝している人の名前をもしもボックスみたいに言ってんじゃねえよ」

「もしもボックスって言っても、ドラミちゃんの持っているほうですけれどね。ほら、あのデコってる奴」

「デコってるって言うな」

「へえ……、でも、忍野さん、いなくなっちゃったんですか」

もし野云々《うんぬん》は、やっぱりただのわざとだったようで（僕の名前を噛んでいるのだって大概わざとなんだろうが）、八九寺は彼の名前を普通に言って、頷くようにする。

「しかし、そうなると困ったことになりましたね。これから先阿良々木さんはどうやって生きていけばいいのでしょう」

「いや、別に忍野がいなくなったからって、僕、路頭に迷ったりしないよ⁉」

あいつに食わせてもらってないよ、僕？

まあ、確かに、怪異絡みのことについては、いさかあいつに頼り過ぎてしまったきらいはあったが──しかし、これからはそうはいかないのだ。

僕達は。

僕達の足で歩いていかなければならない──僕達の道を。

「まあ、路頭には迷わないにしても、寂しくはなりますよね。あ、でも、阿良々木さん。だったらあの件はどうなったのですか？」

「あの件？　どの件のことだ？」

「まったまた、とぼけちゃってー。もったいぶるんだもんなー。焦《じ》らすのうまいもんなー。阿良々木さん、焦らし上手だもんなー」

「なんだそのキャラ……何キャラ？」

大体こういうときは、こいつはそのあとにロクなことを言わない、言うなら振りに入ってる状態なのだが、はてさて、今度はなんだろう。

「あ、それとも触れないほうがいいですか？　ひょっとしてわたし、タブーに触れちゃいましたか？　阿良々木業界の闇に触れちゃいましたか？」

「阿良々木業界ってなんだよ。そんな狭そうな業界、形成してねえよ。なんだよ八九寺、言いたいことがあるならはっきり言えよ、はきはき言えよ、お前らしくもない」

「阿良々木業界のかたにわたしらしさを語ってほし

迂闊に声もかけられねえじゃねえか。

「あれ？　おやおや、反応が鈍いですね」

「いや、本当にお前が何を言いたいのかわからないんだが……」

「あ、それとも、こう言ったほうがいいんですかね、阿良々木さん」

八九寺はフランクなハンドジェスチャーを取り下げて、今度は姿勢をただし、そして折り目正しい感じに言った。

「五百万円の踏み倒し、お疲れ様でした」

「踏み倒してねえよ！」

ああ。

そういうことね——なるほどね。

八九寺には以前、僕が忍野に五百万円の借金を抱えていることを話していた——話していたというか、相談していた。

借金の話を小学生に相談するなよという感じでもあるのだが、まあ僕としては八九寺とは、なんでもくはないですね」

「僕にお前らしさを語る資格があるかないかはまた別の議論として、僕を阿良々木業界のかたと呼ぶな。阿良々木そのものなんだよ、僕は」

「だからー、これですよ、これ」

八九寺は人差し指と親指でわっかを作った。

グッド！

オッケー！

みたいな意味でないのだとすれば、お金のサインだ。

「…………？」

いや、お金のサインなんだろうなあとは思うけれど、しかしいきなりそんなハンドジェスチャーをされても意味がわからない。八九寺に払うお金など（どちらの意味でも）ないはずなのだが……。

それとも八九寺と話すのにはお金がかかるのだろうか。そんな、夜のお店みたいなシステムなのか、この小学生。

話せる間柄でありたいのだった——と言いながら、その後の経緯を説明していなかった。

つまり、忍野から怪異絡みの仕事を請け負うというか……、丸投げみたいな形で受注することによって、めでたくその借金は棒引きされたのだということを、言う機会を逸していた——相談するだけしておいて、その後の経過を伝えなかったというのは、これはまあ、僕の失態を認めざるを得ないが。

しかし八九寺は、それをこともあろうか、忍野は僕から借金の返済を受けないままにこの町を去っていったのだと解釈したらしかった。

なんという独自の解釈。

牽強付会《けんきょうふかい》もいいところだ——こいつは僕を、借金を踏み倒すような奴だと思っていたのか。

「お前な、八九寺。僕は金の借りは返す男だぜ」

「まあ、なんでしょうね……、いい心がけですけれど、普通ですね」

普通のリアクションだった。


「そもそも返せないようなお金を借りるなって話でしょう」

「それは違うぞ、八九寺。社会っていうのは基本的に借金で回ってるんだぞ。個人も法人も、借金まみれなんだぞ。クレジットカードとかローンとか担保とか、みんな誰かからお金を借りて、そのお金を返すために一生懸命なんだぞ。日本の借金、いくらあると思ってんだ」

「そういう言いかたをすればそうかもしれませんけれど……、だとすると世の中って悲しいですね」

「悲しくはないよ。借金ってのはようするに約束事なんだから。将来、つまりは未来、稼いだお金からお返ししますよという、信頼なんだから。つまり、約束と未来と信頼で世の中は回っているんだ」

「いいように言いますねえ……」

「うむ」

その約束と未来と信頼の狭間《はざま》で四苦八苦している、青息吐息《あおいきといき》の社会人がいっぱいいることは秘密である。

先日までの僕がそうだったように。

まあ、それも含めると、約束と未来と信頼と秘密で、世の中は回っているのかもしれない——ちなみに、戦場ヶ原もちゃんと、忍野への代金の支払いは終えている。

僕と違って彼女の場合は、仕事で返したのではなく、結局現金で支払った——アルバイトというか、お父さんの仕事を手伝うことによってもらったお小遣いから返済を済ませたとのことである。

あのときはなんとなくスルーしたけれど、しかし短期間手伝ったくらいで、十万円を稼ぐとは、一体どんなお手伝いをしたのだろう、あいつは……。

「ともかく、僕はちゃんと、忍野への支払いは終えたよ。借金を払い終えた、奇麗な身体だよ」

「奇麗な身体に、汚れた心ですか」

「汚れてない、僕の心は汚れてない。サンタクロースとか信じてる」

「信じてるんですか」

「ああ。今でもプレゼントくれるからな」

「あなた高校生になって、未だにサンタクロースからプレゼントもらってるんですか……？」

「どうだ、奇麗な身体に奇麗な心だろう。あと残っている借金と言えば、精々妹から借りている三千円くらいのものだ」

「返してあげてくださいよ。三千円くらい」

「返さなくていいものはメールでも返さないというのが僕の主義だ」

「友達がいないわけですね……」

金の借りは返す男じゃなかったんですか、八九寺がわざとらしいため息をついた。

そう言えばさっきそういうことを言ったような気もするけれど、八九寺との会話は基本、ノリによって行われているので、前ページの上段で言ったようなことは、次のページ下段では既に忘れていると思ってもらって支障《ししょう》がない。

「そうですか。まあ、なんにしても、お金は返し終わったということでいいんですね。んー、それは少しがっかりです」

「え？　なんで？　なんで僕が忍野にお金を返していたらがっかりするの？　お前、僕には常に借金漬けのキャラでいて欲しいの？　お前、僕の持ってる土地でも狙ってるの？」

「阿良々木さんがどこのどんな土地を持っていると言うんですか。いえ、そうではなく――ほら、この間、仰《おつしや》っていたじゃないですか」

「この間？　って、いつ？」

「阿良々木さんが、足の速い後輩にストーキングされていたときです。忍野さんに多額の借金があるんだけれど、どうしたものか――みたいな相談を。で、その相談の最中、別にゲンナマで支払わなくとも、珍しい怪異譚みたいなものがあれば、それを換金できるかもしれない――とか、言っていたじゃないですか」

「ああ。そこまで言ったっけな」

まあ、言ったのだろう。

あの頃はまさにその『足の速い後輩』のストーキングで右往左往していた頃だから、正直記憶が定かではないけれど……、借金のことで相談したのは確かだから、その辺まで話していても、別に不思議ではない。

ゲンナマなる表現はしてなかろうが……。

「つまりはトレーディングカードの、レアカード同士を交換するような話ですよね」

「いや、子供っぽいたとえ話で小学生らしくはあるけれど、でもそのたとえは若干《じやっかん》、現実からズレてしまいそうだな……」

それでも強いてトレーディングカードでたとえるのならば、これはレアカードを現金でやり取りするような話なので、やはり適切とは言いにくい。

良い子に真似してもらえない。

「ですからね、阿良々木さん。不肖《ふしよう》わたしはあれ以来、なんとか阿良々木さんの助けになれないものかと思って、お散歩の最中、それらしいお話を探していたのですよ。『怪異譚』というか、『怪談』みたいなものを」

「お、おお。そ、そんなことをしてくれていたのか、お前」

僕は感動した。

八九寺真宵の友情に感動した。

まさかこの生意気《なまいき》盛りの少女が、僕の抱えた借金に心を痛め、その返済に協力してくれようとしていたとは……。

見くびっていた。

ただの僕のことが嫌いな奴だと思っていたが……、この小学五年生、素晴らしい。

「なんという内助《ないじょ》の功《こう》だ！」

「いえ、内助の功はおかしいですけどね」

「なんという工場内だ！」

「いえ、わたしは阿良々木さんのために、工場制手工業にまで手を出すつもりはありません——まあ、とにかく阿良々木さんのために、そういう密かな活動を行っていたわたしです。それが無駄に終わってしまったのですから、これががっかりしないわけがありません」

「ああ……そりゃあ、確かに」

「がっかりレベルで言えば、日本三大がっかり名所くらいのがっかりです」

「そこまでではないだろう。なんだよ日本三大がっかり名所って」

「行ってみたら行ってみたで、思ったほどがっかりしないという意味でもがっかりする名所です」

やれやれ、と八九寺は言った。

「折角見つけたお話を、阿良々木さんに高値で売ろうと思っていた計画が台無しです」

「計画!? 高値!? え、くれるんじゃないの!? プレゼントフォー僕じゃないの!?」

「違いますよ」

心外だとばかりに八九寺。

「なんですか、プレゼントフォー僕って。プレゼントはサンタクロースさんからもらってくださいよ。わたしが阿良々木さんにしてあげられることがあるとすれば、どうすればあなたが真人間になれるのかというプレゼンくらいですよ」

「厳しいプレゼンになりそうだな……」

ていうか、改めて空恐ろしい話だ。

要するにこいつ、僕に怪異譚を売りつけようとしていたのか……、そのためにあれ以来、町をうろうろと散策していたのかと思うと、この少女の金に対する執念も、並々ならぬものがある。

うろうろどころか売ろ売ろだったのか。

いや、というよりこいつの場合、お金云々ではなく、僕を更なる借金苦に追い込むことそのものを楽しもうとしている節があるか……。

危ういところだった。

その前に忍野に割のいい仕事を回してもらって助かったというものだった。

「いやー、これは参りましたね。とんだ先物買いをしてしまいました。どうすればいいんでしょう、わたしは、阿良々木さんに転売しようと思って見つけた怪談話は」

「いや、知らないよ」

こうなると、忍野がいなくなったことが響いてくる。たとえ僕が忍野に借金を返し終えていたとしても、まだ忍野が町に滞在していれば、八九寺が見つけたというその怪談話とやらをあいつに売り、いくらかのお金にすることができたかもしれないけれど、忍野怪異屋が店じまいをしてしまった今、この町に街談巷説の引き取り手はいないのである。

うーむ。

やっぱり、素人の先物買いは失敗するんだな……、怖い怖い。

「阿良々木さーん。こうなったらもう五百万円とは言いませんから、買ってくださいよー。買い叩いてくださいよー。わたしに無駄働きをしたと思わせてしまってもいいんですか？　この世界から素直な子供が一人減り、代わりにひねた子供が生まれますよ？」

「お前がひねようがひねまいが、どうでもいいんだよ。ていうか、友達に怪談を売りつけようとしている時点で、相当ひねてるよ、お前」

まあでも。

そうは言っても、あえて偽悪的、露悪的な言いかたをしているけれど、八九寺が僕のために動いてくれたというのもまるっきりの嘘ではないだろうから、それを無駄だったと思わせてしまうのも、あまりよくないかもしれない。

子供の教育上よくないと言うのもあるけれど、『もう阿良々木さんのために働いても無駄だな』という学習がなされてしまうと、後顧《こうこ》の憂いを残す可能性がある。

こんな奴でもいつか僕の役に立つかもしれないので、ここは優しくしてやるというのも、それなりに妙案かもしれない。

「おや？　何か悪いことを企んでいませんか？　阿良々木さん」

「何を言うか。お前の友情に感動し続けているところだよ」

「長い感動ですね……、動きっぱなしですね。情緒不安定なんじゃないですか、阿良々木さん」

「ちなみに、いくらくらいでの買取をご所望《しょもう》かね、八九寺越後屋《えちごや》」

「五十円くらいでいいですよ」

「安っ！」

もっと吹っかけてくるものかと思ったけれど。

なんだろう、友達値段だろうか？

「いえ、だって、元々それくらいの価値しかない話ですから」

「お前、元値五十円のものを、友達に五百万円で売りつけようとしていたの⁉」

それはもう友達でもなんでもないだろ⁉

カモだろ⁉

「いい加減にしろよ、お前……、僕がネギを背負ってやって来たっていう諺ができちゃうだろうが」

「カモネギさんですね」

「誰がカモネギさんだ。普通にうまいじゃねえかよ。ふたつの意味でな！」

僕はズボンのポケットを探って、たまたまそこに入っていた五十円玉を取り出した。まあ、百円玉が入っていたときは、釣りはいらんと言うつもりだったけれど、そういう意味では八九寺真宵、薄幸《はっこう》だった。

「で、どんな話なんだよ。聞いてやるよ」

「はい。ええ、砂の話なんですけど」

「砂？」

「はい。まあ砂と言いますか――あ、でもその話をする前に、ひとつだけ構わないでしょうか、阿良々木さん」

「うん？　なんだよ」

「忍野さんは、あの学習塾跡からお立ち去りになられたということですけれど……、では、噂に聞く吸血鬼さん、この間迷子になられていた忍野忍さんは、今どうされているのですか？　忍野さんが連れていったとも思えませんが……」

「ああ、あいつなら――」

僕は言いつつ、自分の影を見る。

暗く深い、真っ黒な影を。

「――いや、このあとお前の話を聞いてたら、それでもう遅刻ぎりぎりだからな」

また今度話すよ、と。

僕は誤魔化したのだった。

003

八九寺は『砂』と言ったが、それを更に正確に言うならば『砂場』だった——とある、小さな公園の砂場だった。

八九寺と出会ったのとは別の公園だ——まあ、子供の頃自分が遊んだ公園とか、そういうものでもない限り、公園なんてものは大体どれも同じように見えるものなのだが、そこは、八九寺と出会った浪白公園（なんと読むかはわからない）とは違って、シーソーとかジャングルジムとか鉄棒とか、そんなに広くない敷地内に、バリエーション豊かな遊具が設置されていた。

もちろん、砂場も。

滑《すべ》り台《だい》とワンセットになった砂場——まあ、滑り台のほうはただの滑り台だし、砂場も、そういう意味では、変に工夫されていない、あくまで普通の砂場だった。

ただしそれは『砂場』としてのデザインであって——『砂』そのものには、確かに、八九寺が言った通りの異常現象が起こっていた。

異常現象。

怪奇現象。

そこまで言えば大袈裟に聞こえるかもしれないが——ただ、いきなりに夜中にこんなものを見せられたら、目撃していたら、さぞかしびっくりすることだろう。

「ええ、わたしもびっくりしました。びっくりしたなんてものじゃありません、しっくりしました」

「馴染《なじ》んでんじゃねえかよ」

「しっかりしました」

「むしろそこは意識を失えよ」

そんな小気味いいやり取りこそは挟まれたものの——八九寺の説明は、概《おおむ》ねわかりやすかった。戦場ヶ原みたいに、ひと言置きに僕を攻撃しなければ気が済まないという病気に、彼女はまだ罹《り》患《かん》していないのである。

まあ、そのうちかかりかねないけれど……。

かかってしまえば根治《こんち》が難しい病なだけに、予防に努めて欲しいところだ。

あのあと、予鈴は鳴ってしまったけれど、なんとか本鈴が鳴る前に教室に滑り込むことができた僕は、その後、六時間ほど真面目な学生生活を送り、更にその後、期末試験に向けた受験勉強を戦場ヶ原の家で行った帰り道、八九寺から聞いていた公園へと向かった。

夜である。

夜中と言ってもいいかもしれない。

八九寺は公園の名前までは把握していなかったし、僕も公園に入るとき、そういう看板らしきものは見なかったのだが——しかし、とは言え、その砂場を見れば、ここが八九寺の言っていた公園であることは間違いがなかった。百聞は一見に如《し》かずとはよく言ったものだ。

その砂場を見れば。

一目瞭然《りょうぜん》である。

「もっとも……、一見に如かなくても、一件落着とは言えないな——」

暗くても、僕には吸血鬼としての、吸血鬼の後遺《こうい》症《しょう》としての視力があり——それは今、丁度いい具合に機能していた。さながら高精度の暗視スコープを装着しているかのようだ。

そして、そのスコープ越しに見る限りにおいて——その砂場の表面には、ある『絵』が描かれていたのだった。

描かれていた、というか。

浮かび上がっていたのだった。

それは、なんというか——吸血鬼の後遺症でそれを見ている僕が言うのもなんだが——鬼の形相《ぎょうそう》のようだった。

鬼気迫る絵。

砂そのものが。

まさに——怪異のように。

「前に忍野が何か言ってたよな……、シミュラクラ現象だっけ……、人は何からでも、人の顔を見出してしまうと言う……」

まあ、わかる話だ。

だけど人の顔ならともかく、鬼の顔ということになればどうだろう？　いや、でも、心霊写真っていうのは、それがCGによる作り物でない限りは大抵、なんでもないような光とか影とか、霞《かすみ》とかゴミとかを、『そういう風』に見てしまっているだけだとか言うよな……。

八九寺は、僕に売りつけようと、何か不思議な現象とか、怪しい現象とかを探しながら散歩をしていたわけで——本来なんでもない砂場の、表面上の地形から、不思議を見出してしまうということはあるだろう。

で、僕は僕で、八九寺から先んじて、そういう先入観を与えられた後にこの砂場を見たわけで——それゆえに、同じ印象を受けたという線はある。

四月の石像の件だって。

五月の花束の件だって。

そういうところがあった——今回も、そういうケースなのかもしれない、という可能性は、当然のこととして考慮すべきだろうが、しかし、それは、僕と八九寺がこの砂場を見たのが、せめて同じ日だった場合だ。

石像とか花束とかとは違う。

砂は、粒としては固体であっても全体としては不定形だ——それぞれが違う日に見たのに、同じように、そこに『鬼の形相』を見るなんてことがあるだろうか？

恋人同士が砂浜に書いたラブメッセージの話じゃあないけれど——基本的に砂というのは、風が吹いただけでも形が変わる。だからこそ、砂場が遊び場として成立するのだ。

当然、八九寺がこの公園で砂場の表面に『描かれた』鬼を見てから、今日、僕がそれを確認するまでの、約半月の間に、色んな子供が、この砂場で遊んだはずだ。

山を作ったり、その山にトンネルを掘ったり、穴を掘ったり……、あるいは腕によりをかけて、お城を作ったりしたかもしれない。

そんな経過を経たはずの砂場が——同じ様相を呈するということがあるのだろうか？　つまりそれは、どう変化させても、どうこねくりまわしても、ここの砂場に収められた砂は——鬼の形に回帰するということである。

回帰する怪奇。

まるで意志を持っているかのような、砂——

「……砂の怪異なんか、でもあるのかね？　砂かけ婆《ばばあ》とかだっけ？　いや、あれは婆さんが妖怪なんであって、砂が妖怪なわけじゃあないよな……」

妖怪じゃなくて超人なら憶えはある。

『キン肉マン』という漫画に、確かサンシャインという超人がいたはずである——まあまさか、だからと言って、ここの砂が人の形を形成して、僕をいきなり襲ってくるとは思わないけれども。

ただ、ここ最近、怪異がらみで、二連続で死にそうな目に遭ったりしたからな……怪異と聞くと、ついつい警戒心が走ってしまうのだった。

「…………」

さて。

八九寺から五十円で買った情報がガセネタでなかったことが確認できたところで、どうしようかな——いや、別に興味本位でここに来たというわけでもないのだ、僕は。

もしも、そこに何か、実際的な危機があるのだとすれば、場所が公園であるというだけに、放置はしづらい——知らなかったら気にもならないような話ではあるけれど、知ってしまえば、多少の手間を惜しみたくはない。戦場ヶ原の家からの帰りに、ちょこっと寄り道をするくらいの手間で、変な心労から解放されるというのであれば、嬉し恥ずかしというものだ。

……嬉し恥ずかしは違うか？

国語の勉強がまだまだ甘いなあ、僕。

ま、とにかく、不仲な妹達のように、自分からわざわざあっちこっちに出向いてトラブルの種を探すような人間では僕はないけれど、不慮の事故みたいなもので、結果として知ってしまったら、放置はできない。

そんな危なげ……というか。

正体不明の砂場など。

極論、そこで遊んだ子供が呪われる、みたいな話だったとすれば、洒落にならないしな——もっとも、調べるのならばさっさと調べなければならない。

夜中と言ってもいいような時間に、誰もいない公園で砂遊びをしている高校生など、下手をすれば怪異よりも怪しい。

「ま……、とは言え、普通に考えたら、誰かの悪戯《いたずら》なんだろうけどな。それこそ、夜中に誰もいない公園で砂遊びをしている高校生とかの——」

口に出して言ってみると、そんな人物の想定には結構な無理がありそうな気がしたけれど、まあ、高校生という条件さえ外せば、ありえない話ではないというか、ありそうな話だ。

砂場の表面にいたずら描きをして、ここで遊ぼうとする子供を怖がらせようという……いや、ひょっとすると悪戯じゃあないかもしれないな。

いわゆる保護者の仕業《しわざ》かもしれない。

自分の子供が、砂場とかで、服と手を汚しながら遊ぶことを快く思わない親っていうのはいるからな——だから子供が、砂場に近付かないよう、こういう『お絵かき』をして、怖がらすというか、怯《おび》えさせようとしたとか……、そんな神経質な話じゃなくとも、『夜の公園』の管理問題という線もある。

直江津高校が、屋上に花束を置いておいたのと似たようなものだ——そうすることで、人払いをしようと……いや。

そう言えばあの件は戦場ヶ原との約束で、忘れることにしたのだっけ。ここで思い出しちゃ駄目なのだっけ。

　ともかく、人為的な現象である可能性がもっとも高い——困ったことがあったらなんでもかんでも怪異のせいにするのは感心しないと忍野が、よく言っていたのを踏まえるわけではないけれど、何かあったときは当然そうすべきように、おしなべて一番高い可能性を採用すべきなのだ。

　何か起こったら、それは怪異のせいではなく、人間のせいであると考えたほうが正解率が高い——とは言え、それを吸血鬼としての後遺症を抱える僕が言っても、なんだか上からというか、変に悟《さと》ったみたいというか、つまりは説得力がない。

　そもそもこうして出向いて来ている時点で、僕は十分、八九寺の話から、ここの『砂』を疑ってかかっているんじゃあないか。

「さてと……」

　と、僕は砂場の中に這入《はい》る。一瞬、危うくその際、靴を脱ぎかけたけれど、確か砂場とは、這入るときに裸足《はだし》にならなければならないというルールはなかったはずだ。

　うーん。

　一応、真面目な目的の調査のはずなのだが、しかし、こういうのはどうにも、童心を刺激されてしまうな……、中学校に入って以来——というか、まあ小学校高学年の頃からか、砂場と言えば、基本的に走り幅跳びをする場所であって、遊ぶ場所じゃあなかったからな。

　童心返りついでに、併設《へいせつ》されている滑り台を滑ってみようかとさえ思ったが、それはいくらなんでもはしゃぎ過ぎというものだろう。

　砂場を調査している姿くらいならばまだしも言い訳が利くかもしれないけれど、もしもそんな姿を周辺住民に目撃されれば、大惨事《だいさんじ》になりかねない。

『何でそんなことをしていたんだ！』

　とか訊かれて、

『怪異だ、怪異の仕業なのだ！』

とか答えたりしてな。

連れて行かれる場所は、その場合、警察じゃあなかろう……。

「……ふむ」

僕は砂場の中でしゃがんで、そっと砂をすくい上げる。僕が中に踏み入った時点で、砂場の表面に描かれていた鬼の形相は、完成図からは既に乱れていたのだが、それを更に促進する形だ。

調査と言いつつ、状況を自ら壊しているようなものだったが、まあ、忍野みたいに座ったままですべてを見透かすとか、僕には無理だからな。

このような破壊検査を行うしかない。

現場の保全が捜査の基本だとは、推理小説ではよく聞く話だけれど、そうは言っても、現場を荒らさずに調査するとか、素人には土台無理難題である……。

「……ただの砂だよな、でも。いや、僕も砂に詳しいわけじゃあないいんだけれど……」

普通に、公園の砂場にある砂という風にしか見えない。

実際、僕がそうやって、調査という名の『砂遊び』をしている間に、形成されていた『鬼の顔』らしきものは、跡形もなく消え去ってしまった——もちろん、それが直後に元に戻るというようなこともなかった。

「…………」

試みに、小さな山を作ってみる。

子供が砂場で遊ぶように遊んでみれば、何か『反応』があるかもしれないと思ったのだが——それもない。

しょぼい砂山が完成しただけだった。

僕は一分ほど沈思黙考《ちんしもっこう》してから、その砂山を自ら崩して、元通りに均《なら》した。そして砂まみれになった手を払って、砂場の外に出る——外に出て気付いたけれど、僕としては特にそんな荒々しく遊んだ、もとい調査をしたつもりはなかったけれど、なぜか靴の中にまで砂がたっぷり入り込んでいた。

まあ、砂に限らず、こういう細かい粒子っていうのは、どこからでも、どういう風にでも入るものなんだろうな……と、思いつつ、僕は靴を片方ずつ持ち、中に入っていた砂を砂場へと戻した。

僕が散々踏み荒らした結果、砂場はただの砂場となったわけで——しかし、この状態にしてみると、あの『鬼』を再現するのは、結構難しそうだということがわかった。

小さな山を作るのも、案外簡単ではなかった——まして、砂場全体を、鬼ではないにしても顔のように仕上げる、顔のように仕立てるというのは、砂場全体をキャンバスとして捉える力が必要というか……。

わかりやすく言うと、ちょっとした画力が必要になってきそうな感じだ。一応は立体だから、画力というより、工作力だろうか？

少なくとも、小屋ひとつ満足につくれない僕あたりには、無理な所業である。このあたりの住民で、美術の心得がある保護者、あるいはいたずら者がいるということになるのだろうか？

いや、そうなってくると、アートのつもりでやっているという可能性はあるかもしれないな……、この公園だけでなく、それこそ浪白公園も含めて、あちこちの公園の砂場で、同じようなアートが刻まれているかもしれない。アートを描くのに砂場を選ぶかという疑問もあるが、儚《はかな》いからこそアートだという考えかたもあるだろう——僕にはまったく理解不能な考えかたではあるけれど、しかし、そういう考えかたがあること自体は理解できる。波打ち際のラブメッセージに対するのと同じ程度の理解ではあるけれど……。

「まあ、僕が、吸血鬼の後遺症を残している僕が、砂場で遊んで、それで何事もなかったんだとすれば——とりあえず、喫緊《きっきん》の何かってことはなさそうだな」

夜とは言え、月明かりで影はできている。僕はその影を見て——ただの影を見て、そんな風に呟く。

確認を取るような物言いになってしまうのは、この場合、仕方ないだろう。どうせ何の反応もないとわかってはいても、僕はそうするしかないのだ。

返事がないとわかっていても。

呼びかけ続ける、当然のように。

「いたずらだとしても、アートだとしても、保護者の過保護だとしても——正直、あんまり褒められたものではないけれど、まあ、そこまでは僕が関与とか、干渉とかをすべきことじゃあないか。怪異でも、おいそれとは手を出せるものじゃあないってのに、まして人間の仕業ともなると」

そう言って、僕は公園をあとにした。

まあ、それをミスと言ってしまうのは、いささか自分に厳し過ぎるような気もするけれど——しかし、もしも僕がここで犯したミスがあったとすれば、怪異の仕業でないとすれば、人為的な現象だと——もしくは、人為的な現象でなければ怪異の仕業だと、決めつけてしまったことである。

そんな決めつけ。

忍野がもしも聞いたなら——きっと、いつものごとく、笑い飛ばしたことだろう。

いや。

ひょっとすると——怒ったかもしれない。

004

「めっ！」

「…………」

僕の決め付けを、果たして忍野が怒ったかどうかはともかくとして、羽川はそんな風に、はっきりと怒った。

めっ！

と怒った。

そんな怒られかたをしたのは、幼稚園以来の出来事だった……、例の公園から、家に戻ったその直後のことである。

羽川から電話がかかってきたのだ。

僕はここのところ、勉強の面倒を戦場ヶ原と羽川、二人の優等生に見てもらっているという、非常に恵まれた環境にいるのだが、しかし本日の担当は戦場ヶ原だったわけで、そしてそれももう、無事内に終わっているのだから、はて、羽川が僕に電話をかけてくる用事などないはずなのだが――と思いつつ、まあだからと言って大恩ある羽川からの電話に出ないという選択肢は僕にはまさかないわけで。

「もしもし」

という風に出たのだった。

「あ、阿良々木くん？　ごめんね、こんな時間に電話して――ただ、ちょっと気にかかることがあって。今、いいかな？」

「ああ、大丈夫だけど……」

本音を言えば、砂場遊びの汚れをシャワーで洗い流したかったというのはあるけれど、しかし、羽川を後回しにしてまでシャワーを浴びたいほど、僕も潔癖性《けっぺきしょう》なわけでもない。

「さっき、戦場ヶ原さんから定時報告を受けたんだけれど……」

「定時報告⁉　何それ⁉」

何その怖い響き！

え、つまり何、戦場ヶ原って、僕との勉強会のあと、その様子を羽川に報告しているの？　僕がちゃんと勉強しているかどうかを、羽川にレポートしているの？

うわあ……。

すごい信用のなさだな、僕……。

「ああいや、どっちかって言うとこれは、阿良々木くんに対する更生プログラムって言うより、戦場ヶ原さんに対する更生プログラムなんだけれど――まあいいや」

「……？　いや、それはまあいいにしていい話なのか、本当に……？」

「その際に小耳に挟んだんだけど、阿良々木くん、帰りに、ある公園の砂を調べに寄るつもりだったとか……、もうそれは終わったのかな？　一応、終わった頃を見計らって電話をかけたつもりなんだけれど」

「…………」

耳が早過ぎるし、タイミングもばっちりだった。あと行動もスピーディ。僕だったら、その件について話すにしても、翌日を待つだろう——どうせ、明日学校で会うんだし。

まあ、正直、羽川に話すほどのことでもないとは思うのだが——本人が聞きたいというのならば、話すこともやぶさかではない。

僕は八九寺とは違うので、それに際してもちろん、羽川に金銭を要求するようなことはしなかった。

普段、勉強の面倒を見てもらっている引き換えと考えると、お返しとしてはあまりにもささやか過ぎるくらいだった。

僕は砂場における調査報告をした。

特に脚色を加えることはしなかったけれど、童心に返ったとか、滑り台を滑りたくなったとか、その辺のことは、意図的に隠した。まあそのくらいの隠蔽、支障あるまい。

が、そんな童心を隠そうが隠すまいが、関係なく、羽川は僕のことを、まさしく子供にするように、

「めっ！」

と怒ったのだった。

怒ったというか、叱ったというか。

こいつ、僕を何だと思ってるんだ……？

「駄目じゃない、阿良々木くん」

「え……？　確かに僕は駄目だけれど、でもそんなにはっきり言うことはないんじゃないか？　オブラートに包めよ」

「いや、阿良々木くん全体が駄目って言ったんじゃなくて、阿良々木くんの行動を駄目って言ったつもりなんだけれど……」

被害妄想が強過ぎるでしょ、と羽川。

ふむ、まあ仰る通り。

この場合は被害妄想ではなく、劣等感かもしれないけれど。

「でも行動が駄目って？　そもそも何を気にしているんだよ、お前。気にかかることがあるって言ってたけれど……」

「うん。と言っても、阿良々木くんならきっとうまく解決してくれていると思ったから、私としては事後報告を受けるつもりだったんだけどね」

「事後報告って……」

戦場ヶ原から報告を受けたり、僕から報告を受けたり、お前一体、どういう立場の人間なんだよ。

司令官か何かか。

「え？　でも、一体何がいけなかったんだ？　一応、僕としてはできる限りのことはしたつもりだぜ？　最悪の事態を想定して、念入りに調査したつもりだぜ？」

「うん。そうだよね。砂山作って遊んだり」

「……………」

それも言ってないはずなのだが……。

僕の『報告』の、端々《はしばし》に、何かそれを推測できるだけの根拠があったということだろうか——これだけ確信的に言うのだから、きっとそういうことなのだろう。

改めて、こいつとの会話、こえーな。

忍野とは違う角度から、見透かされている感じだ。

「ん。んん。阿良々木くん、大事なことを見落としているよ。決め付けちゃってるよ」

「決め付け？」

「その砂場の件が、怪異の仕業か——人為的な現象か、どっちかだって、決め付けてる。そうでしょう？」

「そう……、と言えば、まあそうだけれど……え？ 他の可能性なんかあるか？」

そもそも羽川は、戦場ヶ原から話を聞いただけであって、実際にその『鬼の顔』を象《かたど》っている砂を直接見たわけでもないのに、どうしてそんな、知ったようなことを言えるのだろう——そもそも、戦場ヶ原にしたところで、その時点ではまだ、実物の砂を直接見ていない、八九寺から五十円で買った情報を半信半疑状態の僕から、伝え聞いただけなのだ。それでどうしてそこまで確信的に——僕が童心に返ったことを看破《かんぱ》したのと同じ理屈だろうか。

「あるよ。他の可能性。第三の可能性」

「へえ、そんなものがあるのか……、お前はなんでも知ってるな」

普段なら感心の気持ちと共に言うことになるこの台詞も、今回ばかりはやや、皮肉《ひにく》交じりになってしまった感が否めない。

しかし僕のそんな、恥ずべき人間の小ささに対しても、羽川は、

「何でもは知らないわよ、知ってることだけ」

と。

いつも通りの台詞を返してくれたのだった。

それで毒気をすっかり抜かれ、僕は冷静になる——これも我ながら単純なものだが。完全に羽川の掌《てのひら》の上で転がされている感じだ。

更生プログラムとやらの成果かもしれない。

「第三の選択肢……、怪異の仕業でも、人間の仕業でもないって言うのなら、そうだな……えっと」

なんにせよ、その冷静になった頭で考えて、僕は羽川に言う。なんだか、受験勉強の続きをしているような気分だった。

「まあ、真っ当に考えると……、消去法で考えると、あとは自然現象くらいしか考えられないけれど……、公園内の風の具合とか、滑り台の配置の具合とかで、たまたまその形になりやすいとか……」

思いついたことを思いついたままに言っているけ

れど、しかし、言いながら、これは違うだろうなあと思っている。

というか、自然現象犯人説なんてものは、真っ先に思いついて、真っ先に却下する案みたいなものだ——ビルの谷間とか、そういう場所ならともかく、公園のような開けた、見通しのいい場所で、風の向きやら具合やらが、常に一定なんてことがあるものか。

仮に、毎日ああなっているわけじゃあないとしても、しかし、僕が訪れた日と、八九寺が訪れた日は、完全にランダムだ——条件がたまたま同じだったとは考えにくい。

だから、とりあえず間《ま》を持たすために言ってみたものの、羽川からにべもなく否定されることは、覚悟していた。

あるいはまた、

「めっ！」

と怒られるかもしれなかった。


ひょっとすると僕は、それを期待してわざと、こんな愚かな発言をしたのかもしれなかったが——そこまで自分のことを愚かではないと信じたいが——しかし、もしもそうだったとしたら、そんな淡い希望は、空振りに終わることになる。

「そうだよ、ちゃんとわかってるんじゃない、阿良々木くん。なんだ、だったら私の出る幕はないね」

「え……？　いや、ちょっと待って、簡単に身を引こうとするな。引きさがるな。お前にはまだ、それがどういう意味なのか僕に説明するという仕事が残っている」

「なにその仕事……」

「だって、自然現象って。風とかの具合で、砂が勝手に、そしてたまたま、そういう形になったって言いたいんだろうけれど、そんなことがありえるわけ——」

言いながら。

こういうのを言わずもがなって言うんだろうなあ

と思う――僕程度が気付く問題点を、羽川が気付かないとはとても思えない。まあ、これも劣等感に溢れた気持ちかもしれないけれど……。

いや、それをさておいても。

あの『鬼の形相』が、仮に自然現象の結果なのだとしても――僕が迂闊にも、その可能性はないと決め付けてしまっていたのだとしても、それは言うなら、考えうる限りもっとも平和的な『真相』であって、それに気付かなかったからと言って、羽川から怒られる筋合いはないと思うのだが……。

まさか羽川の言う更生プログラムとは、そこまで厳しいものなのだろうか――ちょっとした不注意も許されないスパルタ教育なのだろうか。

そう危惧したが、どうやらそれは僕の勘違いだった。

羽川が僕を怒ったのは。

怒るに足るだけの十分な理由があったのだ。

「あのねえ、阿良々木くん。自然現象っていうのは、風や雨だけじゃあないでしょう」

「え？」

005

後日談というか、今回のオチ。

その後、僕は公園に取って返して、羽川の言う『真相』の確認を行った――そして当然のことながらというか、言うまでもなく、羽川の推理は的中していた。

「ねえ、阿良々木くん。砂場を調べた――って盛んに言っているけれど、阿良々木くんが調べたのは、砂だけでしょう？」

彼女はそう言った。

「砂場っていうのは――容器まで含めて、砂場なんだよ」

砂場の容器？

咄嗟《とっさ》に言われてもピンと来なかったけれど——確かに、なんとなく、普段は思考の外側に追い出されているけれど、砂浜などとは明確に違って、『遊具』としての『砂場』の『砂』は、周辺の土と混ざらないようにするため、たとえるならプールのような入れ物に入れられ、その状態で土に埋められているのだ。

砂場をずっと掘っていけば、いずれその『底』に到達するわけだ——しかし意外とその底は深かったりもするので、子供は、砂場には底がない、あるいは普通に土の層と繋がっていると思い込んだりもする。

まあ、それは砂場の一般的な構造であって、指摘されれば——あるいは普通に考えれば、わかる話でもある。

「だから、阿良々木くん——『砂場』を調べるって言うんであれば、その容器まで調べないと、ちゃんと調べたことにはならないよ。そして——」

それについては、羽川はややきびしめの口調で言った。

「砂っていうのは、普通に重い」

何の変哲《へんてつ》もない砂でもね。

そう言った——で、僕はシャベルを持って、問題の砂場に来て、穴掘りを始めたというわけだ。

急いで、しかし慎重に掘った。

そして果たして——五十センチほどの掘削《くっさく》によって到達した砂場の底は。

大きく——罅《ひび》割れていた。

罅。

割れていた。

「…………」

最早《もはや》考えるまでもない。

『砂場』の容器の底が割れていたから——恐らくは老朽化《ろうきゅうか》と、そして羽川の言う砂の重みが相まって割れていたから、そ、う、い、う、形に、砂が均されていたというのが真相のようだった。

水は方円《ほうえん》の器《うつわ》に随《したが》うというが、砂もまたしかり——水よりもずっと時間はかかるとは言え、それに水ほどはっきりした形には現れないとは言え、だ。

だから子供が遊んだ直後、あるいは僕が調査で踏み荒らした直後に、砂が『元に戻る』わけではないが——しかしそれでも、時間が経《た》てば『元に戻る』というわけだ。

まるで砂自体に意志があるかのごとく。

容器の底を映した形に。

それが鬼の形になったのは、予想通り、偶然だったのだろう——シミュラクラ現象なのか何なのかわからないが。

しかし羽川の言う通り——容器の劣化、そして砂の重みという、怪異でも人為でもないこの原因は、確かに自然現象であり、しかし、まるっきり平和的ではなかった。

もっとも平和的な真相。

だなんて、とんでもなかった。

雨や風とは違う自然現象。

ここまでは自然現象だし——そして、ここからも、自然現象ということになるのだろう。

今はまだ、砂の表面に変な模様が浮き出るくらいの自然現象でも、このまま容器の亀裂《きれつ》が大きくなり続ければ、事実上砂場に底がなくなり、土と砂が混ざり合い、小規模な流砂や液状化現象が起こりえる——大人ならば問題にならないかもしれない規模だろうが、しかし砂場で遊ぶであろう子供達にしてみれば、致命的になりかねない。

底なし沼のように。

呑まれかねない。

それは最悪の事態だとしても、割れた容器の中で遊ぶというのは、十分に危険な行為である——一刻を争うほどに。

だから羽川は僕を怒ったのだった。

「とりあえず……、公園の管理会社に電話かな？」

いや、公園を管理しているのは、会社とかではなく自治体なのだろうか……、まあ、きっと、なんでも知っている羽川に連絡をすれば、教えてくれることだろう。

それでこの件は、ようやく一件落着するようだった。

「しかし……」

僕は掘った穴を見て、思う。

「確かに――的外れな議論かもな。怪異よりも人間のほうが怖いとか、人間よりも怪異のほうが怖いとか――そんなの、まったく的外れな議論だったな」

もっとも怖く、そして平和的でないのは、怪異でも人為でもなく、どうやら自然のようだった。

鬼のように怖く、人のように怖い。

第四話　こよみウォーター

SUN	MON	TUE	WED	THU	FRI	SAT
						1
2	3	4	5	6	7	8
9	10	11	12	13	14	15
16	17	18	19	20	21	22
23	24	25	26	27	28	29
30	31					

7
July

001

神原駿河《かんばるするが》にとっては、道とはきっと、歩くものではなく走るものなのだろうと思う——どんな道であれ、どんな状況であれ、天候風向きにかかわらず、常に全力疾走することを旨《むね》としていると思《おぼ》しきあの後輩は、ペースを落とすとか、ゆっくり進むとか、そういうことが苦手なのだから。

そう、苦手。

不得手。

いつも駆け足の彼女にとって、ハイペースが得意ということは実は特になく、まったくなく、ローペースというのは、手が届かないほどに難しいことなのかもしれない——手も足も出ないとは言わないまでも。

もっともそういう意味では、無駄足を決して恐れない神原は、あえてゆっくり歩こうとなんて思っていないだろうが——道。

歩む道ならぬ、走る道。

学内の注目を一身に集めていた、スターと呼ばれていた頃から——バスケットボール部を引退した今でも、決してその輝きが失《う》せたわけではない彼女が持っているのは、僕とはまったく違う路線が描かれたロードマップなのだろう。

「ふむ。道、というのは少し違うかもしれないな、阿良々木先輩——」

あるとき、そんな話を振ってみると、神原は僕に対してそう答えた。いつも通り、真っ直ぐ僕を見ての発言だった。

「私のように、走ることが日常の一部になっている人間にとっては、走る場所というのは、ロードではなくコースなのだ」

コース?

確かに陸上競技では、それぞれのランナーが走る『道』のことを、そんな風に訳すのだろうが——が、しかし言うなれば僕のように、走ることが日常の一部になっていない人間にとっては、走ることが一大イベントになってしまっている人間にとっては、『道』を『コース』と訳すのは、どうにも据わりが悪いものがある。

なんというか。

コースというと、それが定まりきっていて、外れることを許されない、絶対的なルートであるかのような印象が強いではないか。

「何を言うのだ、阿良々木先輩らしくもない。道というのは——つまり『ロード』と訳すときでさえ、それは通常、定まりきっていて、外れることを許されないものだろう。隣のレーンに移ったら、交通事故に繋がりかねない。車線変更というのは、どんな道においても簡単なことではない」

確かに。

『ロード』と言っても『コース』と言っても、それは単なる文脈上の違いであって、あくまでも言語上の問題でしかない。

実際上、走ろうが歩こうが。

ロードだろうがコースだろうが、道は道。

『レールの上を走る人生』なんていうが、しかし誰しも人生という道の上を移動している以上は、なんらかの決まりに従ってはいるのだ。

なんらかの道路交通法に従っている。

そうそうドロップアウトはできない——定まりきった道から外れることはできない。車線変更くらいならばまだしも、下手をすれば車線を外れたことで、崖から落下しかねない。

そうでなくとも正面衝突は起こり得る。

ゆえに僕達は、道を進むしかないのだ。

「ただ、まあ、そうは言っても、ドロップアウトが難しいということではないけれどな——実のところ、車線から外れなくても、ドロップアウトはできる。

道を、コースを全力疾走することは、確かに『進む』ことではあるんだろうけれど、いつもいつもそれが、『前に進んでいる』とは限るまい——人は、『後ろに進む』ことだってできるのだから」

できてしまうのだから。

と、神原は言った。

「道には、逃げ道だってあるのだから」

002

「神原。貴様《きさま》どうやら、僕の話を聞いていなかったようだな」

「なに？　阿良々木先輩、後輩としてはいきなりの貴様呼ばわりにはときめかざるを得ないが、そんな疑いをかけられるのは心外だな。この私が、世界一の阿良々木先輩を世界一尊敬していることで今話題な神原駿河が、こともあろうか阿良々木先輩の話を聞いていなかったなど、それはまったくありえない話だ。ファンタジーだ。弁《わきま》えてくれ、阿良々木先輩。あなたがそういう迂闊な発言をすることが、どれだけの人心を惑わすと思っておるのだ」

「僕の発言ひとつでは、たったひとつの人心も惑わされたりしないよ。お前も別にそんなことで話題になったりしてねえよ。とにかく、神原。話を聞いていなかったに違いないお前に対して、後輩思いの僕が、もう一度言ってやる。リピートアフター僕してやる」

七月某日。

僕は休日を利用して訪れた神原家——日本家屋の廊下に立っていた。正確には廊下に立たざるを得なかった、まるで学校で、遅刻の罰を受けているかのように。

もちろん僕は遅刻などしていない。

オンタイム、約束の時間通りに神原家を訪れた。

なのに廊下に立たざるを得ないのは、案内された部屋の中に入ることができなかったからだ——つまり正確に言うと、今僕は廊下に立っているのではなく、廊下に立ち尽くしているのである。

「いいか、神原。ようく聞け」

「言われずとも聞いておるとも。常に名言しか言わない阿良々木先輩の言葉を、たとえひと言だって聞き逃す私ではない。むしろこれ以上よく聞いてしまうことによって、感極まって自分が失神しないかどうかが心配だ」

「……僕はお前の部屋に案内しろと言ったんだ」

相変わらずの、先輩に対するうんざりするような持ち上げっぷりはとりあえず無視して、僕は部屋を指差した。

障子が開けられた、その部屋の中を。

「倉庫に案内しろとは言っていない」

部屋の中は。

散らかっているなんてものじゃなかった——わかりやすく言うと、横に対してだけではなく、縦に対しても散らかっていた。いや、だから散らかっているんじゃなくて——積み重なっていた。部屋の面積に対してではなく体積に対してカオス化しているというか……。

「倉庫？　失敬な。いくら阿良々木先輩でも言っていいことと悪いことがあるぞ」

神原はにやりと笑う。

「まあ、それは言っていいことだがな」

「自分の部屋を倉庫と言われてもいいのか、お前は……」

まあ、僕としてもそれは、正直、遠慮をした言いかただった——本音を言えば、倉庫というより、不燃物置き場だと思ったのだ。

神原家ほどになると自宅の中に不燃物置き場があるのかと感心しかけた。

あるいは自動車のスクラップ置き場みたい——鉄くずが積み重なって、ある種威圧的な高さを形成しているというのか……。

絶妙のバランスを保って、そんな部屋の中の様子、光景は成り立っているようだけれど、しかしもしもここで僕が地団太《じだんだ》でも踏もうものなら、部屋の中から外へ向けた、ちょっとしたなだれが起こるかもしれない——そう思うと、廊下に立ち尽くしたまま動けなくもなろうというものだ。

「…………」

神原駿河。

直江津高校の二年生、バスケットボール部のエースだった神原駿河と奇縁を得たのは五月末のことである——彼女は戦場ヶ原の、中学時代からの知己であって、それも相まって、まあ仲良くさせてもらっているのだ。

もっとも、本当はこんな風に簡単に言えるほどに簡単な関係でもないのだが——話が逸《そ》れない程度に付け加えると、彼女もまた僕同様に、あるいは僕以上に、怪異にかかわった者であり——その痕跡《こんせき》が、左腕に残っている。

それを包帯《ほうたい》で包んでいる。

包み——隠している。

とは言え、そういうあれこれを除いて考えれば、どころか含めて考えても、僕からすればいまや神原駿河は、可愛い後輩である。僕みたいな何の取り得もない、身も蓋もないような落ちこぼれが、引退したとは言っても、バスケットボール界のスーパースターだったアスリートを『可愛い』呼ばわりするのも、また口幅《くちはば》ったいものがあるけれど……。

ただ、優れたアスリートという点を差し引けば、彼女が結構自堕落《じだらく》というか、だらしのない女子であることは否めなかった。

一例をあげれば、そう神原駿河は『片付けられない女子』だった——というか、もっと有体《ありてい》に言えば、『散らかす女子』だった。

散らかオス女子だった。

初めて彼女の部屋に通されたときは、だから仰天《ぎょうてん》したもので、そのとき僕は神原に、今度機会を作って本格的に片付けてやると約束したのだったが——その機会ができたのでいざ片付けに来てみれば、あれからそうは言ってもそう経っていないのに、今度は仰天すべき天井も見えない有様だ。

片付け、整理整頓が決して苦手ではない僕だけれど、むしろ片付いていないと落ち着かない僕だけれど、正直、どこから手をつけていいのかわからないというのが現状だった。

この現状から、どう原状回復をすればよいのか、はっきり言って途方に暮れている——家から持ってきたゴミ袋が妙に空しい。

四十五リットル袋十枚。

こんなもんで果たして何ができるって言うんだ……、全然用をなさない。必要なのはゴミ袋ではなく、段ボール箱だろう。まあ、段ボール箱なら、倉庫さながらの部屋の中からいくらか見つかりそうだけれど……。

「くっくっく。さあ、阿良々木先輩がいったい、どんな風にこの部屋を片付けるのか。お手並み拝見と行こうか」

「なんで上からなんだよ」

「上から？　違うな。むしろ地中からと言っていい」

「怖いよ。地中からお手並み拝見みたいな声が聞こえてきたら……、物語が新たなるステージに進展するよ。お前、さては僕が片付けに来るにあたって、どうせだからって嫌がらせみたいに、他の部屋の散らかりも、ここに詰めたんじゃないだろうな？」

家の掃除の仕方の、一パターンでもある。

まず不要物や荷物を一部屋に固めて、その他の部屋から、ワンルームずつ奇麗にしていくという——若干二度手間で、効率の悪い感はあるけれど、しかし、掃除難易度はとりあえず低くなる。

「何を言う。これはあらぬ疑いをかけられたものだ。まあ阿良々木先輩からかけられるのであれば、褒め言葉でも疑いでも、嬉しいものだがな！」

「褒め甲斐ねえだろ、そんな奴……」

「私の部屋はここだけだよ。子供の頃から部屋をふたつもみっつも与えられるような贅沢《ぜいたく》な育てられかたを、私はされていない。私の部屋は、ここひとつだけだ」

「そうか……だったらいいんだが」

「そうだ。私の先輩が、阿良々木先輩一人だけであるように」

「重いだろ！」

戦場ヶ原はどうした！

先々月会っただけの奴のことを、この世でただ一人の先輩とまで言ってんじゃねえよ……、僕まだ、お前にそこまで尊敬されるようなことしてねえし、たぶんこれからもしねえよ。

「でも、不思議だな……っていうか、理に合わねえな。お前、自分の部屋がこんな有様なのに、いったいどこで寝ているんだ？」

「どこでって、この部屋でだ」


きょとん？

みたいに首を傾げる神原。

「私の寝る場所など、この部屋と、戦場ヶ原先輩の膝枕《ひざまくら》と、阿良々木先輩の腕枕しかなかろう」

「戦場ヶ原の膝枕はともかくとして、僕の腕枕というのはないし、また、この部屋だって無理にしか見えないんだけど……、部屋に入れないじゃん、そもそも」

「そこが阿良々木先輩の素人判断なのだな」

尊敬している先輩に対して、平気で失礼なことを言う神原——この辺の無神経さは、先輩の身ながら見習いたいものがある。

まあ、僕の判断が素人判断だと言うのならば、その根拠を聞いてみよう。確かに僕は専門家というわけではない——何に対しても。

「じゃあ神原、教えてくれよ。お前はこの部屋で、どうやって睡眠を取るんだ？」

万能天才と呼ばれたレオナルド・ダ・ビンチは、

驚くべきことに立ったまま睡眠を取っていたという――それに類することを、神原はやっているというのだろうか。まあ、スポーツという面においては、神原も天才と呼ばれる資格はあるからな……ただ、この部屋の中で寝るどころか、立つことさえ、どんな天才にも不可能だと思われるけれど……。

「ふっふっふっ。まったく、長生きはするものだ。まさかこの私が、阿良々木先輩に何かを教示できる日が来るとはな」

「お前はまだ十七歳とかだし、僕、お前と知り合ってから、まだ百日も経ってないんだが……」

どんなここで会ったが百日目だ。

「もったいぶってねえで早く教えろ。どうやって寝てるんだ。廊下で寝てるなんて落ちだったらぶっ飛ばすぞ」

「そう言われるとそういう落ちをつけたくもなる。阿良々木先輩にぶっ飛ばされたいなあ。壁ドンならぬ、廊下ドンをされたいなあ」

「廊下ドンって何……?」

壁ドンからわからないけど。

すげえな。

もう結構長い間話しているけれど、いまだ僕、神原のうちに来てから、こいつの部屋に入れていないんだもんな。

オープニングトークだけで尺《しゃく》が終わっちゃいそうだぜ。

「何かの定食のメニューか？　廊下を煮込んで卵で綴《と》じたのか？」

「ふむ。まあ、煮込んで綴じたくなるような廊下も、世の中にはあるかもしれないが……えっと、私がどうやって眠るかだったな？　ほら、阿良々木先輩。見てくれ。あそこに隙間があるだろう？」

神原は部屋の中を指さした。

確かにそこには隙間があった、なんていうか、断崖絶壁《だんがいぜっぺき》に掘られた横穴というか……、積み重ねられた荷物の、絶妙のバランスによって生じた、エアスポットとでも言うのだろうか。

「ああ。で、あの隙間がどうした。まさかもぐらみたいに、あんな隙間の中で眠っていると言うんじゃないだろうな」

「そのまさかだ。廊下をダッシュしてからの背面跳びで、あそこに飛び込むのだ」

それが何かの誇りであるかのように、自慢げに胸を張る神原だった。それこそ背面跳びみたいな背の反《そ》らしかただが……、マットレスでも砂場でもないあんな場所に背面跳びで飛び込んだら、止血が必要な類の出血を伴う大怪我をしそうなのだが……。

そこまでして部屋で寝る必要ないだろ。

廊下で寝ろ。

いっそな。

「いやいや阿良々木先輩。結論が早いのは阿良々木先輩のいいところでもあるが、しかし時として、それは判断ミスを招くぞ」

「お前に忠告とかされたくねえんだよ。僕の判断ミスはこの部屋を片付けると安請け合いしちゃったことだよ。は？　なんだ、寝やすいのか？　あの横穴が」

「寝やすいぞ」

「怪我をしないにしても、普通に寝心地が悪いだろう。起きたら身体ががったがたになってるだろう。神原、お前は知らないのかもしれないけれど、寝るというのは、普通、心身を休めるために行う生命活動なんだぞ？」

「わかっておる。いや、確かにクッション性が強いとは言わないけれどな、あのポジションは、まるで寝袋のように、私の身体にぴったりフィットして、案外、寝やすいのだよ」

「そうなのか……」

「戦場ヶ原先輩の膝枕にはさすがに及ばないにしても、阿良々木先輩の腕枕よりは寝やすい」

「ちょっと待て！　お前に腕枕なんかしてやったことは一度もないということをきっぱり宣言してから

突っ込ませてもらうけれど、あんなゴミの山のほうが僕の腕枕よりも寝心地がいいとか言われると、僕は動揺を隠しきれないぞ！」

「おいおい阿良々木先輩、そんな腕まくりをして怒らなくてもいいだろう。腕枕のことで腕まくりをして怒らなくても」

「そんなしょうもないことを嬉しそうに言うな！」

してねえしな、腕まくり。

そもそも今は七月で、真夏で、半袖だから、まくるべき袖がない。

「まあまあ、私も少し言い過ぎたかもしれん」

「お前の言うことが過言《かごん》でなかったことなんかねえよ。すべてが過言だよ。何がだ？　何を言い過ぎたんだ？」

「確かに阿良々木先輩の腕枕よりもゴミの山のほうが寝心地はいいけれども、しかし」

「…………」

それは取り消さないんだ。

ゴミの山と認めた上で……。

「しかし、長所と短所は表裏一体とはよく言ったものだ。あの横穴は私の身体にぴったりフィットしている分、誰かと共に寝ることができない」

神原はいかにも悩ましげに言った。

二つの意味で悩ましげに。

「あの横穴で阿良々木先輩と共に眠れれば、そのときこそまさに、戦場ヶ原先輩の膝枕をも凌駕《りょうが》する、完全なる寝床が完成するというのにな！」

「やかましいわ！」

「ところで指摘が遅れてしまったが、先刻阿良々木先輩は寝るというのは心身を休めるために行う生命活動だと言ったが、ただ生命活動という意味では寝るというのは――」

「下ネタ禁止ー！」

そんな楽しげなやり取りを終えて。

僕はいよいよ、満を持して――というか、万難を排して、神原駿河の部屋の清掃に取り掛かった。

003

考えてみれば、最初に神原の部屋を訪れた時点で、僕は軽くではあるけれど、彼女の部屋を整理しているのである——そうしないと足の踏み場もなかったからだ。

そのときはなんというか、裸足で歩いたら怪我をしそうな感じだった——地雷原を歩いている感じだった。僕は男子にしては、部屋にしろ思考にしろ、散らかっている状態が苦手なほうだとは思っているけれど、しかしあんな部屋を見せられたら、どんな人間でも多少は整理整頓心を呼びおこされるはずである。

まあそれはともかく、何を言いたいのかと言うと、既に先々月の段階で下準備は終えていたのだから、今日の作業はそんなに大仕事にはならないだろうと、僕はたかをくくっていたのだ。

それなのに、ほんの一ヵ月ちょっとでこうも惨憺《さんたん》たる有様になったのは、まあ僕に対する嫌がらせとかお手並み拝見とかではないにしても、『そのうち阿良々木先輩が片付けてくれるから』ということで、彼女の中に甘えが生じたという可能性は高かった。

だから僕は先輩として、後輩を指導すべき先輩として、ここは神原の部屋に手をつけることなく、踵《きびす》を返してゴーホームというのが人生における正しい手順だったかもしれないのだが、しかし、そうそう正しい判断ばかりを下せないのが人生というものである。

物事を途中でやめることは、始めることより難しいのだ。

神原を失望させたくないというのもあるけれど、それ以前に、あんなゴミ山の穴倉みたいな場所で彼女が寝起きしているのを看過できない。また、先々月そうだったように、最初は圧倒されるばかりだったその部屋の有様に、単純に僕の片付け欲が刺激されたというのもある。

ひるみはしたが、しかしここで帰っては阿良々木暦《こよみ》の名が廃《すた》る。

清掃作業は数時間に及んだが——昼から始めたにもかかわらず、掛け値なく夜にまで及んだが、最終的にはなんとか見られるようにはなった。

「はっきり言って、片付けるよりも、爆破したほうが手っ取り早い感じだったけれどな……」

「はっはっは、阿良々木先輩。爆破は勘弁してくれ。木造だからな、屋敷ごと、跡形もなく消し飛んでしまうぞ」

神原は快活に笑った。

なに笑ってんだこいつ。

ちなみに彼女は清掃作業をまったく手伝わなかった——横合いから、最低限、必要なものと不必要なものの区別を、口頭で指示しただけだった。

誰かが僕と神原の、ここ数時間の様子を見ていたならば、完全に彼女が先輩で僕が後輩だと思っただろう——僕は先輩の引っ越しを手伝いに来た後輩である。

しかも、結構な強制力に基づいて手伝いにきた後輩。

「おじいちゃんやおばあちゃんも、お前の部屋を片付けるためにならば、爆撃を許可してくれるんじゃないかとさえ思うよ」

「わかってないな。どれほど貴重だと思っているのだ、あれらの本が」

「あれらの本をまず処分しろ」

まあ処分も何も、今日は休日であり、ゴミの回収はおこなわれていないので、不要物は紐で縛ったりなんだりして、庭にまとめただけなのだが——精々、ゴミの日まで雨が降らないことを祈るばかりだ。

いっそのことゴミ出しも手伝ってやったほうがいいんだろうか……、どうかな、そこまでは人の家の事情に立ち入り過ぎかな。

「とにかく……、お疲れ様、神原」

僕は言った。

正直言って、疲れたのは僕だけなのだが、こういうときに言うべきほかの言葉を思いつかない。『やったね！』というのも、何か違うしな……。

それに、まあ、人が片付けている様子を横からずっと見ているというのも、それなりに疲れるだろうと、好意的に思っておいてやることにしよう。

そもそも僕だったら嫌だしな、自分の部屋を他人に掃除されるなんて……。神原の場合は、それすら悦《よろこ》びなのかもしれないが。

よくわかんねーんだよな、こいつのキャラ。

本当はどういう奴なんだろう？

「じゃ、僕はこれで帰るよ。もうとっぷり、夜も更けちまったことだしな——これ以上の長居は無用って奴だ」

「おいおい、待ちたまえよ、阿良々木先輩」

「いや、いくらなんでも待ちたまえは、先輩に対する言葉遣いとしておかしいだろ」

そもそも、よく聞いてたらこいつ、はきはき快活に喋っているからわかりづらいけど、先輩に対してまったく敬語を使ってないんだよな。

「私が尊敬すべき先輩に、それも選りすぐりの阿良々木先輩に、部屋を片付けさせただけで、何もせずに帰すと思うのか？」

「何もせずにって……、お前、僕に何をするつもりだ⁉」

「いや、そんなに警戒されても……」

私をなんだと思っておるのだ、と、神原は不満顔だった。

不満顔をされてもなあ。

警戒されるだけのことはしてきただろうに。

「お茶くらい出そうと思う。いや、お茶では足らんな。私は阿良々木先輩に、ちょっとした晩餐《ばんさん》くらいは用意すべきだろう」

「晩餐……？　ああ、晩ご飯のことか？　いや、いいよ、そんなの。遠慮させてくれよ。家に帰ったら普通に僕の分のご飯、用意されていると思うし」

「そうはいかん。遠慮は許可しない」

「あれ？　遠慮って、誰かの許可が必要なものだったっけ……？　特に後輩の許可が必要なものだったっけ？」

「おばあちゃんお手製の晩餐を食べるまで、この屋敷からは出られないと思え」

「脅迫じゃん」

しかもおばあちゃんお手製なのかよ。

晩餐を用意すべきとか言って、自分で作るわけじゃないんだ……、まあ、どう贔屓目《ひいきめ》に見ても神原って、料理ができそうな奴じゃあないよな。

前に食べた『重箱』もおばあちゃんのお手製だったし。

そもそも同じ家事分野の話とは言え、別に料理の腕と掃除の腕が直結するわけではないだろうが、しかし、料理が得意な人間ならば、少なくとも部屋をあんな状態にして、惨状にして、平気ではいられないだろう。

いわゆる家屋の散らかりの基準として、キッチンが散らかり始めたら最後だと言うしな……。

「ふふっ。それとも力ずくで逃げてみるか？　試してみるのもよかろう。だが、俊敏性で私に勝てると思うのかな？」

神原が両手を広げて、部屋の敷居の上に立った。

まるでバスケットボールの試合のディフェンスのようだが、こいつ、日本家屋におけるマナーとかまったくわかっちゃいねえ……。

「さあ、かかってくるがよい。引退したとは言え、素人の阿良々木先輩に抜かれるほど、私の守りは甘くないぞ」

「いや、かかっていかないけどな……」

とにかく、僕を尊敬している割には、なにかと僕を素人呼ばわりしたがる奴だ。

なんにせよ、忍に血を与えて吸血鬼化しているときならばまだしも、そういう状態にない今の僕では、とてもではないが、神原のディフェンスを抜くことなどできそうもない。

　ここは大人しく従うしかなさそうだった。

　まあ、後輩からの厚意……、というか、お礼の気持ちを、無下にするのも、それはそれで先輩らしからぬ行為ということになるのか。

　正直言って、中学時代から通して、一貫して、部活動というものを経験してこなかった僕は、先輩扱いされるということ自体に不慣れなので、先輩としての正しい振る舞いというものがどういうものかよくわかっていないのだが……、神原との距離間がよくわからん。

　今度戦場ヶ原に訊いてみるとしようか。

　休日を潰して後輩の部屋の掃除に来るというのは、そしてそのお礼として晩ご飯を食べさせてもらうというのは、果たしてありなのかなしなのか……。

　あいつはあいつで神原のことを猫可愛がりしているから、まともな意見が返って来そうにはないけれど……。

「わかったわかった、神原。僕の負けだよ、参ったよ、諦めた」

「いや、そう簡単に勝負を投げ出すものではないぞ、阿良々木先輩。突破口は残っている、諦めるのはまだ早い」

「お前はいったい僕にどうして欲しいんだよ」

「私とがっぷり四つに組み合って欲しいのだ」

「バスケットボールじゃなくてお相撲だったのか……」

　相撲で女子に、しかも後輩に負けたとなったら本当に名折れなので、神原からの励ましは励ましとしてありがたく受け取っておくとして、

「じゃあ、ご馳走《ちそう》になるよ」

　と、僕は言った。

「家には一本、電話を入れとくからさ」

「うむ。まあ、阿良々木先輩がそう言うのならば是

非もあるまい」

なぜか鷹揚《おうよう》に答える神原。

がっぷり四つに組み合えなかったことはともかくとして、概ねことが自分の思い通りに運んで満足らしい——まあ、後輩が充実した休日を過ごせたようで、僕としても嬉しい限りだ。

と、いうことにしておこう。

「では、阿良々木先輩。晩餐の席に向かう前に」

「ん?」

「風呂に入ってきてくれ。そんな汚れた姿でダイニングに来られては迷惑だ」

004

日本家屋において、ご飯を食べる場所をダイニングと呼ぶのが正しくないのは僕にも容易に判断がつくけれども、しかし、ならば正しくはなんと呼ぶべきなのかは僕にはさっぱりわからないので、それを指摘するのはよそう。

まあ、先輩後輩関係なく、清掃活動に取り組んで、すっかり埃《ほこり》まみれになってしまった姿で、食事の席に現れるのがマナー違反だというのも神原の言う通りなので、それについては彼女の指摘に感謝したいくらいだ。

危うく他人の家でデリカシーのない振る舞いをするところだった——しかし、だからと言って、まさか自分がその、他人の家の風呂を借りることになろうとは思わなかったので、湯船の中における僕の戸惑いといったらなかった。

戸惑いって言うか……。

背徳感って言うか?

なんだか、すごくいけないことをしているような気分だ……、ヒノキ風呂というのだろうか、立派なお屋敷に相応《ふさわ》しい、立派な風呂だった。ちょっとした旅館にあってもおかしくない規模の風呂で、こういう風呂に入れたというだけで、本日の労働の対価を、十分にいただけたようでもある。

「…………」

いや、でもやっぱりおかしいだろ。

そこまでまだ付き合いの深くない後輩の家の風呂に、肩までつかってのんびり湯浴《ゆあ》みをしているというのは……。

これについてはたとえ、常識が若干ズレていると思しき戦場ヶ原だって、ありかなしかで言えばなしだと言うと予想できる。

というか相談したら殺されそうだ。

文房具で殺されそうだ。

消えるボールペンで消されそうだ――いや、消えるボールペンで消すって、具体的にどうやるのかは定かではないけれど。

ヒノキ風呂には不似合いな――逆に言うと、ここが旅館の風呂ではなく、一般民家の風呂であることを思い出させる、設置されたバスクロックを見る。

現在時刻が気になったというより、言われている『晩餐』の時刻までどれくらいあるかを考えたのだ。

どうやら神原は、元々僕をもてなそうと晩餐会を予定していたなんてことはまったくなく、ただあのとき思いついたようで、おばあちゃんにも事後承諾だった。

いきなり僕の分の夕食まで作ることになったおばあちゃんはさぞかし迷惑だったことだろうが――僕のことを、さぞかし傍若《ぼうじゃく》無人《ぶじん》な先輩だと思っていることだろうが――まあ、人のいいかたなのだろう、承諾してくれたようだった。

ありがたい。というか、心苦しい。

「……しかし、落ち着かない」

足が伸ばせる湯船とか、適温のお湯とか、そういうのは確かに快適で、労働の対価として十分だという前言を撤回するつもりはないけれど、しかし人の家のシャンプーとかコンディショナーとか、石鹸《せっけん》とか、そういうのがとにかく落ち着かない。

とことん器が小さいなあ、僕。

まあ。

適当にあったまったら、すぐに上がるとするか──と思ったとき、脱衣所のほうから音がした。

音がしたというか、声がした。

「む！　なんだ！　扉が開かないぞ！　鍵がかかっている！　大丈夫か阿良々木先輩、何があった！　すぐに助けるぞ！」

「…………」

がちゃがちゃと、乱暴に扉を動かしているようだ──どうやら暴漢が一名、脱衣所に侵入を試みているようだった。

「ここを開けろ！　両手をあげて出て来い！　これは警告だ！」

「…………」

暴漢ではなく警察なのだろうか。

「私は神原駿河！　阿良々木先輩のエロ奴隷《どれい》、得意技は三角飛びだ！」

「…………」

やっぱり暴漢のようだった。

「ええい、なぜ開かないのだ……、仕方あるまい、すぐに機動隊が突入のときに使う棒を持ってくる！」

「やめろ！　あと名称を知らねえもんを持ってこようとするな！」

まあ。

僕も知らないけど。

「あ、なんだ、阿良々木先輩、無事なのか……」

僕の突っ込みを受けて、ようやく乱暴に扉を叩く音がやんだ。どうやら本当に、僕の身の安全を慮ってくれていたようだった──とは言え、最初に脱衣所に侵入しようとしたところまで、免罪されるわけではない。

僕は風呂の中から叫ぶ。

声が反響して、中にいる身としてはやや気持ち悪いけれど、しかし脱衣所を挟んで、二枚の扉を介しての会話となるので、それなりに大きな声を出す必要があるのだ。

神原のほうは、あいつは普段から声が大きいので、その声は十分、風呂の中まで届くのだった。

「びっくりした……。阿良々木先輩が監禁されているのかと思って、とても心配した」

「僕を監禁するような奴は、この世にお前くらいしかいねえよ」

「そうでもあるまい。戦場ヶ原先輩ならしかねんぞ」

「はっはっは。まさか、いくら戦場ヶ原でも、そこまでするわけがあるまい」

「しかしなぜこの扉は開かないのだ」

「鍵をかけたからに決まっているだろう」

驚いた振りをしたが、というかまあ実際に驚きはしたけれど、入浴中に神原が侵入してくるんじゃないかという可能性は、彼女を知る者として当然考えたのだった。

鍵をかけるのは当然の用心だ。

「鍵……？　脱衣所の扉には鍵がついていたのか？」

本気で意外そうな神原。

お前の家の脱衣所なのに、どうしてお前が知らないのだ。

「いや、私は、風呂に入るときは、脱衣所の扉なんて常に開けっぱなしだから……」

「開けっ放しっていうか、開けっぴろげ過ぎるだろ……まあ、家の中でお前がどんな振る舞いをしていようと、基本的には自由なんだが」

というか。

他人の家の中で、たとえ風呂の中でとは言え、全裸になっているのがこの僕だった。

「いや、誤解しているようであればただしておきたいのだが、阿良々木先輩。私は阿良々木先輩と一緒に風呂に入りたくてここに来ただけだぞ？」

「じゃあ誤解はしていない。ただす必要もない」

「間違えた。阿良々木先輩が入浴している間に、阿良々木先輩の服を洗濯してさしあげようと思っただけなのだ。決して疚《やま》しい気持ちがあったわけではない」

「…………」

疚しい気持ちがやまやまだろ。

そしてたとえそれが本当だとしても、僕の衣服が汚れた原因である部屋を作り出したお前に洗濯のスキルがあるとも思えないのだが……、下手をすれば、料理よりも苦手なのではないか、洗濯。

「何を言うか。これでも体育会系の部活で、ずっとやってきた身だぞ。洗濯はむしろ得意分野だ」

「ん……、まあ、そう言われればそうなのかな？　でも、だからといってお前に服を洗われてしまうと、僕、着るものがなくなっちゃうんだよ」

「裸のまま出てくればいいではないか」

「いいわけねえだろ。僕はそこまで自分の裸に自信をもってねえよ」

「なんだったら服のみならず、阿良々木先輩の身体も洗ってあげてもいいくらいだぞ？　前から後ろから！」

「…………」

サウンドオンリーだと変態さが際立つな、あいつ。こちらが全裸なので、なんて言うか、肌で感じる危機感も倍増だった。

「部屋を奇麗にしてくれたお礼に、阿良々木先輩の身体を奇麗にしてさしあげようと言っているのだ！」

「お前はまずはお前の心を奇麗にしろ。こんないい風呂に毎日入っている癖に、どうしてそんな汚れていられるんだ」

「ふふっ。まあいい風呂と言われると、その通りだと答えざるを得んな。変に謙遜《けんそん》をすると、嫌味になるかもしれん」

褒め言葉だけ聞いてやがる。

彼女の自慢げな笑顔が目に浮かぶようだ。

まあ、確かに自慢したくなるような、いい風呂なのだが……。

「いい風呂なだけではなく、いい湯でもあるだろう。うちの庭から引いている井戸水を沸かしているのだ。

温泉水とは言わないが、ナントカシウムたっぷりの深層ナントカ水だ」

「ナントカシウムたっぷりの深層ナントカ水ってなんだよ……、自慢するならちゃんと憶えてろよ」

ミネラルウォーターみたいなものだろうか？

いや、井戸水が必ずしもミネラルウォーターというわけではないのだろうけれど——まあ、そう言われてみると、このヒノキ風呂に張られた水が、特別なそれのように思えてくるから不思議なものだ。

ふうん。

井戸水ねえ。

「ああ、そう言えば阿良々木先輩」

「なんだ、神原後輩」

「その井戸水には、実はいわくがついていたりするのだぞ？」

「疑惑がついている？　おいおい、疑惑がついているのはお前だろう」

「疑惑ではない、いわくだ」

「へえ」

まあ、疑惑じゃなくていわくにしたって、お前についてそうなものだけれど——井戸水にいわく？　なんだそりゃ。井戸水は沸くものではあっても、いわくものではないはずだが……。

「いわくって、どんないわくだ？」

「おっと、興味があるか」

「いや、興味っていうか……」

そういう風に話を振られたら、こういう風に返さざるを得なかっただけなのだが……、まあしかし、今自分が全身を浸している水に、何か由来があるというのなら、聞いてみたくもある。

単純な好奇心だ。

「まあ、あるよ、興味。そのいわくって奴に。ちなみに僕がお前から今かけられているのは迷惑だ」

「私のお父さんの話なんだが」

「へえ、お父さ……」

ん、と。

あまりにも神原が普通に会話に上げてきたので、僕も普通に聞き逃してしまったけれど、神原の父親は、そう、何年も前に亡くなっているのである——父親だけではない、母親も一緒にだ。

交通事故——だった。

なので神原は今、おじいちゃんとおばあちゃんとの三人暮らしなのだ。おじいちゃんとおばあちゃんの一人息子が、神原の父親である。

「…………」

「お父さんも当然のことながら、ここの風呂を使っていたのだ——まあ、風呂に限らず、その井戸水を使っていたのだ。日常的に」

どう反応していいのかわからず、咄嗟に黙ってしまった僕に対して、扉二枚挟んだ向こうの神原は、普通に父親の話を続ける。

亡くなったと言っても、彼女にしてみればそれはもう、人生として受け入れていることなのだろう——だとすれば、変に腫《は》れ物に触るような対応をするほうが失礼というか、神原にしてみればやりにくいのかもしれない。

だから僕は、

「ふうん……日常的にな」

と、彼女の話に、声に出して反応を返した。

「うん。まあお父さんにしてみれば、普段から使っている水だから、そんなにありがたみを持って接していたわけではないらしいんだが……」

「まあ、それはそうだろうな……」

一般家庭に住む僕からすれば、井戸なんてあるだけで羨《うらや》ましい——とは言わないまでも、その存在を、すごいなあと思ってしまうものだが、それが実際に生まれたときから庭にあれば、それは『ありがたいもの』ではなく『あるもの』でしかなかろう。

「ただ、子供の頃から——入浴に際して、ごくまれに気になることがあったのだそうだ」

「気になること？」

「気になる現象——と言うべきかもしれんが」

怪異がらみ。

というほどではないのだが——不思議な現象があったそうだ。

神原は言う。

「怪異がらみというほどではない——不思議な現象……？　やけにと言うか、随分と細《こま》かい注釈をつけるなあ」

僕は風呂の中で、やや身構えた。

いや、この井戸水と怪異が絡んだりしたら、それは大変なことだろう——自分が今、その中に入っていることを差し引いて考えても、そういう『いわく』がついている水を、日常的に使っているというのは、いささかまずかろう。

「いや、だから怪異がらみというほどではない——だ。つまり、怪異は絡んでいない」

「はあ……」

怪異がらみならぬ、怪異からまず？

怪異が絡んでいないというのに、不思議な現象なんて——いや、そんなものはいくらでも起こりうるのか。

人為にしろ。

あるいは自然現象にしろ。

そういうものは、そういうことは、いくらでも起こりうる——問題はそれが、どれくらいの危うさを孕《はら》んでいるかである。

逆に言うと、怪異が絡んでいないからと言って、それが神原のする話の安全性を示すことにはならないという意味でもある。

「え、でも、お前が願った猿の怪異って、確かお前の親が遺したものなんだから——いや、あれはお母さんのほうだったっけ」

「うん、そうだ。さすが阿良々木先輩、驚異の記憶力だな」

「いや、最初に間違えかけた手前、褒められるとむしろ辛いものがあるな……」

「昔、私は『驚異』を『おどろきぃ！』と読んでいた」

「それは驚異だな」

臥煙遠江《がえんとおえ》。

という名前だったと、僕の驚異ではない記憶力は、記憶しているが——亡くなった神原駿河のお母さんである。

お父さんの名前は聞いていないはずだが……、まあ、今更このタイミングで訊くのも難しいか。

「で、その、怪異が絡んでいない不思議な現象っていうのはなんなんだ？　どういうものなんだ、神原？　ことと次第によっては、僕は今すぐ、この風呂からあがらねばならないんだが……」

「そう警戒するものではないぞ、阿良々木先輩。心配しなくとも、そんな怖いような話じゃない。怪談とかじゃあないのだ」

「怪談じゃあない——」

そう聞いても、安心はできない。

なにせ僕は身体に怪異の影響を残しているのだ——仮に、突飛な発想かもしれないが仮に、この井戸水が聖水のようなものだったとしたら、身体が溶けてしまいかねない。

まあ、身体に怪異を残しているのは神原も同じだから、彼女が問題なくこの風呂を使っているのであれば、確かに心配することはないという話にはなるのだが——どうだろうな、神原はドMだから、少々身体が溶けるくらいなら、その痛みを楽しんでしまいかねない。

「…………」

ドMだからって、すげえ理由だが。

どんな怪異だよ。

本気で怪で異だ。

『あやしいい！』だ。

「まあ、あがりたいというのならば止めはしない。そして裸のまま脱衣所から出て来たいというのならば止めもしない」

「それは止めろ」

「ただ、その前に阿良々木先輩。そのつかっている湯船の水面を見てくれ」

「?」

意図はわからなかったけれど、わからないまま反射的に、僕は神原に言われた通りにする——まあ、あえて注視するまでもなく、僕はほぼ全身が湯船につかっているのだから、普通にしていれば、普通に視界に、その水は入ってくるのだが。

「見たぞ。今更だけれど……、この水がどうかしたのか?」

「いや、水ではない」

「水ではない? え? お湯って意味か? 確かにお湯ではあるが——」

「いやいや、そうじゃない。ちゃんと言っただろう。私が見て欲しいといったのは、水ではなく」

水面だ——と。

神原は言った。

水面?

005

これは、教えてもらったときには、少なからず驚いた雑学なのだが——英語には『お湯』という概念がないらしい。いや、概念というか、『お湯』を言い表す単語がないというか——お湯と水は、『あったかい水』・『冷たい水』という区別であって、言うならそれらを基本的にひとくくりに扱っているらしい。

日本文化で育った僕からすれば『お湯』という言葉が存在しないというのは考えられないことだけれど、海外からすれば、日本における『水』という言葉の曖昧さのほうが気にかかるかもしれない——『お湯』と『水』を区別するけれど、同時に『お湯』は『水』だという曖昧さ——『水』はH_2Oであると同時に、液体全般を示すというオールラウンドぶり。

まあ、考えつめていくと、気にかかるというより、不気味でさえあるよな。

ともあれ、僕にそんな『水』の不気味さを教えてくれた張本人である戦場ヶ原ひたぎ様は、

「死ね」

と言った。

「死ね。死ね。死ね。死ね。死ね。死ね。死ね」

こわっ。

「…………」

こいつはサウンドオンリーだろうと対面だろうと、一切関係なく普通に怖いな……最初から限界値だから、変化なんてないんだな。

危うく携帯電話を取り落としそうになった僕だったが、なんとか堪えて、

「ま、まだ死ねないな」

と言った。

「まだ僕は、お前と恋人同士になったばかりなんだから。付き合い始めたばかりなんだから。デートをもっともっとしたいのだから。今死ぬには、あまりにも人生が惜し過ぎる」

「あらそう。嬉しいことを言ってくれるじゃない。じゃあ死ななくていいわ」

「…………」

戦場ヶ原さん、ちょろいよ。

そこはもうちょっと死ねって言えよ。

逆に言うと、そんな簡単に撤回できるような形で、僕への殺意をむき出しにするのをやめて欲しかった——とにかく。

「まあそんな感じで、今日は神原の家に掃除に行って来たんだよ」

と、話を戻した。

結局あのあと、僕は風呂からあがり、神原からの労《ねぎら》いというか、開催された晩餐会に参加して、食べ終える頃にはもうかなり遅くなっていたので、危うく布団を用意されるところだったけれど、それだけ

はなんとか固辞《こじ》し——なんとか時計の短針がてっぺんを回る前に、家に帰ったのだった。

こんな深夜まで出歩いてと妹から説教された。

普段ならば妹に説教なんかされたら、そこからは血で血を洗う骨肉の修羅場《しゅらば》が繰り広げられることになるのだが、しかし妹にとっては幸いなことに、僕はすっかり疲れていた。

神原の部屋を掃除したことによる疲労は、風呂を借りたことである程度抜けたにしても、そのあとの晩餐会における緊張が、僕をくたくたにさせたのだった。

だから妹を無視して、僕は部屋に戻った——そのまま寝てしまうつもりだったのだ。

が、携帯電話を充電器に繋ぐ際、どうやら気付かないうちにメールが届いていたらしいことを知る。

戦場ヶ原からのメールだった。

妹は無視できても、戦場ヶ原からのメールは無視できない。怖いから——というのもあるけれど、僕と戦場ヶ原は先々月から、いわゆる恋人同士のお付き合いというものをさせてもらっているので、そうでなくとも無視するはずがあるまい。

時間から見ておやすみメールだろうかと思ったのだが、『神原の部屋に行ったそうね』という件名を見る限り、監視メールのようだった。

本文はなかった。

メールの使いかたまで怖い……。

永遠のおやすみメールかもしれなかった。

というわけで僕は戦場ヶ原にこちらから電話をかけ、そして今日の顛末《てんまつ》を報告したというわけだ——嘘偽りはなし。

バレたときが怖いし、また、精神的なホットラインで結ばれている神原・戦場ヶ原の新生ヴァルハラコンビは、情報がすさまじく筒抜けなので、嘘は確実にバレるのだから。そういう意味ではバレハラコンビかも。

完全に尻に敷かれている。

いや、尻に敷かれているというのならばまだしも、足で踏まれているという感じだった――神原からは腕枕扱いされ、戦場ヶ原からは足拭きマット扱いされ、なんかもう僕の尊厳、散々だな。

尊厳って言うか、損減って感じ。

こうなると羽川に助けを求めたいところだったが、戦場ヶ原が僕の私生活を監視しているのだとすれば、僕の私生活を管理しているのが羽川なので、求めようが求めまいが、羽川が現時点で助けてくれていないのであれば、それは羽川にこの件で、僕を助ける気がないということである。

神原の家に掃除に行くことは、戦場ヶ原には言っていなかったけれど(だから彼女は神原から報告を受けたのだろう)、羽川にはちゃんと事前に言っていたしな――って、おいおい。

僕の人生、本当にどうなってんだよ。

自由意志ゼロじゃん。

こうなってくると、戦場ヶ原と同じ大学に行くために真面目に勉強をしようと決意したあの気持ちも、本当に自分の意志だったのかどうか、怪しく思えてくる。

「後輩の部屋に掃除に行くなんて、阿良々木くんは面倒見がいいわね――お風呂を浴びてくるのは図々しいけれど。死ねって思うけれど」

「思うなよ」

「殺すって思わないだけマシでしょう？」

「…………」

そりゃマシだが。

「で、阿良々木くん。あなた、神原のその話について、どう思ったの？」

「ん？」

「その――水じゃなくて、水面を見てって言われた話」

「ああ……」

僕は頷く。

嘘偽りはなし、という心積もりだったので、その話の内容まで戦場ヶ原に話したけれど、それについての感想までは言っていなかった。

「いや、まあ、確かに不思議な話だったよ。いや、不思議じゃあないのかな？　ロマンチックな話と言うべきなのかもしれない——神原のお父さんがその水面に、将来結ばれることになる女性の像を見ていたというのは」

そういう話だった。

神原のお父さんは幼少の頃から、入浴時、あのヒノキの湯船に、見知らぬ女性の姿を見ていたとか——いや、いつもではなく、たまに、だったそうだが、とにかく将来、自分が駆け落ちする相手の像を、水面に見ていたとか。

きっと幻覚みたいなものだと、そんなに気にはしていなかったそうだが——そして、しているうちに見えなくなったそうだが、しかし見えなくなったその後も、心のどこかには『一体どういう意味のある幻覚なのか』、ずっと引っかかっていて、だから神原のお父さんは、神原のお母さん——つまり臥煙遠江さんに出会ったとき、とても衝撃を受けたという。

まるで。

その出会いが運命であるかのような衝撃を。

「なんだか、女の子の好きそうなおまじないみたいな話だけどな。洗面器に張った水の水面に、将来結ばれる相手を映し出すとか、そういうのなかったっけ——」

話が神原のお父さんということだから、女の子ならぬ壮年の男性を想定してしまうが、子供の頃の話だし、また二人は結構若くして結ばれたようなので、だとすれば、そんなに違和感のある話でもない。

ロマンチック。

と言うなら、言ってもいいのだろう。

まあ、受験業界に片足突っ込んだばかりの高校生の聞きかじりの知識としては、水面というのはスクリーン代わりになるとは言うけれど……、ただ、この場合、『運命の相手』、というか、そうでなくとも

『将来会う人間の顔』が見えていたというのは、不思議ではある。

いつぞやの砂場とはわけが違う。

水は当然、砂よりも不定形なわけだし――ヒノキ風呂は時代を感じるものではあったけれど、その底面がどうこうなっているなんてことは、当然ながらなかったし。

「ふむ」

と、戦場ヶ原。

「ちなみに阿良々木くんが神原に言われてその水面を見たとき、その水面には誰の姿が映ったのかしら？　私？　私？　それとも私？」

「うざっ！」

「羽川さん？　神原？　八九寺ちゃん？」

「こわっ！」

戦慄する僕だった。

「いや、別に誰も映ってないよ……、普通に反射して、僕の顔が映ってただけだよ」

「え？　ということは、阿良々木くんの運命の相手って、まさかご自身なの？」

「やかましいわ。なにがご自身だ」

普段は平坦な口調の癖に、こういうときだけ、ちゃんと驚いたリアクションをとりやがって。

「なんかあったわよね、そういうの。水面に映った自分の姿の美しさに惹《ひ》かれて、投水自殺しちゃうっていう神話みたいなの……、なんだっけ？」

「絶対知ってるだろ。僕の口からナルシストって言わせたいだけだろ」

「こんな話もあるわ。肉を口に咥《くわ》えた犬が川に映った自分の姿を見て、水の中に『ある』肉も自分のものにしようとして吠えたら、咥えていた肉を川の中に落としてしまったという……この愚かさ、まさにアララギズム」

「アララギズムなんて言葉はねえよ。僕を愚かさの基準にするな。とにかく、僕からしてみれば、水はただの水だったよ。水面もただの水面だった」

「ふうん。阿良々木くんって吸血鬼なのに、水面とかに普通に映るのね」

「いや、もう吸血鬼じゃないし……後遺症が残ってるだけだし。鏡にも映るよ、普通に」

「そう言えば吸血鬼は川を渡れないとか、泳げないとか言うけれど……阿良々木くん、泳いだりもできるの？」

「ん？　いや、試したことはないけれど……、どうだろう、普通に考えたら、泳げるんじゃないのか？」

僕はともかく、忍はどうなのだろう。

あいつは幼女とは言え、僕よりは吸血鬼度が高そうだしな……その辺、アイデンティティに引っ張られていそうな気もする。

「まあ、怪異が絡んでいるかどうかはともかく、不思議な話ではあるんだよな。お母さんのほうがって言うならまだしも、お父さんのほうだからな——」

神原のお母さんがどういう人なのか、知っているわけじゃあないけれど、しかしあの『猿』を神原に遺したというだけで、その方面とのかかわりはうかがわせる。

あの人のよさそうなおじいちゃんやおばあちゃんが、一人息子を奪われる以前から、酷く嫌っていたことを考えても。

「おまじないというよりは呪いかもね。運命の相手に自分の映像を送りつけるという」

「怖過ぎるだろ。お前、神原のお母さんのイメージ、どんなのなんだよ」

「なーんて」

戦場ヶ原はおどけた口調で言った。いや、口調は平坦だった、台詞がおどけていただけだ。

「冗談だよーん」

「……まあ、冗談なんだろうけど。そりゃ」

「まあ、その話自体は、私、以前に神原に聞いてはいたのよ」

「え？」

あっさり言ってくれるが、なんだそりゃ？

『実は』の前置きもなく何を言い出すのだ。

「何よ。別に私、知らないなんて言ってないでしょう。私と神原とは昔からの付き合いなんだから、それくらいの話は知っているわよ。むしろショックでしょう、まだ知り合ったばかりの阿良々木くんに、私が知っている以上の話をしていたら」

「…………」

その言い分を聞く限り、戦場ヶ原がその話を聞いたのは、新生ヴァルハラコンビが結成されて以降の話ではなく、中学時代の話なのだろう。

「悪気はなかったのよ。阿良々木くんが神原から聞いた話を得意げに私に語る、滑稽《こっけい》な様子を楽しみたかっただけ」

「最悪じゃねえか」

悪気がなくても最悪って、いったいどういう人間なんだよ、お前。

「まあ、聞くまで忘れていたのは事実だけれどね。聞いている途中で思い出したわ。ああ、そういう話もあったなあって——もっとも、神原からおうちに招待されて、お風呂を貸してもらったりしたそのときには、私はいい子だったから、野暮《やぼ》なことは言わなかったけれど」

「え？」

ん？ 野暮なこと？

なんだ、それはどういう意味だ？

「もちろん、阿良々木くんとは違って、私は神原と一緒にお風呂に入ったわよ。ふふん、羨ましいでしょう」

「いや、僕はそういうことを聞きたいんじゃあなく……」

神原と戦場ヶ原が一緒にいる風呂。

羨ましいとかじゃなくて、普通に怖いよ。

近寄りたくねえよ。

「……野暮なことは言わなかったって、どういう意味なんだ？」

「だから、当時の私は性格がよかったから、つまり今みたいに根性がひねくれた性悪の最低女じゃなかったから」

自覚があり過ぎるだろ、と僕は息を呑《の》んだ。

そんな僕に構わず戦場ヶ原は、

「無粋《ぶすい》にもそのロマンチックな、怪異譚ならぬ恋愛譚に、解釈を付け加えたりはしなかったという意味よ——」

と言った。

006

後日談というか、今回のオチ。

ギリシャ神話のナルシスを引き合いに出すまでもなく、人は誰しも、己自身を愛するものだ——それは自己愛とか自己陶酔《とうすい》とかとは違った、生物学上の意味でも。

自身の遺伝子を後世に残そうとする本能ゆえに。

人間は己を尊重し、己を理想とする。

と、戦場ヶ原は言った。

「え？　何？　じゃあ、神原のお父さんは、水面に、鏡のように映った自分の顔を『運命の相手』だと思ったとか、そう言ってるのか？　いやあ、それはさすがに……、ないだろ」

「なぜそう言えるの」

「馬鹿みてーじゃん」

「だから馬鹿みてーな話なのよ。指摘すると、父親を馬鹿にしているも同じだから、神原には指摘しなかったの。中学時代の私は当然として、今の私でも厳しいかもね、そんな指摘」

「……それこそさっきの、犬の童話だぞ。気付くだろ。この世に自分の顔を見間違う奴がいると思うか？」

「この世に自分の顔を厳密に知っている奴なんていないわよ。鏡の自分って左右反転してるんだから。

写真だって動画だって、色合いや立体感、全然違うしね。人が見ている自分の姿を、実は自分が一番知らないのよ」

「いや、そういう話じゃあなく……」

「たとえば阿良々木くん、よその家の家族って、そっくりに見えるでしょ？　でも本人達は、それほどそっくりだとは思っていなかったりする。阿良々木くんも妹さん達と、外から見れば気持ち悪いくらいそっくりだけど、自分ではそこまで似てるとは思ってないでしょう」

「気持ち悪いくらいとか平気で言うけど……、まあ、そういう話ならわからなくはないよ。でもそれって、普段から見慣れているものだから区別が、そうじゃない人よりはつきやすいって話じゃあないのか？　素人目には同じにしか見えない贋作《がんさく》も、専門家には区別できるみたいな――」

「ええ。まあ違うけれどその理解でいいわ」

「違うのかよ……とにかく、水面に映った顔を、自分のものかそうでないかくらいの区別は、誰にだってつけられるだろう」

「そうでもないわよ。鏡だったらともかく――水面ならば」

「……………」

「水面って、揺れてきらめいて、ブレるものね――鏡のようにはいかないわ。不気味の谷って知ってるでしょう？　ＣＧとかロボットとかは、人間に似せれば似せるほど、逆に人間に似なくなってくるという――区別がつきやすくなって、不気味に見えてくるという。比喩としては、こっちの話のほうが正確よね」

「不気味の谷……」

「不気味の谷は、その谷さえ飛び越えてしまえば、格段に親しみのほうが増すとも言うわね。近親相姦《そうかん》や近親憎悪の理由も、どうもその辺に求められるみたいだけれど。ともかく、水面に映った自分の像は、逆に自分には見えなかったりする――細工を施《ほどこ》して、左右が反転せずに映るようにした鏡っていうのもあるんだけれど、それを見たら大抵の人はこう思うらしいわ——『これは自分じゃない』って。ちなみに家族や親しい友人が鏡に映った図を見ると、やっぱり似たような違和感はあるみたいね」

「……『当たり前』のものとして、普段から鏡で見ている自分と違うから、水面に映った自分を自分と思えなかったってことか？」

「ええ。そしてたまになら、そのブレて映った自分が、女の子に見えることもあるんじゃないの？」

「まあ……、確かに男女差の少ない、幼い子供だったらそういうこともありうるかもしれないけれど——女の子がやるような占い、おまじないだったら、それが答でいいんだろうけれど、でも大人になったら、というかある程度分別がつくようになれば、そんなの普通に気付くだろ」

「普通に気付いたんでしょ。だからしているうちに見えなくなったのよ」

「…………」

「だけどそれを、過去にそういうものを見たという思い出とまで結びつけるかどうかは、また別の話よね。水面に映る人らしき映像を見た、という記憶は、この場合、お父さんにそのまま残っちゃったってことでしょ」

「……だからってそれを『運命の相手』だとか思うか？　思い込みが強いだろ——まあ、神原の親父さんらしいと言えば親父さんらしいが」

「それは順序が逆でしょ。これは『運命の相手』と思える相手と出会ったら、それがかつて水面で見た己の像と似ていたって話だもの」

「ん……？　ああ、そうなのか……そうだな、現在から、第三者の立場で聞くから因果が引っ繰り返っているけれど……本人の感覚からすると、そうなるのか。子供の頃からの疑問に、答が出たってことになるのか」

「恋愛というのはとかく、自分に似た相手を求めがちだから――」

だから。

そこまで言って、戦場ヶ原は続きを言うのをやめて、

「まあ、こんなのただの解釈だけどね」

と、まとめた。

そんな風にまとめるのは、彼女なりの照れ隠しなのかもしれない――あるいはロマンチックな話に理屈をつけないと飲み込めない自分に対する釈明なのかもしれない。

何が真相かなんて、わかりっこないのだ。

だから解答ではなく解釈と――戦場ヶ原は言った。

神原や、神原のお父さんは、それをそういう風に理解したというのに対して、戦場ヶ原はこういう風に理解したというだけの話。戦場ヶ原は神原父の解釈を『無理がある』というか、『ありえないこと』としたのだろうけれど、逆に彼のほうからすれば、戦場ヶ原の小理屈のほうが『無理がある』、『ありえない』ことなのかもしれない。

神原の父が。

その風呂でのみ――換言すれば、その井戸水でのみ、『彼女』の姿を見ていたというのであれば、やはりその水そのものが不思議だったのだという傍証《ぼうしょう》にもなるだろうし。

戦場ヶ原ならばその場所的限定については、そういう反射が起こりやすい光源なんでしょう、みたいな解釈で済ませてしまうのだろうし、まあ、どちらかと言えば僕もそちら側の人間なので――ロマンをロマンのままでは受け入れられず、ごちゃごちゃ述べてしまうタイプの人間なので、それに対して、それこそ野暮な突っ込みを入れる気にはなれなかった。

まあその辺。

僕と戦場ヶ原は、確かに似たもの同士なのかもしれなかった――恋人同士であり、似たもの同士なのかもしれなかった。

「じゃあ、さようなら。おやすみ。明日また学校で

ね」

ではなく、

「神原に余計なことを言ったら殺すわよ。もしも言ったら許さない。仮に失言してしまったなら、明日までに自殺しておきなさい」

という別れの挨拶と共に電話は切られた。

本当によくわからん奴だ——と思いつつ、僕は、この時間ならぎりぎりセーフだろうと思い、立て続けに、神原に電話をかけた。

口実としては、無事に家に帰れたという報告だったが、本音としては、訊いてみたいことができたからだ——もちろん余計なことを言うつもりはない。

明日までに自殺したくないからな。

「なあ、神原。訊きそびれていたけれど——お前はどうなんだ？　お前はあの風呂で、あの水面を覗《のぞ》き込んだとき、そこに何を見るんだ？」

そんなことを訊いたのは。

もしも神原のお父さんの解釈が正しいのだとすれば、そこには神原が将来結ばれる相手が映し出されるのだろうし——しかし、もしも戦場ヶ原の解釈が正しいのだとすれば、そこに映し出されるのは、ひょっとすると。

神原の母親。

臥煙遠江なのかもしれなかったからだ。

父親同様に——彼女の姿を見るのかもしれなかったからだ。水面に映って、揺らいだ己の姿に、血の繋がった母の姿を見るのかもしれなかったからだ。

彼女の人生に多大なる影響を与え、今もなお、左腕にその影響を残している母親の姿を——あるいは、神原がいったい両親のどちらに似ているのかはわからないけれど、親子であるということを考えれば、お父さんの姿を見てもおかしくはない。水面の揺らぎかたによっては、その両方ということもありうる。

父と母。

ふたりが並んで見えることも——ありうる。

だとすれば——それはそれでロマンチックだ。今は亡き神原の両親が、しかし、彼女の視界の中では、共にあり、共にいるというのは――

「ん？　ああ、そりゃあ自分のおっぱいが見えるな。これがまた我ながらすっごくエロくて、入浴中はずっとそれを眺めているな。その下の腹筋とのコントラストがすっごく鮮やかで、見蕩《みと》れているうちにのぼせてしまうというのが毎夜のことだ。正直他には何も目に入らない。で、それがどうした阿良々木先輩――」

僕は電話を切った。

第五話　こよみウインド

SUN	MON	TUE	WED	THU	FRI	SAT
		1	2	3	4	5
6	7	8	9	10	11	12
13	14	15	16	17	18	19
20	21	22	23	24	25	26
27	28	29	30	31		

8

August

001

千石撫子《せんごくなでこ》という中学二年生が、道というものをどう考えているのか、そもそも道というものについて考えたことがあるのかと言えば、たぶんそういうのはないのだろうと結論づけざるを得ない。それは勝手な偏見で、取りようによっては彼女にとってすごく失礼な物言いになってしまうかもしれないけれど、しかしいつも俯《うつむ》きがちに、伏し目がちに生きている彼女に見えているものは、道ではなく、己の足だけに違いないのだから。

靴だけ見て生きている。

それが悪いというわけではない。

誤解しないで欲しい、僕はそれを決して批難しようというつもりはない——そもそも、俯いて伏し目どころか、目を瞑《つむ》って歩いてきた、場合によっては走ってきた、僕のような文字通りの向こう見ずな人間に、曲がりなりにも——というより、この場合は曲がらず真っ直ぐに、脇目も振らず、か——自分の足元を見つめて生きてきた千石を、どんな風に責められるというのだろうか。

足も含め、己自身を見つめることも避け、挙句《あげく》の果てには己を見失ってしまった僕のような人間にとっては、たとえ道から目を逸らしていても、自分の足元を見続けていた千石を批難する言葉など、褒める言葉こそあれ、あるわけもない。

一歩。

一歩一歩。

どういう方向へであれ、歩んできた、歩んでいく自分の足を——靴を見続けるというのは、それはそれで、それはそれこそ、結構重圧のかかる人生ではあるのだから。

それも人生。

それこそ人生。

否定していいものではない——少なくとも、簡単に否定していいものではない。

もっとも、それは人生ではあっても、人道ではあるまい。自分がどういう道を歩いているかわからない、自分が歩いている道の名前も知らない彼女には、きっと語るべき人道はない。

そして千石撫子の生きかたについてもっと重要な、もっとも重要な、指摘すべき点が他にあるとするならば——下を向いて、俯いて生きていれば。

己の足の動きを把握しながら生きていれば、もちろんこけたり、躓いたり、踏み外したりすることはないのかもしれないけれど——やっぱり、前を見て歩かない限りは、何かに衝突する危険からは逃れられないということ。

そして、こちらはさして重要ではないことかもしれないけれど、しかし人道云々についてはともかくとして——蛇《じゃ》の道は蛇《へび》と言うように。

邪道ならぬ蛇道に関して言うならば。

見るべき足など、そこにはないということだ。

002

「お……お邪魔します、暦お兄ちゃん」

「おう。よく来たな、千石。さああがれよ」

「や、やっぱり邪魔したら悪いから帰るね」

「来訪一秒で帰ろうとするな！」

「さ、さ、さよなら。今日は楽しかったよ」

「んなわけねえだろ⁉」

「じ……、人生最高の日だったよ」

「お前、阿良々木家の玄関靴脱ぎをどれだけ楽しんでんだよ！　さては人生の達人か⁉」

八月初旬——夏休みのある日。

とある詐欺師についての事件がひと段落したある

日、妹の友達、千石撫子が僕の家を訪ねてきた――約束通りである。

口実としては、その詐欺師について千石から情報をもらっていたところがあったので、それについての事後報告としかるべきお礼という感じだった。

社会的な正しい礼儀としては、お礼を言うのであれば僕のほうから彼女の家に出向くというのが筋という気もするけれど、先月、彼女の家に遊びに行った際、まあ人生ゲームだったりなんだったりで、非常に楽しく遊びはしたんだけれど、最後、なぜか千石の母親から逃げるように立ち去るという変な展開になったので、再び足を伸ばすのに、なんとなく気が進まないのだった。

動物的本能かもしれない。

あるいは怪異的本能かも。

そんなわけで、僕は千石に電話をして、家に招いたのだった――待ち合わせをして迎えに行こうかとも思ったのだが、

「大丈夫、だよ」

とのことだった。

まあ、先々月、彼女は神原と共に阿良々木家に来たことがあるので、場所は知っている――というか、それ以前に、小学生の頃は頻繁に、妹を訪ねてこの家に来ていたのだ。

だから迎えがいらないというのならば、そこまでは面倒の見過ぎというものだろう――おじいちゃん子おばあちゃん子は三百文安いというけれど、それで言うならお兄ちゃん子まで三百文安くなっては敵《かな》わない。

しかしながら、それでも千石はどこか頼りないところがある奴なのは確かなので、ちゃんと待ち合わせ通りの時間に来られるかどうか不安はあったし、来なければ全力を挙げて探すつもりでいたけれど、阿良々木家のインターホンは、時間ぴったりに鳴った。

まるで阿良々木家の前で、時報でも聞きながらイ

ンターホンを押したかのような、電波時計のごとき正確さだった——千石は携帯電話を持っていないので時報を聞けないけれど。

　だとすれば家を出るとき、秒針を合わせてきたのかもしれない——いやまあ、そこまで時間に対して神経質な奴がいるわけないか。

　携帯電話の履歴を見たら、千石からの電話は常に、ぴったりゼロゼロ分にかかってきているのも、よくある偶然に決まっている。

「とにかくあがれよ。大丈夫、部屋はちゃんと掃除してあるからさ」

「あ、う、うん……」

「おもてなしの準備は完了しているぜ。今日は夜を徹してパーティだ！」

「ひ、ひぃ」

　昔なじみとは言え、やっぱり他人の家で緊張しているらしい千石を、まずなごませてあげようと思って言った冗談を真に受けたらしく、彼女は怯えた。

びくびくと怯えた。

うーん。

　というか、僕は六月にこいつと再会して以来、こんな風におどおどしていない千石というのを、あまり見ていない。

千石＝おどおどだ。

　これは性格の問題だから、僕がどうこうできるものではないのかもしれない——だとすると、じっくり見守っていくしかないものなのかも。

　前に千石の家にお邪魔したとき、彼女はカチューシャで前髪をあげていたけれど、今日は外を歩いてきたからだろう、デフォルト状態というか、その前髪は下ろされていた。

　表情が窺《うかが》えない。

　だから正直に言うと、彼女の真意が知れない。

　照れているとか、遠慮しているとかいう風に見えるけれど、しかし、ひょっとするとただ、嫌がっているだけなんじゃないかというようにも見えるのだった。

もしも彼女が、友達の実兄からの、しつこい誘いを断れずに、入りたくもない家に入って困惑しているのだとすると、申し訳ないというか、行き違いもいいところだが……。

そうではないと信じたい。

せめてもう少し、自分の気持ちを口に出して言ってくれると助かるんだけどな——本当にせめて、神原の百分の一くらいでいいから。

詐欺師の件を経て、ようやく戦場ヶ原の毒舌というか、絶望的な舌鋒《ぜっぽう》に陰《かげ》りが見えたというか——更生の兆《きざ》しが見えたというときに、実は妹の友達に嫌われていたという新事実が明らかになるという心労を抱え込みたくない。

受験勉強に差し障り、差し支える。

「さあ、早く靴を脱げって。早くあがれって」

「は、はい。わかりました。脱ぎます。言う通りにします。しますから」

「…………」

千石の怯えっぷりが異常だ……。

嫌っているなら嫌っているでもこの際仕方がないけれど、だとしても僕にあらぬ嫌疑がかかるような振る舞いはしないで欲しかった。

とにかく、遠慮というよりも深謀遠慮、はっきり言えば躊躇《ちゅうちょ》を続ける千石を、なんとかかまちにあげた——そのまま二階へと連行する。

「本当は月火《つきひ》ちゃんがいるはずだったんだけどな……、なんかあいつ、まだ色々と後始末に追われているらしくって」

「あ、後始末？　後始末って？」

「だから詐欺師の後始末——っても、具体的に何をしているんだか、僕にはよくわからないんだけれど。火憐《かれん》ちゃんも月火ちゃんも、本当、何を考えているんだかわからん——」

そして千石の考えていることもわからない。

要するに僕は、女子中学生の考えがわからないだけかもしれない――ただ、それを言い始めたら、誰が何を考えているかなど、元よりわかるはずもないのだが。

リンクされている忍のことさえ。わかっているとは言えない――僕には。

「わ、わあ。本当だ。パーティだ、パーティの準備だ」

躊躇に躊躇を重ねつつ、ようやく――三十歩もかからない、わずかな距離を進むのに、三十分近くの時間を費やしながら――僕の部屋に這入ったところで、ようやく千石が嬉しそうな、はしゃいだ声をあげた。

僕の部屋に這入って、というより、僕の部屋の床に広げられた、スナック菓子やジュースの用意を見て――である。

パーティというには質素だし、またサプライズ的な要素はないけれど――なんだったら、先日の千石家における、彼女の僕への歓待のほうが数段豪勢だったくらいだけれど――まあ、喜んでもらえるというのは、やっぱり嬉しいものだ。

もっとも、この『パーティ』の準備をしたのは、僕じゃあなくて妹なのだが……、彼女はご丁寧にこういった準備をしてから、『詐欺師の後始末』にでかけたのである。

まあ、僕はあいつのそういうそつのなさみたいなところが嫌いだけれど、しかし、さすがは地元の女子中学生の顔役をつとめているだけのことはあるというべきか。

私になったつもりで撫子ちゃんをもてなしてあげてよね、と言いつけられている――兄に何を言いつけているんだあの妹。

「う、うわあ。ポップコーンだ、やったあ。ポップコーン、口いっぱいに頬張《ほおば》りたいなあ……、息ができなくなるくらい、詰め込みたいなあ。そして噛まずに飲み込みたいなあ」

「死ぬぞ」

「うっとり」

千石は陶酔したように言いつつ、その場にしゃがみ込んだ。

お菓子がこんなに嬉しいというのは、しかし、意外でもある……、ひょっとして家でそんなに甘いものを食べさせてもらっていないのだろうか？

甘やかされてそうなのに甘味とは無縁なのだろうか……。

意外だな。

「よいしょっと」

と。

千石はクッションの上に座ったところで、靴下を脱ぎ始めた。左右両方。裸足になるつもりらしい――とか、見ているうちに、もう裸足になった。

丁寧に靴下を折り畳んで、脇に置く。

「…………」

まるで室内で帽子を脱ぐかのように靴下を脱いだけれど……、あれ？　どうだろう、わからない。わからないわからない。他人の部屋にお邪魔したら靴下を脱ぐというようなマナーって、あったっけ？

あまり他人の部屋に這入ったことがないから、自分の経験と照らし合わせてみても、まったくわからない……。

行く部屋と言えば、戦場ヶ原の部屋か神原の部屋ばっかりだからな……、神原の部屋の場合は、靴下を脱ぐどころか、分厚い底のある靴を履いて入らないと、怪我しかねないし。

「つ、月火ちゃんはお出かけってことだったけれど……」

うずうずと、目の前に用意されたお菓子に手を出したいけれどまだなんとか自分を制して我慢している、という風がありありの千石だった。

一刻も早くポップコーンを食べたいという気持ちを、しかしそれを一旦は置いて、そしてこう訊いてくる。

「火憐さんも？」

「ああ。あいつらワンセットだから。抱き合わせ販売だから」

まあ、抱き合わせにするには、若干サイズが違い過ぎるけれど……。セットにしようとしても、うまく抱き合わせられないかもしれない。まったく扱いづらい妹達だ。

妹をそんな風に扱うなという声もあるだろうが。

「ご……ご両親は？」

「ご両親って、改まった言いかただな……いや、ご両親もお出かけ、つーか仕事だよ。仕事……、うちの親、休日とか夏休みとか、全然関係ないから。関係ないっていうか、ないから」

「ふ、ふうん……じゃ、じゃあ、今日は撫子と暦お兄ちゃん、二人きりなんだ」

「ん？　まあ、二人きりと言えば二人きりだな。それがどうかしたか？」

「もちろんどうもしないよ。うふふふふふ」

千石が可愛らしく笑った。

ようやく笑ったか。

そうか、緊張している風だったのは、僕の両親のことを思ってのことだったのか──確かに、他人の家の親って、緊張するものがあるしな。

僕も戦場ヶ原父の件ではえらい目にあったし、その例を引っ張り出さなくっても、千石の母親から逃げてしまったこともある。今ではすっかり慣れて、神原のいないときでも二人に会うために遊びに行くくらいだけれど、最初は神原の家のおじいちゃんやおばあちゃん相手にも緊張したものだしな。

「じゃあ、とりあえず。いらっしゃい、千石」

先に用意しておいたふたつのグラスにジュースを注いで、片方を千石に渡し、まずは乾杯から入るのだった。

「う、うん！　いらっしゃったよ、暦お兄ちゃん！　乾杯！　お誕生日おめでとう！」

「…………」

僕の誕生日は四月だ。

003

「そう……、ちゃんと解決したんだ。よかった。よかった」

詐欺師の件について、もちろんすべてというわけにはいかなかったけれど、僕はスナック菓子をつまみつつ、ジュースを飲みつつ、千石に話すべきことをすべて話し終えた。

千石は胸を撫で下ろした風だった。

安心した——というよりは、肩の荷が降りたような気分だろう。それはそうだ、彼女は詐欺師の件について、周囲の女子中学生よりも一歩奥に、深みに、踏み込んだ位置にいたのだから。

忍野のお陰で——それはまさしく神原のお陰でもあるが——それ以上の深みに嵌《はま》ることはなかったけれど、今の今まで、気が気でなかったことは確かだと思う。

「ちゃんと、と言えるのかどうかはわからないけれどな——僕とかからすれば、後味が悪いと言うか、灰色と言うか——なんと言うか」

僕は言う。

「茫洋と言うか、中庸《ちゅうよう》な決着なんだけれど」

「でも、これ以上酷いことにはならないんでしょう?」

「うん……、ま、そういう意味では、それに越したことはないと言えるのかな」

越したことはないのか、越えられなかったのかは定かではない。

まったく定かではない。

マイナス思考というか、見ようによってはネガティブだけれど、とにかく事態がこれ以上悪化しないという意味では、決着は決着だ。

いや、そうではなくとも決着は決着だ——妹達が不要に不用意に首を突っ込んだというだけであって、本来無関係であるはずの僕が、脇からとやかく言うべきではない。

岡目《おかめ》八目《はちもく》もいいところだ。

こんな祝勝会じみた場を設けること自体、本来おこがましいと言えるのかもしれない――ただまあ、そういう小理屈をさておいて考えるのならば、あのおぞましい詐欺師が町を去ったと言うだけで、個人的には乾杯したくなるくらいである。

二度とこの町に現れないと、あいつに約束させた――本来と言うならば、それだけで、一大パーティを開いてもいいくらいの成果ではあるのだ。

「月火ちゃん達が今、『後始末』をしているってことだけれど……、どうなのかなあ？」

「どうなのかなう？」

ツイッター？

千石はツイッターというよりツイスターというキャラだったはずだが……。

「あ、いえ」

千石は言い直す。

「どうなのかな」

「さあな」

わざわざ言い直させておいて、僕からそっけない物言いになってしまったけれど、しかしその質問には『さあな』としか答えようがない――僕は妹達と違って、その辺の、つまり女子中学生のネットワークには精通していないのだから。

そう考えると、あの詐欺師がやったこと、やろうとしていたこととの異様さが際立つと言うか……、本当、気持ち悪いことするよな。

おまじない。

呪い。

怪異を意図的に蔓延《まんえん》させるなんて――

「えっと……。月火ちゃんがする後始末っていうのは、その蔓延した怪異を、ひとつずつ取り消すってことなのかな？」

「いやあ……、それはちょっと無理なんじゃないかな。どちらかと言うと、あいつがやろうとしているのは被害者の心のケアとか、そっちのほうで──まあ、そういうのもやろうとはするかもしれないけれど」

やろうとはするかもしれないけれど、いくらなんでも手に余ることとなんじゃあないだろうか。そこまでいくと完全に情報戦の領域だ。いくらファイヤーシスターズの参謀役であろうと、手に余るというものだろう──いや、いくらファイヤーシスターズの参謀役であろうと、って、そもそも、ファイヤーシスターズが一体どれほどのものなんだという話だろう。

「ふぁ、ファイヤーシスターズはすごいんだよ、暦お兄ちゃん。暦お兄ちゃんは家族のことだから、距離が近過ぎるから認識しにくいのかもしれないけれど、本当に、本当に、本当にすごいんだよ、ファイヤーシスターズは」

「そうなのか……」

「本当に、誊本《とうほん》にすごいんだよ」

「戸籍誊本?」

大人しめ、控えめな千石が、そうも強硬に主張するところを見ると、話半分に聞くとしても、半信半疑だとしても、確かにそうなのかもしれないとは思わされる。

ファイヤーシスターズはすごいのかも。

「そうだよ! ファイヤーシスターズとお友達だっていうだけで、クラスでそれなりにでかい顔ができるくらいなんだよ!」

「お前、クラスでそれなりにでかい顔してるのか……?」

それはすげえな。

この小さい顔の千石がでかい顔をしているとは……。

「し、してないけど」

こほん、と、千石は咳払《せきばら》いをする。

可愛い咳払いだ。

「でも本当、大袈裟じゃなく、ファイヤーシスターズの友達だって言えば、お金集められるくらいの勢いはあるよ」

「問題のある勢いだな……」

それこそ、詐欺の温床と言った感じだ。

劇場型詐欺とかに利用されるのだろうか——大き過ぎる正義は逆に犯罪を生むとも言うけれど、案外ファイヤーシスターズも、もうそういう領域に入っているのかもしれない。

本人達にしてみれば、はなはだ不本意ではあろうけれど……。

「そう言えば、このあいだ、コールドシスターズっていう、偽物グループが登場したよ」

「わかりやすく偽物だな」

まあ、僕に言わせればあいつらのほうが偽物なんだが——とまでは言うまい。僕から見ればだらしのない、裸で家の中を闊歩《かっぽ》するようなだらしのない妹であろうと、千石からすれば昔からの友達であることは揺るぎないのだから。

たとえその身内からでも、友達の悪口は聞きたくないものだろう。

「ドキドキ！　ファイヤーシスターズっていうのも現れたよ」

「それは後番じゃねえか」

後番っていうか、新番組っていうか。

そうか、知らない間に僕の妹達は最終回を迎えていたのか……。

「まあ、あいつらの手に余るとか手に負えるとかはともかくとして、人の噂も七十五日というからな。詐欺師が町中に流した怪談については、変に手出しをせずに、静観するっていうか、放っておくのが正解だと思うぜ」

「難しいものなんだね……」

千石は言う。

「撫子に何か、できることはあるのかな。月火ちゃん達を手伝うっていうか……、今日は、そういう話もできればって思っていたんだけれど」

「もしもお前にできることがあれば、早くあの蛇の件から立ち直ることだと思うけれどな——そうそう、元通りとはいかないとは思うけれど」

「……立ち直るって言うと、まるで撫子は最初は立ってたみたいな感じだけれど。撫子はその前から、這っていた気がするなあ。地面に立ってなくて、地面を這っていたような気がするなあ。蛇みたいに——」

と、そんな風に後ろ向きなことを言ったかと思うと、

「あ、あわわ」

と、そこで慌てたように、千石はポップコーンをつかんで、それを自分の口の中に詰め込んだ。さっきしたいと言っていた通りにしたわけだ。リスみたい——というより、確かに蛇みたいだ。

さすがにそのまま飲み込んだりはしなかったけれど。

ぼりぼりと噛み砕く。

「な、何やってんだお前……？」

何しても可愛いなこいつ、と思いながら訊いてみると、

「もぐもぐ。もぐ」

と、まずは砕いたポップコーンを食べ終えてから、千石は、

「なんて言うかさ、暦お兄ちゃん。撫子の件はもちろんなんだけれど……その、詐欺師さんは」

と言う。

詐欺師『さん』という言い方が如何《いか》にも千石っぽくて微笑ましかったけれど、しかしその詐欺師『さん』本人と直接会って話をした身としては、やや嫌気が差す表現でもある。

相手が千石でなければ、あんな奴を『さん』付けで呼ぶなと言いたくなるくらいだった。

「いったい、どうやって噂を広めたりしたんだろう

「違う、違うの、暦お兄ちゃん。『どうして』、じゃなくて、『どうやって』——」

「ん？　ああ、目的じゃなくて方法を知りたいのか？　方法って、そんなもの——」

何をわかりきったことを、という感じで、ここはひとつ、頼れる『お兄ちゃん』らしく、なんなら一席打《ぶ》ってあげようと思ったくらいだったが、いざ実際にそうしてみようとしたら、何も言葉が出てこなかった。

あれ？

方法？

女子中学生を中心に噂話を広めるって、漠然と言うけれど……、確かに、どんなことをすれば、それが可能なのだろう？

専門家として、忍野は怪異譚を蒐集するのを生業《なりわい》としていた——都市伝説・街談巷説・道聴塗説を集めるために、あいつはこの町に来たのだし、そしてこの町から去っていったのだ。


ね？」

「ん？」

「噂って言うか……おまじないって言うか……怪談って言うか、なんだけれど。そういうオカルトって……、どうやって」

「……まあ、そりゃあ、あいつはそれで一攫千金《いっかくせんきん》を目論《もくろ》んでいたわけだから——まずは無料お試しみたいなおまじないを、女子中学生の間に広めて、それから満を持して有料のおまじないを売りつけるという……」

思えば今時っぽい商売のやりかただ。

基本が無料で、オプションという形で追加料金を取っていくという……、詐欺師を生涯の職業にするという男だけあって、トレンドを外さない感じだった。

いや。

詐欺師はそもそも職業ではなく、犯罪属性のはずだけれど。

それが職業として成り立つのかどうかという議論をさて置くのは同じだとしても、しかしある意味、それはわかりやすい——流れている噂、広がっていくお話を、網を張ってどこかで受け止めればいいのだから。

言うならば、観測者や捕獲者、記録者としての立ち位置なのだから——つまり、聞き手側なのだから、むろん簡単ではなかろうが、しかしやろうと思えば、大なり小なり、誰にでもできることではある。

現地に足を運び、直接聞いて回るというやりかたでも、あるいは今風に、インターネットで検索するというようなやりかたでも——方法はいくらでもある。

だが、逆はどうなのだ？

都市伝説。

街談巷説。

道聴塗説を——聞き手としてではなく語り手として広めるというのは。

集めるのではなく広めるというのは——具体的に、どういう方法を取ればいいのだろう？

受信ではなく発信。

しかもただ発信するのではなく、その後の流れをコントロールするとなると——なまなかではないどころの話ではないだろう。

網を張るのではなく——罠を張る方法は、どういうものになる？

「……千石。お前の場合は詐欺師が広めた噂話、怪談話に対応しようとしたんだよな？」

蛇。

蛇の怪異。

「う、うん。失敗したけれど」

「成功失敗はともかく——そのとき、対応するための方法は、確か、本で読んだんだよな。詐欺師から買ったんじゃあなく」

そうだったはずだ。

僕自身、書店で調べものをしている千石の背中を見ているのだから、間違いない――まあ、詐欺師が計画した一大プロジェクトに最悪でない点なんてないんだけれど、それでも救いがあるとすれば。

無理矢理救いを探すとすれば、千石撫子と詐欺師の直接接触を避けられたことだろう。あんな不吉を人の形にしたような人間と、人間かどうかわからないような人間と、チワワよりも気弱に見える千石が接点を持っていたら、彼女が無事で済んでいたとは思えない。

火憐でもあんな目に遭ってしまったのだ。

それが千石だったら……。

「う、うん。今から思えば、頑張れば、詐欺師さんと連絡が取れなくもなかったんだけれど」

しかし千石は、そんなことを言った。

健気《けなげ》にも。

「もしも撫子が詐欺師さんと接点を持てていれば……、撫子が詐欺師さんをふん縛《じば》って、おまわりさんに突き出せてたのに」

「無理だろ」

普通に突っ込んでしまった。

それはともかくとして、いや、別に今更それがわかったからと言って、どういうことにもならないんだけれど――千石も、何か切迫した理由があって、僕にそんなことを訊いたわけではないんだろうけれど、しかし興味がないと言えば嘘になるな。

あの詐欺師は。

どうやって噂を拡散させたのだ？

「そもそもみんな、誰から噂を聞いたんだ？　詐欺師本人から――じゃ、ないのか？」

「撫子の周りのみんなは、こう言ってたよ。たぶん、月火ちゃんからの質問には、みんな、こう答えていたはず」

千石は言った。

「風の噂――だって」

「…………」

風？

004

「都市伝説っていうのは、英語ではフォークロアっていうらしいけれど……、『友達の友達』から聞く話、みたいな意味合いがあるらしいぜ。だけどその『友達の友達』を実際に探してみると、そんな奴はいないという——」

詐欺師自体については、千石と話すことは——というか、千石に話せることはもうなかったので、僕は月火達が帰ってくるまでの間、そちらの件についてのディスカッションをすることにした。

ディスカッションと言えば大仰《おおぎょう》だけれど、実際のところは興味本位みたいなものだ——今後の役に立つとも思えない。

だけれど、詐欺師が流布《るふ》させた噂は一旦置いて思い出してみると、確か、春休みにもそういうことはあった。

もう何ヵ月も前の話になるけれど——当時、まだ受験生でもなく、また怪異とかかわったこともなかった僕は、まだ同じクラスになる前で、初めて話す羽川から、『吸血鬼』の噂を聞いたのだった。

金髪の吸血鬼。

鉄血にして熱血にして冷血の吸血鬼。

あまりにも美しい——それもまた、女の子を中心に流れる噂だったと記憶している。

詐欺師が画策したおまじないにしても、『吸血鬼』の噂にしても、女子を中心にはやったという点では共通している。

それはそこになんらかの共通基盤があるということではなく、女の子は——というよりも男性よりも女性のほうが、噂話を好む傾向が強いという話なのかもしれない。

時代のトレンドを作るのは、いつも男性よりも女性側だという話もある——だからフォークロアも、そういうコミュニティから発生しがちであり、詐欺師は意図的にそのコミュニティを狙い撃ちにしたということなのだろうか？

「……いやまあ、こんな『話』も、噂と言えば噂だよな……。千石みたいに噂の枠から外れていた女子もいるんだし、吸血鬼の噂だって、男子の僕が聞いたりもしているんだから」

「そうだね。だから暦お兄ちゃん、ここは、ターゲットを絞らない、一般的に、もっと全般的に、流布していく噂っていう論点で論じてみようよ」

「そうだな」

論点で論じてみるという日本語がやや怪しかったが、まあ、千石は僕と同じであまり国語が得意ではないらしいので、スルーしておこう。言葉の正誤を問う場ではない。

「噂が広がる過程——噂を広げる過程ってところか。あの詐欺師がどうやって、そんな仕掛けを打ったのか……」

都市伝説の広まりかた。

道聴塗説の広げかた。

「……しかし、もしもそんなものをあの詐欺師が把握できていたのだとすれば、詐欺なんてコストパフォーマンスの悪いことをしなくてもいい気はするんだけれどな」

「誰もがコストパフォーマンスを追求するとは限らないんじゃないの、暦お兄ちゃん？　撫子は直接会っていないからわからないけれど……、暦お兄ちゃんの話を聞く限り、人を騙すこと自体が好き、みたいな人みたいなんだけれど……」

「まあ、そういう奴ではあったけどな……」

いや、好き嫌いではあるまい。

あれはもう一種の病というか……、業《ごう》みたいなものだったのだと思う。

だから詐欺師というのは、彼にとっては選択の自由に則《のっと》った上での職業ではなく——それしか歩む道がなかったのかもしれない。

そう考えると彼もまた被害者なのだ——とは、全然思わないが。

どう考えても加害者だろ。

ふざけんな。

「まあ、トレンドを作り出すのと、そのトレンドによって利益を作り出すのは、また切り離して考えるべきことなのかもしれない——あの詐欺師も、今回は失敗だった、みたいなことを言っていたけれど……」

株の売り抜けみたいなものか。

流言飛語《りゅうげんひご》で世間を惑わすことと、そこから利ざやを抜くことは違う——そうだな、ディスカッションする上では、それを最初に認識しておきたいところだ。

「決して僕達は、トレンドを発信する方法を推理することで——詐欺師の手法についての謎解きをすることで、一攫千金を目論んでいるわけじゃあないんだから」

「え？」

千石がびっくりしたみたいな顔をして、それから取《と》り繕《つくろ》うように、

「あ、う、うん。そうだね。もちろんだよ」

と言った。

……一攫千金を目論んでいたらしい。

いやまあ、一攫千金を目論んでいたとしても、それ自体は別に叱責《しっせき》を受けるようなことじゃあないことなのだ。

正当な手段で稼ぐ分には、お金儲《もう》けも金目的も批難されるべきことではない——僕としては、高校三年生にして、かつて五百万円の借金を背負ったことがある僕としては、あんまりそれに依《よ》ってしまうのはどうかと思うけれど。

「だけど暦お兄ちゃん。もしも噂とか、トレンドとかを意図的に作り出せるようになれば……、そんな人為的なノウハウがあるんだったら、それは本当に

すごいことだよ。世紀の大発見だよ。社会現象を起こせるよ」

「いや、別に僕は社会現象を起こしたいわけじゃあないんだけれど……、そもそも考えるっていっても、怪談とか都市伝説とかのトレンドって、本当に人為的に作り出せるものなのかどうかがまずもって不明だけれどな」

「で、でも、撫子聞いたことあるよ。来年のはやりのファッションとかって、前の年に会議で決めてるって」

「ああ……、それ、僕も聞いたことあるぜ。ただまあ、会議で決めた通りのファッションがはやるとは限らないそうだが……」

それこそ、忍野ならばわかりやすく解説してくれるのかもしれないけれど。

詐欺師でなくとも現実にも、トレンドを作り出そうとする組織はあるということだ。

「――それはともかく、まずは僕達が論じたい対象である、はやりって奴を定義してみるか」

まあ、今後の役に立つとは思えない興味本位だとは言っても、ひょっとすると、今後再び、あの詐欺師のような男がこの町で猛威を振るおうとしたとき、その対策として役立つかもしれないという、淡い期待も、ないではない。

敵を知り己を知れば――だ。

なんにしても、流言飛語と都市伝説の違いは、僕にはちょっとつきかねるな――嘘かまことかという点で区別するとか言い出したら、そんなものは全部嘘なわけで。

現実とは、もとより虚実が入り混じって現実なのだから。

「定義……、『友達の友達』から聞いた、とかがその定義になるのかな？　風の噂ってことなんだから――」

「『友達の友達』が定義しにくいだろ。それに、『友達の友達』から聞いたっていうのは、事実上友達から聞いたのとおんなじだし——それを言うなら、『伝言ゲーム』的に広がったってことになるんだろうけれど……」

その辺から僕と千石との会議は始まった。

別に来年のファッションを決めようという会議ではないけれど、そんなシリアスな会議ではまったくないけれど、しかしそのほうが雰囲気が出るだろうと、一旦お菓子類を片付けて、テーブルを準備した。

ノートを広げてペンを取り、勉強会でも始まりそうな感じである。まあ僕と千石とで開始する会議など、羽川がいれば一瞬で終わってしまうような会議なんだろうけれど。

「『知らない間に知ってる』っていうのが、第一の定義になるかな。そう思う。つまり、こっちから積極的に情報を仕入れようとしたわけでもないのに知ってしまうという……」

「そうだね。学校ではやってる『おまじない』もそんな感じだった。知らない間に学校中にはやってい

たっていうか……、蔓延していたっていうか」

「蔓延……」

「蔓延っていう言いかたをすると、まるでインフルエンザみたいだけれど」

「いや、インフルエンザって、もともとは『感染』みたいな意味合いだろう？ パンデミック的に広がるという視点に立てば、同じように考えていいんだと思うぜ。ふむ……」

ならば噂は病気のように、『伝染するもの』と定義できるか。推測はできても、具体的に誰から、どこから伝染したかは特定しづらいと言うか……気付いたときには発症していると言うか。

風の噂とはよく言ったものだ。

その場合、風ならぬ風邪といった感じなのかもしれないけれど。

「そうなると、あの詐欺師がこの町に仕掛けたことは、ある種のバイオテロみたいなものなのかもしれないな。前に伝染病の三原則みたいなのを聞いたこ

とがあったな……」

えっと、と思い出してみる。

聞いたというのは、当然のことながら、羽川から聞いたのだ——僕の知識というのは大抵、羽川と戦場ヶ原から聞いたことに基づいている。

「へえ。どんなのなの？　その三本柱は」

「いや、三本柱って言うと、友情・努力・勝利みたいだけれど——えっとな」

伝染病の三原則。

もしくは、パンデミックの三原則。

「①感染速度が速い。②感染範囲が広い。③歯止めが利かない——確か、このみっつだったと思う。この三原則は、そのまま噂話に置き換えられそうだよな」

「スピードと射程距離とパワー、みたいなことなのかな？」

千石がゲームみたいな解釈をした。

そういえばゲーマーだったな、こいつ。

「スピードと射程距離っていうのは、なんとなくわかるけれど……、歯止めがきかないっていうのはどういうことなのかな？　暦お兄ちゃん」

「いや、そのままの意味だよ——いったん感染し始めてしまえば、広がり始めてしまえば、止められないってことだ。正確には、『簡単には止められない』だけれど……」

「でも、『人の噂も七十五日』なんでしょ？」

「ああ。だけどそれは、七十五日経過するまでは、噂は放置するしかないという意味でもあるだろう——」

だからファイヤーシスターズでも、後手《ごて》に回らざるを得なかったのだ。後手後手に——だから伝染病や感染病を防ぐというのは、やはり未然に防ぐ、予防するという方法しかないのだ。

「なるほど……」

もっともらしく頷く千石。

彼女も彼女で、できる限り会議の雰囲気を出そうとしているらしい。可愛らしい努力だが、しかし結果はあまり伴っていない。『ごっこ遊び』感が拭《ぬぐ》えない。

　まあそれは僕も同じかもしれないが……。

「自然発生的な噂はもとより、今回の詐欺師みたいに、人為的に広げた噂も、それは同じだろう──あの詐欺師が、はやらせた『おまじない』に収拾《しゅうしゅう》をつけるところまでを計画していたとは思いにくいしな……」

　どう上首尾にことが運んでいたとしても、あいつは広げるだけ手を広げて、後始末らしいことは何もせずにこの町を去るつもりだったんじゃあないだろうか。

　焼畑農業的なイメージというか……。

「詐欺師さんの例で言うと、感染のスピードはすごかったよね……、一連の『おまじない』の場合、たったの数ヵ月で結果を出したってことになるもんね」

「範囲も……、町ひとつと考えれば、十分なスケールか」

　しかも、それをたった一人でやったというのだから恐れ入る。

　褒められることではないし、また褒めたくもないけれど、こうしてじっくりと検証してみると、やっぱりとんでもないな、あの詐欺師。

「じゃあ、その三原則を最低条件として……、これらの条件を達成する方法を考えてみようか。なに、あの詐欺師にできて、僕達にできないということはないだろう」

　いや、十分あるとは思うけれど。

　まあ言うだけならただだ。

　ただほど高いものもあるまいが。

「千石。たとえば、お前ならどうする？　えっと……、何か怪異譚みたいなのをはやらそうとすれば。意図的に、そういう仕掛けを打つならば」

「うーん……、はやりを作るっていうのが、具体的にどういう行為なのかが、撫子にはちょっとわかりにくいけれど……」

考えてから千石は、

「一番簡単で、手っ取り早そうなのは、『既にはやっているものを、もっとはやらせる』って方法じゃないのかな」

と言った。

おお。

具体的にはわかりにくいと言いながら、意外と千石が具体的な方法論を提示してくれたことに僕はまず驚いた——しかも、結構的確である。

「ある程度土台や基盤があれば、確かに既にルートは開拓されているってことになるからな……脳科学的に言うなら、一度シナプスが繫がっている場所は、二度目三度目のときも、電気信号が通りやすいということか」

別に脳科学的に言う必要はないかもしれないけれど、千石に見栄を張った僕である。知的に言ってみたかったのだ。ちゃんと知的になったかどうかはともかくとして。

「更にバリエーションを考えるのなら、『過去にはやっていたものを、もう一度はやらせる』って感じかな……、怪談っていうのも、十年周期とか百年周期とかで、似たようなものがはやるって言うし……、お前の言う通り、このパターンが一番簡単で、手っ取り早そうではある」

「そ、そうかな」

照れる千石。照れ千石。

やたら可愛い。

「えへへ」

「ただし、そのやりかただと、トレンドは作り出せるかもしれないけれど、自分が意図するトレンドを作り出すことはできないよな……トレンドを作ること自体が目的ってんならそれでいいんだろうけども」

「あ……、ごめんなさい」

「いや、謝るようなことじゃないんだけれど……」

本当に癖みたいに謝るなあ、こいつ。

今日は、今まで謝らずにいたので、ひょっとすると最後まで持つんじゃないかと思っていたけれど、ううむ、無理だったか。

あの不愉快な詐欺師を何度も例として取り上げることには抵抗があるけれど、もしもあいつが、もっとも効率よく怪異譚を広げよう、広めようとしたのならば、既に一度、女子学生の間に流布し、基盤ができていた『吸血鬼』の怪異譚を伝染させるのが合理的だっただろう。

なのにあの詐欺師がそうしなかったのは、それではその後の利益が望めなかったからだ——『吸血鬼』は金にならない。

あいつはそう判断した。

「春休みに、吸血鬼の噂がはやったのは——と言うか、はやりやすかったのは、吸血鬼という怪異が、概念が、元々有名だったからかな」

「そうだね。日本で知らない人は、まずいないよね……。テレビや漫画、映画……ゲームでも、常に前面に押し出されるもんね。『過去にはやっていた』って言うより、もう一般に普及しているって感じなのかな……」

「ふむ。普及ね……」

まあ。

普及したと思ったものがいつの間にか廃れてしまうのも世の習いではあるのだが、今の議論の対象は、廃りではなくはやりのほうである。

「有名なもの……、つまり、ある種のブランドがついていれば、はやりやすいのは確かだけれどな。けれど、既に基盤があるというのは、爆発的な感染力という定義からは、ひょっとすると外れてしまうのかもしれない——感染力が必要ないってことだもんな。有名なものをもっと有名にするのではなく、無名なものを初めて有名にするノウハウってことになると、どうだ？」

「うーん……。そうなると、さっき言った、テレビとか、そういう……なんて言うのかな」

「巨大メディア？」

テレビや新聞、雑誌で紹介されることは、確かに感染を広げるための、一般的な手法だろう。

「あ、うん。そう。巨大メディア。宣伝って言うのかな、広告って言うのかな」

「広告ね……、まあ、広告に限らず、メディアで発表されるものって、フィクションノンフィクション共に、『はやらせよう』『広めよう』っていう意識のあるものだよな」

そのはずだ。

世間に向けて広く発表しておきながら、広めるつもりはなかったという理屈は通るまい。成功者はよく『こんなに受け入れられるとは思わなかった』とか言うけれど、それは謙遜か、遠回しな自慢かのどちらかだろう。

「ただ、それもさっきの話と絡むけれど、テレビや新聞で宣伝されるようなものって、その時点で既にある程度有名なものなんじゃないのかな」

「うーん……、まあ、そうかも」

『知る人ぞ知る』を『みんなが知る』に変換するのが巨大メディアの役割なのだとすれば、その前段階が必要になってくる。もちろん、そのもの巨大メディアを所有していれば話は別だけれど……、まさかあの詐欺師に、そこまでの図抜けた政治力があるはずもない。

専門家としては、忍野と同じで、組織に属せないタイプだと思う。

「巨大メディアを一種の権威と考えれば、権威に頼るってのは、はやりを伝播《でんぱ》させるためにはありなんだろうけどな……。たとえば学校なら、先生とか、委員長とかを介するとか……、そういうことになるんだろうけれど」

「そうだね。もしも撫子が、何らかの噂を流そうとするんだったら……。コストパフォーマンス？　を考えるんだったら。月火ちゃんを頼るかな」

千石は言う。

「女子中学生の間の有名人で、顔役である月火ちゃんに噂を流せば――それは、百人に同じ話をするよりも、有効かもしれないもん。でも、それは月火ちゃんが言い触らしてくれることが前提だよね――月火ちゃん、口、堅いからなあ」

「そうだな――あいつは僕の拷問《ごうもん》にも耐え切れる奴だからな」

「ご、拷問？」

「いやいや」

手を振って誤魔化す。

とにかく、月火の口の堅さには定評がある――噂をウイルスに例えて言うならば、かなりの免疫力がある。

詐欺師の被害に遭わなかったどころか、その詐欺師を駆逐《くちく》しようとしたくらいだからな――噂の歯止めはきかなくとも、感染源を絶つことはできるってところか。

「世間的なはやりの作りかたってことなら、人気タレントを広告塔にするとか、そんなところなんだろうけれど……」

「人気タレントさんって、でも、つまりは有名人ってことだよね……。まさしく、トレンドの最前線ってことだよね。結局、意図的にはやりを作り出すっていうのは、既にはやっている何かに乗っかるってことなのかな？」

そういう千石の口調は、ややつまらなそうだった――露骨《ろこつ》にそれは見せないけれど、しかし明らかに興《きょう》を失いかけていた。

まあ、僕のようなひねくれた高校生ならばまだしも、千石のような純朴《じゅんぼく》な中学生には、それはいかにもつまらない結論だろう。

『売れているものは、売れているから、売れている』――ビジネスの基本標語ではあるけれど、それじゃあ面白味はないよな。

必ずしもいいものがはやるとは限らない。

悪貨は良貨を駆逐する――それが真理だとしても、

理想は謳《うた》いたいものだ。

「……詐欺師は、たぶん、今言ったような手段は使っていないと思うんだよな。当然、ポイントは押さえただろうけれど……、だからと言って、重要な人物と直接コンタクトを取るとは思えないんだよな。むしろそういう人物にこそ、『友達の友達』から伝わるように企んだはずだ」

「…………」

「僕があの詐欺師の立場だったなら……」

考えたくもない仮定だが、まあ、なんとか我慢しよう。

「……むしろ、そういう人物には近付きたくないはずなんだ。さっき月火ちゃんの名前が出たけれど、結局あいつ、火憐ちゃんとは接点を持ったけれど、月火ちゃんとは没交渉のままこの町を去ったからな——」

「重要度が高い人は、危険度も高いってこと……かな？」

「ああ。だからなんて言うのかな、矛盾することを言うようだけれど……、何も工夫をしなくても、広告とか宣伝とか、営業活動とかをしなくても、勝手にはやってくれるのが理想のウイルスってことになるんだろうな」

「そうだね……でも、勝手にはやるのを期待するっていうのは、それはウサギが切り株にぶつかるのを待ってるみたいな感じじゃないの？　人為的じゃなくって、もう自然発生と同じで……、偶然に期待することになるんじゃないの？」

「そうなると……」

そうなると、詐欺師が取った手法というのは、いわば『数撃ちゃ当たる』式に、はやらせたい、広げたい怪異譚を、おまじないを一度に大量に散布し——そしてそのうちのどれかが、確率的にはやればいいというような方法論だったのかもしれない。

偶然に委《ゆだ》ねたのかもしれない。

神の見えざる手、という奴か——

「だけど——あいつが詐欺の下拵《したごしら》え、下地作りの部分で、そこまで偶然に頼ったりするものなのかな……？　まあ、じゃあ、トレンドという流れを作るためのノウハウについての議論はこの辺で一旦止めようか……、とりあえずの結論としては、周知徹底と、数を撃つことって感じとして……」

「うん」

「次はトレンドの内容に論点を絞ろう。どういうものをはやらせたいかはともかく、どういうものなら、はやりやすいんだろう？」

はやりやすいもの。

感染力が強いもの——伝播しやすいもの。

「噂にしろ怪談にしろ、商品でもいいけれど、何かをはやらせたいと思ったとき、はやりやすい形に仕上げるっていうのが、大切なんだろうな。たとえば怪談なら、お話として『怖い』ほうがはやりやすい……か？」

「でも、『怖過ぎる』とはやらなくなるんじゃないのかな。話せないことはない、話したくなるような、適度な怖さに留めないと……」

「ふむ」

ホラー映画は、どこからがスプラッタ映画になるのか、みたいな線引きは必要なのか——過激であれば、換言すれば、過剰であればいいというものではなく。

「時代時代によって、はやり廃りはやっぱりあるし、思わぬものがはやったりはするけれど、そういう意外性のあるトレンドでも、検証してみれば案外共通点はあったりすると思うんだよな」

「パンデミックの三原則、みたいなの？」

「というよりも、そちらこそが三本柱かもしれない——例外があるだろうことを認めた上で言うなら」

これは羽川ではなく、戦場ヶ原がかつて言っていたことだ。言いかたは多少違うけれど、まとめるとこんな感じだった。

「理解しやすいこと、入手しやすいこと、共有しやすいこと――かな」

「理解、入手、共有……？」

「理解しやすいってのは、まあ説明しなくとも、それこそわかりやすいだろう。難解で複雑な手順が必要なことっていうのは、はやりにくい。『わかる人にだけわかればいい』という姿勢は、やっぱり感染力が低いということができる――」

逆に言うと、複雑なもの、複雑な設定をはやらせたいのであれば、それを伝える――伝導させるための方法を考えねばならないということだろう。あるいは、複雑であっても、それは複雑なまま、理解しなくていいということが絶対条件となる。

たとえばテレビや携帯電話、パソコンなどがそうか――その構造を大抵の人は理解できないままに、しかしごく普通に使っているという……。

「入手しやすいは？」

「ひと言で言うと、安価ってことかな……、ただ、値段だけの問題でもない。たとえばダイヤモンドがどんなに安くっても、あれは希少な石ころだから、やっぱり入手はしづらいと思うし。最後の、共有しやすいっていうのは、つまりみんなで一緒に楽しみやすいってことだ――どんないいものでも、誰かが独占してしまうんじゃ、そこから先には広がっていかない。人と作業や感想を共有することが報酬となるような仕組みのあるものは、トレンドになりやすい――トレンドを形成しやすい」

それで言うと、詐欺師がはやらせた『おまじない』は、確かにツボを押さえていた。入り口が無料で、あとから追加料金を取るというシステムになっていた手口は既に述べたが、人間関係を主軸においた『おまじない』に的を絞ったのは、そういう意図があったのだと思われる。

人間関係。

人間関係の悪化を目論む――トレンド。

それもまた、悪貨は良貨を駆逐するという例になるのもかもしれないけれど――

「はやるっていうのは、逸《はや》るってことだから──『一歩先んじる』みたいなイメージがあるんだけど……、ただ、こういう原理原則に縛られていると、結局、思い通りのものをはやらせたいという当初の目的からは外れていくよな」

「そうだね……、思わぬものははやっても、思い通りの風を起こすことなんて、やっぱりできないのかな……そこは運を天に任せるしかないのかな」

風の吹くまま風任せ。

そういうことなのかな、と千石は言った。

「…………」

そういうことなのだろうか。

だが、僕にはやっぱり思いづらかった。

あの詐欺師。

貝木《かいき》泥舟《でいしゅう》が──己が生業とする詐欺活動において天意に頼るなど、彼の作風に、あまりにあわない気がしたのだった。神の見えざる手、どころか──あいつならば、悪魔の手すら、つかむまい。

005

後日談というか、今回のオチ。

結局、かの詐欺師がどのような手法をもって、女子中学生の間に『おまじない』をはやらせたのかという結論は出なかった──僕と千石が設けた会議は、そういう意味では不毛に終わった。まあ、世間におけるトレンドのありかたについてのトークは、やっぱり千石にはまだちょっと早かったようだし、そんなところだろう。

その後、僕達が話し合いを続けているところに火憐と月火が帰ってきて、会議はお開きとなった──その後は久々に四人で遊んだりした。いや、小学生の頃は、ひとつ上の火憐は、千石とはあまり一緒に遊んでいなかったはずだから、このカルテットは、存外《ぞんがい》初めての組み合わせだったかもしれない。

千石の人見知りスキルが最大限に発揮されたけれど、そこは人として問題があるくらいに気さくな火憐の対人スキルで、帳消しになった感じだった——

ともあれ。

だから僕が詐欺師の手法について知ったのは、もう少し先のことになるのだった——具体的に言うと、八月中旬のことになるのだった。

八月十四日。

一体何があったのかと言えば、詐欺師本人に会ったのである——会ったのであると言うのか、遭ったのであると言うか。

二度とこの町を訪れないと言っていた彼は、二度とと言ったのだからと言って、一度帰ってきたのだった。ふざけんな死ね。

その際、話題のメインになったのは、更なる他の専門家のことだったのだが——ことのついでとして、訊いてみたのだった。


「ふん」

と、彼は言った。

「風を読む力、風を起こす力——そんなものは俺にはないな。いや、この発言だって嘘かもしれないが」

「…………」

何も信用できない奴だ。

訊くだけ馬鹿だったかもしれない、と僕が思っていると、

「だが、俺に言わせれば、風を読む力など、さして重要ではない」

と彼は続けた。

「なぜならパンデミックにおいて、一番重要なのは、無風状態だからだ」

「む——無風？」

「パンデミックを起こすにあたって、俺がもっとも大切だと思うのはそれだよ、阿良々木」

「風が——ない？」

「何かがはやっているときには、他の何かははやら

ないということだ——厳密に言うと、他のなにがはやろうとも、それは表に出ないとでも言うのかな……、だから、もしも自分の思い通りのものをはやらせたいと思うのならば、ターゲットは選ばずとも、ステージは選ぶことだ」

「………………」

「人の噂も七十五日——ならばその七十五日間はトレンド作りを諦めねばならない。具体的にこの町で言えば、春休みには俺は手を出せなかっただろう。なぜなら『吸血鬼』という噂話が席巻《せっけん》していたからだ。圧倒的なナンバーワンの存在には対抗できない——圧倒的と言うのが何を圧倒するかと言えば、そのウイルスは、他のウイルスを圧倒しているのだ。そしてその噂が立ち消えたのち——空っぽになった場所に、飢《う》えた場所に、俺は噂を突っ込んだわけだ」

言われて気付く。

つまり空白が生じていることが、パンデミックが起こる——ではなくとも、少なくとも起こりやすい条件ということか。

「怪談や街談巷説、都市伝説——流言飛語というのは、人心が乱れているときにこそ跋扈《ばっこ》する。人心が乱れるというのは、つまり、よりどころとするものがないということだ。トレンドに欠けた時代ということだ——阿良々木。詐欺師が、虚言をもってして狙うカモってのは、どういう奴なのか、考えてみろ」

「か、考えてみろって……考えたくもねえよ、そんなこと」

「そう言わずに」

「変な要求をすんな。まあ、そりゃあ……、金持ちだろ？　富裕層を狙うんじゃないのか？」

「それは善人の発想だな。だが、満たされている奴は存外騙されにくい——生活に余裕がある人間というのは、心に余裕がある人間だからだ。だから詐欺師に狙われるのは、現状に不満がある、生活に余裕のない人間なのだ」

「……だから、この町においてお前は、女子中学生を狙い撃ったのか？」

あるいは。

かつて――娘の病に苦しんでいた戦場ヶ原家を狙い撃ったように。

「そうだな。不安に満ちた心というのは騙されやすい。嘘をつかれても検証する余裕がないからな」

悪びれもせず詐欺師は言う。

「お前は、詐欺の下地として、人間関係を悪化させるような『おまじない』を俺がはやらせたと言うが――それについては事実が逆だ。人間関係が悪化していたから、連中は俺の『おまじない』に飛びついたのさ」

無風状態必ずしも無菌状態ならず。

むしろ爆発的パンデミックに至るためのウイルスは潜伏《せんぷく》している――と、詐欺師は言った。

「……騙されるほうが悪い――って言いたいのか？」

「そう言われると、そうは言いたくなくなるな。時代が悪いとでも言っておこうか。『なんでこんなものがはやっているんだ？』『はやったんだ？』というようなカオス状態を論じたいのならば、カオスの前の空白をこそ論じるべきなのだ」

「空白――」

「くらやみ、と言ってもいいがね。だから忠告してやろう、もしも『わけのわからないもの』がはやったときは――時代を疑え。己の足場を疑え。何かがヤバいんだと思え――危機的状況なんだと思え。人が仕掛けているにしろ、自然に発生したにしろ――それは、時代がくらやみに包まれているということなのだから」

「くらやみに――包まれて」

「はやりの起こりやすさは、暴動の起こりやすさに似ている――確固とした足場がないから、流れに乗ってしまうのさ。まあ、そういう時代のほうが、俺のような詐欺師は生きやすいんだがね」

貝木は不吉な口調で言った。

そして「さて、阿良々木」と、こう続けた。

「大事な大事な企業秘密を教えてやったのだ、もちろん追加料金をもらおうか」

「…………」

既に、とあるツーマンセルの専門家についての情報を得るために、こいつには金は支払っていたのだが——迂闊に質問をしてしまったために、まさかのオプションが発生してしまったらしかった。

「いざというときのための金が上着の内ポケットに入っていることはお見通しだ」

お見通されていた。

ふむ。

今日はどうやら、風向きが悪いらしい。

第六話　こよみツリー

SUN	MON	TUE	WED	THU	FRI	SAT
					1	2
3	4	5	6	7	8	9
10	11	12	13	14	15	16
17	18	19	20	21	22	23
24	25	26	27	28	29	30

9

September

001

阿良々木火憐の歩む空手道は、険しく厳しい道であることは間違いないだろうが、しかし僕のような半端者からしてみれば、歩く道があぁしてはっきりしているというのは羨ましい。相手が妹でなければ、羨望《せんぼう》の眼差しを送りたいくらいである——相手が妹なので、僕は気まずく目を逸らすだけだけれど。それでも、迷いなく歩ける、一本通った一方通行の、最早《もはや》地図さえ必要のない、さながらハイウェイのような道が揺るぎも揺らぎもなく定まっているというのは、果たしてどんな気持ちなのだろう、果たしてどんな感覚なのだろうと、想像してみたことがないと言えば嘘になる。

地に足をつけて。

踏みしめて。

毎日、進むべき道を一歩一歩歩いて行ける。

千里の道も一歩から——百里の道も九十里をもって半ばとす。それがたとえ果てしない道程であろうとも、進む道が見えているというのは、常に一寸先が闇であることが大抵である世の中、どれだけ恵まれていることか知れない。

闇も。

くらやみも。

彼女の前に存在しない。

相手が妹でなければ羨望の眼差しを送りたいとは言ったけれど、そういう意味では、相手が妹でなければ、恋に落ちかねないほどの人間性である——ただし、彼女の生き様には、常に注意書きがついて回ることになる。

歩く道がはっきり決まっている彼女だからこそ——もしもその道を見失ったときの衝撃は、果たして如何ほどのものなのだろうか。そんな残酷な想像も、僕はまたしてしまう。

訊いたことがある。

もしも空手をやめなくてはならないという状況になったとき、お前はどうするんだ？

と。

やめなくてはならない状況。

諦めなくてはならない状況。

そう。

つまり、歩んでいるその道から——ハイウェイから、降りなくてはならなくなったときだ。

別に確率の低い、例外的な可能性を論じて、妹を困らせようと企んだわけではない——僕はそんな意地悪な兄ではない。むしろありそうな可能性を考えて、危惧して、彼女の身を心配してやったつもりだった。

だって、十分にありうるだろう。

空手という格闘技で、日夜トレーニングをしていたら、取り返しのつかないような大怪我をすることもあるだろうし——あるいは将来を誓い合うような恋人から『そんな危ないことはやめてくれ』と頼まれるかもしれない。学校の勉強に集中しなければならないような立場に置かれることもあるだろう——道は道としてはっきりしていても、どれだけ整備された素晴らしい道でも、それでもマシントラブルは起こりうるのだ。

エンジン系統、電気系統。

トラブルの種はどこにでもある——どれほど道が明るくとも、燦々《さんさん》と太陽に照らされていようとも、しかし決して未来が明るいとは限らないのだから。

くらやみは、先ではなく。

中にだって——訪れる。

歩む道で。

立ち往生《おうじょう》したとき——お前はどうする？

のっぴきならない状況は、誰にだって訪れるのだから。

「それは違うぜ、兄ちゃん」

しかし火憐は言った。

あっけらかんと、堂々と。

「あたしの歩む道のゴールは、あたしが倒れた場所なんだ。歩みを止めなくちゃいけない状況っていうのは、それはゴールってことなんだ」

立ち往生はせず、倒れるまで歩む。

裏を返せば、それは倒れるまでは歩みを止めないという、壮烈《そうれつ》な決意の表れでもあった。

002

「この木だぜ、兄ちゃん」

と。

火憐は僕を案内した、道場の裏手で——一本の樹木を示した。羽川ならば、その形状を見ただけで、これが一体なんという種類の植物なのか特定してしまうのかもしれなかったけれど、生憎園芸にも林業にも造詣《ぞうけい》の浅い僕には、それが『木』であるということしかわからない。

『造詣が深い』の対義語として『造詣の浅い』などという慣用句が、一般的にあるのかどうかはともかくとして——まあ、もしも僕に、他に言えることがあるならば、それは枯木《かれき》に近い状態であるということくらいだろうか。

「この木か」

僕はとりあえず、火憐の言葉をそう受ける——それ以外に反応のしようもなかった。

「まあ——木だな。思ったよりも……、細いな。お前の話だと、もっとがっしりした木を想像していたけれど……」

「そんなことひと言も言ってねえよ」

「でも、邪魔になってる木なんだろう？」

「そんな酷いことも言ってねえよ。この木を邪魔者扱いしてんのは、みんなだけだ——あたしはこの木の味方だ」

「ふうん……」

『みんなだけ』という表現もなかなかどうして味があると思う。

それに木に敵も味方もあるのかなあと思うが、まあ敵味方はともかくとして、火憐が、僕のおっきいほうの妹がこの一本の木に酷く感情移入しているらしいことは確かなようだった。

感情移入。

情緒《じょうちょ》豊かである我が妹は、特にこの上のほうの妹は、溢れる感情をなんにでも持ち込む節があるからな——言いかたを選ばなければ、何にでも誰にでも、簡単に肩入れしてしまう。

だからこそ、ファイヤーシスターズの一翼（？）として、こいつは中学生の間で人気者的に君臨《くんりん》しているのだろうけれど——一歩間違えれば、それは大変危うい性格でもある。

だから話を鵜呑みにしないで、僕はあくまでも冷静に、彼女の話を聞く必要があるだろう——そう思いながら、僕はその木を、その木の佇《たたず》まいを、改めて見つめるのだった。

「…………」

九月下旬。

僕は妹・阿良々木火憐と共に、彼女が通う町道場に来ていた——空手教室が開かれている、個人所有の道場である。実戦派空手の、いわゆる『達人』が開いている道場で、火憐はもう何年も前から、ここで研鑽《けんさん》を積んでいる。

火憐がここで培《つちか》った格闘の腕は、この兄に対しても発揮されたことが多々あるので、そういう意味では、僕にとっては足を踏み入れるのに苦い気持ちにならないわけにはいかない場所なのだが……、事情があっては仕方がない。

というか、苦い気持ちのことをさておけば、一度はお邪魔してみたいという興味のある場所ではあったのだ——火憐が、礼儀やマナーというものに足を向けて寝ているこの火憐が、師匠と呼ぶ人物とは、いったいどのようなかたなのか、お会いしてみたかったのだ。

お会いしてみたかった。

いつも火憐が世話になっているとお礼を言いたい気持ちが半分、あんた一体うちの妹にどんな技術を仕込んでくれているんだと文句を言いたい気持ちが半分だった。

だからどきどきしながら、火憐の足でダッシュで一時間という距離にある道場まで、一時間半かけて辿り着いたのだけれど、しかし生憎、お師匠さんはご不在だった。

「話が違うぞ」

「いや、別に師匠に紹介するとか言ってねーもん。あたし。それともあたし言った？　いつ？　何月何日何時何分何秒？　地球が何回回ったとき？」

「…………」

うっざ。

妹じゃなかったら殴ってる。いや、これについては妹だからこそ殴りたくなってくるような幼稚さである。

「火憐ちゃん……、それでも僕がお前を殴らないのは、お前のほうが僕よりも強いからってだけなんだぞ！」

「情けないことを言うなあ、あたしの兄ちゃんは……」

火憐は悲しそうな顔をした。

呆れるとかならまだしも、悲しそうな顔をするのはやめていただきたい。

「うーん。まあ、確かに、あたしとしてもお師匠さんに、自慢の兄ちゃんを紹介したいとは、昔から常々、考えてはいたんだけどな。だから今回はいい機会だと思って、道場が休みの日を狙って来たんだけれど……どうも、お出かけらしい」

「まあ、休日に出かけるのは普通のことだろうな……、つーか、アポ取ってこなかったのかよ」

「あたしと師匠はバリバリ通じ合ってるから、アポとかアポロとか必要ねーんだよ」

「宇宙船が必要な間柄なんてそうそうねーだろうというのがひとつ、そして今回の結果を見る限りにおいて、アポは必要だっただろうということがもうひとつだな」

「ぎゃははは。難しいことはわかんねーぜ」

兄がわざわざ順序だててわかりやすく説明してやったというのに、火憐はそれをあっけなく笑い飛ばして、そしてひらりと門扉《もんぴ》を飛び越えた。

門扉と言っても一般家庭のそれではなく、道場があるような家の門扉なので、立派というか重厚というか、結構巨大な扉だったのだが、彼女はそれをさながら忍者のように駆け上がり、そして飛び越えたのだった。

あいつCGいらねーなあと思った。

昨今の映画業界に対するアンチテーゼとして、売り出していきたいくらいだ——と思っているうちに、彼女は内側から扉を開けた。

「さあ兄ちゃん、入ってくれ、こっちだ」

「お前……忍者っていうか、怪盗じゃねえか。駄目だろ、留守宅に勝手に入ったら」

まさか正義を標榜《ひょうぼう》する妹に、こんな基礎的なことを教えなければならないとは思わなかったが、しかし火憐は特に悪びれる風もなく、むしろ自慢げな風に言った。

「あたしと師匠との信頼関係なめんな兄ちゃん。普段からこんな風に勝手に出入りしてるけど、怒られたことなんかねえぜ」

「破天荒《はてんこう》な弟子だな……」

決めた。

今度お前とか関係なく、親と一緒に来るわ、この道場。そして正式に謝罪するわ。

「まあまあ。別に家屋のほうに入ろうってわけじゃねえんだ。道場のほうで、それもあくまで裏庭なんだから」

「だけど、そうは言ってもだな……」

「堅いこと言うなよ。柔軟にいこうぜ柔軟に。なんだったら兄ちゃんの柔軟体操、これから毎日付き合うぜー」

「お前クラスの柔軟体操をしたら、僕、何回も骨折することになると思うぞ。ストレッチじゃなくてスプラッタになるぞ」

「るんたったー」

軽《かろ》やかな足取りで道場へと向かう彼女——なんか気楽そうな人生で羨ましいなあと思いつつ、僕はそのあとを追って、そして問題の『木』を、紹介してもらったというわけだ。

「ただまあ、思ったよりも細いとは言っても、木は木だな——結構な存在感だぜ」

僕は言う。

改めて、問題の木を見上げながら——いや、火憐に言わせれば、この木には問題はないということになるのだが。

「本当なのか？　ここにこの木があることに——今まで誰も気付いていなかったなんて」

003

話を更に遡《さかのぼ》らせる。

僕が自分の部屋で受験勉強をしていたときのことだ——九月の末と言えば追い込みの時期だ、その熱意と言えば、我ながらすさまじいものがあったと思う。

余人は近寄れないほどの迫力をもって勉学に勤《いそ》しむ僕に、あっさり近付いてきた火憐は、僕の頭の上に自分の胸を置いた。

「ほらー、兄ちゃんー。兄ちゃんの大好きなおっぱいだよー」

「…………」

兄のイメージが悪過ぎて、妹のイメージが馬鹿過ぎた。

四月や五月はこうじゃなかった。

一体いつの間にこんなことに……、こんなイメージに。僕はいつだって妹達にとって、模範的な兄であろうと心がけてきたはずなのに。

「なんだ。何か用か、火憐ちゃん」

「いい質問だ。だけど適切とは言いがたいな」

むかつく態度の妹だった。

完全にノリで生きてやがる。

「正しくは『いつ行けばいい？』と訊くべきなんだぜ」

「僕が何かを引き受けてどこかに同行することを前提に語ってんじゃねえよ。それを差し引いてもそんなエスパーみたいな受け答えが正しいわけねーだろ。今すぐ僕の頭の上からお前の巨大な胸をどけて、僕の質問に答えろ。何か用か」

「さて、何の用かな。兄ちゃんには、本当はもうわかっているんじゃないのかな？」

「ＯＫ。なんの用かは言わなくていい。お前の巨大な胸をどけるだけでいい。お前の巨大な胸を」

「いいだろう。ここは譲っておいてやるぜ」

譲ってもらえた。

まあ、巨大と言っても羽川ほどではないし、しかも身長との比率でサイズを語るならば、較べるべくもないのだが。

「さあ。妹のおっぱい触り過ぎな兄ちゃん。お礼にあたしの話を聞いてもらおうか。おっぱいを乗せたついでに、相談に乗ってもらおうか」

「お前、月火ちゃんから何を聞いているか知らないけれど、今回の件に関しては完全に僕には責任はないからな？　お前が一方的に、その両房を乗せてきたんだからな？」

「一方的にと言われるのは心外だぜ。正直の頭《こうべ》に神宿ると言うように、兄ちゃんの頭におっぱいが宿っただけの話じゃねえか」

「そんなわけのわからない諺を僕に適用するのをやめてもらおうか、火憐ちゃん」

どうやら勉強は中断せざるを得ないようだった
――仕方ない。相談というのが何かわからないけれど、ここは乗ってやるしかなさそうだ。

まあ、七月の詐欺師の一件以来、こうして素直に、一人で抱え込んだり、まして暴走したりせずに、ちゃんと兄に相談してくれるようになっただけ、マシと見るべきか。

「なんだよ。言ってみな」

「言って欲しいのか？　しょーがねーなー」

得意げな火憐。

相談に乗ってもらおうという人間の態度ではないが、腕《うで》っ節《ぷし》では彼女には敵わないので、その態度は大目に見るとしよう。

「実は助けて欲しいんだ」

そんな大きな態度で言うことではなかったが、まあ態度を小さくしたところで、彼女はそもそも身体が大きいので、受ける印象はあまり変わりないかもしれない。

「助ける？　ふふ。やれやれ。火憐ちゃんよ、人が人を助けるなんてできないぜ。人は一人で勝手に助かるだけなんだから」

「いやわけわかんねーこと言ってんじゃねえぞ、ぶん殴るぞ」

一蹴《いっしゅう》された。

というか一撃のされそうになった。

まあ、僕の主義でもない忍野の主義を、流れで持ち出してきてしまった僕が悪くないわけではないが、この妹、なんでこんなに威圧的なのだ。

「眠たいこと言ってねえであたしの相談に乗れってんだボケ。痛めつけられてえのか」

ぽきぽきと拳《こぶし》を鳴らし始めた。

威圧的どころか鎮圧的だ。

沈黙させられそうだった。

そこはなんとか、ぎりぎり兄としての威厳を発揮

しようと、僕は、

「わかった、乗ってやる」

と言う。

「乗ってやるから早く言え。スピーディにだ」

「えへへ、わーい、やったあ！」

急に無邪気な妹になる。

ジェットコースター級の落差だ。

「ありがとう兄ちゃん、嬉しいぜ！　お礼におっぱいをチラ見せしながら喋ってやるぜ！　ちらっ！　ちらっ！」

「…………」

野生動物みてーな妹がうちにいるなあ。

いっぱい勉強をして受験をしても、こんな妹がいるせいで落とされるかもしれん。何事も、最後に足を引っ張るのは身内だと言うが……。

「ほら兄ちゃん！　この足をさわさわしながら話を聞いていいぜ！　すごい曲線美だろう！」

「お前の足は曲線を描いているのか。脚線美だろう。そしてさわさわもしねえよ。僕を無口なキャラにしたくないんだったら、早く相談内容を言え」

「木のことなんだ」

いきなり言う。

脈絡がない。

というか、話に対する予備動作がない――格闘においては、それはすさまじい高等技術なのだろうが、しかし会話においては、ただの話運びが下手な奴だった。

話運びと足運びとの違いを痛感させられる。

しかし話を合わせておかないと、違う痛みを痛感させられかねないので、僕は、

「へえ、木のことか。なるほどなるほど」

と、もっともらしく首肯《しゅこう》した。

妹に阿《おもね》る僕である。

目的のためには妹にへつらうことさえ躊躇しない、シビアな判断ができる男、それが僕なのだ――こんな風に格好よく言っても、その目的は『妹に殴られ

たくないから』なのだが。

阿良々木の阿は阿るの阿！

「さすがだもんな。持ってくるもんな、僕のところに木の話を」

「サンダーボルトパンチ！」

阿った結果殴られた。

馬鹿でも、馬鹿にされていることは伝わったらしい。

「静電気の力を利用して殴るパンチ、それがサンダーボルトパンチ！」

「いや、明確に筋肉の力を利用しているだろ！」

「道場で木が発見されて、それをみんなが邪魔者扱いしてんだよ。だからあたしは助けてやりたいんだ。でもあたしにはその力がないから兄ちゃん、なんとかしてくれ。兄ちゃんならなんとかできるぜ。そう信じているぜ。あたしの期待に応えてみせろ。みせて」

「…………？」

『立て板に水の弁舌調』というのは、普通、弁士の如《ごと》き流暢《りゅうちょう》な語り口に対して使われる慣用句だったと記憶しているけれど、しかし火憐が今体現した『立て板に水』は、ただの冷水を浴びせかけられたがごとき気分にするものだった。

伝わってこねえ……。

「なんだよ。わかんねーのかよ。理解の遅い兄ちゃんだなー。おっぱい見ねーとやる気が出ねえっつうなら、そう言ってくれよ」

「お前、自分の兄を亀仙人《かめせんにん》か何かだと思ってんのか……？」

「あはは。あたしの兄ちゃんが武天老師《むてんろうし》さまだって言うんだったら、そんな最高なことはねえけどな。まあ、武天老師さまから強さを引いたら、兄ちゃんになるのかもしれねえ」

「亀仙人から強さを引いて何が残るんだよ」

「亀が残るんじゃねえのか？」

「仙人を残せ」

それでも一応、兄として、妹の話を理解できなかったでは情けないので、僕は彼女の話を解釈する努力をすることにした。

「道場で木が発見されて……？　えーっと、それは試し割り用の木材ってことか？」

「違うよ。なんて残酷なことを言うんだ。身体の輪郭変えてやろうか」

「お前のほうが残酷なこと言ってんだろうが……、変えられてたまるか」

「えーっと、だから道場があるじゃん。こんな風に」

身振り手振りで、火憐は説明をし始めた。しかし『道場があること』を説明するために、身振り手振りが必要だとは思いづらいし、事実されても、まったくわからなかった。

いいや。

詳細はいい、まずはツボを押さえよう。

どんな風かは知らないけれど、要するに道場があったんだな？　その道場っていうのは、火憐が普段通っている、あの実戦派の道場なんだな？

そこまではわかった。

「五十年くらいの歴史がある道場なんだよ。広くて、こしょくそうぜんとしたいい道場なんだぜ」

「今、古色蒼然が平仮名だった気がするんだが……まあいいや。で、その道場がどうかしたのか？」

「いや、道場はどうもしない」

「は？」

何を言ってるんだ？　まさか相談とか口実で、僕の受験勉強を邪魔しにきただけなのかこいつ、という疑いが急速に頭をもたげてくるが……。

「道場の裏手だ」

「裏手……？」

「裏拳《うらけん》じゃねえぞ、裏手だ」

「裏手と裏拳を取り違えるほど、僕は裏拳という言葉になじみがねえよ」

「あたし昔、裏拳ってすげー拳法のことかと思ってた。表の拳法に対する裏の拳法みたいな感じかと思ってた。まさか技のひとつだったとはな……、と。

危ねえ危ねえ、兄ちゃん、話を逸らすなよ。今は裏拳じゃなくて裏手の話だよ」

「お前が取り違えてんじゃねえか」

説明が下手過ぎる。

段々、図に描いて説明して欲しくなってきた。

「裏手というか裏庭。道場の裏に庭があるんだ。で、そこに木が発見されたんだ」

「だから、その発見されたってのがよくわかんねーんだけど……、要するに道場の庭に木材が落ちていたってことか？」

「兄ちゃんは何もわかってねえな、そんなこと言ってねえだろ。おっぱいのことばっかり考えてるからそういう目になるんだよ。そういう目で妹のことを見るんだよ」

「見てねえし、普段はともかく、今僕の頭の中をしめているのは、妹に対する心配だけだよ」

「えへ、心配してくれてありがと！」

急に可愛くなった。

いいところだけ聞いてやがる。

「木材じゃなくて。試し割り用でもなくて。生えてる木。根付いている木」

「んん？」

「駄目？　まだわかんない？」

「いや。たぶんわかったけど……」

わかったことによって、わからなくなった。

いや、わかりにくくなった。

なんとなく、ある日、正体不明の木材みたいなのが道場の裏庭に落ちていた——あるいは置かれていた、持ち込まれていた、みたいな話なのかなと思い始めていたけれど——生えている木？　根付いている木？

「整理するぞ、火憐ちゃん」

「はっ。しなくていい」

「させろ。つまり、お前が通っている道場の裏庭に木が生えてて……、そこに木が生えていることに今までお前が気付いていなかったってことなんだな？」

「あたしだけじゃねえ。あたしが気付かないものを他の誰かが気付くわけがねえだろ？」

「わけはあるが……なんだその自信」

「全員だ。道場の持ち主である師匠も含めて、そこに木があることに、ついこの間気付いたんだ――稽古のときにな、道場の中だけじゃなくって、外で鍛《たん》錬《れん》することもあるんだよ」

「うん……、まあ、屋外での空手の稽古ってのは、ありそうだな」

だけど、それをその庭でやっていたというのなら――益々《ますます》おかしな話だ。

その庭は、普段からよく利用している庭ということじゃあないか――それなのに、そこに生えている木について、誰も気付いていなかっただと？

「で、この間、あたしが見つけたんだ。『あれ？こんなところに木なんてありましたっけ？』と言ったんだ」

「え？　お前敬語とか使えるの？」

「そこに驚くな。使えるよ。尊敬すべき人間には敬語。当たり前のことだ」

「でも僕、お前から敬語使ってもらったことねえぜ？」

「いやだから尊敬すべき人間にはって言ったろ？」

はっきりものを言う妹だった。

兄は傷つかないとでも思っているのだろうか。

「火憐ちゃん、じゃあ別に尊敬していなくてもいいから、僕に敬語を使ってみてくれ」

「そんな空しいことをするのか……？　えっと、『お兄様、わたくしのおっぱいをご覧になりますか？』」

「ご覧にならない。いい。話を続けろ」

「『あれ？　こんなところにおっぱいなんてありましたっけ？』とあたしが言うとだな」

「引っ張られてんじゃねえか。庭に今まで気付かなかったおっぱいがあったら大事件だろ」

「木でも大事件だった。なにせ、誰も気付いていなかったからな。え？　なんだこれ？　誰かが夜中のうちに持ってきて植えたんじゃないか？　みたいな話になって、てんやわんやだった」

「…………」

「『てんやわんや』って、なんだか天井屋みたいだよな。天屋碗屋」

「僕が黙ったときは、別に退屈してるときじゃないから、無理矢理面白いことを言おうとしなくていい」

「繁盛《はんじょう》しそうだよな。繁盛っていうか、その場合は飯盛なのかもしれないけれど」

「お前が黙れ。えっと……、実際はどうだったんだ？　そんな痕跡はあったのか？」

「え？　いやいや、そんな天井屋は知らねえよ。兄ちゃんは知ってるのか？」

「違う、天井屋の痕跡じゃない。誰かが夜中のうちに、その木を庭に植えたという痕跡はあったのか？　そんな大工事がされていたら、土の状態を見たらわかりそうなものだろう」

「うん。兄ちゃんでもわかると思う」

「お前は兄ちゃんを頼りにしているのかなめているのか、どっちなのだ？」

「頼りにしながらなめている」

「器用なことをするな」

「痕跡はなかった。しっかり根付いていた。掘り起こしたあととか、植えたあととか、なかった。そりゃあ師匠も道場生も、土や木の専門家じゃあねえからよ、百パーセント完璧に断言できるわけじゃあないけれど、見る限りは、ずっと昔からそこにあるって感じの木だったぜ。何十年も生えてたような、こしょくそうぜんとした木だったぜ」

「ふうん……」

こいつ、古色蒼然を、漢字で書けないだけじゃなくって、ただの『古い』くらいの意味にしかとらえてねえんじゃねえか？

これでなんで学校の成績がいいんだ、こいつ。

要領よ過ぎるだろ。

「でも、なんか……、怖い話だな。今までずっと、稽古だったりなんだったりで、当たり前に使ってきた庭に、今まで気付かなかった木が生えていたなんてのは──」

「そこだよ兄ちゃん！」

ばん！　と。

火憐が床を叩いた。

僕の部屋の床を抜く気かと思った。

「みんなそう言うんだよ！　なんだ、兄ちゃんもあいつらの味方か！」

「いやいや、兄ちゃんはお前の味方だよ？」

咄嗟に妹に阿る僕。

妹に阿ることが癖みたいになっている。

この兄には何の尊厳もないな。

「なに？　何を言っているのかな、火憐ちゃん」

「みんなさー、その木のことを怖いって言うんだよ。怖いっていうか、不気味っていうか。師匠はさすがにそんなことは言わないんだけど、修行の足りねえ先輩後輩どもがよー、びびってんだよ」

「…………」

先輩と後輩をひとくくりにした……。

こいつが敬語を使ってる相手、師匠の他にはいたとしても、ほんの数人っぽいな……。

「不気味……、は言い過ぎにしても、でも、そういうことを言う人の気持ちもわからないでもないけどな」

たとえとして適切かどうかはわからないけれど、まあそれは、部屋を掃除していたら、本棚の中に、見覚えのない本が出てきたみたいな感じなのかもしれない。

買った憶えもなく、読んだ憶えもない本。

それが、昔からそこにあったみたいに本棚に納まっていたら──不気味ではなくとも、ちょっと気持ち悪くはあるだろう。

「なんだ。結局あいつらの味方か。あいつら側の人間か」

「あいつら側の人間って……。あいつらあいつらと盛んに言うけれど、僕、お前の言うあいつらを一人も知らないんだけど……」

「なんで知らない奴を信用するんだよ！　あたしを信用しろよ！　あたしよりも知らない奴らの言い分を信用するのか」

激昂《げっこう》した。

怖い妹だなあ。それ以上に馬鹿な妹だなあ。

馬鹿で怖い妹って最悪じゃねえか。

贅沢を言うつもりはないけれど、お前、少しは萌《も》えキャラになれよ。

「せめて両方の言い分をイーブンに信用しろよ！」

「わかったわかった。言い分をイーブンに信用してやるから……。でも、つまりお前はそうは思わないってことなんだな？」

「え？　何が？」

きょとんとする火憐。

「あれ、今何の話だっけ？」

「見失うな。自分が振ってきた話で、テーマを見失うな。お前はその、今まで気付かなかった木が、その庭に生えていたことを、不気味とは思わなかったのか？」

「思わんよ。びっくりはしたけれど、びびりはしねえ。あたしは普段から砂肝《すなぎも》をよく食ってるからな、肝試しでもびびったことはねえ」

「肝試しの肝っていうのは心臓のことだぞ」

「大丈夫。砂肝食うときには大抵、一緒に心臓も食ってる」

そういえばそんな食事をしてるな、こいつ。

内臓大好きなんだよな。

「むしろ今までその木がそこにあることに気付かなかった自分が、武道家として恥ずかしかったくらいだぜ。恥ずかしくて自殺しようかと思ったくらいだぜ」

「武道家のメンタルが弱過ぎるだろ」

「みんなにもそういう意識でいて欲しいとあたしは

思ったけれど、でも違ったんだ。みんなはそうは思わなかったみたいで」

火憐は僕の突っ込みを完全に無視して、そして彼女らしからぬ寂しそうな目をして、言った。いや、らしからぬ、どころではない。そんな目をする奴ではないのだ。つまり、たぶんそれは——彼女にとって、僕が思う以上に、ショックなことだったのだろう。

「怖いからこんな木は切り倒そう——って話になってんだ」

004

そんなわけで訪れた、件《くだん》の道場の裏手である。

火憐に腕を取られて連れてこられた。

腕を取られてというのは比喩ではなく、本当にここまでの道程を腕を組んで来た。

仲のいい兄妹に見えていればご喝采《かっさい》だが、たぶん実際には、見えていて『仲のいい姉弟』だろう。火憐のほうが背ぇ高いからな、格段に。

ちなみに腕を組んできた、というか組まされていた理由は『道中、僕が逃げないように』だったから、真相としては『仲がいい』わけでもなかったというオマケつきだ。

まあ。

火憐との約束を破って逃げ出したことは前例があるので、彼女がそうしたくなるのはわからなくはなかったけれど、今回に限っては、逃げ出す気などない。

思い込みが激しく、感情的である火憐の話を鵜呑みにするわけじゃあないが——しかし、『気付かれることなく存在していた木』の話は、正直、興味をそそられた。

……決して、受験勉強からの逃避というわけではなく。

「ふむ……」

火憐にも言った通り、彼女の話からはかなり大きな木が生えているという印象を受けていたのだが、思っていたほどではなかった——が、それでも、老木であっても、こんな木がここにあって、確かに気付かないということはなさそうだ。

なさそうだが——しかし、実際にそうだったというのだから仕方がない。これがもし、火憐一人の証言だったというのなら、僕の妹は迂闊な奴だなあで済む話だが（済むかな？）、しかし、他の道場生や、果ては道場主までということになれば……。

「お前が一番最初に気付いたんだな？　この木の存在に」

「そうだぜ。褒めて褒めてー。なでなでしてー」

「お前の背が高過ぎて、残念ながら手が届かない」

「あたしはそこまででかくねえぞ……」

「つまり庭で稽古をする際、お前が一番この木のそばにいたってことだろう？　定位置として。じゃあ、お前のたっぱに隠れて、これまでこの木は見えなかったってことじゃないのか？」

「だからあたしはそこまででっかくねえっての」

火憐は実際、その木の前に移動した。

もちろん、幹の一部は隠れるけれど、それで木が見えなくなるなんてことはない——何メートルもある高さの木なのだから、当然だ。

葉っぱや実のようなものは、一枚も一粒もない——季節柄そうなのか、それとももう、そういったみのりを成す生命力が尽きているのか、その判断はできないが……それでも本体の縦のサイズを見る限り、塀の外からでも見えそうなものだが。

そう思って、僕は火憐に訊く。

火憐は首を振って、

「んにゃ。あたしはルートが違うしな。見えていたのかもしれないけれど……、特にちゃんとは、意識したことはない」

と答えた。

「なるほど……、まあ、人の家の庭の木を、外から覗きこんで気にしたりは普通しないか……」

「うん。それは敷地内でも、その稽古中でも、基本同じだと思うんだ。だからこれまで気付かなかったんじゃないのかな。でもそれって、つまりあたし達の不注意ってことだろ？」

火憐は振り返り、背にしていた木に触れて、そう語る。

「あたし達の不注意でこれまで気付かなかった——気付いてやれなかった木に、今更気付いたからと言って、それで木のほうを不気味がって切り倒しちまえとか、無茶苦茶な話じゃねえ？」

「まあ……」

正直に言うと、『切り倒しちまえ』と言いたくなる連中の気持ちはわからなくもない。ただ同時に、火憐がそれを『無茶苦茶な話』だと思うのは、当然だろう——実際に『無茶苦茶』かどうかはともかく、火憐がそう思うのは当然だという意味だ。

どちらにも言い分はあるだろう。

第三者の立場としては、だからどちらの気持ちもわかるとしか言いようがないけれど——しかしここで重要なことは、僕が現在立っているのは第三者の立場ではないということだった。

もちろん時と場合によるけれど。

今回は火憐の兄としての立場に立つしかないし——立ちたいと思うのだった。

「いいだろう。どうやら今回は、お前の話は真実のようだし、相談に乗ってやるぜ」

「なんだ兄ちゃん、あたしの話を疑っていたのか。失礼だなあ、あたしが兄ちゃんに嘘をついたことなんか一度でもあったか？」

「明らかになっただけでも、これまで二百九十三回ある。初めて嘘をついたのは二歳のとき、僕のオモチャを壊したときのことだ」

「記憶力がすげえと言うべきか、人間が小さいと言うべきか、身長が低いと言うべきか……」

「身長が低いは言うべきじゃねえ」

ともかく本題に入ろう。

今更改めて言うまでもなく、今僕達は、他人様《ひとさま》の家に不法侵入をしている状態なのである——火憐にしてみれば勝手知ったる他人の家という感じなのだろうが、僕にしてみれば初めて訪れる右も左もわからない他人の家だ。

落ち着かないことこの上ない。

「つまり、お前としては——なんとかこの木を切り倒さなくていいように、取り計らって欲しいということだな？」

「ああ。兄ちゃんの政治力でなんとかしてくれ」

「兄に政治力を期待するな」

「もう少し図々しいお願いをすると……、『切り倒さなくていいように』って言いかただと、他の土地に移動させるという手段を容認する感じがあるじゃん。けど、それは禁止な」

「禁止って……」

相談にしては、えらく言葉を選ばないなあ。

なんでルールや条件みたいに言われてるんだよ。

「そういうの、なんだか追い出すみたいで嫌じゃん。だからあたしのお願いとしては、この木がこのまま、ずっとここにい続けられるようにして欲しいんだ」

「ずっと、ね……」

このままじゃ遠からず立ち枯れそうな木だから、その『ずっと』というのは正直難しそうだと思うけれど……、ただ、逆に言うとこれくらいの老木をよそへ移動させることは、おそらく難しいでは済むまい。

もしもこの木を保存したいのであれば、もうここで生かし続けるしかあるまい——政治力云々はともかくとして。

「話じゃ、お前のお師匠さんは、別にこの木を不気味がってるわけじゃないんだろう？」

「あたし前だろう。あたりの師匠だぜ？」

「噛んでるぞ」

「当たり前だろう。あたしの師匠だぜ？」

「何事もなかったかのように言い直すな。でも、それなら……お前から師匠に頼んで、師匠が不気味がってるという道場生達に言い聞かせればいいんじゃないのか？」

「そんな簡単じゃねーよ。確かに師匠は不気味がってるわけじゃねーけど、でも、逆に言うとあの人武道の人だからな。そこらの木なんて蹴倒すもんだとしか思ってねえ」

「…………」

すげえ人だな。

切り倒すじゃなくて蹴倒すなのか。

まあ、そういう人を相手に『木が可哀想』なんて、道場生という立場からは言いにくいか——

「師匠としては、この木がなくなれば、稽古の場所が広くなるからな。不気味でなくとも、なくなればいいとは思っているのが本音だと思う。それでも、あたしは師匠にお願いしてねえわけじゃねえ。それで、なんとか蹴倒すのを待ってもらってんだよ」

「そうなのか」

「兄ちゃんにお願いしてるのに師匠にお願いしてねーわけないじゃん」

「そうなのか……」

「けど、他の道場生を止めてもらうのまでは無理だ。はねっかえりばっかりで、師匠の言うことに黙って従うような奴らばっかりでもねーしな」

「ふうん……じゃあ、師匠という上の立場からじゃなく、同じ道場で空手を学ぶ同志としてのお前から、みんなを説得するというのは？」

「無理だな。それができればやってる。兄ちゃんに下げたくもねえ頭を下げてねえ」

「下げたくもなかったのか……」

じわじわと兄を傷つけてくるな、この妹。

ゲージを徐々に削られていく感じだ。

「ただ、逆に言うと、みんなを説得できれば、師匠も説得できると思う——っていうか、あたしは師匠からそう言われている」

「ほう……」

「正確に言うと、『他の道場生を全員ぶちのめして、あいつらの意見を変えさせることができたら、お前が見つけた木を残してやってもいい。蹴倒すのを我慢してやってもいい』と言われているんだが、まあさすがにあたし、他の道場生全員をぶちのめすとか嫌だし」

「………」

師匠が実戦派過ぎる。

それに対する火憐も、『嫌』なのであって『無理』なのではないというのが怖い……、しかし、多数決で言えば火憐の圧敗なのだろうから、それでもお師匠さんとしては、火憐の意を汲《く》んであげた感じなのだろう。

お師匠さんの庭なのだから、本来、そこに生えている木をどうしようと勝手なのだから——うん、愛《まな》弟子《でし》って奴か。

「僕にとっては愛妹子だがな……、そういう話なら、道場生を一人ずつ説得するというのが常道ではあるけれど……」

はねっかえり。

というのがどれくらいのはねっかえりを意味するのかはわからないけれど、全員、腕に覚えがある格闘家なのだとすると、なかなか簡単にはいきそうもない。

むしろ、一人一人あたるよりも——全員まとめて説得できるような、そんな『理』を立てるのが、解決策だろう。

僕は、火憐がしているように、その老木に触れた——見ているだけではわからない、リアルな触感が伝わってくる。

生物なのだなあと思わされる。

枯れかかっているという理由で……、また、今まで、そこにあることを気取《けど》られなかったという理由で、この命を『殺す』というのは、火憐じゃなくとも、反対したくもなるだろう。

僕がそう思うかどうかは、さておき。

「この木が不気味だという先入観を、最低限取り払う必要があるよな。つまり——この木が、たとえば怪異とか、妖怪変化《へんげ》とか、魔物とか、そういうんじゃなく、ただの植物だということを証明すれば」

「そうだな。あのビビリどもを安心させてやればいいんだ」

「…………」

そういう敵対的な姿勢では、『ビビリども』を説得するのは難しそうだけれど……。

「そうか。じゃあ言い換えよう。ビビリどもではなく、チキンどもと言い換えよう」

「悪意しか感じねえよ。周囲と仲良くしろ」

「仲が悪いわけじゃねえ。普段は同じ格闘家として敬意を払っている。だけどこの件に関してはチキンだ。庭には二羽鶏がいるチキンだ」

「今庭にいるのは僕達だけどな……さて」

もちろん、この木がただの木だと証明するのは、そんなに難しいことではあるまい——細胞を取って検査すればいい。なにも大袈裟な話じゃあない、学校の理科室で終わる話だ。

だけれど、火憐はそういうことを望んでいるわけじゃあないだろうし——そして、周囲の『チキンども』も、それで退《ひ》いてはくれないだろう。

科学的な検査で生理的な疑いは、まず晴れまい——冤罪《えんざい》と言えば言葉が強いけれど、しかしなんであれことの潔白を証明するというのは、どうしたって悪魔の証明のような側面を帯びるからな……。

僕には。

僕にはこれが怪異ではないただの老木であるということがわかるけれど——けれど、それを他人に伝える方法があるかと言えば、まったくないわけであって……。

大体、細かいことを言い出したら、僕の感覚だって、正しいとは限らないのだ。それは悪魔の証明ならぬ、吸血鬼の証明ということになるけれど——まあ、それについては、最終的には忍に確認を取ればいいのだが。

「火憐ちゃん。お前はこの木に、長年誰も気付かなかった理由をどう考えてる？　拳法家としての未熟さにすべての理由を求めるのは、無理があるとは思わないか？」

「思わねー」

「そうか……」

思わないのだったら仕方がないが、しかしそこになんらかの理由を、合理的な理由を『でっち上げる』ことができれば、道場生達を説得することもできそうだと思う。

『でっちあげる』という、まるで詐欺師のような言葉を使ったのは、まあ現実的に考えれば、この木の存在がこれまでスポットを浴びなかったのは、単純に、周囲の不注意ということに尽きるだろうからだ——未熟さではないにしても。

いや、不注意というとやっぱり言葉が過ぎるか。

だって、ある種、庭に木があるというのは当たり前で——神原の家もそうだけれど、こういう雰囲気のある家ならば、風景として普通に受け入れられるオプションであり、あえて意識するようなことじゃあないからだ。

不注意とか未熟とかではなく。

みんな、ただ、そこにある木を気にしていなかっただけなのだ——火憐が『指摘』することによって、意識の俎上《そじょう》に上ったということである。

多分な……、だからこそ火憐も、責任を感じて、師匠とは言え他人の家の老木について、口を出しているのだろう。

「で、月火ちゃんはなんて言ってんだ？」

「ん？」

「とぼけんなよ。それこそ僕に相談して、月火ちゃんに相談してないわけないだろ——ファイヤーシスターズの参謀役は、なんて言ってんだ？」

「あー。ワシントンの話をされた」

「？　アメリカの都市か？」

「いや、大統領」

「…………」

それはたぶん、初代アメリカ合衆国大統領、ワシントンが桜の木を折った話じゃなかったっけ……。

「い……一応、あいつがどういう意味で言ったのか、聞いておこうか」

「へし折って謝ればいいんじゃない？　って」

「…………」

話に興味がないときの月火だ……。

他人のトラブルに首を突っ込むのが好きな末の妹月火ちゃんではあるが、しかしそれは裏を返せば、身内のトラブルにはまったく興味レスということなのか……。

「ちゃんと話を聞いてなかっただけじゃあねえか、あいつ。この場合、お前が何を謝るんだよ。お前が何をしたんだよ」

「何をしたとか悪いとか悪くないとかこだわらず、とにかく何かあったら謝ればいいって言ってた」

「月火ちゃんの人生観が丸出しだな……」

まあ、もしもへし折れば、この場合褒められるかもしれないけれどな――お師匠さんも含め、みんながそれを望んでいるというのなら。

そう考えると火憐のハートの強さを、改めて思い知らされる――周囲の人間、それも普段行動を共にしている人間が全員違う意見だと言うのに、それでも自分の意見を貫けるとは。

その意見が通ったからと言って、具体的な得や利益があるわけじゃあないのに――周囲との摩擦や軋《あつ》轢《れき》を恐れないメンタルは、少なくとも僕にはないものだ。

それだけに。

普段はともかく、こういう場合くらいは力になってやりたくなる――いや、これだとまるで僕が妹思いみたいだ。

火憐に恩を売る機会だと捉えよう。

「くっくっく」

「なぜ悪そうな顔に」

「火憐ちゃん。時間的な余裕はどれくらいあるんだ？」

「ほとんどないと言っていい。明日にも撤去されかねねえ。今日あたり、おそらく誰がぶん殴ってへし折るかで揉めている感じだ」

「鋸《のこぎり》使えよ」

とにかく時間はないのだな。

ほとんどと言うか、全然ないのだな。

まあ、たとえあったとしても、急いだほうがいいのは確かだろう——道場生の誰もが、火憐のようにこうやって勝手な出入りが可能だと想定するなら、個人が暴走することもありうる。なにせ、道具を使わずとも木を倒せる格闘家ばかりだという状況なのだから——


「ならばわかった。火憐ちゃん、頼れる兄に頼るがいい」

「本当か。だったらお礼にあたしのおっぱいを好き放題していいぜ」

「そんな報酬のために動いたと思われたくないから、好き放題にはしない」

「意地張っちゃってえ。このこのー」

「嫌い放題にしてもいいんなら」

「嫌い放題⁉　あたしのおっぱいをどうする気だ⁉」

……で、兄ちゃん。具体的にどうするんだ？」

「ふっ。なんとかするさ」

005

「なんとかしてくれ、羽川」

「丸投げしないで……」

その夜、僕は羽川に電話をした。火憐の道場、その老木のことについて、洗いざらい事情を話し、知恵を借りることにしたのである。

「僕は力を尽くしたんだが、もう限界だ。どうか火憐ちゃんを助けてやってくれ。もうお前だけが頼りなんだ」

「諦め早過ぎるでしょ」

羽川のため息が聞こえた。

最近、羽川が僕に対する失望を隠そうとしない。

「頼む。お前のおっぱいを好き放題していいから」

「私のおっぱいは、もとより私のものなんだけれど……まあいいか。火憐ちゃんのためだもんね。阿良々木くんのためじゃなくって、火憐ちゃんのためだって思えば、モチベーションもあがるわ」

「実際、お前はどう思う？」

「ん？　んん？　なにが？」

「いや、まずはこの件に関するお前の感想が聞きたいんだけど——お前は火憐ちゃんと、周りの連中と、どっちに賛成する？」

「それは火憐ちゃんでしょう。まだ生きている木を、正当な理由もないのに処分するなんてありえないよ。阿良々木くんは違うの？」

「さてな……そりゃ直感的にはそう思うけど、でも、自分が当事者だったらどうだっただろうな——たとえ自分がどんな風に思っていても、周囲の意見に流されてたかもな」

「それ」

「ん？」

「いや、火憐ちゃんの周りのみんなも、大体そんな感じなんだと思うよ——だから、阿良々木兄妹が思っているほど、その木を処分しようって思っている人達は多数派じゃないって話。何人かいる、オピニオンリーダーみたいな人達に主張を翻《ひるがえ》してさえもらえたら、だからこの件は解決すると思う」

「ふむ……」

さすが羽川だ。

僕が頼っただけのことはあるぜ。

「どうしてその木の存在に、今までみんな気付かなかったのかって言うのは、阿良々木くんが思った通りだろうね——気付く気付かないじゃなくって、今までは誰も、特に意識していなかったってだけ。だけど一旦気になってしまうと、すごく気になってしまえば、阿良々木くんの寝癖みたいなものだよね」

「僕の寝癖みたいなものなのか……」

目に付いたのなら言ってくれ。

目に付いたときにだ。

「新しい言葉を覚えると、その後読む文章の中で、やたらその言葉が目に付くようになるとか、そんな話か？」

「うん。まあ、そうかな——」

羽川は頷く。

「——いつも歩いている道にある店を、誰もが全部記憶しているわけじゃあないって話かも」

「お前は記憶しているんだろうけどな」

「あはは、まさか」

笑う羽川。

笑って誤魔化した感もある。

「さっきの話とも繋がるけれど、その木の存在に気付いていた人も、道場生の中にはいたんじゃないのかな。でも、『今まで誰も気付かなかった』っていう話の流れになっちゃったから、雰囲気的に言い出せなかったとか。ありそうじゃない？」

「空気を読むって奴か……確かにありそうだな」

「ただ、現象としてはそういうことでも、解釈としてはそうはいかないよね。それが不思議な現象として、不思議な木として受け止められるのは、当然でしょう」

「と、言うか……、そういう偶然の積み重ねが、後世怪異譚として語り継がれていくのかもな。どんな話がどういう風にはやるかなんて、予想もつかないけれど……」

　理屈で説明がつく範囲のことではある。

　しかし、理屈はあくまで理屈だ。

　理屈以上にはなりえない。

「確認するけど、阿良々木くん。今はその道場で、パンデミック的なパニックが起こっている状態なんだよね？」

「パニックと言えば大袈裟だけれど……、まあ、ちょっとした集団感染ではあるよな」

「で、それを終息させればいいと」

「ん……？　まあ、そうだ。だけどパンデミックって、歯止めが利くもんじゃないだろ？　だから困っているわけであって」

「いや、あるよ。パンデミックを止める方法は」

「え？」

「止める方法というか、止まる方法なんだけれど——」

　今回は仕方ないか、と。

　羽川はまるで本意ではないようなことを言った——その意図は、その後に続けられた彼女の『知恵』を聞くと、なるほどと頷けるものだった。

　さすがの僕も今回は、お前はなんでも知ってるな——とは言えなかった。

006

　後日談というか、今回のオチ。

　いや、僕が羽川にいつもの台詞を振らなかったというのがもう十分に意外な落ちだけれど、とにかくその後の話だ。結論から言って、火憐が守ろうとしたその老木が、切り倒されるということはなかった。

　もちろん、殴り倒されたとかけり倒されたとか、そういう話ではない——今をもって健在である。今後、永久にその存在が保証されるということにはな

らないけれど——とりあえず、急場は凌《しの》げたという
ことである。
何をしたのかと言えば、
「パンデミックやパニックが、どうすれば止まるか
って言うと——行き着くところまで行き着けば止ま
るんだよ」
ということである。
ゴールすれば、止まる。
要は、どんなウイルスでも、それ以上広がりよう
のないところまで広がってしまえば、もう感染先が
なくなるのだから、そこから先は、自然、終息に向
かうということだ。
食物連鎖のピラミッドは、そうやって保たれると
いうわけだ——とは言え当然のことながら、本当に
行くところまで行き着かせるわけにはいかない。今
回のパンデミックの『行き着くところ』は、その老
木を処分するという終息の仕方なのだから。
「行き着くゴールを、だからズラす——今って、そ
の木をみんな『不気味だ』って思っている段階なん
だよね？　あるいはもう一段上の『怖い』とか——
それくらいの認識でしょう？　『不気味』、『恐怖』
——それを更にもう一段上にもって行けばいい。そ
こを行き着くゴールにするの」
「もう一段上って……」
「畏敬《いけい》かな？」
畏敬。
畏《おそ》れ——敬《うやま》れる存在に。
翌日、火憐は道場生のみんなにこう伝えた。
あの老木は神聖なる道場を建てたときに使用され
たのと同じ木で——道場の守り神として、裏庭に植
えられたものらしい、と。
だから——そんな怪奇現象が起こったのだと。
そう説明した。
そういう解釈を説明した。
「今までずっと、何十年もの間、気配を消して道場
生達を見守ってきた武道の神が、とうとう力尽き、

お姿を現された。それを切り倒すだなんてとんでもない――」

という羽川の作り話を、ほぼそのまま採用した形である――もちろん火憐というのは兄以外には嘘がつける性格ではまったくないので、これはまず先に、僕が火憐を騙している。

火憐はそもそも、怪異やらを信じるタイプではないけれど、しかし先々月、奇妙な体験をしたところだし、また『気配を消して見守る武道の神』という精神性のある設定は、武道家である彼女にとっては、比較的受け入れやすいものだったらしい。

周りの道場生達にしてみれば――雰囲気に呑《の》まれていただけの者も含めて――己の意見や感情を否定されることなく、その延長線上にある『ことの真相』が明らかにされたわけだから、それはパニックの終着駅となり、言い換えれば、それ以上はなく。

また――

真相がそれでは、木を傷つけようとは思えまい。

むろん、これは道場主である火憐の師匠までを騙せる虚言ではない。調べようもないことだけれど、しかし普通に考えて、道場を作った木材と、あの老木が同じもののはずがないのだから。

「ただまあ、お師匠さんもあえてそんなことを言わないでしょう――空気を読んでくれるでしょう。約束通り火憐ちゃんは、他のみんなを説得したわけだしね」

その通りになったらしい。

まあ、道場をまとめる立場としては、折角落ち着いたパニックを、もう一度再発させる愚は冒さないだろうという羽川の読みが、当たった形だ――そんなわけで。

とりあえず当面、かの老木は命を繋いだ――火憐は、己の『見つけた』木を、責任をもって守り抜いたのだ。

「嘘をつくっていうのは、何であれ気分が悪いけれどね……」

知恵を借りておきながら、そんな風に言う羽川を励ます資格なんて僕にあるはずもなかったけれど、しかし僕としては、こんな気休めを言わざるを得なかった。

「でも嘘とは限らないぞ」

「んん?」

「ひょっとしたら、あの木は本当に怪異だったのかもしれないじゃないか。守り神かどうかはわからないけれど……ずっと気配を消していた、人に認識されなかった、怪異だったのかも。そもそも、道場を作ったのと同じ木だというのも、まるっきり可能性がないってわけでもない。確率的にはありえる話だ」

「あは。なに言ってるの、そんなの、低過ぎる確率でしょ」

「低い確率だからって、起こらないとは限らないぜ。それに——」

いや。

この先はいくら気休めにしたって、ちょっと言い過ぎだったかもしれないが。

「——僕達がそんな解釈を加えたことで、あの木は本当に怪異になったかもしれないだろう? 鍛錬する者を見守る、そういう怪異に」

第七話　こよみティー

SUN	MON	TUE	WED	THU	FRI	SAT
1	2	3	4	5	6	7
8	9	10	11	12	13	14
15	16	17	18	19	20	21
22	23	24	25	26	27	28
29	30	31				

10
October

001

阿良々木月火という僕の二人目の妹は、あまり道を歩いているという印象がない――これは道なき道を歩んでいるとか、新たなる道を開拓しながら生きているとか、そういう格好いい雰囲気のニュアンスが念頭にあっての物言いではなく、なんと言うかあいつはふわふわ、空を飛びながら前へと進んでいるように思えるのだった。

兄としての私見ではあるが。

意見というほどのものではないが。

しかし周囲の大方の者は、彼女のことを、そんなつかみどころのない奴だと思っているのではないだろうか――さながら鳥のように、浮遊し続ける彼女のことを。

つかみどころがなく、とらえようがないと。

ところで誰でも知っているように、鳥は空を飛ぶけれど――しかし興味深いことに、前適応といって、鳥は空を飛ぶ前から、空を飛ぶ機能を備えていたのだと言う。

その機能がなければ空を飛べないのだから、当然と言えば当然ではあるが――思えば奇妙な話である。爬虫《はちゅうるい》類から鳥類へと分岐する以前から、空を飛ぶ以前から、彼らは既に空を飛ぶ準備が整えていたなど。

進化というより、さしずめ眠れる才能と言ったところだろうか？　いつか空を飛ぶ日が来ることがわかっていたから、その準備を着々と進めていたというう――進化とは状況に適応して起こる自然選択のはずだけれど、起こりうる状況を想定して、あらかじめ適応を終えている。

そういうそつのなさや要領のよさは、やっぱり僕の妹を想起させる――本当、地に足がついていないところはあるけれど、それも含めて、鳥のような奴だ。

そんな奴に訊いても無駄かもしれないけれど、僕はそれでも彼女に訊いた。

月火ちゃん、お前にとって歩く道とはどんなものなのか——たとえそれが地面に続く道でなくっても、きっと空にも道はあるだろう。

コースはあるだろう。

飛行機だって、定められた時間、定められたコースに従って、飛行経路を決めた上で飛んでいるのだ——風向きや空気抵抗を考えながら飛んでいるのだ。だったら、ふわふわ浮いているような彼女にも、きっと指針となるような、指針とするような道が、道という概念があるんじゃないかと思ったのだ。

だからゆえの質問だったのだが。

だが、しかし。

「空に道なんてないよ、お兄ちゃん」

月火はそう答えた。

「あったとしても、無視するね。決まってることを決まってる通りにするっていうのが、私にはできないの」

思った以上に危険な妹だった。

あくまでも自分が飛行機ではなく鳥だというのならば、きっと彼女は近いうちバードストライクを起こすに違いない。

002

「お兄ちゃん、おかえりー」

「おう、ただいま」

「早かったねー。お菓子あるけど、食べるー?」

「お菓子? ああ、いいな。食べるよ」

「お茶もあるよー」

「なんだ、気が利いているじゃないか」

「相談事もあるよー」

「ああ、じゃあそれもいただこう……って、おい」

そんな感じで、僕はなし崩し的に、月火の相談に乗ることになってしまった。流れるような話運び、さすがは稀代《きたい》の策略家である……、いや、この件に関しては僕が無用心過ぎたが。

妹に愛想よくしてしまうなど、なんて失策だ。

ともかく、学校からの帰宅時、油断しているところを狙い済まされた十月某日。

僕は自宅のリビングで、月火が用意したお菓子とお茶をいただきながら、彼女からの相談事に乗ることになってしまった——先月の火憐といい、最近また昔みたいに、妹達が兄である僕とこのようにコミュニケーションを取ってくれるようになってくれたことは、まあ、喜ばしいことなんだろうけれど、嬉しくないと言ったら嘘になるけれど、しかし受験生の身としてはやや迷惑ではあった。

まあな。

火憐のように、センシティブで、力になりたいと思うような相談事を月火が持っているとは思いにくいので——僕の見るところ、ファイヤーシスターズという正義の味方ごっこも、火憐の主導に月火は乗っかっているだけである——きっと、くだらない相談に違いない。

お茶とお菓子を食べ終わる前に、ことは解決しているだろうと断言してもいいくらいだ——たぶん、学校の部活の、茶道部の部室から持ち出してきたのだろう、結構本格的な茶菓子だった。

こういうお菓子も、まとめてスイーツって呼ぶのかねえと思いつつ、僕は作法を無視し、それを適当につまんでぽりぽりと食べる。

作法を無視し、というか、そもそも作法なんて知らない。

「さて、お兄ちゃん。おにい兄ちゃん」

「ややこしい呼びかたをするな」

「敬意を重ねたんだよ。相談なんだけれど」

「手短にな。まあ、この小粋《こいき》なお菓子の分くらいは働いてやるぜ。だが、お前にこの兄を使いこなすことができるかな？」

「お兄ちゃん、お化けとか信じる？」

「お化け？」

信じるか信じないかで言えば、まあ大抵は信じないと答えるしかない。嘘をついてドーナツを食おうとする奴とかがいるからな。

「なんだそりゃ。千石から何か聞いたのか？」

どこまで踏み込んだ話をしていいものなのかわからないので、僕はそんな風に探りを入れるようなことを言う。

詐欺師の件にしろ何にしろ、月火の情報ネットワークがあれば、ここ半年くらい、この町で起きていることを把握するのは、そう難しいことじゃあないだろうからな——把握できたとして、それをどこまで鵜呑みにするかという話でもある。

ただ、火憐とは少しタイプは違うけれど、月火自身はリアリストだから——『おまじない』はもともり、いくら鳥みたいな奴とは言っても、そういうあれこれを鵜呑みにするとは思いにくいが。

「？　なんで撫子ちゃんの名前が出てくるのかな。お兄ちゃん、たまにわけのわからないことを言うよね」

案の定、月火は首を傾げる。

そのことに僕は胸を撫で下ろしつつ、しかし胸を撫で下ろしていたことには気付かれないようにしつつ、

「いや、なんでもない。だけどなんでいきなりお化けの話なんだ？」

と、逆質問をした。

「なんだ、茶道室にお化けが出るとか、そういう話か？」

根拠があって言ったわけではなく、むしろ千石の件の誤魔化しとしての、逆質問の続きだった——月火が茶道室から持ってきたのであろうお菓子と、月

火が言った『お化け』という単語を、ただ繋ぎ合わせて文章にしただけだ。

だがこれがまぐれ当たりをした。

僕の勘はこれだから馬鹿にできない——欲を言うならば、この勘の鋭さを、どうにかしてマークシートで発揮したいところである。マークシートでは逆に、デタラメを書いたときにはまったく当たったためしがないからな。

「その通りだよ、よくわかったね」

「え？　その通りって、なにが？」

月火の首肯に、そんな風に反応してしまう僕。自分がさっき、なんと言ったのかも憶えていない感じの反応は、まるで鳥頭である。月火の兄らしいと言えば、月火の兄らしい。

僕の話だが。

「だから茶道室にお化けが出るんだよ——」

月火は言う。

先月、今度はツインテールに変えたヘアスタイルをくるくるといじりながら。僕としてはツインテールはやめろと言ったんだが、月火は兄の言うことを聞く妹ではなかった。

「——正しくは、茶道室にお化けが出ていいたって話なんだけれど」

「正しくは……？」

お化けが出ている時点で、それはもう相当に正しくはないけれど、ここはまあ、もう少し黙って話を聞くことにしよう。

僕は月火に、

「ふうん、で？」

と、続きを促した。

お茶とお菓子はまだたっぷりあった、もう少し話に付き合ってやることにやぶさかではない。幸い、火憐と違って、月火はそこそこ話上手《じょうず》だからな——聞くことそれ自体にストレスが生じるということはなかろう。

「だからお化けが出ていたんだよ」

「出ていた……って言うのは、どういう意味なんだ？　そういう痕跡が、茶道室の中にあったっていうことか？」

「いや、痕跡は……、残っていたとは言いがたいかな。あの子がいたっていう、客観的な証拠はないんだよ」

あの子？

妙に具体的な表現だな。

「月火、いいことを教えてやろう。証拠がないということは、お化けはいなかったということなんだぞ。はい、この話はこれでおしまい。さあ、残りの時間は雑談でもして過ごそう」

「とうっ」

月火が兄に対し攻撃行動を取った。机の上にたまたまあった三色ボールペンを持っての攻撃である――火憐と違って格闘技を習っていない彼女は、だからこそ、凶器をもって他人を攻撃することに躊躇がなかった。

ようやく戦場ヶ原が、文房具を凶器として戦うことを完全にやめたというのに……、凶器ならぬ狂気は、意外と身近に潜《ひそ》んでいるものだった。

本当に怖いなあ。

通報すれば逮捕されるであろう人間が身内にいるというのは……、幸い、僕は長年の兄生活でもう慣れているので、その三色ボールペンを難なくかわしたのだった。

将来において確実に役に立たないであろうスウェーバックだし、当然、役に立つような将来を絶対に迎えたくもないが。

「私がしたいのは相談だって言ってるでしょ。決して雑談じゃあないの」

「わかったわかった……、どうどう。わかったからそのボールペンをしまえ」

「しまえ？　この三色ボールペンの、どの色をしまえと言っているの？」

「全部だよ。赤青黒、全部だ。なんだ？　どういうことなんだ？　茶道室にお化けが出てたって言うけれど、その証拠はない？」

「そう言ってるじゃない。聞いてなかったの？」

「お前こそ聞いてなかったのか。証拠がないってことは、お化けなんていないってことだろう？」

わざわざ繰り返して言うようなことではないと思ったけれど、聡明ではあっても頑固《がんこ》な妹には、基本同じことでも二度言う必要があるのかもしれない。

「予想するに、お化けがいないっていうことを、お前が証明したんじゃあないのか？」

「わお。なんでわかったの？」

大袈裟に驚く月火。

リアクションが小気味いい。

一歩間違えればリアクションがわざとらしいになってしまうので、その辺のラインの見極めが、とてもうまい妹と言うことができる。

「さっすがお兄ちゃん、天才だね！」

「おいおい天才はよせよ、こんなのはただの努力の結果だって」

対する僕は簡単にラインを超えて調子に乗ってしまう奴だった。

まあ、今回の場合は、努力の結果というよりは、兄としての経験値ゆえということになるだろう——月火のしそうなことは、なんとなくわかるのだ。

何をしでかすかわからない怖さはあっても、それは同時に『何をしでかすかわからない』ということはわかっているという意味である——ランダム性は高いが、しかしそれらの方向性は見えている。

方向性が見えていれば、歯止めはきく……、火憐もその点においては似たようなものだけれど、火憐の厄介なところは、歯止めをかけようとしても、奴のスピードとパワーが段違いなので、『通行止め』の標識が意味をなさないということだ。

あいつは検問を強引に突破する。

月火は検問の遥か上空を飛び越えてしまいかねないが——まあ、飛ぶものに関しては、網の張りようがあるというものだ。

たぶん、話の流れはこんな感じだ。

月火が通う栂《つが》の木《き》第二中学校、その伝統ある茶道部の部室で、いわゆる『学校の怪談』みたいなものだろうか、それとも『学園七不思議』みたいなものだろうか、幽霊が出るというような噂が流れて――月火は、たぶんファイヤーシスターズとしてではなく、阿良々木月火個人として、その噂の調査に乗り出したのだ。

そして解決した。

『何事もない』という真相に、解決という言いかたは、この場合おかしいかもしれないけれど――とにかく、証拠を集め、証言を集め、茶道室にはお化けなんて出ないということを立証した。

茶道室にはお化けはいない。

そういう結論を導き出した――そんなところか。

茶道室にお化けが出るというような話を言い当てたのはただの勘、いや勘以下のものだったけれど、この推測に関して言えば、兄の名誉をかけて、そこそこ正解だろう。だが、正解だとすると、同時に疑問も生まれる。

だとすると、月火はいったい、僕に何を相談するつもりなのだろう？　問題は――あるいは事件は、既に終わっているじゃないか。

あの子、とやらは、いないし――いなくなっている。

オチは十分ついている。

月火ちゃんすごいのひと言でおしまいだ。

それとも、僕に褒めて欲しいのだろうか？

妹を褒めるというのは兄として照れくさいものがあるが……、そうしなければこの状況が終了しないと言うのであれば、まあ、一昔前ならいざしらず、今ならばそこまで、抵抗があることでもない。

「さっすが月火ちゃん、天才だな！」

「いや、そうじゃなくって、困ってるんだよ」

同じように褒めれば、ひょっとすると同じようにはしゃいでくるかとも思ったのだが、そんなことはなかった——むしろ月火は、ちょっと困ったような顔をしていた。

「どうすればいいと思う？　お兄ちゃん」

「ん？　何をだ？」

「いやだからさ——お兄ちゃんの言う通り、お化けなんていないってことを、私はちゃんと、論理立てて説明したんだけれど……、でも、誰もそれを信じてくれないんだよね」

みんな。

私よりもお化けを信じるの。

月火はお茶を飲みながらそう言った。

003

スクエアという遊びがある。

いや、遊びというにはエンターテインメント性に欠けるというか、後述するように、遊びとしてはまったく成立していない集団行為なのだが——とにかく有名な遊びなので、説明するまでもなく誰でも一度は聞いたことがあるとは思うけれど、誰でも聞いたことがあるようなことを説明するのが僕の仕事でもあるので、一応、簡易的に。

よく語られる場、舞台としては、猛吹雪の雪山、その山小屋という感じで——そこに閉じ込められた遭難者四名が行う。

雪山で遭難したとき、『寝るな、寝たら死ぬぞ！』と頬を叩かれるのは定番だが——ただまあ実際に寝たら死ぬのかどうかは諸説あるらしい。体力の消耗を抑えられるし、代謝が下がることで生命を維持できるという話もあるようだ——まあただ、スクエアはそういう状況下において、眠らないための遊びである。

部屋の四隅に、一人ずつ立って——ゲームスタート。AはBの地点まで移動し、Bの肩を叩く。肩を叩かれたことを合図に、BはCの地点まで移動し、Cの肩を叩く。肩を叩かれたCは、やはりDの地点まで移動し、Dの肩を叩く。最後にそのDが、Aの肩を叩きにいくことで、一周というか、一巡し——振り出しに戻る。

そうやって部屋の中をぐるぐる回り続けることで、四人は眠ることなく、無事に朝を迎えるというわけだ——いや、『というわけ』にはならないことに、説明が必要だとも思えない。

だって、最後にDがAの地点まで肩を叩きに行っても、そこにAはいないのだから——Aはゲームスタートの当初に、Bの場所に移動してしまっているのだから。

誰もいない隅へDが移動しただけで、ゲームは終わってしまうのである——エンターテインメント性に欠けると言うのは、ここがポイントだ。

だが、不思議なことに——この遊びが、途絶えることなく続くというパターンがあるのだという。

スクエアを成立させるためには、四隅に対して五人が必要になるのだが、その『五人目』がいつから遊びに参加し、遭難者たちは眠ることなく、当初の目的通り朝を迎えるとか——朝になってようやく、『四人ではこの遊びは成立しない。じゃあ、五人目は一体誰だったんだ……?』という話になるわけだが。

もっと早い段階で誰かが気付くだろう、というかいくら眠くても一回目で気付けという突っ込みは野暮だろうし、もしも眠らないための暇潰しの遊びだというなら、もっと適切なものがありそうだという意見も引っ込めるべきだろう——これを怪談としてとらえるのならば、不思議ではあるけれど怖くはない、いわゆるいい話だろう。なぜならその『五人目』のおかげで、四人の遭難者の命は助かったのだから

——

別に月火たちは、茶道室において『スクエア』を

行っていたわけじゃあないけれど——文化祭で着物ファッションショーを開催したなどという話を聞く限り、かなり奔放《ほんぽう》な茶道部ではあるらしいが、さすがに神聖なる茶道室で、そんな走り回るような遊びはすまい——僕が彼女から話を聞いて連想したのは、そんな、どこで聞いたか、誰から聞いたかもわからない、風聞的な怪談だった。

『五人目』。

いや、茶道部は現在七人いるとのことなので、倣《なら》って言うなら『八人目』か——末広がりで縁起がいいけれど、それはあまり関係あるまい。

「えっと……、元々は、『八人目』の目撃譚があったとか、そういう話だったんだな？　そういう噂を、お前がもみ消したという……」

「もみ消したわけじゃないよ。だから元々、そんな『八人目』なんていなかったんだって——自然発生的に生まれたただの噂で。私としては、自分が根城《ねじろ》にしている場所がそんなけったいな噂の発生源にされているのが気に入らないから、調査に打って出たということなんだよ、お兄ちゃん」

「…………」

『けったい』とか『気に入らない』とか、言葉のチョイスがそこそこ乱暴だな……、こうして一対一で話していると、とにかく一見乱暴者に思える、火憐の竹を割ったような性格の扱いやすさをつくづく思い知る。

「詳細は省くけど、その『八人目』の茶道部員がいるという噂の根拠となるような目撃譚とか、状況証拠的なものを、ひとつずつ、論理的に否定していったんだよ。論理的に」

「論理的を強調するなよ。なんだか嘘っぽいぞ」

「嘘っぽいとは失礼な」

頬を膨らます月火。

「論理的にありえない可能性をすべて排除して残ったものは論理的にありえない可能性をすべて排除して残ったものなんだよ」

「そりゃ、論理的にはそうなんだろうが……」

何も言ってないぞ、その文章。

論理的じゃなくてもありえないだろう。

「しかし、噂をもみ消すにしても調査するにしても、それだけのことに随分と大騒ぎじゃねえか。そのお前の行動のほうが、噂になっちまいそうな有様だぜ。本当マッチポンプだよな、お前って」

「マッチポンプ？　何それ？　どういう意味？」

「えっと……」

普通に使った言葉の意味を改めて問われると面食らうな。特に語彙《ごい》が多いわけでもない僕の場合、たまに意味をわからないままにニュアンスで使っている単語もあるから、それによって間違いを知るケースもあるし。

妹にしたり顔をさせないためにも、兄としての体面を保つためにも、ここはちゃんと説明しないと……。

「マッチっていうのは、火をつけるあのマッチだよ。こすって火をつける奴。で、ポンプっていうのは、水を出すポンプだ——だからマッチポンプっていうのは、自分で火をつけて自分で消すという……」

「ポンプはわかるけど、マッチって何」

「…………」

マッチの知名度って、そんなに低かったっけ……世代かなあ。

僕はライターみたいなものだと説明した。

仕組みは全然違うけれど、まあ、感覚的にはそれで伝わると思う。

「ふうん……、つまり、羽川さんみたいなことかあ」

「お前みたいなことだよ。羽川批判をするな」

「いやいや、批判じゃあないよ。むしろ肯定だよ、非常に肯定的だよ。私は羽川さんに肯定的だし、自分に対しても肯定的だよ」

「まあ、お前ほどお前に肯定的な奴はいないとは思うけれど……」

「私はナポレオンかっていうくらい肯定的だよ。だって、つまりマッチポンプっていうのは、自分の責任は自分で取る奴ってことでしょ？」

「………………」

いいように解釈するなあ。

介錯《かいしゃく》してやりたくなってくる――結局したり顔をさせてしまったし。

本当に自分の責任は自分で取る奴だったならば、そもそもこんな風に僕に相談を持ちかけてこないだろうし。

……いや。

違うのだ、もちろん月火は、厄介ごと、トラブル、災難の後始末、尻拭いを僕や周囲に回してくることが多々あって、そういう意味では全然、自分の責任を自分で取れているとは言えないんだけれど――今回に関しては、違うのだ。

話は既に終わってる。

茶道室を舞台に語られた『八人目』の茶道部員の噂は、月火の独自の調査によって、公式に否定されたのだ――それで話は終わっているのだ。

事件は解決している。

物語は終わっている。

責任は――取り終わっている。

にもかかわらず、――という話なのだ。

「私がね、お兄ちゃん。この可愛い可愛い妹キャラである月火ちゃんがね？」

「いや、妹キャラって言っても、お前が妹キャラなのは、僕と火憐ちゃんにとってだけなんだけどな……それ以外の人にとっては、お前はただの女子なんだが」

「なに言ってるの。私は万人の妹だよ」

「お前には兄姉が一万人いるのか……」

それは……、怖いな。

まんじりともできない恐怖があるな。

「いやいや、確かにお兄ちゃんや火憐ちゃんが一万人もいたら怖いけどね。ごめん、話逸らさないでくれる？　お兄ちゃん。私、結構真面目な話をしているおつもりなんだけれど」

「ふむ」

しかし言いながら茶菓子を食べているので、彼女の行動から、真面目さはあまり滲《にじ》み出ていない。

「わかった。で、可愛い可愛い妹キャラのお前がどうしたんだ？」

「だから私が結構大変な思いをして、『八人目』の存在を否定したのに、そんな私に対してみんなはこう言うんだよ。『そうなのかもしれないけれど、まあまあ』」

「…………」

まあまあ。

なるほど、会話にはなっていないけれど、言わんとするニュアンスは伝わるな——というより、その『会話にはなっていない』という感じが、今、月火を悩ませているのだろう。

悩みの種となっているのだろう。

「『月火ちゃんの言うことは正しいかもしれないけれど、理屈はそうなのかもしれないけれど、でも、それでも「八人目」はいたのかもしれないよね——』とか言ってさ！　全然噂がなくならないの！」

台詞の前半は、誰かの真似だったのか、それともイメージなのだろうか、切なさを交えての口調だったけれど、その分、素《す》に戻った後半の激昂の仕方が、いつもよりハードだった。

こいつのピーキーさ、全然直らないなあ。

戦場ヶ原でさえ改心したのだから、希望はあるはずなのだが……。

「どう思う？　お兄ちゃん」

激昂する際に立ち上がった月火は、ピーキーのピーのほうというか、急速に冷静に戻り、座り直して僕に訊く。

「どうしたらいいと思う？」

「どうしたらって——」

「こういうの、どうしたらいいと思う？　なんていうのかな——正しいことを主張して、その正しさそのものは理解してもらえるんだけれど、だから対立とか、意見の戦わせとかはもう既に終わってるんだけれど、でも、状況は最初とまったく変わっていないっていうのかな……。『正しさ』が意味をなさない、効果がないっていうの。どうしたらいいと思う？」

「…………」

『正しさ』が意味をなさない。

そんな状況は一万どころか五万はある——という ことを、僕はこれまで、散々妹達に説いてきた。正義の味方を標榜する、正義を看板とするファイヤーシスターズに、正義なんて、正しさなんて、世間にいつだって通用するオールオッケーなワイルドカードではないのだということを、言葉を尽くして、ときに取っ組み合いながら、説明してきた。

まあ、それを彼女たちが理解したかどうかはともかくとして——しかしながら、今回のケースは、どうやらそういうのとは、違う議論のテーブルでの話らしい。

正しさと正しさの衝突、ではなくて。

正義の無力感、という話でもない。

まるで正しさや、理論——理性みたいなものが、おざなりに扱われている感が、そのふわふわした感じは、月火のような人間には、受け入れがたいものなのだろう。

まあ、月火のような人間と言っても、月火の生き方のほうがよっぽどふわふわしているのだが——

「……たとえるなら、こういう話か？　つまり——」

「いや、たとえないで」

「たとえ話くらいさせろ」

「私は私の話をしているんだから、それをよその話と一緒にされるっていうのは、正直、あんまり気持ちのいいことじゃあないよね」

「お前の気持ちなんか知るか」

「びっくりするよね。たまにさ、こっちが精一杯の自己アピールをしたつもりだったのに、『あー、よくあるよね、そういう話』とか、受けられたりして。

いや、もしも似た話を知っていたんだとしても、そこはスルーするのが大人でしょ」

「あー、よくあるよな。そんな話」

「そういうのだ！」

「たとえるなら、血液型占いを信じている奴を、どんなに論理的に論破したところで、意味をなさない——みたいな話だろ？」

激昂しかかる月火を『まあまあ』ならぬ『どうどう』で抑えつつ、僕は言った。それがたとえ話として適切かどうかは、月火の言い分を差し引いても定かではないけれど、しかし理解する上ではわかりやすいだろう。

「論理的に論破っていうのが、どういうことなのかはわからないけど、うん、まあ、そういうことなのかもしれない」

とりあえず、月火は頷く。

「実際、私、そういう経験したことある。『血液型占いをこうも信じているのは日本人くらいなんだよ』って言ったら、『その論理的思考、A型だね！』って言われたことがある」

「それは例としてはやや極端だが……」

極端というか極論かな。

詐欺師がはやらせた『おまじない』も、それに類するものなのかもしれないが——『嘘』であることは、前提としてわかっていながらも、しかしそれを信じるという矛盾した行動は、誰しも少なからず取っている。

血液型占いに限らない。

たとえば僕は初詣《はつもうで》に行って、これから一年の健康を祈ったことがあるけれど——五円玉を賽銭箱《さいせんばこ》に入れ、手を合わせて願うことが、本当にその年の健康に繋がっていると思っているわけではない。

そんな信心深くない。

けれど初詣には行く——とか。

「血液型性格診断におけるB型の扱いの悪さってどうなんだろうなって月火ちゃんは思うのよ」

「自分のことを月火ちゃんって言うな。子供かよ」

「撫子ちゃんのことはスルーしてる癖に……、実際、あの性格診断のせいで傷ついているB型とかAB型の人って多いと思うんだよね。なんとなくだけれど、マイノリティのほうが悪口言われがちっていうのは、仕組みとしてわかりやすいよね」

「うーん」

まあ、A型の悪口を言ってる性格診断だったら、たぶん今ほどはやってないだろうからな。

「ラベリング効果って言うんだっけ？　血液型の性格分類を、幼少期から叩き込まれるから、それぞれの血液型にあわせた性格に育ってしまうっていうのは——」

「ううん、ラベリング効果っていうのは、あれだよ。A型の人間は、A型のように見えやすいとかって奴だよ。この人はA型だっていう情報を元に見ると、A型に見えてくるという——けどそれって、貼っているのはラベルじゃなくてレッテルって気もするけれどね」

「ふむ……、いや、だけどこの場合、問題なのは血液型占いとか血液型性格診断の是非じゃあなくって、別に大抵の人は、それを信じているわけじゃなくって、それでも、それなのにそれを、エンターテインメントとして楽しんでいるって話だろ？　いや、問題性はないんだけれど……」

あるのはだから——エンターテインメント性。

遊びとして、あるわけだ。

だから、そんな風に楽しんでいる人達に、『血液型占いをこうも信じているのは日本人くらいなんだよ』なんて言っても、それは野暮と言うか……、取りようによっては、嫌がらせに取られるだろう。

血液型占いに限らず、星座占いにしても手相占いにしても、大抵の占いはそうだろう——まさか古代の政治じゃああるまいし、占いを本気で人生の指針にする人が、そういるとも思えない。

「そう。妖怪とか、お化けとか、UFOとかも、そうだって話。私はこの通り、理性的な女の子じゃん？理性的で、中性的な魅力を備えた女の子じゃない？」

「中性的な魅力を備えてはいないと思う」

「中性的な魅力って、一体、どういうのを言うんだろうね……、中性的って言っている段階で、最早異性的なんじゃないかと思うけれど。それとも、男の子にも女の子にもどっちにもなれるってことなのかな？」

そんな関係のないことを言ってから、

「私は理性的だから」

と言う。

「お化けがどうこう言って、騒いでるみんなを見たら、その騒ぎを収めなきゃって反射的に思ったんだけれど——で、みんなもそれを望んでいたみたいで、調査自体には協力的だったんだけど。その癖、実際に答を出してみたら、なーんか、含み笑いっていうか、苦笑いっていうか——そんな感じだったんだよね」

「反論するでもなく、スルーされて——で、その後も、みんなは『八人目』を話題に、あれこれ大騒ぎしているってことか？」

「ザッツライト」

月火は不満そうに言う。

まあ、中性的ではない月火ではあるけれど、また普段からのピーキーさを見ていると理性的とも言いがたいけれど、しかし、僕がよく知る彼女の性格かられば、それは腑に落ちないことなのだろうと思う。

腑に落ちない。

いや、自分の働きがまるっきり無視されているかのような扱いを、腹に据えかねているというのもあるかもしれないけれど——それ以上に、不可解なのだと思う。

なぜ。

どうして。

間違っていることを——正しくないと、それが真実ではないということを知ってもなお、思考を、解釈を、改めないのか。

スタンスを変えず。

それまで通り、楽しみ続けるのか——ただ、確かに月火が今、スタンスの定まった周囲に対して、己はスタンスを定めにくいふわふわふわした感じになっているのはわかるけれど、しかし繰り返しになるけれど、この件、僕はどんな風に相談に乗ればいいのだろう？

現実問題。

その怪異譚——怪談については、彼女自身が彼女の才覚、器量によって片をつけてしまっているわけで。

しかしだからと言って、まさか、栂の木第二中学校茶道部の、月火以外の他の六人の部員を、僕に説得しろと言っているわけではないだろう。僕の妹・阿良々木月火は、茶道部の癖に無茶ばかり言う妹ではあるけれど、まさかそこまでの無茶を言いはしないはずだ。

もしそうだとすれば結構な事件になるだろう。

高校三年生が中学校に乗り込んで、六人の中学生相手に大人気なく、滔々《とうとう》と説き伏せるという……、そうだな、それこそ野暮の極み、嫌がらせの体現である。

僕がまあ、かなり真剣に怒られるのは確実として、その後の茶道部における月火の立場は、彼女の人生史上、およそ最悪のものとなるだろう。

モンスターペアレントならぬ、モンスターブラザーを持つ妹キャラとして伝説になってしまいかねない。

ファイヤーシスターズの英雄譚もそれまでだ。

となると、相談とは言いつつ、答を求めているわけではなく、ただ愚痴を言いたかっただけなのだろうか？

だったら僕の役割はもう終わっているのだけれど……、果たしてどうだろう、今席を立っても、月火は三色ボールペンの切っ先を僕に向けないだろうか？

ボールペンの先を切っ先と表現するのは、月火と、かつての戦場ヶ原くらいだろうが……。

「なあ、月火ちゃん」

僕は思い切って、切り込んでみることにした――もちろん、ボールペンを持ってではない。僕の武器は言葉だけだ。

「それでお前は、僕にどうして欲しいんだ？」

「え？　何その質問、お兄ちゃん、私のお話、聞いてなかったの？」

「いや、意外そうな顔をされてもな……、責めるみたいな口調で、意外そうな顔をされてもな」

「ていっ！」

三色ボールペンによる攻撃が再開された。今度もなんとかかわしたが、危うく僕の皮膚《ひふ》が、三色に塗り分けられるところだった。

いや、三色ボールペンの構造上、ひと振りで塗り分けることは無理だろうけれど……、いきなり席を立つのは危険かもしれないと思っての率直な質問だったのだが、残念ながらゲームとしてはもう詰んでいたようで、何をどう言っても攻撃を受ける運命だったらしい。

「あんまりふざけたことを言っていると、三色ボールペンで蚕食《さんしょく》するよ、お兄ちゃん」

「三色ボールペンで蚕食されるほど、僕は植物性を帯びてねえよ。回りくどいこと言ってねえで、そして怖いことを言ってねえで、はっきり言えよ、月火ちゃん。お前、僕にどうして欲しいんだ？」

「どうしてと言われると困るんだけど、いや、だから意見を聞きたいの。リサーチをしたいの。お兄ちゃん、お化けとか信じる？」

最初の質問に戻った。

というか、最初はその質問だったのだ――それは会話運びのための前振りなのかと思ったけれど、入りやすい導入部なのかと思ったけれど、どうやらそうでもなかったようだ。

というより。

最初から本題には入っていたらしい——その後は回りくどくも、怖くもあったけれど、本題自体には最初から入っていたのだ。

その後、僕が勘で話の具体的な内容を言い当ててしまった辺りから、話が複雑化していったけれど——元々は、もっとシンプルな話だった。

僕のスタンスを問うているのだ。

この妹は。

「ふむ……」

そう言えば、腹の中では色々思ったものの、僕はその率直な質問に対して、口に出しては答えていない。

やっぱり答えにくい質問だからな。

迂闊なことは言えない。

妹に適当に話をあわせるかのような発言をしたら、誰が聞いているかわからない——壁に耳あり障子に目あり。

影の中に吸血鬼ありだ。

「何よ。何返答に窮《きゅう》しているのよ、お兄ちゃん。こんなの、イエスかノーかで済む話でしょ？」

「いやいや月火ちゃん。世の中の問題っていうのは、案外、イエスかノーかで片付くことばかりじゃないんだぜ」

「そうかな？　なんだったらお兄ちゃんを、イエスかノーかで片付けてあげてもいいんだけど」

三色ボールペンが構えられる。

あるいは蚕食ボールペンなのか。

なんだろう、僕の返答次第では、ボールペンを振るうという予告なのだろうか……、だとしたら、ここは月火に話を合わせて、ノーと答えるしか僕には選択肢がなくなるのだけれど。

うーん。

まあ、そろそろ茶菓子もなくなりそうだし、湯のみのほうはとっくに空っぽになったし、首振って席を立つとするか。

勉強しなくちゃいけないんだしな。

僕は月火の質問に答えた。

「ノーだ。僕はお化けなんて信じない。お前以外の茶道部員がそれは間違っているんだよ、お前の正しさは僕が保証してやるから、そんなことは気にするな。お前はお前のまま、お前の正しさを貫けばいいんだよ」

月火という妹が生まれて十余年。

いまだかつてここまで彼女に対して肯定的なことを言った経験はなかったけれど、とにかく僕はそう言った。

それに対して、果たして、月火かナポレオンかと言われる阿良々木月火は、

「そうだよねえ。でも気になるんだよ」

と言った。

「…………」

正しさを保証されても意見を変えないとか。

お前それ、周りの奴らとおんなじゃねえか。

004

おんなじじゃねえか。

ただまあ人間、誰しもそういう側面を備えていることは確かである——世の中の問題というのが、案外イエスかノーかで片付くことばかりじゃないように、人の感覚や感情というものは、正しいか間違いかで片付くことばかりじゃあないのだから。

正しいことと、そうではないことを同時に示されて、そしてそちらが『そうではない』ことを知りながらも、しかしあえてそちらを選ぶという選択もありうるのだ。

月火が今そういう状態にあるように、『気にしてもしょうがないことを気にする』というのも、きっと、普通に生きていたなら、避けられないことなの

だと思われる。

僕が月火にしたアドバイスは、言ってしまえば、『この問題は気にしても仕方ないから気にしない』という思考を実現しろと言っているようなもので、まあ、世の中にはそれができる人もひょっとしたらいるのかもしれないけれど、基本、普通はできないだろう。

後悔しても仕方がないことを後悔し。

言っても意味のないことを言い続ける。

人生とは、そんなやる瀬なさの繰り返しだ。

先月、火憐から受けた相談を思い出した——道場の裏手に、ひっそりとあった老木の話だ。今から思えば、あの老木を百の気持ちで不気味だと思い、百の気持ちで怖がっていた道場生が、一体何人いたのだろう。

どこかで、彼らも。

老木を切り倒してしまえというような、自分達の反応は過剰だと思っていたのではないだろうか——行き過ぎだとわかっていたのではないだろうか。

それでも、その気持ちは止められなかった。羽川の一案で、止まるまで——気持ちに歯止めはかからなかった。

気持ちの切り替え。

心のスイッチングは簡単ではないのだ——いっそ不可能と言ってしまったほうがいいかもしれないほどに。

「……いや、こういう話しかたをすると、如何にも大袈裟なんだけれど、これは本当は、もっと日常的な話でもあってさ。たとえば、ハイエナって、イメージ悪いじゃん？　ライオンが狩った獲物の、残り物をあさったり、横取りしたりする、ずるい動物だっていうイメージがついて回るじゃん？　だけど実際のハイエナは自分で狩りをする動物なんだし、むしろ鬣《たてがみ》のある雄ライオンのほうが、狩りをサボりがちだとか……。いや、雑学を披露していい気になりたいわけじゃないよ。て言うか、こんなの、わざわざ調べなくてもわかるような、知っている人はみんな知っているような、一般常識の範囲内のことじゃないか——なのに普及していかない、波及していかない。一度根付いたイメージは、一度貼り付けられたレッテルは、真相が明らかになったあとも、そのままであり続ける——真相を真相と知りつつも、間違っていることを間違いと知りつつも、知らん振りでこれまで通りの生活を送る。なんでなんだろうな？」

「人は自分にとって都合の悪いことからは目を逸らすものだぞ、阿良々木先輩」

僕の疑問に、神原後輩はそう答えた。

翌日の神原家である。

もう少し詳しく状況を説明すると、翌日、僕が神原の部屋を掃除に来て、またもやカオス化が進行している彼女の領土の原状回復をしている最中のことである——廊下で、今日も今日とてまったく僕を手伝う気がない彼女は、僕に対してそう答えたのだった。

「なんていうんだったかな。前に戦場ヶ原先輩から聞いたことがあるんだが……、なんとかバイアスっていう。人は、非常時においても、都合の悪い情報からは目を背《そむ》け、『自分だけは大丈夫』だと思い続けるという……」

「いや、そういうのとはちょっと違うんじゃないかな？　別にこの場合、お化けを——『八人目』を信じ続けることが、茶道部のメンバーにとって、心の安らぎになったり、利益になったりするわけじゃあないんだから」

「でも、理屈でお化けを否定するより、理屈抜きでお化けを肯定したほうが楽しそうってこともあるんじゃないか？　ハイエナのイメージの話とは、確かにちょっと違うけれど……それはたぶん、こういうことではないだろうか」

月火と違って、神原とは、いわゆる怪異に対する認識を共有しているので——鬼や猿、あるいは蛇に関する認識を共有しているので——もう少し踏み込んだ話ができる。

「戦場ヶ原が言ってたっていうのは、たぶん、正常性バイアスって奴だろうな」

「まったまた。阿良々木先輩、戦場ヶ原なんて、名字で言っちゃって。私の前だからってそんな風に体面を取り繕うことはまったくなかろうに。普段通り、ひたぎんと呼んであげればよいではないか」

「本人以外にそんな呼びかたしねえよ……、いや違う、本人にもそんな呼びかたしてねえよ」

「あれ？　ひたぎんじゃなかったっけ？　レギンスだっけ？」

「レギンスを穿いてねえ奴をレギンスなんて呼ぶか。まあ、楽しい楽しくないの話じゃ、それでもないみたいなんだけどな。話を聞いていると、茶道部のみんなはそんなに、その『八人目』の噂を楽しんでいるわけじゃあないんだから」

「具体的にはどういう噂なのだ？　怪異譚自体は月火ちゃんがもう解決してしまったというのならば、それを聞く意味はないかもしれないけれど——その内容如何《いかん》によっては、案外納得がいくかもしれないぞ」

神原は言う、廊下から。

本当のところ、いったいどういう気分なんだろうな……、先輩が部屋の片づけをしているのを、廊下で腕を組んで見ているというのは。

それともお金持ちはそういうのが気にならないのだろうか。王者の振る舞いとしては、まあ、順当という気もするが。

「ほら、前に阿良々木先輩が言っていた、火憐ちゃんの道場の件とかならば——『守り神』としての怪異ならば、みなに受け入れられたという話だったろう？　その『八人目』も、そういう話だったのではないか？　茶道部の……、その『八人目』の部員は、実は茶道の神様だとか言う……」

「茶道の神様って……」

誰になるんだろうな。

お茶の神様、お茶の妖怪ということであれば、何か聞いたことがあるけれど。

「いや、そういう話じゃあないみたいだぜ。僕も聞きかじりだし、学校においては部外者だから、あんまり確かなことは言えないけれど、怪談としては、むしろ不気味な部類だ」

「ふむ。詳しく聞こうか」

「…………」

偉そうだなあ。

バスケットボール部のエースだった頃の癖が抜けないのだろうか——今はエースでもスターでもなんでもない、ただのモテる女子の癖に!

……十分か。

偉そうな理由としては。

「だから聞きかじりで、詳しく知っているわけじゃあないんだけれど……、元々、あった『学校の怪談』が、茶道部に適用されたって感じかな。適用というか適応というか——」

「その『元々』の形はどういう怪談なのだ?」

「確か……、そう、クラスメイトが一人増えてる、みたいな怪談なんだそうだ。三十人のはずのクラスが、いつからか三十一人いるとか……だけどそれに気付いてしまうと、その一人と自分が入れ替わってしまうとか……で、みんなに気付かれない『三十一人目』のクラスメイトとして、生きていくことになってしまうとか……そして、クラスメイトと仲良くしている『元三十一人目』の姿を、ずっと見続けることになるとか……」

「ふむ。入れ替わり系か。神隠し系でもあるのかな? 確かに怖いな」

怖いな、と言いつつ、別に怖がっている素振りのない神原——まあ確かに、『怖い話』ではあるんだろうけれど、しかし、高校生が本気で怖がるような話じゃあないよな。

「その怪談が応用されて、『八人目』の部員がいるらしい、いる気配があると思われているわけか——ならば違うか」

「どういう話だと思ってたんだ?」

「いや、『守り神』ではないにしても、茶道室にならば、座敷わらしのような怪異がいても、存外相応しいだろう？　もしも『八人目』が、座敷わらしだったならば、月火ちゃんがどう否定しても、どう論理的に否定しても、みんながそれを信じ続けようとすることもわかるのだが」

「なるほど」

座敷わらしならそうだろうな。

いたら楽しいどころか、座敷わらしを追い出したら、その家は滅ぶと言われているからな——ただ、そういう話ではないのだ。

むしろその『八人目』と自分自身が入れ替わったり、自分の存在が消えてしまったりするかもしれないというその怪談の肝《きも》というか、さわりというか……、『触れ込み』を、仮に鵜呑みにするのならば、否定したくなるはずだ。

そちらのほうが利益になるはずだ。

「ならば正常性バイアスというより、同調現象という奴かもな。これも戦場ヶ原先輩から聞いたのだが。十人中九人までが賛成することは、正しくなかろうとも、不合理であろうとも、正しく、合理的に思えて、残る一人が間違っているように思えるという——多数決の圧力とでも言うのか、そうなると意見が変えづらくなる」

「多数決ねえ……」

多数決に与《くみ》することなく生きている戦場ヶ原だが、だからこそそういう理論には詳しいのかもしれない。まああいつは、全会一致の幻想から外にいる奴ではあるからな。

「ただ、それにしたって極端な話ではあるとは思うんだけどな——月火の意見に賛同する奴が、茶道部員の中に一人くらいいてもいいと思うんだが」

その一人がいれば、話は簡単になりそうな気もする——茶道部員は七人で、今、その多数決でいえば、六対一の状況なのだ。

六対一では、さすがにちょっと分が悪いけれど

——もしもこの割合が五対二になれば、少しは戦いになるだろう。派閥を形成してしまえば、組織としては無視しづらくなるはずだ。

それでも二人では足りないとしたら、もうひとりだ——そうすれば四対三。これならば十分に勝負になる。

「……まあ、そうならないから、今、月火ちゃんは不利な立場に置かれているわけだけれど。ストレスを溜めているわけだけれど」

「月火ちゃんとしては、どういう心境なのだ？　それこそ全会一致の幻想ではないが……、もうしんどいから、みんなの意見に合わせちゃおうとか、そんな風には思い始めていないのか？」

「それがないのが、あの妹のすげーとこなんだよ」

あるいは戦場ヶ原とキャラがかぶっているところとも言える。ただし戦場ヶ原と違って、あいつはグループ活動自体は好きなのだ。

「あいつは戦場ヶ原の廉価版《れんかばん》という感じなんだよ」

「自分の妹を廉価版とか言わないほうがいいのでは……」

「まあただ、火憐ちゃんのときほど切迫した事情があるわけじゃあないからな。その『八人目』の存在を肯定しようと否定しようと、肯定されようと否定されようと、それで茶道部が潰されるとか、友情がなくなっちゃうとか、そういうシビアな話じゃない——ただ、壁にぶつかったってだけで」

「壁？」

「正義を標榜する月火ちゃんにとって、正しさが無視されるような環境っていうのは、居心地が悪いもんなんだろうぜ——」

いや。

誰にとっても、それは居心地がよくはないだろうけれど……。

「——不合理や不条理のほうが幅を利かす、それも意味もなく利かすという状況ってのは、実際にはよくあるんだろうけれどな。それを学ぶには、まだ月火ちゃんは若過ぎるのかもしれない」

「若過ぎるって……、さっきから月火ちゃんや火憐ちゃんの話ばかりしているが、阿良々木先輩はどうなのだ？」

「ん？」

「この場合、阿良々木先輩はどちらの味方なのだ？」

「いや、この場合味方とか敵とかはねえよ……、火憐ちゃんのときは、火憐ちゃんの味方をしたけれど、あれは、なんていうか、よくない方向に話が進みそうだったから、不肖この僕が乗り出して、出過ぎた真似をしたって感じなんだから」

「ふむ」

まあ本当に乗り出したのは羽川先輩なんだがな、と神原は言う。

「あの人も苦労が絶えないなあ。二学期になっても。虎の件とか、あったしな——」

「…………」

「まあ、確かに、聞きかじりを聞く限り、『八人目』を信じようが信じまいが、肯定しようが肯定しまいが、それで何がどうなるという話ではないようだな——ただの気分の問題か」

「……そうだな。気分の問題だ——なんにしても、やっぱり、意志が強いと思うよ。僕の妹達は、どっちにしても。どちらの味方をするってわけじゃあないけれど、もしも僕が当事者だったら——茶道部の部員だったなら、適当にみんなに話を合わせてしまうと思うからな」

「ふふ。なるほど。『八人目』の茶道部員は、阿良々木先輩だったというわけか」

「いや、それは全然話が違う。こんがらがるようなことを言うな。まあ」

まとめるように、僕は言う。

月火には悪いが、こんなの所詮は雑談の類である——いつまでも話していたいことでもない、そろそろ次の話題に移りたい。

「そういう理不尽を経験するのも、将来のためになるだろう」

「理不尽ねえ。理は十分に尽くされていると思うがな――だから私としては、月火ちゃんの味方をしたくなるよな」

「お前は常に可愛い女の子の味方だからな……」

「いや、可愛さはこの場合関係ないよ。それを言い出したら、ひょっとしたら茶道部のほかの六人だって、可愛いかもしれないじゃないか」

「…………」

どういう発想だよ。

まだ見ぬ茶道部員のルックスまで、お前は想定しながら喋っているのか。

「月火ちゃんのほうが可愛いのか、それとも他の茶道部員のほうが可愛いのかは、いわゆるシュレディンガーの子猫ちゃんだ」

「そんないわゆる聞いたことねえよ。お前はもうちょっと真面目にいわゆれ」

「だけど、阿良々木先輩だって本当はそうではないか？　私や阿良々木先輩は――」

神原は、包帯に包まれた自分の左腕と――片づけを行う僕の影に、順番に目線をやった。

「怪異を知っているから。理不尽を――不合理を、不条理を知っているから。だからこそ――ここは、月火ちゃんの味方をしたいと思ってしまう。怪異を否定しようとする――現実に殉《じゅん》じられる、月火ちゃんを」

「…………」

「あ、いや、今のは別に忍ちゃんを否定したわけではないぞ？　忍ちゃんの可愛さは筆舌に尽くしがたく、まさしくシュレディンガーの子鬼ちゃん」

「子鬼ちゃんとか言うな。どんなまさしくだ。お前はもうちょっとちゃんとまさしけ」

「まさしけ？」

「まあ、確かに――そういう風に言われたら、そうかもしれないけれど、でもだからと言って、どうしようもないだろう？　どうしてやることもできないだろう?」

「阿良々木先輩がどうしてもと言うのであれば、私は栂の木二中の茶道部に乗り込むこともやぶさかではないぞ」

「どうしてもとは言わない」

お前なら問題になることなく、女子中学生達を説き伏せることができるかもしれないけれど……、だとしても明らかにやり過ぎだろう。

やり過ぎずに、つまりは穏便に。

うまく月火の気をなだめてやる方法はないものだろうか——

「いや、それはあるけれど」

「え?」

「とりあえず、阿良々木先輩が月火ちゃんの機嫌を取りたいというだけならば、方法はあるぞ」

「別に機嫌を取りたいわけじゃあないんだが……あるのか?」

「うん。まあ、阿良々木先輩と同様、私もまた、月火ちゃんがそういう現実に直面するにはまだ若いと思うしな——ただ、この解決策にはひとつだけ問題がある」

「問題があるのか。問題があっちゃあまずいんだが……、どういう問題なんだ?」

「結果としては、月火ちゃんを騙すことになるということだよ。なあ阿良々木先輩、阿良々木先輩は、妹に嘘をつくことに抵抗があるか?」

「はっはっは」

あるはずがなかった。

005

後日談というか、今回のオチ。

いや、だからもう、月火が怪異譚を解決した時点で、十分にオチはついているのだけれど——だからこれは、オチならぬオマケと言ったところか。

　神原のアイディアを受けて、僕は月火を説得した——説得したというか、なだめたというか、とにかくそんなところだ。

　月火の他の茶道部員——他の六人が、どうして頑《かたく》なに『八人目』を信じ続けるのか。正しさを示されても、理屈を示されても、感情的に信じ続けるのか——要はそこに説明がつけば、不合理に合理的な説明がつけば、月火としては納得できるのだ。

　だから神原はそこに理屈をつけた。みんなは月火のために『八人目』を信じているのだ——という理屈をつけたのだった。

　先日、まさに僕にこの件を相談するときにそうしていたように、月火はよく、部室の備品を——お茶やお菓子——勝手に持ち出している。まあ、そんな問題にするようなことではないのだが、しかし厳密に言えばそれは褒められたことではなく——表沙汰になれば、またしても部活が活動停止になりかねない。

　だから、そんな月火の自由な振る舞いに対するカムフラージュとして——みなは『八人目』の存在を肯定しているのだと。

　そんな理屈をつけた。

『八人目』を想定することで、備品の減るスピードのつじつまを合わせた。

　決して口裏を合わせたわけではないけれど、月火を庇《かば》うために、みなは『八人目』の茶道部入部を認めたのだと——

「そうだったの！　みんな、私のために！」

　アホが一瞬で騙された。

「それなのに私ったら、無粋にもお化けなんていないなんて言って——そんな私の心がけこそがお化けだったんだね！」

　全然うまくない。

　まあ、真相は全然違うのだろうけれど——しかし、この嘘が真相だったとしても得心《とくしん》がいくような、そんな素直さでもあった。

「よし、ここは騙されてあげよう！」

騙されてあげよう。

お茶を濁されてあげよう。

月火はそう言って、この件のことはすっぱり忘れたようだった——そのことを神原に伝えると、

「ふむ」

と、彼女は言う。

「茶道部員達と阿良々木先輩。月火ちゃんは、どっちに騙されてくれたんだろうな？」

第八話　こよみマウンテン

SUN	MON	TUE	WED	THU	FRI	SAT
			1	2	3	4
5	6	7	8	9	10	11
12	13	14	15	16	17	18
19	20	21	22	23	24	25
26	27	28	29	30		

11
November

001

忍野扇《おうぎ》ならば道をどんな風に語るだろう——今のところまだ、僕は彼女が、忍野メメの姪《めい》っ子であるという彼女が、これと言って道について語っているのを聞いたことがない。交差点について、信号について語っていたくらいで、道そのものについては彼女は黙して語っていない。いや、他愛《たわい》のない雑談としてならば、あるいは語っていたかもしれないけれど、しかし記憶には残っていない。不思議と彼女の話は記憶に残らないのだ——話だけではない、彼女の行動、彼女の姿、そのすべてが記憶に残りにくい。

風のように風化する。

七十五日で噂がそうなるように——彼女にまつわるなにがしかは、なかったように消えていく。

ただ。

道ならぬ、道路ならぬ、道路工事についてならば、彼女が語っていたのを憶えている——最近の話ではないのだけれど、しかしそのことは、はっきりと憶えている。

「阿良々木先輩——政治的な話になってしまいますけれど、今の社会じゃあ道なんてものは、整備されて、修理されて、構築される……、雇用を生み出し経済を回す、一種の装置ですよね」

彼女、忍野扇。

扇ちゃんはそんな風に語る——消息を絶った彼女の叔父《おじ》を思わせる、見透かしたかのような口調で言う。

後輩とは思えない、高校生とは思えない達観した口調だ——いや、悟りきった雰囲気という意味では、それは忍野とも違う見透かしかただ。

善と悪、正と負、光と闇のバランスを取ろうとする態度は——バランサーとして、中立を保つ態度は、まさしく忍野そのものなのだけれど。

「歩くための場所でも、走るための場所でもなく——造成すること自体に意味があるのが、道路ですよね。現代では道路は、開拓することそのものが目的に据えられている」

生きるために生きているようなものですよね——と、扇ちゃんは語る。

「たとえ誰も歩かない道であろうとも——なんであろうとも、道なき場所に道を作ることは、それだけで意味を持つということです」

誰も歩かない道を作り。

誰も使わない道を作り。

そして、寂《さび》れたら、崩れたら、いくらでも作り直す——修繕を続ける。罅割れたらその罅を埋め、汚れたらその汚れを洗い——道を道として保ち続ける。

「阿良々木先輩はどう思いますか？　阿良々木先輩は誰も歩かない道を作ることには——意味がないと思いますか？」

誰も歩かない道には。

誰も歩かない道を作ることには——意味がないと思いますか？

「あなたは思うかもしれませんね——阿良々木先輩。叔父さんの話だと、あなたは物事に意味を見出し過ぎる節がありますから。けれど私は意味がないと言っているんじゃないんです。意味が違うと言っているんです」

意味が違う。

違うというのは、異なるという意味だろうか——それとも、間違うという意味だろうか？　判断がつきかねたので、僕は質問そのものには答えず、答を返す代わりに、扇ちゃんに訊いた。

きみは。

どう思うのか。

誰も歩かない道を作ることには、果たして意味があるのか意味がないのか——にっこりと微笑んで、彼女。

忍野扇は僕からの質問に喜んで答えたのだが。
生憎どんな返答だったか——まるで記憶に残っていない。

002

「もうすっかり冬ですね——こうなるといつ雪が降り出してもおかしくありませんね。地球温暖化とかいいますけれど、結局冬は寒いままなんですよね——常夏《とこなつ》にはならないんですよね。どう思いますか?」

「まあ、寒いは寒いけれど……わかんないな。でも、お天気ニュースとかを見る限り、寒いままってことはないんじゃないか? 平均気温は、冬だって上がっているだろう。夏がより暑くなっている分、冬も、そんなに気温が下がらなくても相対的に、体感的に寒く感じるってことじゃないのか?」

「なるほど。さすがに聡明ですねえ、阿良々木先輩は。私の叔父さんが一目置いていただけのことはあります——」

「お前の叔父さんに一目置かれていたことは、はっきり言って、ないけどな……」

「はっはー。そう言えば、一目置くというのは、囲碁の用語でしたっけ? 一目置く、つまり石を一目分置くという意味で……、でもそれって、完全に自分が格下だと認める行為ですよね? 将棋で言えば、一枚落として戦ってくれと言っているようなもので……いくら阿良々木先輩のことを認めていたとは言っても、さすがに叔父さんも、あなたを格上だとまでは思ってなかったですかね——」

「…………」

僕の住む町には山があり、その山の頂上には神社がある。山と言っても登る者もいないような小さな山で、神社と言っても参拝客もいないような廃れた神社なのだが……。

まあそれでも、山は山であり、神社は神社である。

十一月一日、早朝。

学校に登校するのに数時間先んじて、僕と扇ちゃんは二人でその山を登り——頂上の神社を目指していた。

前にこの山に登ったのはいつだったか。

忍と二人で登ったのだったかな？

その前は——神原と千石と、三人でか。

扇ちゃんはそんなに体力のあるほうに見えないけれど、意外と健脚なのか、僕を先導するかのように前を歩く——現在、吸血鬼としての力が薄くなっている頃合の僕では、置いていかれそうなくらいだった。

「叔父さんは阿良々木先輩に対して一枚落としていたなんていう言いかたをしたら、叔父さんの格も阿良々木先輩の格も下がっちゃいますよね——」

「……いや、扇ちゃん。僕の格が落ちようと、忍野の格が落ちようと、そんなことはどうでも好いんだけどさ……、そろそろ教えてくれないか？　どうして僕は今、きみとこうして二人、トレッキングをしているんだ？」

「やだなあ阿良々木先輩。それについては、もう説明したじゃないですか」

「…………？」

されたっけ？

されたと言えばされたような——いや、いくら僕が最近、女子に弱いというキャラが根付いてきたと言っても、何の事情も聞かないままに、訊かないままに、言われるがままに——人気《ひとけ》のない山の中に、連れ出されるとは考えにくい。

きっと何らかの理由は聞いたのだろう。

ただ、それをうっかり忘れているだけで——うむ、受験勉強に力を入れ過ぎなのかな？　年号暗記にようやく慣れてきたというのに、それで日常生活の記憶がおろそかになっていたんじゃあ、本末転倒どころの話じゃあなくなるのだが。

まあしかし、なんにしても、既に話したと言われたら、それを今更、もう一度聞き返すということはしにくかった——知り合ったばかりのこの後輩に対し、やっぱりそこは先輩として、見栄を張りたい気持ちがあった。相手が忍野の姪っ子だというのだから、尚更である。

………………。

あれ。

そもそもどうやって、僕はこの子と知り合ったんだっけ？

「ごめん、扇ちゃん——僕ときみって、どこでどうやって知り合ったんだっけ？」

見栄を張る張らないの問題で言うなら、後輩に対して、こんな根本的な質問をするほうがよっぽど恥ずかしいかもしれなかったけれど、しかし思わず訊いてしまった。

「はっはー。阿良々木先輩、元気いいですねえ。何かいいことでもあったんですか？」

山を登る足を止めることなく、扇ちゃんは言う。よく見ると、山道だというのに彼女が履いているのはスニーカーでさえない。

山に行くことは事前にわかっていたのにもかかわらず、その準備のなさ——あるいはこの程度の山道は、扇ちゃんにとっては山のうちに入らないのかもしれない。

そうは見えないけれど、山ガールなのかな。

結構、荒れた道なんだけどな……。

「私は神原先輩から阿良々木先輩を紹介してもらったんじゃないですか。お忘れですか？」

「……そうだっけ。ああ——そう言われてみれば、そうだったような。えっと、扇ちゃんって、バスケットボール部所属の一年生か何かなんだっけ？」

「質問ばっかりですねえ、阿良々木先輩——そんなに私のことが気になりますか？　私はスポーツとは無縁の読書人ですよ」

「読書人の割には……、山が得意そうなのはなんでだ？」

「山っていうのは、神様のいる場所ですからねえ。不肖私にとってはメインフィールドみたいなものですよ」

よくわからないことを言う。

しかし、よくわからないなりに、なぜか説得力を持った物言いなので——正体不明の説得力を持った物言いだったので、どうにも追及しづらい。そういうところは、あの忍野の——あの専門家の姪っ子である。

黙って彼女の語りを聞く。

先を行く彼女の。

「山というのは、まあそれだけでも怪異みたいなものですから——私の専門なんですよ、要するには。頂上に神社を据えたくなるのもわかりますよね——もっとも、北白蛇《きたしらへび》神社とこの山は、まるっきりの無関係なのですが。無関係のものを無理矢理引っつけたりするから、齟齬が生じるとでも言うんですかね——」

「齟齬？」

「ああ、聞き流してください——他に相応しい言葉がないから齟齬という言葉を使いましたけれど、本当は齟齬というほどのものではありませんよ。初期設定にミスがあったところで、そんなものは本来、いくらでもやり直しのきくことなんですから」

「誰かが昔、この山に神社を建てたことは、ミスだって言ってるのか？」

「ミスだったとしても——という話ですよ。仮にの話です。仮縫《かりぬ》いです。私が言っているのはね。たとえばこういう話です。阿良々木先輩、阿良々木先輩は今、恋人と同じ大学に行こうとして、受験勉強に日々必死ですけれど、もしも今、戦場ヶ原さんと別れることになったらどうします？　受験勉強を投げ出しますか？」

「嫌なたとえ話だな……」

言葉遣いは礼儀正しいけれど、ずけずけ、無神経にものを言ってくるさまは、なるほど神原の後輩という感じもする。

僕が顔をしかめていると、しかしそれに構った風もなく——というか、振り向くことさえもなく、

「たぶん、投げ出しませんよねえ」

と言った。

「志望校は変えるかもしれませんけれど——ここまで何ヵ月もに亘《わた》って続けてきた受験勉強を、まるごと無に帰すようなことは、しないというよりできませんよねえ。たとえ契機がミスだったとしても——経緯までは否定できないでしょう。違いますか？」

「戦場ヶ原と付き合っていることをミスとか言うな。いい加減にしろよ、扇ちゃん」

「いい加減にはできませんねえ。私はしっかりした性格ですから——この通り。いえ、とはいえ気分を害したのであれば謝りますよ、阿良々木先輩。しかしながらあくまでも仮定の話です。こんなもしもの話で阿良々木先輩は気分を害されたりはしないと、私は信じていますよ」

「…………」

まあ、たとえ話にいちいち目くじらを立てるのも、確かに先輩として、器が小さいか。

結局扇ちゃんがそのたとえ話で言いたいのは、物事においては、当初の目的がすべてではないということだろう——そのたとえ話に乗っかって話すならば、確かに僕は、戦場ヶ原と同じ大学に行くことを主たる目的に据えて、それを基準にして受験勉強を開始したけれど——今となってはそれがすべてというわけではない。

仮に。

ありえない『仮に』として、これから戦場ヶ原と破局するようなことがあったとしても——気付いてしまった勉強の楽しさみたいなものを、投げ出せはしないだろう。

それは、これまでの努力が無に帰すのは嫌だとい

うようなコンコルド効果でもあるだろうが、決してそれだけではなく。

「なあ、扇ちゃん」

「なんですか。やっぱり怒ったんですか？　困りましたねえ、怒らせるつもりはなかったんですけれど。むしろよかれと思って言ったんですけれど」

「いや、だから怒ってはないんだけど……、よかれと思ってってなんだよ。えっと、元々は僕の受験勉強の話じゃなくって、山と神社の話だったよな？　この山と、頂上の神社の話だったよな？　その初期設定にミスがあったっていう――」

「ええ、そうですね」

扇ちゃんは言う。

「それをミスとあげつらうのは意地悪な人間のやることでしょうし、たとえミスだったとしても、それはもう時効と言ってもいいくらい昔の話ですけれどね――」

ただまあ、凶悪犯罪に関しては時効が撤廃されるのが世の趨勢《すうせい》のようですし、と。

扇ちゃんはここでようやく先導していた足を止め、僕のほうを振り向いた。

「――私はそのミスを修理に来たんですよ」

そう言った。

それが彼女が、今回この山に登ってきた理由らしい――そうだ、そう言えば、そんな理由をあらかじめ聞いていた気がする。

もっと詳細に聞いていた気がする。

その理由に納得したからこそ、僕はこうして、それこそ受験勉強の間隙《かんげき》を縫うように、彼女の山登りに付き合っているのだった――見れば。

別段、扇ちゃんが足を止めたのは、僕を振り向き、ペースが落ちかけていた僕を待つためなどではなく、単純に目的地に到着したからだったらしい。

彼女の背後には、壊れかけた鳥居があった。

ならばその後ろには例の、参拝客どころか神様だって通らないであろう参道があり――更にその向こうには、崩壊した社《やしろ》があるのだろう。

「…………」

初詣という季節ではまったくないけれど、とまれかくあれ、登山は終わり、齟齬のある神社——北白蛇神社への到着だった。

003

北白蛇神社については、若干の説明が必要だろう——既に多少述べている通り、僕にとっては奇縁のある場所ではあるのだが、それを差し引いても、ここ最近——具体的には春休み以来、この町ではホットとなっているスポットである。

春休み以来。

つまりは忍野忍——吸血鬼以来。

忍がこの町を訪れたのは、今から約半年前のことである——伝説の吸血鬼、背筋も凍るような美しき鬼の来訪。鉄血にして熱血にして冷血の吸血鬼の訪日——それは、大事件だった。

いや、これは僕にとって大事件だったということではないし、吸血鬼の実在が、そもそも大事件だろうというようなレトリックでもない——それだけ強大な怪異が『動く』というだけで、それは業界にとって、ビッグニュースとなりうるということだ。

台風に例えるとわかりやすいかもしれない。

その種類や軌道、速度や規模が、尺の限られた報道の一部を占め続けるという台風——気象情報、気象現象は数あれど、その号数を正確に数えられたり、名前をつけられたりする『天候』が、果たして他にあるだろうか?

そういうことだ。

忍野忍——旧キスショット・アセロラオリオン・ハートアンダーブレードの旅行とは、それだけで言うなれば、ある種の災害なのだ。

　だからこそ忍野は動いたのだし——そしてその災害復興にも力を尽くしたのだった。基本的に怪異譚の蒐集を生業とする忍野は、この町でもそのように怪談や都市伝説、街談巷説を蒐集していたかの小汚い専門家だったが——しかし、それ以外の仕事もしていた。

　というより、その仕事に関して言えば、僕も直接手伝ったのである——吸血鬼騒動の当事者として、そして借金返済のために。

　伝説の吸血鬼が現れたことにより、霊的に乱れた——乱れに乱れたこの町を、正常な状態に戻すために忍野が僕に手伝わせたのは、その霊的な乱れの中心地を正すことだった。

　中心地、というか、話を聞いていると、そこは。

　爆心地みたいなものだったかもしれない——それがこの場所、北白蛇神社である。

　都会のエアスポットという言葉があるが、それに倣って言うならば、田舎町のエアスポットとでも言うのだろうか——霊的な乱れが、怪異以前の、しかしともすれば怪異の材料ともなりうる『よくないもの』が集まる場所としての——吹き溜まりとしての溜まり場。

　集積場。

　吸血鬼が通過したあとには草一本生えない、残らない——そう思いたくなるほどの猛威を忍は振るったけれど、しかし何も残らないのならばまだしも、そんな副産物、後遺症を残すというのは、なるほど、迷惑な話だ。

　ほんの二週間ほどの話ではあるが、しかし同じ吸血鬼となった身としては——そして凄惨《せいさん》な目に遭った心としては、とてもそんなことを口に出しては言えないけれど、しかしあの吸血鬼戦門の専門家達が、その退治に躍起に、見境なくなっていたことも、まあわからないでもない。

　実際、この神社に集まった『よくないもの』のせいで、千石撫子という僕の妹の友達は、酷い目に遭ったのだから——あるいは、その酷い目の、そもそもの原因である例の詐欺師も、吸血鬼騒動が呼んだ『よくないもの』だという言いかたもできるかもしれない。

まあ、それは僕の個人的な因縁みたいな気持ちでもあるけれど——ともあれ、ことと次第によっては、そして時と場合によっては、この北白蛇神社を中心に妖怪大戦争が起こっていても不思議ではなかったのだと言う。

妖怪大戦争。

嘘みたいな響きではあるが、笑えそうもない——そんなのを未然に防ぐ役割を僕みたいな普通の高校生に丸投げするのだから、忍野も相当危うい真似をする。まあ、それくらいビッグサイズの仕事をやらせない限り、僕の忍野に対する五百万円の借金は清算できなかったということなのかもしれないけれども。

換言すると、あれは五百万円の価値のある仕事だったのだろう。

「荒《すさ》んで滅んで、神様がいなくなった神社だから——空っぽの場所になって、だからこそ『よくないもの』のよりどころとなってしまったって感じなのかな？」

僕は久し振りに訪れる廃神社の、周囲の様子を見渡しながら、感慨を込めて、言う。感慨を込めたのは、神社そのものが懐かしかったからではなく、忍野のことを思い出したからだ。忍野の姪っ子と一緒に来ているから、奴のことを思いだしやすくなっているのかもしれない。

「よりどころ、ですか——はっはー」

扇ちゃんは笑う。

快活に笑う——廃神社の雰囲気にはまったくそぐわないそら笑いだ。

「まあ、人が生きる上では、誰しもなんらかのよりどころを必要としますよね——」

「いや、今僕がしているのは人の話じゃあなく、『よくないもの』の話なんだけれど」

「人だって『よくないもの』のひとつなんじゃないですか？」

「…………」

詐欺師のように、だろうか？

忍野の姪であるということは、扇ちゃんはあの詐欺師のことも知っているのかな——だとしたら話を振ってみようかな——とも一瞬、心が揺れたけれど、しかし、知らなかったらあんな詐欺師野郎のことをわざわざ説明しなくてはならなくなるし、知っていたとしても、変に盛り上がってしまったら、それはそれで不快だ。

向こうから言ってきたならまだしも、とりあえず今は、こちらから扇ちゃんに詐欺師の話をするのはよそう——と、僕は、喉まで出かかった言葉を引っ込めた。

ただ、僕は奴の言葉を思い出していた。

何かを流布させるためには——感染させるためには、まずそれ以前が空っぽである必要があり、そしてその空っぽな状況というのは『作れる』と——

「…………」

忍が訪れ、猛威を振るい。

空っぽになった町に、数々の『よくないもの』が、まるで餌場《えさば》を求めるが如く集結し——中でも空っぽだったこの神社に結集した。

そして僕の読み通り（読みというほどのものではないにしても）、この神社は滅び、神様が不在になっているからこそ、『中でも空っぽ』だったのだとすれば——

「……神様はどこに行ったんだろう？」

「？　阿良々木先輩、何か仰いましたか？」

「いや……」

僕が思ったのは、今預かっているあるお札《ふだ》のことだった——預かっているというより、それはある人から、ただ押し付けられただけのものなのだけれど——始末に困っているというのが正直なところだ。

忍でもどうにもできないようなものを、僕にどうしろと言うのだ——お札なだけに、どこかに奉納すればいいのかな。

できれば持っていたくない。

「ところで参拝客って表現、不思議じゃないですか？　阿良々木先輩。神社に来る人って、お客さんなんですかねえ」

「ん？　ああ……まあ、扇ちゃんが言わんとすることはわかるけれど……、ただ、他にぱっと、適切な表現は思い浮かばないな。で、扇ちゃん。齟齬を直すっていうのは、具体的にはどういうことをするんだ？　扇ちゃんが言う初期設定ミスっていうのは、つまりこの山に建立する神社として、蛇神は相応しくないってことなんだろうけれど……？」

「相応しい相応しくないって言えば、まるでファッションが似合うか似合わないかみたいな物言いになってしまいますけれどねえ——」

専門家の姪っ子の癖に、特に気にする様子もなく、参道のど真ん中を歩く扇ちゃん。参道の真ん中は神様の通り道だから、人間は通っちゃ駄目だなんて話は、素人の僕でも知っているような話だが……、まあ、神様がいないのであれば、それはもう道ではないのかもしれない。

それは比喩ではなく、文字通り本当に空っぽの手水《ちょうず》場の横を通り過ぎて、扇ちゃんは社にたどり着く——そして見上げる。

「ふむ……」

と、そして呟いた。

「面倒臭いことになっているなあ——これは。家に帰りたくなってくる。私にもしも帰る家があればだけれど」

「え？　帰る家って、忍野家じゃないのか？」

「いや、忍野家ではありますけれどね——これは……、本当に、ぎりぎりのバランスって感じですよ。叔父さんもよく、こんなものをこんな風にしたまま、出て行ったものですよ……これですか？」

扇ちゃんは社に貼り付けられたお札を指さした。貼り付けられたというか、そのお札をそこに貼り付けたのは僕である。

忍野に命じられて、僕は神原と一緒に、このお札を貼るために、この神社を訪れたのだ――まあ、霊的にどういう働きがあるお札なのか、はっきり知っているわけではないどころか、ほとんど知識を持たずに貼ったのだから、それはもう取りようによっては罰当たりな話だったけれど、ただ、必要性としてこのお札は、僕や神原のように、そちらの世界にどっぷりと深く関わりながらも、しかし知識は持たない専門家ならぬど素人――という立場の者でなければ貼れないお札だったらしい。

まあ忍野も、別に僕に借金を返させるためだけに、つまりは好意として、山登り一回五百万円というような、破格の仕事を紹介してくれたということではないというわけだ。

僕が今、ある人物から預けられているお札も、つまりはそういう意味を持つものということなのだろうけれど――あれはしかし、借金の形《かた》に預けられているというよりは、あれ自体が不良債権みたいなものだからな……。

「ああ、これだよ。僕が忍野に言われて、ここに貼りに来たのは――」

僕は扇ちゃんの質問に答えた。

思えばあれは確か六月のことだから、もう四ヵ月以上前の話になるわけか――懐かしいというような話じゃあ決してないけれど、しかし、忍野からあの仕事をもらったお陰で、僕は千石撫子という昔馴染《なじ》みと再会できたのだから、感慨深いと言えば感慨深い。

仮に、その偶然の再会がなければ――きっと今のように、千石と遊ぶ間柄にはなっていないだろうと思うと、人の縁というのは不思議なものだ。

いや、それは千石に限らず――羽川も戦場ヶ原も、八九寺も神原も同じか……。

忍も。

吸血鬼も──だ。

「まあ、危うくはありますけれど、その件に関してはバランスは一応、取れてはいるんですかね──境内の空気も、すっきりしたものですし」

「すっきりね」

「ええ。一時とは言え、『よくないもの』が集結した吹き溜まりとは思いにくいくらいですよ」

「…………」

もしも今、この廃神社の境内が『すっきり』しているのだとすれば、僕にはなんとなくその理由はわかる──当たり前だ、夏休みの最終日に、僕と忍がここを『すっきり』させてしまったのだから。

その件はまだ、扇ちゃんには話していないのだっけ？

「まあこれなら、あと百年は大丈夫ですかね──今のままなら。いい感じに散っているということにしておきましょう。ただ、私が今日、ここに来たのは、これとはあくまでも別件……」

言いながら扇ちゃんは、そこで信じがたい行動を取った。それはもう、議論の余地なく奇行という感じだった──いくらぼろぼろで、長らく手入れもされていないだろうその社に、いきなりよじ登り始めたのである。

「な……、何やってんだ扇ちゃん？」

ニュアンスとしては『何やってんだ、扇ちゃん！』と叫びたいところだったけれど、なかなかこういう咄嗟の状況下において、人は叫べないものである。

なんていうか、普通に訊いてしまった。

というか、読書人という自己アピールは果たして本当だったのか冗談だったのか、するすると、野生動物のように扇ちゃんは、あっという間に社の屋根の上に登り切ってみせた。

猿か、それか猫のよう。

声をかける暇はあっても止める暇はなかった──そういう靴を履いているわけでもないし、動きやすい服ってわけでもないのに、大したものだ。

ただ、登り切ったからそれで安全という風にも見えない——と言うのも、繰り返すように社は年月を経てぼろぼろで、風が吹けばそれで倒れそうな有様だからだ。

人間一人の重量が、屋根の上にかかっただけでぺしゃんこになってしまいかねない——もしもあれがエレベーターなら、完全に警報が鳴り響いているシチュエーションである。

まあ、そんなボロボロの有様だからこそ、クライミングのアタック対象、とっかかりとなる凹凸が多く、あんな風にするすると、まるで登り棒でも登るように、扇ちゃんは登れたのかもしれないけれど……。

「どうしました？　阿良々木先輩。あとに続いてくださいよ」

「いや、ほら、僕今日、スカートだからさ……」

そんなわけがねえ。

ただ、いくら僕でも、そこまでアクティブで思い切った行動に続けるほど、後輩に対して忠実な奴ではないのだった。

「登り棒苦手だし」

「おやおや。直江津高校の昇り竜と呼ばれる阿良々木先輩が、情けないことを仰る」

「呼ばれてねえよ。そんな昇竜拳《しょうりゅうけん》みてえに」

「そう言えば知ってます？　ストリートファイターの昇竜拳使いのリュウって、漢字で書けば隆《りゅう》らしいですよ」

「そうなの？　竜じゃないの？」

「ええ。ケンは拳なのですが。まあ、昔の設定ですから、今はもう変わってるかもしれませんけれどね——設定と言えばですけれど、阿良々木先輩」

屋根の上から、僕のほうを見ず、その高さから町全体を眺めるようにしつつ——もっとも、その高さからどれほど僕の住む町を見渡せるのかは定かではないが——僕に言う。

「竜じゃあなくて、蛇の話です。いいですか?」

「ああ……扇ちゃんが今、踏みつけにしている、蛇神様の話か?」

「蛇神が代表的ですけれど、神様とまでは言わなくとも、蛇という生き物を神聖視する風潮というのが、どんな風に生まれたかご存知ですか?」

「蛇を神聖視……」

ふむ。

まあ、怖がられもするけれど、確かにイメージとして、『蛇の神様』っていうのは、違和感はないよな——それが何に基づくものなのかということについては、しかし、深く考えたことはなかったな。

「いわゆる牛や馬のように、人の生活に役立つ動物というわけでもないし、さほど身近なわけでもなく——爬虫類ということなら、候補は他にもいそうなのに。どうしてだと思います?」

「どうしてって……」

「十二支を考えてみてくださいよ。子《ね》、丑《うし》、寅《とら》、卯《う》、辰、巳——と並びますけれど、これ、よく考えたらおいおいって思いません? 竜のあとに蛇を並べるって、蛇にとってどれだけ出づらいステージなのかって話でしょう。これが本当の竜頭蛇尾《りゅうとうだび》とか言って、ひと笑いとるのがやっとですよ」

「別に干支《えと》は、笑いを取るためのステージじゃあないと思うけれど——」

僕は上を向いて言う。

思いのほか話しにくい角度だ——後輩に、高みから見下ろされているというのは、少なくともはしゃぎ出したいくらいに愉快なことじゃあないしな。

「——わからないな。なぜなんだ? 何か由来でもあるのか? 蛇にまつわる神話とか——」

「いや、もちろん蛇にまつわる神話はありますけれどね。山ほどありますけれどね。ただ、私がここで言っているのは、どうして蛇が神話の主役たりえたかということです」

ここで言っているのはっていうのは、社の上でということだろうか。僕は考える。というか、記憶を探る——そういう話なら、羽川からか忍野からか、聞いていてもおかしくはなさそうだ。

「確か——そうだ。蛇っていうのは、不死身性とか、復活性とかの象徴だからじゃあなかったっけ？」

「おっと。いきなり正解を出しますか」

扇ちゃんは頷いた。

僕のほうを見ずに頷かれても、それが本当に頷いたのか、風景を見る角度を変えたのか、判断がつきかねるけれど。

「さすが、受験生は違う」

「まあ……さすがと言われたところで、こんなの、センターに出るわけがないけどな」

「蛇は脱皮して成長しますからね——しかも、手足などの凹凸がないという形状上、脱皮したあとの皮が、わかりやすい、言ってしまえばあからさまな形で後に残る。蛇という生き物の隠密《おんみつ》性を考えると、脱皮後の皮のほうが、蛇本体よりも目につきやすいかもしれないくらいです」

「…………」

「まあ、生物学が今ほど発展していない時代に、そういう脱皮の様子が観察されていれば——蛇を神聖視したくはなりますよね」

不死性。復活性。

そして——神聖か。

「……だけどさ、扇ちゃん。それって——」

「ええ、そうですね。蛇にとって脱皮は生理現象であって、不死性とは無関係です。また、生命力が強いイメージはありますけれど、実際はそれほどではありません」

「——ハイエナのイメージみたいなもんか？」

「そうですね、ええ。だから最初に勘違いがあったということになりますけれど——でも、だからと言って、蛇が持つ神聖なイメージを、今更取り払うことなんて不可能でしょう？　現実的には——」

「…………」

「理科の授業で習いますからね。現代の日本社会で、蛇の脱皮を知らない人間はまずいませんけれど、それでも——みな、心のどこかで、蛇に対する畏敬の念を失っていない。蛇神という言葉を、違和感なく受け入れられる——」

初期設定ミス。

いや、ミスではない——時代が違ったというだけの話だ。

「どうしました？　阿良々木先輩。信仰を科学で解き明かすのは無粋だと思いますか？　私の言っていることは野暮ですか？　だけれど歴史を紐解けば、根拠が不十分な信仰のために、多くの人間が理不尽に処刑されたり、不条理に罰を受けたりした例が山ほどありますよ」

「……また山ほどかよ」

「切り離すべきは理性的に切り離すべきだということですよ——心配しなくても、今話した通りです。どれほど無粋に解き明かそうと、一度生じた信心は、理屈や理論じゃあなくなったりしないんです」

「…………」

そんな話ならば先月聞いた。

妹の話だ。

茶道部室に出る幽霊、『八人目』の茶道部員の存在を、彼女は論理的に否定した——隅から隅まで、徹底的に隈《くま》なく否定した。あの妹のやることだから、そりゃあもう、『お前、そこまでするか？』くらいの、大人げのない否定だったのだろうと思われる。

けれど——それは意味をなさなかった。

彼女がなんと言おうと、他の茶道部員は『八人目』の存在を信じ続けた——その場に限っては、むしろ月火のほうが異端となった。

「鰯《いわし》の頭も信心から——蛇の抜け殻も信心から。まあ、そういうことですよ、阿良々木先輩。何千年、何万年という単位で肉体に刻まれている本能って奴を、たかだか数百年の科学的根拠じゃ、引っ繰り返せないってわけです。真理よりも心理を優先する、それが人間であり、人間社会です」

「……でも、いつかは変わるのかな？　そういうのも……、数百年、数千年と、科学的根拠を積み重ねていけば、人間は、心理よりも真理を優先するようになるのかな？」

「なるでしょうね。そのうち」

ただし心理よりも真理を優先するようになった人間を、その後も人間と呼び続けていいものかどうか、私には心底疑問ですけれどね——と、扇ちゃんは言った。

それに関しては僕も同じ気持ちだった。

あるいは。

同じ心理だった。

「まあ、そんな先のことはそんな先に考えるとして——阿良々木先輩の死後に私が考えればいいこととして」

吸血鬼性を帯びている僕よりも、しかもはるかに長生きするつもりみたいなことを平気で言ってから、扇ちゃんは切り替える。

「今の問題は、この神社の後始末ですよね——千年以上生きた蛇を千年以上前に祀った、この北白蛇神社の後始末。叔父さんの後始末と言ってもいいかもしれませんけれども」

「どういう意味だよ。吹き溜まりとなっている状態を解消するってのは、もう済んでいるんだろ？」

僕と神原が果たした『お使い』で——その件自体は終わっているはずなのだが。

「終わってなどいません。むしろ始まったばかりです」

「いやそんな、今となってはよくある台詞を言われても……」

最初に言ったの、誰なんだろうな？

俺達の冒険はこれからだ、並に、誰が言ったか知りたい台詞だ。

「いや、本当に終わってないんですよ——叔父さんが取ったのは、受け身の手法ですからね。防御はしましたけれど、攻撃はしていません」

「そりゃ……攻撃ってタイプじゃないけれど、忍野は」

「わかりやすく言いますとですね。叔父さんは、キスショット・アセロラオリオン・ハートアンダーブレードという台風がこの町に来襲したことの後始末には成功しました。確かにそれは、妖怪大戦争を未然に防いだという、専門家としてのお手柄です、いや大手柄です。だけどどうでしょう？　そこが私は、叔父さんの甘いところだと思うんですけれど——次にまたハートアンダーブレード級の怪異が訪れたときの対策を打ってはいないと思うんですよね？」

「…………」

僕に、例のお札を預けた人物が——それは似たようなことを言っていたな。というより、そう言ってあの人は僕に、例のお札を預けたんだった。

けれど……。

「さしあたっての安全が保たれた以上、次にするべきは、吹き溜まり自体に対策を打つということだと私は思います——吹き溜まりがなければ、そこに『よくないもの』の溜まりようがありませんからね」

「ふうん……まあ、わかる話だな。けど、それはもう、個人の手には負えない話なんじゃないのか？　忍野に、たとえばこの神社を改築するほどの財力が必要になってくるみたいな話じゃあ……」

「財力だけでも無理でしょうね。理想的には、この廃れた神社を建て直して、年がら年中、参拝客が絶えない場所にするってことなんでしょうが……、つまり、蛇神に対する信仰を復活させるということなんでしょうけれど……、はっはー、確かに阿良々木先輩の仰る通り、それは個人には不可能な行いでしょうが……」

ただ、これは不可能だからと言って諦めていいような話でもありませんよね——と、扇ちゃんは言うのだった。

「正すべきは正さないと——たとえそれが無意味で

も、そして不可能でも。意味がないからと言って、間違いを正さないというのは、違うと思いませんか？　阿良々木先輩」

「まあ……、日々問題集で間違い続けている僕としては、その問いかけにはイエスと答えるしかないけどな。だけど、できることとできないことがあるっていうのも、それは現実だろう？　正しい現実のありかただろう？　誰でもなんでもできる世の中が正しいとは、僕は思わないぞ」

「私も思いませんよ。これは意志の問題です。攻撃的防御という、私の志の問題です——はっはー、攻撃的防御なんていう言いかたをすると、随分と志が低いように思われるかもしれませんけれどね。えっと……、話を戻しましょうか？」

「戻せるもんならな。僕はまだ、扇ちゃんが何の話をしようとしているのか、さっぱりわからないんだ——この神社がこの山にあることがバランスの悪い初期設定ミスだって言ってたけれど、それこそ、今、女子高生である扇ちゃんがどうにかできるような話じゃあないだろう？　この神社を今から、今更、どこかに移すってわけにもいかないだろうし」

「ええ、そうですね」

あっさり頷く扇ちゃん。

この肩透かしっぷりも、叔父さんの血を感じずにはいられないものだ——この、一向に議論にならない感じ。

「歴史の話をしますとね、阿良々木先輩。実は元々この神社——北白蛇神社というのは、まったく別の場所にあるものだったんですよ」

「まったく別？」

「ええ。その頃は名前も違いました——それをゆえあって、この山に移したんです。引っつけたんです。この山の頂上、今私が立っているこの場所にね」

「…………」

「もう少し詳しく経緯を説明しますと、当時はこの山、それくらいに霊山として高い格を持っていたのですよ——だからその霊験にあやかろうと、この神社は移されてきたということです」

「移されるって言うのは……、えーっと、いわゆる分社みたいな形なのか？」

「いえ、分社ではなく、本社のお引越しです」

「……そんなことしていいのか？　いや、僕、神社のありかたとかよく知らないけど……、神社仏閣っていうのは、基本、その場所にあり続けるものじゃあないのか？」

「必ずしもそうとは限りませんよ。それこそ台風の来襲やら何やら、やむを得ない理由で場所を移さなきゃいけないことだってありますからね——まあ、だからそんな話をしたいんじゃないです」

「え？　歴史の話をしたいんじゃなかったのか？」

「いえいえ、歴史はどうでもいいんです。歴史の話はしただけで、したかったわけじゃあないんですね——阿良々木先輩に、ひとつ考えて欲しかったのはですね。よそにあった神社を、所在地が違った旧北白蛇神社を——まあ、当時の名前は違いましたけれど、わかりやすくするために便宜《べんぎ》上、旧北白蛇神社と言いますね——当時の人々は、つまりこの神社の関係者達は、どうやってこの山の頂上に移設させたのか——ということです」

「どうやってって……、まあ、それがいつ頃の話にしたって、相当に昔の話なんだろう？　だったら、建物をそのまま引っ越しさせる技術なんてあったとは思いにくいし——建物自体を一旦ばらばらにして、運んできたんだろうよ。賽銭箱とかなら、そのまま持ってこれそうだけれど……」

「ええ。この手の建物は作る際に釘を一本も使わずに建てたりしますからね——解体するのも、そんなに手間ではないかもしれません。あれですね、阿良々木先輩が仰っているのは、ボトルシップ作りのイメージですよね。入り口の狭いボトルの中に帆船《はんせん》を入れたければ、バラバラにした部品を、ボトルの中で組み立てるというのが正しい手順だという……、けれど、阿良々木先輩。ボトルシップと違って、ばらばらにしたからと言って、運びやすくなるとは限りませんよ？」

「ん？」

「だって——私達が登ってきたような道なんて、昔はなかったんですから」

扇ちゃんは。

そう言って——鳥居の向こう、僕達が登ってきた、険しい山道を示す。そう、険しい山道。だからあの山道でも十分に、木材、建築材を運ぶのは簡単ではないと思っていたけれど——あの道さえ、当時はなかったと言うのか？

「ええ。なかったんです。あの道が作られたのは戦後のことですよ。最近です」

「戦後を最近だとは、僕は思ってないけれど……」

「京都で戦後って言うと、応仁の乱以降のことをさすらしいですけれどね」

「いや、その話、僕は嘘だと思うんだよな。そんなわけないだろって」

「さて、どうでしょう。一応理屈はあるらしいですよ。つまり、いわゆる世界大戦において、京都という都市は他の都市と較べて、空襲などの被害が少なかったから、基準として世界大戦を語りにくい、と言う。確かにそう考えれば戦後が応仁の乱以降と思えるという発想は、ありえますよね」

「なるほど。一理あるか……」

僕も戦後と言われると、一瞬、春休み以降のことと思ってしまうことがあるが、それと同じことなのかもしれない。

「とにかく、この階段は比較的最近作られたものだってことか——」

「ええ。ボトルシップ的に言うならば、ボトルのネックの部分が異様に長いとか、ねじくれているとか、そういうイメージでしょうか？」

「そういう場合は……。建材を運ぶための道を切り開くっていうのが、常套《じょうとう》手段なんじゃないのか？

つまり、あの階段ができるまでは、その道を使っていたけれど……、新しく便利な階段ができたからそっちの道は使われなくなって、そのうち木や植物が生えてきて、見えなくなったとか」

「そうですね。道を作る──というのは、何を作るときにも必要なことです。シルクロードを例にあげるまでもなく、人類史は道路史と言いかえることができます──最初は道路が、次は航路が、次は空路が整備されました。この次は宇宙への道程が整備されるんでしょうかね？　ただし阿良々木先輩、その答も間違いです」

「え？　違うのか？」

「はい。先ほども言いましたが、格調高い霊山ですから。そんな大規模な工事は行えません。もちろん頂上に神社を移すということになれば、最低限の工事は行わねばなりませんけれど、しかし山を傷つける行為は、できる限り避けたいというのは人情でしょう。人情というか──信仰心ですかね」

「……道を作ってない？」

「ええ。少なくとも人工的には。ほら、阿良々木先輩、私達は戦後作られた階段を登ってきましたけれど、根性を出せば、あの階段を使わなくても──木々に満ちた道なき道を歩いても、頂上まで来られたでしょう？」

「…………」

どうかな。

根性を出せば確かにできるのかもしれないけれど、問題は僕にはその根性がないということである。まあ、山ガールである扇ちゃんなら、できるのかもしれないけれど……。

まあ、昔の人の根性って半端じゃないからな。

特に建築方面に関して言えば、『はたらくくるま』を利用することなく、信じられないような世界遺産を作ったりしているのだから……。

すべての人になんでもできてしまう世の中が正しいとは限らないとは言ったものの、人権問題や労働環境のことを考えなければ、人は大抵のことはできてしまうのかもしれない。

だが、たとえそうだとしても。

その条件下でどうやって――この寺社の『お引越し』を実現させる？

当時は霊験あらたかな山だったかなんだか知らないけれど、少なくとも建築という観点から見れば、すさまじい悪条件にあるこの場所に、どうやって建物を移したというのだろう。

「何か、この世のものならぬ技術を使ったってことか？　超常的スーパーパワーと言うか、霊的な……、それこそ霊験あらたかな」

「いえ、そういうことはしていません。ただの人間の知恵ですよ。私に言わせれば、それは迷惑極まりない『お引越し』なんですけれどね――そのせいで、私はここに来たとも、この町に来たとも言える」

まったく、何が北の白蛇ですか――と。

扇ちゃんはそう言って。

何か嫌なことでもあったかのように――表情こそ変えなかったけれど、しかし特に必要もなく、足元の社を、蹴るような仕種を見せた。

004

後日談というか、今回のオチ。

北白蛇神社――扇ちゃんが言うところの旧北白蛇神社の移設にまつわるその謎を解いてみせたのは、意外や意外、僕の妹の友達であるところの、千石撫子だった。

「そんなの簡単だよ、暦お兄ちゃん」

と。

その日の夜、諸事情あって阿良々木家に連行、もとい保護した、千石撫子はそう言った。

「ぬるゲーだよ」

「ぬるゲー……？」

いや。

たとえどんな答だったとしても、建物をひとつ山の上に運ぶというのは、簡単なわけもぬるいわけもないんだがな——まして、ゲームであるはずもないのだが。

だが、それをゲームとして捉えることのできる、ゲーマーとしての千石だからこそ、あっさりと、解答を導き出したのかもしれない。

「舗装道路を作るような大規模な工事はしなかったってことらしいけれど、でも、暦お兄ちゃんの話を聞く限り、最低限の工事は行ったんだよね？」

「ん？　ああ……」

ちなみに千石にこの話を出すにあたって、扇ちゃんの名前は伏せている——名前だけでなく、存在そのものを伏せている。最近僕が経験した、様々な事件を考慮にいれる限り、彼女に彼女を紹介するのはなんとなく憚《はばか》られたのだ。

まあ、警戒し過ぎというか。

気の回し過ぎという感は否めないが……。

とはいえ北白蛇神社に関しての話ならば、千石に伝えないわけにはいかなかった——あの神社に関してのことなら、千石は当事者だからな。

「じゃあ、つまり最低限の工事を行ったんだよ」

「どういうことだ？」

「だから、工事する人が、しゅんこーさせた人が」

千石は言った。

なんだかしゃべりかたが火憐に似てきた——月火に似てくるならまだしも、どうして火憐に似てくるのだろうか……、人間としての影響力の差なのだろうか。

火憐は影響を与えやすく、月火は影響を受けやすいと言う……。

「山の頂上で、土地を切り開いて、神社を建てるスペースを作るよね？」

「うん。まあ、土地を切り開いてスペースを作る

「……それが最低限の工事ってことになるよな？　山ん中に、自然に、そんな開けた土地があるとは思えないし」

「うん。で、そのときに切り倒した木材を使って、神社を建てるの」

　無駄のない工事だよ――と、千石は言った。

　無駄のない、最低限の。

「それなら、山の上まで木材を運ばなくていいでしょ？　つまり、そのための道を開拓する必要はない。頂上まで道なき道を登って、根性で登って、そこで寝泊りをしながら工事をするの」

「…………」

　いや、必ずしも寝泊りまではしなくてもいいとは思うけれど――そうか。場所が山なのだから、建物を建てるための木材なら、運ぶまでもなく周囲にあるのだ。

　山ほどあるのだ。

　かつて、火憐の通っている道場を建てるために、裏庭の木を使ったというような虚言を弄《ろう》したことがあったけれど……、それはもちろん、霊山である山をいたずらに傷つけるわけにはいかないにしても――、神社を建てるための土地を切り開く工事で生じた木材を利用すると言うのは、地産地消と言うか、まあ、今風に言うならエコの精神に基づくだろう。

　言われてみるとそれしかないというようなシンプルな答だ――もしも扇ちゃんの設問が『ある山の上に、その山をなるべく傷つけずに新しい神社を建てるにはどうすればいいか？』というものだったなら、時間はかかっていただろうが、僕も同じ答に辿り着けていたかもしれない。

　ただ、この場合の設問は……。

「けど、千石。移設なんだぜ？　新築じゃなくって……、『お引越し』だ。新しい木を使って、新しい神社を作ったら、それはもう別の神社なんじゃないのか？」

「死体……じゃなくて、ご神体とか、そういうのは持ってくるんじゃないのかな。だけど折角引っ越すんだったら、建物も新しくしたいって思うんじゃないの？」

「…………」

テセウスの船、だったか。

船の修繕を続けているうちに、どんどん部品は交換されていき、最終的には元々船を形成していた材料はひとつもなくなってしまった――それでもその船は、元の船と同じ船だと言えるのかどうか？

そんな問題だったと思う。

「建物をごっそり入れ替えて、交換して、名前だけ持っていったってことか――いや、名前も変わったんだったな、そう言えば……」

信仰が変わらなければ。

他の何が変わろうと、変わらない――それは、理屈で感情が変わらないのと同じなのだろうか。

入れ替わろうと変わらない。

不変――いや。

それこそが扇ちゃんが問題視していることなのかもしれない――そもそも扇ちゃんの言うことを信じるならば、あの山の頂上に、あの神社を移設したこと自体が間違いなのだから。

間違い？

否――重要なのはバランスか。

あの山の上に神を祀ったことが、何かのバランスを崩している――

「……そう言えば、そのクイズで思いついたけれど、暦お兄ちゃん」

「いや、クイズではないけれどな……」

「あの神社、ぼろぼろだけどこれから建て直したりしないのかな？」

「建て直したり……」

考えもしなかったけれど――建て直すとすると。

さすがに現代の話だから、その場で木を切り倒して工作したりはしないだろう――もちろん、道を開拓するまでもなく。

あれだけぼろぼろになった神社なのだ。改築はもちろん歓迎されるべきことだろうが――だが、そうなったとき、扇ちゃんが言うところのバランスはどうなるのだろう？

既に参拝客もおらず。

神様のいない神社を作り直して――刷新《さっしん》して、そこにはいったい、どんな信仰が生まれると言うのだろうか。

違う――生まれるのではない。

続くのだ。

どんなに理屈をつけようと、理論立てようと。

信仰も怪異も――継続する。

「建て直されたらいいよね」

と、千石は言った。

「神社が建て直されれば、あそこはきっと、『よくないもの』の吹き溜まりじゃあなくなるもんね。その頃にはクチナワ――じゃなくって、蛇神様も、きっとあの神社に帰ってるだろうし。ね、暦お兄ちゃん」

「ああ……うん。本当、そうなればいいよな」

いいか、悪いか。

そんなことが僕にわかるはずもなかったが――僕は千石にそう応じた。

いずれにしても、いつからか――僕達の町のバランスは崩壊する一方だった。

何か嫌な予感がする。

否、予感ではない――実感だ。

臥煙伊豆湖《いずこ》から預けられている、例のお札を使う日も――使わなくてはならない日も、そう遠くないのかもしれなかった。

第九話　こよみトーラス

SUN	MON	TUE	WED	THU	FRI	SAT
					1	2
3	4	5	6	7	8	9
10	11	12	13	14	15	16
17	18	19	20	21	22	23
24	25	26	27	28	29	30
31						

12

December

001

忍野忍にとって、かつて道と言えば夜道のことに他ならなかった。あらゆる深夜の支配者であった彼女にとって、そして夜道とは王道のことだった——不死の王、怪異の王。

もちろんそれは彼女にとって昔の話であり——遥か昔の話であり、今の彼女の支配地は、僕の影という、面積にして一平方メートルにも満たない土地である。それは忍にとって、かなりどころか相当、不満のあることなのじゃあないかと思うけれど、とりあえず今のところ、その件に関するクレームを受け付けたことはない。

案外、自分自身に絶対的な自信を持っている者にとっては、所有物の多寡《たか》など、大した問題ではないのかもしれない——いや、問題はあるのかもしれないけれど、己が己でさえあれば、たとえどのような問題があっても、何が足りなくても、きっと片付けることができるのだから。

力を失えど。

定義を失えど。

それでも——己が己でさえあれば。

「夜道は、確かに儂《わし》にとって用心すべきものではないな——むしろ儂にとって危険なのは、太陽が照る昼の道のほうじゃ」

彼女がまだ、もどきでも絞りかすでも成れの果てでもない、吸血鬼だった頃。

つまり忍野忍ではなく、鉄血にして熱血にして冷血の吸血鬼、キスショット・アセロラオリオン・ハートアンダーブレードと呼ばれていた頃——廃ビルの屋上で、彼女はそんなことを言っていた。

昼の道のリスクを吸血鬼が語るのは、そりゃそうだろうと言う話だ——さもありなんにも程がある。

忍野メメや、あるいは吸血鬼戦門の三人の専門家は、確かに敵だったのだろうが、しかし太陽以上の天敵は、彼女にとって今までいなかっただろうから。

だから力を失うことによって、逆説的に、太陽の下を歩けるようになったのは、彼女にとって思わぬ拾い物だったと言えるのかもしれない。

いや。

その拾い物をするためには、彼女はあまりにも大きなものを捨てたと言うべきなので、それをまるでいいことのように語るのはいささかまずいが。

「ただ、夜の道は、一寸先は闇の道——即《すなわ》ち見えぬ道じゃ。見えぬ道を、果たして道と言ってよいものなのかのう？」

そんなことを言っていた。

確かに道が道として機能するためには、その区切りがはっきりしている必要があるだろう——定義だけでは道にならない。

見てわかる、というのが道の必要条件だと言われれば、その通りだろう——自分が歩いてきた地面を、そこは何とかという道でしたと後から言われても、納得はいかないだろう。

別の言いかたをすればこういうことだ。

目を閉じて歩く分には、どんな道も、道としての機能を果たしてくれないということだ——それはただの地面である。

揺るぎなくとも、道ではない。

ただ、だからこそ。

夜の道は電灯によって照らされるのだ。

道を見失わないように——

あるいは、怪異に行き遭わないように。

「ふん。電灯のう」

夜から闇が失われて久しいわい——と、僕の言葉を受けて、かの吸血鬼はうんざりしたように語った。

まあ、闇が減るということは、彼女にとって領地を失うということだから、うんざりするのもわかる——それが大した問題ではないということと、領地に侵略を受けるということは、また違うのだろう。

闇も。

くらやみも。

決して消滅することはないとは言え——むしろ、消滅こそが、闇やくらやみの発生を意味するのだとは言え。

「昔は夜道を照らすものと言えば——月くらいのものじゃったんじゃがのう」

真円の月。

生憎その日は満月ではなかったけれど——しかしそれを懐かしむように彼女は、空を見たのだった。

夜道を照らす夜空を。

002

「ぱないの！」

と。

忍はいきなり言った——彼女が口にするフレーズとしては、もう何ヵ月も聞き続けている定番のものではあるけれど、しかしやっぱり、いきなり聞くとびっくりするフレーズだ。

何が起こったのかと萎縮してしまう。

台詞の強さも相まって、なんだか怒られたみたいな気分になってしまうのだ。原義としては『半端じゃあない』という言葉を短く省略しての『ぱないの！』だったはずなのだが、今となっては本来の意味を失い、見失い、出会い頭の挨拶みたいに使っているきらいもある。

お前今本当に半端じゃないと思っているのか、『ぱないの』という言葉を半端な気持ちで使っているんじゃないかと言いたくもなってしまう。

十二月である。

年末——かつては師走《しわす》と呼ばれた月だ。

先生も走るほど忙しくなる時期だから師走と言う

という説を聞いたことがあるけれど、これはどうやら俗説らしい。ま、聞いたとき、先生だって年末じゃなくても走るだろうと思ったものなので、羽川からあくまでも俗説だと教えられて、えらく腑に落ちたものだ。だったら正しい由来はなんなのかと言えば、それは知らない。

訊いてもいない。

そういう知識欲が欠けているところが、僕の駄目なところかもしれない——まあ、一月は行く、二月は逃げる、三月は去るというくらいだから、十二月が走っても言うほど訊くほど、不思議ではないと思うくらいだ。

まあ、先生が忙しいかどうかはともかくとして、十二月が受験生にとって忙しい時期であるのは確かである——なにせセンター試験は来月に迫っているのだ。

僕が暇なわけがなかった。

いや、正直に言うと、今僕が忙殺されているのは受験のせいだけとは言いがたい——むしろ、受験どころではないと、すべての勉強を投げ出したくなっているくらいだった。

ただ、それができれば苦労はない。

人間。

たとえ近々死ぬことがわかっていたとしても——死期を宣告されていたとしても、それでも死ぬまでは生き続けなければならないし。

生活をし続けなければならないのだ。

そんなわけでその日、僕はやっぱり、受験に向けての追い込みを続けていたのだが、数学と国語の間、インターバルとして糖分を摂取しようとしたその間隙を縫うように、忍は現れたのだ。

ぱないの！

と。

「……よう、忍」

僕の影から飛び出し、周辺を鵜の目鷹の目鬼の目で、ぎょろぎょろと窺うようにする金髪の幼女に、僕はとりあえずそんな風に声をかける。

忍野忍。

吸血鬼——元吸血鬼。

普段は僕の影に潜んでいる、怪異の王である——今は凋落《ちょうらく》した王ではあるが、まあ、その堂々とした振る舞いが王者さながらであることは変わりがないのだった。

それに、元々の性質が吸血鬼で、つまりは夜行性なので、その力を失った——本質を見失った今でも、太陽が空にある昼間の時間帯は、影の中ですやすや眠っていることが基本なのだが、今日はまだ、午後三時だというのに、起きてきた。

これでは夜行性とか吸血鬼とか言うより、ただの生活習慣が不安定な奴である——そのうち、午前中はまだ夜だとか言い出しかねない。

しかしなんなのだ。

丑三《うしみ》つ時でも逢魔《おうま》が時でもない、ただのおやつ時に登場しやがって。


「おはよう」

「おぱやいの！」

忍はおざなりに僕に挨拶を返す。

『おはよう』と『ぱないの』が混じった新語が生まれている……、バリエーションが増えると収拾がつかなくなりそうな口癖だが。そして忍は、きょろきょろとし終えた挙句、最後にようやく僕を見て——

「む」

と気付く。

「そこじゃったか。ふん、まさに灯台下暗《もと》しじゃったな」

「いや、灯台の下が暗いのは、お前にとってはいいことなんじゃないのか？」

何気に、自分が高さの象徴である灯台にたとえられたことに気をよくしつつ、僕は彼女の視線に応じる。

「なんだ。お前、僕の姿を見失っていたのか？」

「否」

と、忍は僕を指さす。

いや違う、僕ではなく——僕が持っているトレイを指さしたのだ。

「匂いの元はそこじゃったのか」

「ん。ああ……、休憩中に糖分を補給しようと思って……」

一階の台所から、こうして自分の部屋に運んできたトレイの上には、おやつを載せたお皿と、ブラックコーヒーの入ったマグカップがあるのだが……、こいつ、マジでおやつ時に反応して、影から飛び出してきたのかよ。

どんな吸血鬼だ。

王族の振る舞いが怪異の品格を下げてるじゃねえかよ。

「ケーキがなければ諦めてパンを食べる。それが儂じゃ」

「身体壊すぞ、その生活」

「ただ、菓子パンの扱いに困っておるの。菓子パンは果たして菓子なのかパンなのか。主食なのかおやつなのか、どっちじゃ」

「菓子パンはおやつだよ。悩むな」

「ただし、仮死パンと言ったときには、吸血鬼的には主食と言ってもよかろう——かかっ」

凄惨に笑ってみせる忍。

いや、その笑み自体は非常に絵になるのだけれど、どうなのだろう、こんなお菓子を挟んだシチュエーションで、お菓子をテーマに話しながら、浮かべるような笑みではまったくないのでは……。

「で、おやつはなんじゃ。ドーナツか。ドーナツじゃな。ドーナツに違いないな」

「ああ……、まあ、ドーナツなんだが」

僕の身長は実際には灯台ほどにはないのだけれど（当然だ）、しかし忍の現在の身長はまさしく幼女のそれなので、彼女の視点からは、僕が持つトレイに何が載っているのか不明なのだ。

そのわくわく感に溢れる期待の目に見られると、

正直、僕は言葉に詰まる。ただ、これについてはちゃんと説明しないとこれは、禍根《かこん》を残すというか……。

「ただ忍、ドーナツはドーナツでも……」

「ドーナツとな！　それは素晴らしい！」

忍は両手をあげた。

まるっきり子供の動作だ。

かつて体感で僕の倍くらいあった身長の面影など、威厳など、そのアクションからは欠片《かけら》も見当たらない——当たり前か、両手をあげても、まだ僕の頭に届かないようなサイズなのだし。

「儂の勘が大当たりじゃ！　今日のスイーツはドーナツじゃという予感がしておったのじゃ！　さあ我があるじ様よ、そのドーナツを一刻も早く儂に献上せい！」

「一刻も早くするとおやつ時ではなくなるんだけどな……いや、その、忍ちゃんよ」

あるじ様に献上しろと命令する謎めいた幼女に、僕はどう説明したものか言葉に詰まりつつ、もうこうなれば百聞は一見に如かずだと僕はその場で、目線を忍に合わせるようにしゃがんで、問題のトレイを床に置いたのだった。

「きゃっほー！　……ん？」

一瞬、更にテンションを上げてはしゃぎかけた忍だったが、すぐに怪訝《けげん》な顔になる。トレイの上の、大皿の上に並べられた、五個のドーナツを彼女は凝視《ぎょうし》する。

「お前様」

「なんだ」

「これはなんじゃ。ミスタードーナツの新製品か」

「いや、忍。これは手作りドーナツというんだ」

「手作りドーナツという名の新製品か」

「そんな名前のドーナツを売り出したら他のドーナツが手作りじゃないみたいだろ。違う違う。お前はそのときはまだ影の中で寝ていたかもしれないけれど、ついさっき戦場ヶ原が訪ねてきてな。陣中見舞いとして、このドーナツをくれたんだ」

「…………？」

理解できないという顔をする忍。

ここで通じ合えなければ、一体なんのためのペアリングなのだろうか。

「だから、あいつが家のキッチンで、このドーナツを作って、差し入れに持ってきてくれたんだよ」

ほぼ文意が同じことを、改めて説明する僕であった——この件に関しては根気強く釈明するしかないようである。

というか、それが予想できたからこそ、夜食としてではなくおやつとして、忍が起きないうちに、一人で食べてしまおうと思ったのだが……。

「ん？　あれ、ちょっと待って。今考えるからさ」

「お前、言葉遣いが普通になってるぞ。老人言葉はどうした」

考えるからさって。

素過ぎるだろ。

「つまりじゃ、お前様の恋人を名乗るあのツンデレ娘（18）は」

「（18）っていう情報は必要ないだろ、（600）」

「儂は（598）じゃ。四捨五入するな」

「随分長い間十の位を切り捨てていた奴が何を言うか」

「ツンデレ娘（鬼も18）は」

「鬼じゃねえし。人の彼女を番茶みたいに言うな。そして鬼はお前だ」

話が進まない。

それだけ忍は混乱しているということかもしれない——暴れ出したりはしないものの、それはそれだけショックが大きいからということかもしれない。だとすると後が怖い。怖過ぎる。

「ツンデレ娘は、ミスタードーナツの贋作《がんさく》を作ったということか？　いかんな、それは犯罪じゃぞ」

「贋作じゃねえよ。普通の、一般的なドーナツだよ。家庭的な、強いて言うならそこまで専門的な技術が必要のないドーナツだよ」

もっと強いて言うなら、戦場ヶ原でも作れるドーナツということだけれど、自分の彼女をそこまで卑下するようなことを言うのは、できれば避けたいところだった。

「よくわからんな……」

忍は腕組みをして、皿の上のドーナツを検分するように、目を凝らす。目を怒らすと言ってもいいような、強烈な視線だが。

穴が空くほど見つめるという奴だ——ドーナツなので、最初から穴は空いているけれど。

「いや、発生した出来事は、まあわかったのじゃが」

「発生した出来事って……、事件みたいに言うな。僕の彼女が差し入れをしてくれたことを、歴史的な事件みたいに語るな。思いっ切り日常だよ」

「つまりはあのツンデレ贋作師は、ドーナツをお前様に差し入れるにあたって、ミスタードーナツ忍店に足を伸ばさず、自宅で独自にドーナツを開発したということじゃな？」

「開発……、いや、いいよ。ま、言葉のズレはあるけれど、意味合いとしては概ねそうだ」

ミスタードーナツ忍店などという店舗があるのかどうかは知らないけれど、まあそれは、わが町に一店だけある、彼女の行きつけのミスタードーナツのことを指しているのだろう。

行きつけというより、もうかかりつけと言ったほうが正確かもしれないけれど……。

「なんのために？」

忍は真面目な顔で僕に問うた。

人はなんのために生まれ、どうして死んでいくのかを問うかのような真っ直ぐでつぶらな視線ではあるが、しかし問うているのはその『なんのために』ではなく、『なんのために自宅でドーナツを作ったのか』である。

「いや、なんのためにと言われても……、僕の受験勉強を励ますために……」

まあ他にも、ちゃんと勉強しているかどうかとか、僕が絶望して自傷に及んでいないかどうかとかを確認しようという意図はあったんだとは思うけれど、主たる目的は、激励のはずである——だが、忍が問うているのは、そういうことでもなかった。

「意味がわからんと言っておるのじゃ。つまり販売されておるものをわざわざ作るというのは、どういう意図があってのことなのじゃ？」

「意図というほど大袈裟なものは……」

「買ったほうが安いじゃろ」

「…………」

六百年近く生きている吸血鬼に、金銭効率のことを語られてしまった……、コストパフォーマンスの話をすれば、まあ、そうなのかな？　単純に材料費だけの話をするならば、手作りのほうが安上がりになるかもしれないけれど、買い物の手間や調理の手間のことを考えれば、つまり戦場ヶ原ひたぎの人件費を考えれば、まあ、『買ったほうが安い』という意見には一理あるかもしれないが……。

そんななんだかこう、家事が苦手な人みたいなことを言い出されても……。

「フェア中だったら一個百円じゃぞ、ミスタードーナツ。五個だと考えると、五百円じゃぞ。消費税を入れても五百二十五円じゃ。五百二十五円、もちろん場合によるじゃろうが、一般にはこの金額は安価じゃろう。それを惜しんだというのか、あのツンデレ娘は」

「惜しんだわけでは……むしろ手間はかかったと言うか」

「なんで手間をかけたのかと問うておるのじゃ」

追及が執拗《しつよう》だ。

いや、執拗というと、まるでまともな質問みたいだ——ここは執拗ではなくしつこいと表現するべきだろう。

「たとえこの先、消費税が八パーセントになったとしてもじゃな……、えーっと、五百かける八だから……」

指折り計算し始めた。

まあ八パーセントって、五パーセントほど計算しやすくはないけれど……、掛け算は指では計算できないだろ。

「くっ！　わからん！　段階的などと言わず、消費税など一気に十パーセントにすればいいのに！」

「豪気《ごうき》過ぎるわ」

計算はしやすいけどな。

しかしそれを払うのはお前じゃなくて僕だ。

忍の命に一生責任を持つということは、掛け値なく人一人を養うということなのだという、現実的な問題に直面しつつある僕だった。

「とにかく！　税抜きで考えればワンコインじゃぞ！　なぜ払わん！　なぜお手盛《ても》りのドーナツで、おやつを済ませようとする！」

ついに税抜きで考え始めた。

消費税ね……、まあ、別に社会科の勉強をするようになったからと言って、政治に口を出せるほどの知識が身についているわけじゃあないけれど、名前だけを聞くと、わけがわからない税だよな。消費することによる税って……、とにかく人が生きることは、生きることだけでも、それなりに金がかかるということか。

「けれど、フェアじゃないときは、税抜きでもワンコインは無理だろ」

「フェアは大体年中やっておるではないか。フェアではない期間のほうが、実は短いかもしれんことに儂は気付いたぞ」

「いや、さすがにそんなことはないとは思うけれど……」

ただ、かのドーナツ屋さんが、名店が、気付けば一個百円セールというサービスをしていることは事実である。どれくらいの割合なのか、一度計算してみたくはあるな。

「そう言えばこの間、ドーナツ半額セールというのもやっていたな」

ん。

そう言えばと言えば、昔は百円セールがあるたびに、連れて行け連れて行けとうるさい吸血鬼だったが（そのせいで一度は詐欺師と接近遭遇したことがあるくらいだ）、しかしあのときは忍は、特に僕に要請はしなかったな。

「半額セールだったとすれば、概算でおよそ、五個で三百円弱くらいかな……？」

「いや、半額セールは、儂はやり過ぎだと思うのう。ああいう自分を安売りするような行為は、なるべくやめて欲しい」

しみじみと言う忍だった。

だからあのときはミスタードーナツ忍店に連れて行けと迫らなかったのか――別に僕の受験勉強を気遣ったわけでもなんでもなく。

「ものを安くする代わりに税金を高めるというのが今の日本のありようなのかもしれんが、しかしそれではいずれ先細りになることは目に見えておる。なんとかして国民に、『いいものは高い』ということをわかってもらう必要があるの」

「政治を語るな。国を憂うな」

金髪の幼女が。

もしくは吸血鬼が。

「ものが安いというのは、即ち誰かが安く働かされておるということを、まずは周知徹底させねばならんのじゃ」

「だからさ、戦場ヶ原に至っては、無償でこのドーナツを作ってくれたって話をしているんだよ」

「え？　お前様、金を払っておらんのか？」

「差し入れで金を要求する彼女なんて聞いたことねえよ」

「馬鹿な……、あの守銭奴が……」

「…………」

戦場ヶ原のイメージがとにかく悪い。

先月のことを思うと、いまやあいつは、僕のみならぬ忍野忍の命の恩人でもあるのだが……、その辺で感謝する気持ちは、この幼女にはないらしい。

「気をつけろ、お前様。何か入っておるかもしれんぞ」

「いや、お前、人の彼女をなんだと思ってるんだよ……、入っていたとしても、それは愛情とかだよ」

「愛情も調理次第では毒になるということを、先月お前様は体験したはずじゃろう」

ふむと、忍は用心深そうにドーナツをひとつつまんだ。

完全に危険物を扱う際の手際だ。

戦場ヶ原の手料理に対し、そんな扱いを許すことにまず僕としては抵抗があったけれど、まあ、忍にとってドーナツがどれくらい特別なものなのかを知っているので、その心を思うと、ここは看過せざるを得ない。

ドラえもんに対するどら焼きみたいなものだからな——そう言えば、ドラえもんがどら焼きが好物という設定は、いつくらいからできたものなんだろうな？

「むむ。触感に異常はない。まあ、触ってわかるような仕掛けを、あの毒物女がするはずがないか……」

「毒物女……いや、あいつ、毒舌を使わなくなって久しいんだけれど……」

「最近復活したのではなかったか？」

ふうむ、と忍はつかんだドーナツを、顔の間近にまで近付けて、目視する。元吸血鬼の視力で、ドーナツ表面に異常がないか確認中のようだ……、いや、そんなことをしてもまぶしている砂糖くらいしか見えないと思うのだが……。

「この差し入れの件も含めて、最近はむしろ、あいつは僕に対して優しいくらいだぜ」

「そりゃそうじゃろ。死期の近い奴には誰だって優しくするわい」

「誰が死期の近い奴だ。なんとかするよ、その件は。

命をかけて」

「そう簡単に命をかけてしまうところが問題なんじゃろうが。まったく、反省せんのう、我があるじ様は——む」

忍の雰囲気が変わる。

いや、もとより厳しい表情をしていたのだが、一層、その雰囲気が濃くなった。

「なんじゃこの穴は」

「穴？」

「怪しい穴が。ひょっとすると、ここから何かを注射したのかもしれん」

そう言って、忍は僕をぎらりと睨《にら》んだ——ドーナツの穴から。

「……いや、言い古されたボケを挟むな。ドーナツってのは穴が空いているもんなんだよ」

「なぜじゃ」

「ん？」

「いや、今までそういうデザインじゃと思って、特に深く考えたことはなかったが……、どうしてドーナツには穴が空いておるのじゃ？　この分、勿体《もったい》ないじゃろうが」

忍はドーナツの穴に、今度は指を入れて、それをさながらフラフープのように、くるくると回転させ始めた。

ミスタードーナツ製でないというだけで扱いが荒い——食べ物で遊ぶなと言いたくなる。

ドラえもんがいつからどら焼きを好きになったかは不勉強で知らない僕だけれど、しかし幸い、ドーナツの穴については、知っていた。

と言うか、実はつい今日、ついさっき、知った。

このドーナツを持ってきた戦場ヶ原から聞いたのだ——こんな風に穴を空けて作るなんて凝り性だなあと、教養のなさをひけらかした僕に、戦場ヶ原は優しく説明してくれたのだ。

念のために言っておくと、優しくというのは皮肉的表現ではなく、本当に優しく、そして易しく、わかりやすくである。

「忍。そういう風に穴の空いているドーナツは、トーラスドーナツと呼ばれる種類でな。そうやって中心に穴を空けることによって、揚げる際に熱が全体に伝わりやすくなるという知恵なんだ」

「熱効率？　という奴かの？」

「まあ、そういうことだ。もしもドーナツに穴が空いていなければ、中心部が揚がりにくい。だからその中心部を抜き取ったというわけだよ」

抜き取ったという表現は、タネの作りかたから考えると不適切かもしれなかったけれど、まあ、表現としてのわかりやすさを優先する。

「へー……、そうなのか」

「どうだ。僕は博学だろう」

「トーラスというのか。この形状」

「そっちに感心するな」

「リングとトーラスの違いって何じゃ？」

「それは立体のな……、ドーナツとか、ベーグルみたいな形状の立体を、トーラスって言って……、リングだと輪っていう意味だけって言うか……、えーっと」

「おいおい、我があるじ様。この程度の問題も解けんで、どうやってセンターを突破するつもりなのじゃ？」

いや。

センターに出ねえよ、そんな問題。

「バウムクーヘンの穴も同じかの？」

「いや、バウムクーヘンは、焼くときに棒を穴に通すから——バウムクーヘンとドーナツは、作りかたが全然違うというか……」

「穴の空いてない、そのトーラスドーナツ以外のドーナツはどのように揚げておるのじゃ？　熱が中心まで届かんじゃろうが。ミスタードーナツにも、そういうドーナツはたくさんあるが、それで火が通っていないなどということはないぞ。穴なんぞ本当は必要ないのではないか？」

「ドーナツの構造に興味津々《しんしん》過ぎるだろ……、当初の目的を見失うな。お前の目的は、そのドーナツの検分だろう」

時計を見れば、もう三時半である。

インターバルは三十分に設定しているから、もう使い切ってしまった勘定だ——ロスタイムを設定していないわけではないけれど、残念ながらおやつを優雅に楽しみ、糖分を摂取し、己の精神に安らぎをもたらすという企画は、どうやら企画倒れに終わったようだ。

ま。

どの道、一人で五つは食べ過ぎだと思っていたんだしな——意味合いは変わってしまうけれど、ごちゃごちゃうるさい忍への口止め料を提供することで、このシーンにはピリオドを打つことにしよう。

「忍。触感を調べるなんてまどろっこしいことしてないで、もう食感を調べてみろよ」

「ん？　の？」

「いや、毒が入っているかどうかは、毒味をすればわかるだろって言ってんだ」

「儂に毒味役をやれと言っておるのか？　儂を炭坑のカナリア扱いしようとは、なんという残酷なあるじ様じゃ、言葉がないわ！」

と言いつつ、忍の表情は緩《ゆる》んでいた。

ぱあっと輝いていた。

アニメ的に言うと、ほっぺのマークが強調されていた——目がキラキラと輝いている。

「カナリア扱いに金切り声を挙げたくなるわい！　そう、穴の空いたドーナツのように！」

「うまく言おうとしてこんがらがってるぞ……、いいからさっさと食え。食って黙れ」

少なくともドーナツを咀嚼《そしゃく》している間は静かになるだろう——ものを食べながら喋るようなしつけは、保護者としてしていないつもりだ。

まあ、仮に、戦場ヶ原がこのドーナツ、陣中見舞いに毒物を入れていたとしても、忍はそんなのもののともしないだろう——腐っても鯛《たい》、干《ひ》からびても吸血鬼だ。

鉄製の手錠を飲み込んでも平気な顔をしている奴が、たかが毒入りのドーナツくらいで死んだりはすまい。

「やれやれ、短絡的じゃのう、お前様は。言っておくが、儂はドーナツならばなんでもよいと思っておるわけではないのじゃぞ？　どこの馬の骨とも知れん奴が作ったドーナツをひとつ食わせた程度で儂を言いくるめることができると考えておるのなら大間違いじゃ。もしも儂の追及から逃れたいのじゃったら、今すぐミスタードーナツ忍店に行って来て、新発売のポン・デ・リング生のチョコゴールデンを買ってくるがよいわ。信じられるか？　ポン・デ・リングの生というだけでも新機軸じゃというのに、それをゴールデンチョコレート風にアレンジしておるのじゃぞ？　どれだけ重ねるんじゃ、積んで積んでではないかと。まだ食してはおらんが、その味はもう、想像するだけでも口の中に広がるようで、きっと儂は人目をはばかることなくこう叫ぶことになるじゃぱないの！」

叫んだ。

かぶり気味に叫んだため、あれだけこの国の経済を憂えていた彼女なのに、なんだか日本国を称えるような雄叫《おたけ》びになっていた。

003

ここでひとつ断りを入れておくと、戦場ヶ原ひたぎという僕の恋人は、決して料理が得意な人間ではない——いや、正確に言うと、その人生において、あまり調理に携わることなく成長を遂げてきたと言うべきかもしれない。

病弱だった小学校時代、学業に邁進《まいしん》した中学校時代、そして怪異に取り憑かれた高校時代——どの時代も優等生であったことは間違いがないけれど、しかし、クッキングの腕までは手が回らなかったというのが真相のようだ——とは言え、しかしながらだろうか、怪異についての問題にはとりあえずの終止符が打たれた今、そういった『余事』——これまでは余事だと思っていた分野に力を割《さ》く余裕も出てきたようで、少しずつではあるけれど、そちらの腕も向上を見せてきたようである。

僕が皿の上に並べた五つのドーナツも、その造形は正直言って、まちまちというか、不揃いというか不均衡というか、大小様々というか、細大漏らさずという感じだったけれど——つまりは見た目的には忍が警戒するのもわからないではない感じだったけれど、どうやら味に関しては、ドーナツ評論家・忍野忍先生から及第点をいただけたらしかった。

ぱないの！

ならぬ、じゃぱないの！　が出たからな。

ミスタードーナツの『ポン・デ・リング生チョコゴールデン』（それをまだ見ぬ僕としては正体がわからな過ぎる）を星みっつとして、星ひとつくらいはもらえたのかな？

「やりおるな、あの娘！　いつか何かやるのではないかと思っておったが、そのいつかは今日じゃったか！」

「いや、そのいつかは先月二日、僕達の命を助けてくれたときだと思うぞ……」

「ふむ！　儂もドーナツに関してはかじった程度の知識しかないが、これは本当にたいしたもんじゃぞ！」

「かじった程度の知識しかないのは、まあ、当然だとは思うが……」

まあ、数々のドーナツを本当にかじってきた奴の言うことだ。

大したものなのだろう、実際。

「でかした！　ツンデレ娘を呼べ！　直々《じきじき》に褒めてやりたい！」

「そんなシェフを呼べ、みたいな……」

厳密に言うと、皿に載っているのがドーナツだから、この場合はシェフではなくてパティシエを呼べ、かな？

ふうむ。

まあ、毒入りでなかったことは当たり前としても、正直、味ではなく気持ちを味わうつもりで受け取ったドーナツだったから、忍がそんな風に、口の周りをクリームでべたべたにしながら褒めちぎる様子は、素直に嬉しかった。

まあ、僕は何もしてないんだけどな。

「でも、お前、戦場ヶ原とほとんど接点を持たずにここまでやってきたのに、ドーナツにほだされて対面するとかありえないだろ」

「今までツンデレ娘と呼んできたことを謝りたい。ミスタードーナツとまではまだ言えんにしても、マスタードーナツくらいの称号は与えてやってもよい」

「結構な称号だな、それ……」

そこまで行くと褒め過ぎじゃねえのか？

褒めちぎるというより、褒め殺している感じもある——大体、他の料理に関して言えば『これから！』みたいなところもある戦場ヶ原なのに、この揚げ菓子に関してのみ、そんな高評価を獲得できるというのは、純粋に疑問でもあった。

いわゆる三度の食事に食べるようなメニューより、お菓子作りのほうが難しいと聞くけれど……、お菓子はニュアンスでは作れないというから……、計量やら時間やらで、通常の料理とは比べ物にならないほどの精度を要求されるとか……、あ、そうか、そういうことか。

わかった。

僕は頭の中でひとつ、仮説を打ちたてて、それで納得した——戦場ヶ原の性格からすると、精度を要求されるほうが、むしろやりやすいのだろう。己の味覚に頼るのではなく、マニュアルや計量器に頼るのであれば、ケアレスミスは発生しづらいという理屈になるのだろう。

揚げ菓子ならば、ほぼ完成形になるまで、味見もできないしな……、造形に乱れがあるのは、そこだけは己のセンスに依るしかなかったからと見るべきか。

「…………」

まあ、これこそ理屈だ。

真相は、戦場ヶ原の独特の味覚が、忍の独自の味覚と、たまたま合致したというだけのことかもしれない。

まずは僕もこの、恋人の手作りドーナツを食べて、その味を確認しなければ——と。

手を伸ばしかけたら、ひょい、と忍が、僕の狙うドーナツを皿ごと、横にかわした。

「……ん？　何のつもりだ？」

「お前様こそなんのつもりじゃ。まだ毒味は済んでおらん」

「いや、済んだだろう。お前、普通に食って、普通においしいって言ったじゃないか」

「わからん。遅効性の毒かもしれん。遅効性の猛毒かもしれん」

忍が慎重な口調で言う。

口の周りはクリームと砂糖だらけという調子だが、口調は慎重だ。

その唇の汚れをキスでなめとってやろうかと思う。やらんがな。

「今は大丈夫でも、お前様の子々孫々に影響を及ぼすタイプの毒かもしれん」

「いや、そんなタイプの毒を僕に食べさせたら、つまりは戦場ヶ原の子々孫々もただじゃあすまないだろうが」

「いやいや、あのツンデレ娘がお前様と繁栄するとは限らんじゃろう」

「…………」

まあ。

今僕が置かれている現状を考えるとなあ。

現実逃避を繰り返していないで、そろそろ僕としては、戦場ヶ原一人だけでも助ける方法を考える段階に入っているのかもしれない。

忍とは……、最悪、心中するしかないが。

「というわけで毒物検査は続行する」

「続行？　ぞっこんの間違いでは？」

「なあに、ここはどーんと儂に任せておけ。あと四パターンほど比較検査をすれば、おのずと結果は導き出せるはずじゃ」

「四パターン？　忍たんよ、僕の見たところ、ドーナツの残弾数は、ちょうど四つのようなんだが」

「ほう、ぴったりか。これは遇機《ぐうき》。お誂《あつら》え向きじゃな」

「違う。お前が故意に実験の回数を誂えたんだ。その皿をこちらによこせ」

「ならん。儂は我があるじ様の従僕として、お前様の身を、どんなわずかなリスクからも守る義務がある」

「都合のいいときだけ従僕面すんな！」

従僕面って。

咄嗟に言ったにしてはすげえ言葉だな。

「その皿をこちらによこせ」

同じ台詞を繰り返してみるが、忍は皿を抱えて離そうとしない。いや、厳密に言うと抱えてはいないな。

――片手で不安定に持っている。

むろん、わざとそうしているのだろう。

僕が迂闊に飛びかかれば、皿が引っ繰り返るという状況を作ることで、わかりやすい膠着《こうちゃく》状況を生み出しているのだ。

僕が強引に皿を奪おうとして、ドーナツが四つとも床に落ちてしまったら、元も子もないからな――吸血鬼としての力を喪失することによって、こいつ、そういう知恵ばかりが回るようになってきた。困ったもんだ。

「これが最後の警告だぜ、忍。その皿をこちらによこすんだ」

「かかっ。交渉が下手じゃのう、お前様は」

忍は、ドーナツはあくまで不安定に支えたままで、僕に言った。

「そうやって強硬姿勢を崩さず、よこせ渡せの一点張り。そんなことじゃから、専門家の元締めから託されておったあの札も、奪われてしまったのではないのか？」

「う」

いや。

その通りだが。

けれどそれ、ドーナツの奪い合いと同じ俎上で語っていいような話なのか？　あのお札を奪われたせいで、僕は、そしてお前も、そして周囲も巻き込む形で——酷い状況になっているというのに。

「お前様があのとき、もっとちゃんと交渉ができておれば、今のような状況に儂らは陥っておらんのじゃ。反省が足らんわ、反省が」

「…………」

その件に関しては誰に何を言われても仕方がないとは思っているけれど、しかしそれでもあえて言うなら、お前にだけは言われたくないな。

僕も迂闊だったけれど、お前もお前で相当迂闊だったろう。

「いやいや、儂はあくまでも真面目な話をしておるのじゃよ」

真面目な話をしているらしいドーナツ片手の金髪幼女は、胸を反らして、威張り気味に言う。

「お前様の人生に二度と今あるような悲劇を起こさないためにも、日常の中から、ちゃんと訓練を積んでおくべきじゃと言っておるのじゃ。それともお前様、儂ひとり説得できんようで、蛇神を説得できるとでも思うのか？」

「んー……」

まあ。

そう言われると言葉がない。

現状ある悲劇から脱するのは当然として——しか

しながらそれを当然とするのならば、確かに、その先のことも考慮せねばならないだろう。

僕の交渉下手が現況を招いた元凶だとするのならば、それは克服すべき欠点なのだ――もちろん、忍野のような口八丁の交渉術を、あちらとこちらの橋渡しとなるようなバランスの取り方を、一朝《いっちょう》一夕《いっせき》で身につけられるものではないだろうけれど――それでも、一朝一夕にはいかないからこそ、普段からのこういう取り組みが……。

「……いや、やっぱりその理屈はおかしい」

「ちっ。気付いたか」

「気付かいでか」

「お前がドーナツを食べたがっているのを食い止めるのに、なんでいちいち交渉術が必要なんだよ。普通に返せ。ただ返せ。よこせ渡せの一点張りだけで返せ。こんなのただの内輪揉めじゃねえか」

「蛇神のことじゃって内輪揉めじゃがの」

「警告はさっきので最後と言ったが、もう一度だけ、僕の厚意から言ってやる。一点張りで言ってやる。忍、その皿をこちらによこすんだ」

「皿だけでよいというのであれば、その要求には応じてやってもいいぞ」

「よいわけがないだろ」

「毒を食らわば皿までという。お前様は皿を食う。儂はドーナツを食って、公平な配分ではないかと思うがの」

「不公平極まる上に、戦場ヶ原のドーナツが毒であることが前提になっている。ふざけんな」

先ほど来から意思の疎通がまったくできていない。忍との付き合いも、もう結構長くなると思うのだけれど、なかなか種族間の壁を越えるのは難しいようだった。

同じ気持ちを忍も痛感しているようで、彼女ははあー、と、落胆したようなため息を、隠そうともせずにつく。

自分はあなたに失望しましたよというサインを露

骨に出しやがる。

そういう意思の疎通はできるようだが、それ以外のところが、いろいろと疎《おろそ》かになっている。通じていない。

「そもそも、儂が思うに、このドーナッツを儂に見せてしまったのが、もう失敗じゃろうが。こんなもん、儂に見つからんように食えよ。儂を起こさんようにこっそり食えよ。そうすれば、こんな無用のトラブルは避けられたんじゃ」

「無用のトラブルを起こしているのはお前なんだが……とんだ隣人トラブルだぜ」

隣人というか、まさしく影に潜んでいるお前に気付かれずに食うとか、絶対に無理なんだが――寝ていても匂いで起きてしまうのであれば、手の打ちようがない。

「ふむ、それじゃの……」

と、忍。

「交渉術の前に、お前様はまず、隠し事のセンスを磨くべきかもしれんの」

「隠し事？」

「ほれ、そもそも交渉などせんでも、例の札をもうちょっと上手に隠しておれば、儂らは今のような状況には陥っておらんわけじゃろう？　あの札を、あのような見つかりやすい場所に隠しておったことが、悲劇の発端《ほったん》だったとも言えるわけじゃ」

「うーん……、まあお前の言うこともわからないじゃあないけれど」

こうやって議論に応じてしまうところが僕の悪いところなのかもしれない。交渉下手というのは、案外相手の話を聞いてしまう、この性格に起因するものか。

「けれど、隠し場所に困るものだったのも確かだろう？　なんていうか、あんなの、ある種の兵器を持たされたようなものなんだから……」

持たされたというか。

齎《もたら》されたというか。

「手元から離れた場所に置くのは危ういし、かと言って持ち歩くのはもっと危ういし……、結局、ああいう場所に隠しておくしかなかったわけだろう」

「その結果あっさりと見つかっておるではないか、この、タロットカードで言えば愚者《ぐしゃ》が」

「いや、なんでわざわざタロットカードで言うんだよ。別に普通に愚者でいいだろ」

よくないけれど。

受験生が普通に愚者でたまるか。

「儂はタロットカードで言えば月じゃ」

「いや、タロットカードには悪魔とか死神とかあっただろ。吸血鬼って、意味的にはその辺じゃないのか……？」

「月じゃ。その証拠に、儂じゃったらもっとうまく、あのお札を隠せておったじゃろう。そしてこのドーナツも隠せておったじゃろう。今お前様がおる状況は、お前様の愚かさゆえに招いたものと知れい！」

「…………」

腹立つなあこいつ。

と、思う反面、これくらい自分のことを棚に上げることができなければ、長生きはできないのかもしれないと思う。

棚上げできなかったときは、こいつ、自殺志願だったわけだし。

まあ、今僕がいる状況の、蛇神のほうは、今打っている対策が功を奏するかどうかの結果待ちだとしても——ドーナツの問題は、今すぐ解決しないと、受験勉強が再開できない。

それはそれで瀬戸際だ。

「じゃあ言ってみろよ、忍。お札の件はともかくとして——お前なら、どういう風にドーナツを隠していたんだ？」

「口で言うのは難しいのう。ふむ、言うは易し行うは難《かた》しと言うが、ならばここは逆に、実際にやってみるのが手っ取り早いであろう」

忍は言った。

「儂に五分、時間を寄越せば、これらのドーナツを見事、お前様の目から隠してみせるぞ。見つけられんようにな」

「五分……、いやちょっと待て、今のお前に五分も与えたら、四つのドーナツなんて食べ終わるだろう。食べ終わって、それで『ほら、隠した』なんてのは完全に反則だぞ」

そしてもちろん、影の中に持ち込むという怪異スキルも反則だ——そんな手を使えたのならば、お札はまだしも、ドーナツはお前から隠しきれた。

「かかっ。儂がそんなこすい手を使うとでも？」

「使うだろ、お前は……」

そもそも、現状、戦場ヶ原のドーナツを人質に取っている図が、既に狡猾《こうかつ》だと言える。

「まあ、四つすべてとは言わんが——ひとつふたつならば、隠し切ってみせるわ。勝負するか？　儂が五分で隠したものを、お前様が五分で見つけられるかどうか」

「…………」

「残り四つのドーナツのうち、お前様が見つけられなかったドーナツは、儂が食べていいというルールじゃ。つまりお前様が四つとも見つけることができれば、四つともお前様が食べてもよいという運びになる」

「ふむ……」

元々所有権が僕にあるドーナツを、ギャンブルの対象にするのは気が進まないというか、相手が幼女の形をしていなかったらぶん殴りたくなるような衝動にかられる話だが、しかし……この場合は、僕の受験勉強の手早い再開のためにも、話に乗るしかないか。

「よし、わかった。ただし、重ねて言うけれど、隠すと言って、食べるというのはなしだからな？　お前の胃袋の中に隠すというのはなしだからな？」

「わかっとるわかっとる。胸の谷間に隠すというのもなしじゃ」

「幼女の胸のどこに谷があるんだ」

むしろドーナツを二つ使ってのバストアップという隠しかたのほうが現実的だろう——まあ、それで隠せるのも二つが限度だけれど。

「しかし、もしもお前がそんな横紙破りをした場合、リカバリの手段がないという問題があるよな……、とにかく僕の目を盗んで食べちゃえば、それで何を言っても後の祭りだもんな」

「儂の信用、なさ過ぎじゃろ」

「よし。もしもお前がそんな反則を犯した場合は、口の中に手を突っ込んで無理矢理吐かせるという罰を与えるというルールを付け加えよう」

「いや、するつもりはないから、どんな罰を設定しようと勝手じゃが、お前様、儂が吐いたドーナツを食べる気か……？」

忍が僕に恐れをなそうとしていた。

命を共にした、今も同じ境遇に身を窶《やつ》している無二の相棒を、そんな目で見るなよ。

「……でも、忍。もうひとつ、問題があるぞ。それはお前の反則防止とかじゃなくて、ゲームをするにあたって、現実的な問題なんだけれど」

「なんじゃい」

「お前って、僕の影に縛られてるじゃん。だったら、僕に隠れて隠し事をするってことが、まずもって難しいんじゃないのか？」

隠れて隠し事というのも、変な言いかただが——僕の影だけを領地とする彼女は、僕の睡眠中でもない限り、僕に隠れて行動することなんて、できるはずがない。いや、睡眠中でも、あるいはだ。まあ一時期、ペアリングとかテザリングとかが切られたことはあったけれど……。

「まあ、目を瞑っていればいいのかな……五分、つーか、お前がいいと言うまで」

「いや、そんなのお前様が約束を破って目を開けたらゲーム終了じゃろうが。薄目開けるに決まっとろうが。却下じゃ却下。自分にそんな信用があるとでも思っとるのか、このたわけ」

「……先ほどこちらが疑ったことに対する反撃にしては、やや言葉が過激過ぎると思うのだが」

「お前様に対するその場合の罰ゲームは、目の中に手を突っ込んで無理矢理抉《えぐ》り出す、かの」

「過激過ぎるだろ！」

「まあ、そういうわけにもいかんから、目隠しをするしかないの」

と、言って。

忍野忍はその足に穿いていたレギンスを、いそいそと脱ぎ始めた。

004

後日談というか、今回のオチ。

「え？　何やってんの、阿良々木くん？」

「いや、羽川。その……」

「誰が、何を、どう考えても。そんなことしてる場合じゃないよね？　なんで忍ちゃんと楽しく遊んじゃってんの？」

「いやいや、まったくもってお前の言う通りで、僕も同じように考えたんだが……」

「阿良々木くんは今、受験勉強をしなくちゃいけないときだよね？」

「…………」

そっちか。

いや、どっちも、なんだけれど。

「レギンスで目隠しって。変態」

端的に罵《ののし》られた。

心に響く。

「断っておくが、羽川。僕が好んでレギンスで目隠しをされたわけじゃない。レギンスで僕に目隠しをしたのも、レギンスを僕の口に詰め込んだのも、忍の仕業だ」

「口に詰め込んだ……？」

「失言」

レギンスを口に詰めたままにしておくべきだった。

そんなわけがないか。

「は、羽川。僕に逐一《ちくいち》説教したいのはやまやまだろうけれど、国際電話っていうのは料金が高いんだろう？　そんな話をしている余裕は……」

「大丈夫。余裕はあるから」

「…………？　まあ、余裕があると言うのなら、じゃあ羽川、訊きたいんだけれど……、忍はどこにドーナツを隠したんだと思う？」

「今訊きたいこと、それ？　私が忍野さんを探している成果じゃなく？」

「それは後回しだ」

「すごいね。頼もしい」

「おっと、自尊心をくすぐってくれるねえ」

「皮肉が通じないとは、もっとすごいね」

「隠したというドーナツのうち、みっつまでは見つけたんだけれど、最後のひとつが見つからなかったんだ——言っても僕の部屋なんだぜ？　隠し物をする場所なんて限られているはずなんだが」

「ふーむ」

「そうなると、忍が食べたとしか考えられないんだが……まあ、あそこまで言った以上、あいつがそんなルール違反をしたとは思いにくいんだよな」

「一番高い可能性は、確かにそれなんだけれどね——なんだかんだ言って、忍ちゃんのこと、信用してるんじゃない。まあ、阿良々木くんがそう言うんなら、きっと二番目に高い可能性を使ったんじゃないのかな」

「二番目に高い可能性？　つまり僕の見落としってことか？」

「なぜ忍ちゃんのことは信用しているのに、自分のことは信用してないの……。私なら、阿良々木くんが、阿良々木くんの部屋で見落としをする可能性は、低いと考えるよ」

「おお。僕に対する羽川の信頼、高し！」

「可能性が低いことと信頼の高さは別問題」

「…………」

厳し。

羽川は変態に厳しい……いや、そりゃそうか。

「で、その、二番目に高い可能性ってのは？」

「阿良々木くん、見つけたドーナツはどうしたの？　よっつ隠したうち、みっつ見つけたっていうドーナツは」

「そりゃ食ったよ。そういう約束だし。つまり五つのドーナツは、3：2の割合で、僕と忍で分け合った形になるんだな」

「おいしかった？」

「ああ、確かに忍の言う通り……それ、関係あるのか？」

「いや、味は関係ないけどね。戦場ヶ原さんのパティシエとしての才能を、私も味わいたかったなーって話――4：1」

「ん？」

「4：1だよ、ドーナツの割合。分け合いの割合は。阿良々木くん、よっつ食べてる」

「？　いや、僕が食べたのはみっつだけど……」

「そのみっつの中のどれかによっつ目のドーナツは、隠されていたんだって話――木を隠すなら森の中って言うけれど、この場合、木を木の中に隠したって感じかな」

「…………」

「ドーナツの大きさはまちまちだったって言ってたよね？　じゃあ、残ってたよっつのドーナツの、一番大きなドーナツの中に、一番小さなドーナツを隠したんでしょ」

「え……いや、そんなこと、できないだろ？　木の中に木を隠すなんて……」

「木の中に木を隠すのは、中身を刳《く》り抜かなきゃ無理だけどね。揚げドーナツならできるでしょ？　外側はともかく、内側は柔らかいんだから。ぎゅっと押せば」

「ぎゅっと……で、でも」

その通りだけど、でも。

「内側は柔らかくても、外側は硬いんだぜ？　そんな細工をしたら、それとわかるんじゃ——」

「トーラスドーナツだったらバレないよ。ほら、阿良々木くん、ひとつ目のドーナツを食べた忍ちゃんの口の周りが、ク、リ、ー、ムで、べ、と、べ、と、に、な、っ、て、た——って言ってたじゃない？　つまり、ドーナツには生クリームが使われていたってことになるけれど、トーラスドーナツなら、たぶんカレーパンみたいに、内部にクリームをくるんである構造じゃないよね？考えられるパターンとしては、外側にクリームがデコレートされているか、トーラスをベーグルよろしく水平に分割して、間に挟む形。どちらにしても、忍ちゃんが最初、つまむようにドーナツを持っていたという阿良々木くんの証言と合致する。ただし前者は、外側に砂糖がまぶしてあるという証言と食い違うから、可能性は後者に絞られる——」

「…………」

発言の端々から情報が漏れていた。

怖いよ羽川さん。

「後者なら、ドーナツは最、初、か、ら、分割されているんだから、外側の硬い部分に手を加える必要はないよね。むしろクリームが、押し込んだあとの接着剤代わりになるかな？　とは言え……、証拠はないけどね。証拠は、阿良々木くんが食べちゃったんだから」

そういう意味では忍ちゃんはドーナツを、阿良々木くんのおなかの中に隠したって言えるのかもね——と羽川はまとめた。

ふむ……。

だから忍は、その後いくら問い詰めても、ドーナツの隠し場所についての口を割らなかったのか……。

そりゃあ言いにくいよな、戦場ヶ原のドーナツに、隠匿《いんとく》のためにそんな小細工をしたことも、それを証拠隠滅のために、暗黙のままに僕に食べさせたことも。

僕は、思わず責めるような目で自分の影を見てしまうけれど、しかし、こうなると恥ずかしいな。そんな細工がなされていることに気付かず、僕はおいしいおいしいと、そのドーナツを他のふたつと区別なく、食べていたというのだから……。

味を問うてきた羽川の質問の意図は、そこにあったのか——友人である戦場ヶ原の、パティシエとしての才能を知りたかったわけではなく。

なんだろうな。

戦場ヶ原の料理の腕をどうこう言う前に、まず僕が、自分の舌を肥えさせるところから始めなければいけないような、そんな現実を突きつけられたような気分になった。

「だけど……、それって、駄目じゃないのか？」

「駄目って？　反則はしてないじゃない。忍ちゃんが自分で食べたわけじゃないんだから」

「いや、それが駄目だろう——忍の目的は、ドーナツを食べることだったんだろう？　それなのに、僕に食べさせちゃったら、本末転倒じゃないか。目的をまったく果たしていない——」

「そこがポイントなんだよ、阿良々木くん」

「ん？」

「だから——自分の利益や目的を放棄すること。個人的判断を持ち込まないこと。言い換えれば、捨て身であること、無私であること。それがポイントだって、忍ちゃんは教えてくれたんだよ」

「……ポイントって、交渉の？　隠し事の？」

「愛情の」

第十話　こよみシード

SUN	MON	TUE	WED	THU	FRI	SAT
	1	2	3	4	5	6
7	8	9	10	11	12	13
14	15	16	17	18	19	20
21	22	23	24	25	26	27
28	29	30	31			

1

January

001

斧乃木余接《おののきよつぎ》の中に道、道以外という区別はあるのだろうか？　僕はいつも、そんなことを疑問に思う——重力も浮力も揚力《ようりょく》も、彼女にとっては己を縛るものではない。人間という、彼女の周りにわらわらといるイキモノが、左右の足を交互に動かすとか、概ねそういう風な移動手段を取っているから、斧乃木余接はそれに倣っているだけという風に、僕には思えてならない。

今はたまたま、人類の主たる移動手段として徒歩が採用されているから、深い考えも深い意味もなく彼女はそれを真似ているだけであって、もしも這っての移動が人類のトレンドとなれば、特に何も思うことなく、斧乃木余接は這って移動するようになるだろう。

彼女にとって合理的であることなど意味はない——合理的であるよりも、合現実的であることのほうが、よっぽど強い意味を持つのだ。

合現実的であることこそが、式神《しきがみ》・斧乃木余接にとっての合目的的な生き様なのだ——もっとも怪異であり、命を持たない彼女にとっては生き様なんてものはまるでなく、むしろ決して達せられない目的を執拗に追っているという視点で見れば、それは彼女にとって、生き様ではなく意味もない、ただの忌《い》み様というべきだろう。

「僕にとってもっとも安全な移動手段は、歩くことでも空を飛ぶことでもなく——地に潜ることかもしれない」

いつだったたか。

あの子の『例外のほうが多い規則《アンリミテッド・ルールブック》』による高高度移動——それを跳躍と呼ぼうが飛翔と呼ぼうが、それは観察する者の好み次第と言ったところだが——

に付き合ったとき、付き合わされたとき、彼女はそんな風に説明した。

抑揚もなく。

あるいは脈絡もなく。

失敗した物真似みたいな棒読みで、そんな風に僕に説明した。

「もぐらのように地面の中を掘り進むことが——僕にとってもっとも安全な移動手段なのかもしれない。そう思う」

それがもしも、近道と地下道をかけたよくある地口《じぐち》落ちでないのだとすれば、何を言わんとしているのか、僕には見当もつかなかった。

安全。

確かに地中は安全かもしれない。

特に彼女のように、戦うことを必然とされた者にしてみれば、必須《ひっす》とも言える安全さが、そこにはあるかもしれない。

そこには——地の底には。

地上にはない安全があるのかもしれない。

なにせ四方八方、たとえでなく上面上方まで完全に密封された環境ならば、奇襲を受ける心配がないのだから——物体が一番スピードを出せるのは、当然遮蔽物《しゃへいぶつ》なき空中移動だろうけれど、しかし己の周囲に遮蔽物がないということは、同時に己の周囲に防護壁がないということでもあるのだから。

だから地中の移動がもっとも安全だと、斧乃木余接は言うのだろう——と、僕は解釈したけれど、しかしこの推理に対して、斧乃木余接は静かに首を振るのだった。

無表情で首を振り。

そして棒読みで言うのだった。

「違う。周りに人間がいないから」

周りに人間がいないから。

真似る対象がなく、だからこそ、影響を受ける対象がなく。

一番自分らしくあれるから。

002

「あ。鬼のお兄ちゃん。略して鬼いちゃん。こんなところで会うなんて奇遇だね。いえーい」

「…………」

「こらこら何を無視しようとしているのさ。そういう行為は僕の情操教育に良くないよ。僕がぐれたらお姉ちゃんに対してどう責任を取るつもりなんだよ、いえーい」

「…………」

踵を返して来た道を引き返そうとする僕の前面に、目にも止まらぬ素速い動きで回り込み、まるで僕がテレビカメラでもあるかのように、しつこく横ピースを続ける斧乃木ちゃんに、僕の心は、まあこういう言いかたを友達の女の子にするべきじゃあないとは思うけれど、うんざりした気分になる。

うんざりうざい。

いや、誤解をされると困る。

斧乃木ちゃんにうんざりしたというわけではない——どこで身につけたのか、『いえーい横ピース』には若干のうんざりを隠しきれないけれど、この式神怪異、専門家に指揮され使役される憑喪神《つくもがみ》、斧乃木余接に対しては、僕は基本的に好意的だ。

鬼のお兄ちゃん、鬼いちゃんなどという不名誉なニックネームをつけられているのは、僕の吸血鬼性に由来するものであって、僕が斧乃木ちゃんに対して鬼畜な所業を取っているからと言うわけではないのだ——童女に優しく。

僕のキャッチフレーズである。

しかしながら、仮に、会いたくないタイミングで会いたくない相手に会うことを最悪と表現するのなら、会いたくないタイミングで会いたい相手に会うことは、なんと表現すべきだろうか——今というタイミングはまさしく、僕にとってそういうタイミングだったのである。うんざりもしよう。

具体的に言うと。

一月中旬。

センター試験からの帰り道だった——会場で二日目のマークシートを埋め終えて、電車に乗って我が町にまで戻ってきて。

戦場ヶ原を家まで送っての、徒歩での帰り道だった——ちょうど、戦場ヶ原家と阿良々木家の中間地点あたりで、僕は童女との接近遭遇を果たしたのだった。

なんだか出来過ぎのタイミングというか……、待ち伏せでもされていたかのような雰囲気もあるけれど、しかしまあ、僕が斧乃木ちゃんを待ち伏せする理由はあっても、斧乃木ちゃんが僕を待ち伏せする理由はないと思うので、たぶん、ただの偶然なのだろう。そうに違いない。

「ほら、何をしているんだよ、鬼いちゃん」

「ん？」

「ほら、ほら、ほら」

ちょいちょいと、僕に向けて手招きをする斧乃木ちゃん。

いや、そのボディランゲージは、どうやら手招きではないようだ——僕に対して何かを促してはいるのだろうけれど、しかしボディランゲージは基本、ある程度の意思疎通があってこそ通じる言語表現である。

ただでさえ意思疎通の難しい怪異相手だというのに、斧乃木ちゃんの場合、表情がないからな——漢字で言えば、常用外の難読漢字だ。

つまり読めない。

「いえーい」

「いや、横ピースを交えるな。ただでさえ読めないブロックサインが、さらに複雑になる」

「やれやれ。誰も彼も、僕の横ピースにいちゃもんをつけてくるよ」

「誰も彼も？　僕以外の奴にも文句を言われているのか？　誰だ？」

「それは秘密だよ」

「秘密なのか」

「当たり前だよ。あなたに教えることなんかひとつもないよ。身のほどを知れ」

「…………」

なんだ。

確かに迂闊に彼女のプライベートに踏み入ってしまったかもしれないけれど、しかしどうしてそこまで強硬に拒絶されなければならないんだ……。

「身の程を知り合え」

「知り合え？　斧乃木ちゃんと？　それはなんだろう、意外にも熱烈なアプローチだが……」

「このボディランゲージはね。身振り手振りはね」

と、埒《らち》が明かないと思ったのか、斧乃木ちゃんは説明を始めた。埒が明かないと思っていたのはこちらなのだが……。

というか、ボディランゲージの身振り手振りっぷりが、さっきとまったく違う動きのような気がするんだけれど……、この人形、さてはその場の思いつきでやっているんじゃないだろうな？

「『僕はちょっと探し物をしているので、もしも時間があるようだったら、探すのを手伝ってくれないかな？　鬼いちゃん』という意味だよ」

「わかるか！」

そんな複雑な頼みごとを、指二本で表現しようとするな！

僕をテレパスだとでも思ってんのか！

「どういう属性だよ。デレパスの間違いじゃないのかい？」

「どうなんだよ。ツンデレのバリエーションか」

「どうなんだよ。手伝ってくれるのか、手伝ってくれないのか、はっきりしてよ。手伝う気がないのなら、さっさとここから立ち去ってくれ」

「…………」

言葉遣い……。

言いかた……。

誰だよ、この子に情操教育を受けさせた奴は——というか、怪異として、中でも周囲からの影響を如《にょ》実《じつ》に受ける斧乃木ちゃんのことだ。

ひょっとすると最近、よくない奴と付き合いを持っているのかもしれない——朱《しゅ》に交われば赤くなるを地でいく童女だ。

まったく、友達は選べよな——とは思うものの、それは僕が言うようなことではないのかもしれない。僕の交友関係も、ここのところロクでもない。

「手伝ってやりたいんだけれど……」

探しものねえ。

斧乃木ちゃんが何やら探し物をしているところに、たまたま遭遇してしまったということなのだろうか——だとしても。

「でも、僕、今試験を受けてきたところで、くたくたなんだよな——戦場ヶ原の家で自己採点した結果、えらいことになってたし」

会いたくないタイミングというのはそういうことだ——斧乃木余接だけではない、今は誰とも会いたくない、誰とも話したくないという気分だった。

早く家に帰って、間違えた問題の復習、苦手範囲の克服をしなくてはならないのだ——探し物どころか、だから正直に言えば、こうして斧乃木ちゃんとの会話で足を止めている時間も、本来惜しいくらいなのである。

「試験？　へえ。それが前に言っていた、センター試験という奴かい。僕の時代は、共通一次って言ってたけどね」

「いや、ある世代よりも上の人間が必ず言う台詞を、童女が言うな」

だから誰に影響を受けてるんだよ。

「昔は『一次』だったのに、今は『センター』って、どういう名称変更なのかな。意味全然真逆じゃない。ネーミングライツの問題かな」

「ネーミングライツで変わるほうが問題だろ」

「マークシートって奴だよね。知ってるよ。えっへん。いえーい」

「…………」

知っているのは大したものだが、たぶんそれを教えたのは、僕だ。『前に言っていた』ときに、一緒に教えた記憶がある。

「なんだよ。だけど試験はもう終わったんだろう? それなのに何を忙しい振りをしているんだよ。鬼いちゃんの僕忙しいんですアピールに付き合ってる時間はないんだよ」

「いや……してねえよ、僕忙しいんですアピールなんて」

それとも無意識のうちに、そんな振る舞いが出てしまっているのだろうか。

そんなことはないはずと思いつつ、僕は言う。

「ぶっちゃけて言うと、マークシートの結果があまり芳《かんば》しくなくってな。どうやらここから更にブーストをかけなくっちゃいけなくなったみたいなんだ」

「ふうん……、まあ、鬼いちゃんはそれで結構、もののふだからね。マークシートといえども、答のわからなかった問題を勘で埋めるようなことはしないからね。僕だったら、五分の一の確率にかけちゃうけれど、鬼いちゃんは潔《いさぎよ》く空白にしちゃうんだもんなあ」

「しちゃわねえよ」

そんな潔くねえよ。

むしろ生き汚えよ。

でなければこうして、こんな一年を過ごしながら、のうのうと生活をし続けられるか。

「ただ、僕は勘が悪くってな。そんな風に五分の一の確率にかけた問題は、オール間違ってた」

「いえーい。じゃなかった、わお」

リアクションと口癖の順番を間違えたらしい。

そんな口癖があるか。

「すごいね、それ。五分の一って言っても、普通に勉強していたらその確率、三分の一から二分の一くらいまでには絞れるでしょ。それなのにその有様って、鬼いちゃん、この一年、一体何をしていたのさ。死ねばいいのに」

「………………」

なぜそこまで辛辣に。

きみこそ、前に会ってから今日まで、どういう交友をしてきたんだ。

「この一年は概ね、吸血鬼に襲われたり猫に殺されかけたり女の子が落ちてきたり迷子になったり猿に蹴られたり蛇に巻きつかれたり詐欺師に騙されたり妹が狙われたりタイムスリップしたり暗闇に襲われたり余命半年になったりしてたよ。いつ勉強しろって言うんだ、畜生」

「勉強しろとは言わないけれど、死ねばいいのに」

「とにかく僕を殺そうとするな」

「探し物を見つけるのに協力してくれない限り、僕はずっと鬼いちゃんを罵倒し続けるよ。死ねと言い続けるよ」

「言い続けるな。それでどうやって協力してくれるんだよ、僕が」

「くれないのかい」

「くれるか」

「くれない野郎だ」

「喰えない野郎だみたいに、格好良く言うな。そんなに決まってねえよ。わかったわかった」

僕はお手上げのポーズを取った。

さっきの斧乃木ちゃんのそれとは違って、こんなにわかりやすいボディランゲージはないだろう。

「諦めたよ、協力してやる、くれてやる。斧乃木ちゃんの探しもの。この辺にあるんだな?」

「さあね、この辺とは限らない」

「………………」

いらっとする態度だなあ。

お礼を言えないのか、この童女。

まあ、こんな押し問答をしている暇があったら、さっさと斧乃木ちゃんが言うところの『探しもの』

とやらを見つけ出して、平和裏にさよならをしたほうが効率的と言えそうである。

後々、あのあと斧乃木ちゃんはどうなったのだろうとか気を揉むよりも、今ここで事案を解決してしまう――そのほうが、のちにする受験勉強がはかどるだろう。

…………。

こういうその場しのぎの考えかたばかりをしてきたことが、僕から勉強時間を奪っていったのではないだろうか――勉強する前に部屋を掃除をするほうが結果として効率的だとか、そんな感じで。

まあ、いずれにしても乗りかかった船だ――今更やっぱりやめて家に帰ると言うわけにもいかない。第一斧乃木ちゃんには最後の手段『例外のほうが多い規則《アンリミテッド・ルールブック》』があるのだ。

あれを使えば僕に、強制的に言うことをきかせることなど、お茶の子さいさいである――相手が強硬手段に出る前に従うというのは処世術である。

強硬手段を防ぐための常套手段。

格好つけて言っても、決して格好よくはないかな……。

「まあ、この辺とは限らないというのなら、そういうつもりで探そうか。で、斧乃木ちゃん。どういうものを探せばいいんだ？」

「さあ、どういうものかな」

「…………」

「いえーい」

「……いえーい」

帰りたいえーい……。

003

結局僕は、斧乃木ちゃんが何を探しているのかもわからないままに、彼女の探しものを手伝うことと相成《あいな》った——千石撫子が以前、『神体』探しをしていたことがあったが、それよりもよっぽどあてどない。どうしてそんなことになったのかはわからないけれど、事実そうなってしまったのだから仕方がない。

問い詰めても埒が明かなかった。

というか、実のところ斧乃木ちゃん自身、その探し物がなんなのか、漠然としかわかっていないようだった——その辺、うまく言い逃れようとしていたが、短くはあっても浅い付き合いではない。

斧乃木ちゃんもまた、どうやら誰かに命じられるがままに、あやふやな情報に基づいて探し物をしているだろうことは、

「見たらひとめでわかるものらしいんだよね——」

という発言から見て取れた。

見て取れたというか、聞き取れたというのか……『らしい』なんて、あやふやな感じの情報に基づいて探し物をすることは、普通の人間には普通はできないことだが、式神怪異の彼女にとっては、それはどちらかというといつものことなのだろう。

目的がわからない任務、対象がわからない捜索。

専門家に所有される消耗品としての彼女には、所有者に対してそれを問い返すことが許されていない、とか——ともあれ。

別に誰かに所有されているわけでも、問い返すことが許されていないわけでもない僕もまた、そんなあやふやな情報に基づいて探し物をすることになったわけだ。

これじゃあまるで、僕のほうが式神怪異みたいだな——専門家に使われるどころか、式神に使われているのだから、わけがわからない。

どういう立場なんだよ、僕は、この場合。

「この辺は大体、ひと渫《さら》いしたからさ——ちょっと河岸《かし》を変えて探してみようと思っていたところだったんだ」

「そうか……、それは惜しかった」

あと一本、電車を遅らせていれば、僕はこんな接近遭遇をせずに済んだということか——うまくいかないものだなあ。

「ああ、念のために言っておくけれど、ひと淩いって言っても、鬼いちゃんのことじゃないよ？」

「誰が人攫《さら》いだ」

「探し物をする上で、鬼いちゃんに手伝って欲しいのは」

僕の突っ込みをものともしない。

ボケておいて突っ込みを無視するというのはマナーに反している。それともこの子は条約を批准《ひじゅん》していないのだろうか。それとも僕のことを本気で人攫いだと思っているのだろうか。

「視野の広げかただ」

「視野？」

「どうも行き詰ってしまってさ——視点の変化が必要なんじゃないかと思い始めていたんだ」

「……いや、まあ、きみが何を思い始めようと、それはきみの自由だけれど、それが僕に関係のあることならば、何をして欲しいのかははっきりして欲しいな。要するに、探し物をするんだったら、目の数は多いほうがいいって話か？」

「さあ、どうしたほうがいい話なのかな」

「その受け答えをやめろ。腹が立つどころの話じゃねえ」

「腹が立つどころの話じゃない？　じゃあ何が立つの？　フラグとか？」

「童女と立つフラグなんかねえよ」

「フラグって、フラッグって意味なんだってね。つまりフラグが立つっていうのは、旗が立つってことみたいだけれど……、その旗が果たしてZ旗なのか、白旗なのかは、判断の難しいところだよね」

「…………」

式神童女であり、動作や思考が、言うならばロボットじみている彼女は稀《まれ》に、どころか頻繁に、物事の優先順位を取り違えるのだが——いや、勉強しなければならない現状において、こうして童女の探し物に付き合う僕だって別に優先順位について常時正しい判断をしているわけじゃあないけれど——しかしここで立てるフラグがZ旗か白旗かを論じる優先順位が、相当低いであろうことは間違いなかった。

そんな簡単な判断はあるまい。

「まあ、要するに目の数を増やしたいというよりは、見方を変えたいと思っているんだよ。僕はこの通り、元々、愛玩《あいがん》ドールだからね。ちんちくりんなのさ」

「ちんちくりん」

「つまり探し物をするにあたって、高度が足りないということだよ。ほら、部屋の中で探し物をするときに切羽詰ってきたら、椅子の上とか、机の上とか、一旦高いところに立ってあたりを見渡したりするでしょう？　背の高い人のほうが、探し物をするには有利なんだよ」

「ふうん……、まあ、視点の問題からすればそうかな？　探し物が何かに隠れる形になっていたら、俯《ふ》瞰《かん》で見たほうが見つかりやすいだろうし……」

ただまあ、一概には言えないけどな。

身体がちんちくりん——小さいほうがもぐりこみやすい場所もあるだろうし、低い視点だからこそ、捜索には有利なこともあるだろう。

たぶん彼女の所有者は、今回の捜索には低い視点こそが必要だと思って彼女に命令を下したのだろうけれど——それで行き詰ったという現場の判断で、斧乃木ちゃんは僕に協力を要請したということのようである。

「けど、斧乃木ちゃん。確かに僕は斧乃木ちゃんより視点は高いけれど……、でもそれは相対的に見たらの話で、絶対的に言えば、僕はそんなに背が高いほうじゃないんだぜ？」

「それは見たらわかる。低い視点からでも見たらわかる。鬼いちゃんが絶対に背が高いほうじゃないということは」

「絶対的にだ。絶対にじゃねえ」

「確かに鬼いちゃんは絶対に敵だけれど」

「違う。僕は味方だ」

「問題なのはその見方だよ。確かに鬼いちゃんくらいの身長じゃあ、大して変わらないけれど……、だけど鬼いちゃん。鬼いちゃんも受験生なら、足し算ってえ算法は知っているだろう？」

「足し算ってえ算法くらい、受験生でなくても知っている」

「算法少女である僕も、もちろん知っている」

「算法少女……」

それって。

大昔の和算書か何かだっけな。

そう考えるとすげーよな、日本って。

魔法少女に先んじて、算法少女という概念があったというのだから——案外、この国の大衆文化は、大昔からそんなにそれほど変わっていないのかもしれない。

「ただし斧乃木ちゃんが算法少女であるとはとても思えないんだが……」

「失敬な。なんだったら証拠に教えてあげようか？最大の素数が何かを」

「最大の素数とか言っている時点で、数学的素養がゼロだろ」

「そのゼロを発見したのが、僕なんだよ」

「うざっ！」

「今は足し算の話だ。僕のかなり低い身長に、鬼いちゃんの結構低い身長を足すと、あら不思議、怪異のようにあら不思議、かなり結構高い身長になるんだよ。具体的に言うと三メートルくらい」

「………………」

人の身長を結構低いとか、ずばずばずけずけ言ってくれるけれど、まあ、それはさておき——まあ、斧乃木ちゃんの機械的な物言いを僕程度の国語力の人間にもわかるように言い換えると『肩車をして頂《ちょう》戴《だい》』という意味なのだと思う。

そういう、愛玩ドールからの哀願なのだろう。

まあ、三メートルというのは大げさにしても、二メートル越えからの俯瞰ならば、確かにこれまで斧乃木ちゃんがしていた探し物とは、全然違う視点からの捜索が可能になる——そうか、童女の肩車イベントトか。

そんなことはまったく望んじゃあいないし、受験の憂《う》さが、そんなイベントで晴れるとはまったく思えないけれど、しかし一刻も早く家に帰るためには、仕方あるまい。

どうやら立ってしまったこのフラグをへし折るためにも、童女を肩車するしかあるまい。

いや、待てよ？

以前これと似たようなことがあった。

肩車イベントだと思ったら、まさかの、僕が肩車をされる側だという、狂気のイベントがあった——しばらく町の噂になってしまった。

そんな街談巷説になってどうするのだ。

なるならせめて吸血鬼伝説だろ。

確かに式神怪異である斧乃木ちゃんには、僕を肩車するだけの筋力はあるだろうけれど、しかしこの場合は、あくまでも僕が斧乃木ちゃんを肩車するべきだろう——物事にはバランスというものがある。そのバランスを遵守してこそ、世の理《ことわり》は保たれるというものだ。

だが、相手は常識に欠ける斧乃木ちゃん。

常識の他にも、配慮とか人間性とかも欠ける斧乃木ちゃん——確認はとっておくべきだろう。なんだったらレポートにして提出して欲しいくらいだったが……その時間がない今は、まあ、口頭で質問するしかあるまい。

どの道、取り越し苦労だとは思うがな。

取り越し苦労を通り越して、無駄働きと言うべきか——しかし遺憾なことに、斧乃木ちゃんから返ってきたのは、あまりにも人間離れした回答だったのだ。

「斧乃木ちゃん。確認させて欲しいことがある」

「確認させて欲しいこと？　おっと、僕の抱き心地を知りたいって言うのなら、それは任務終了後にしてくれよ」

「そんな洒落た受け答えはしなくていいから……、足し算をするにあたって、僕が斧乃木ちゃんを肩車するということでいいんだよな？　いかに斧乃木ちゃんが怪力といっても、そのほうが見栄えがいいもんな？　悪目立ちはしたくないもんな？」

「悪目立ちをしたくない以外の理由も、その質問からは感じられるけれど」

式神怪異なのに、妙に人間の情緒に精通したような前置きをしてから、

「違うよ、鬼いちゃん」

と言った。

「え？　今なんて言った？」

「違うよ。鬼」

「いちゃんをつけろ」

「いちゃもんをつけないでよ。あのね、鬼いちゃん。肩車なんてしない」

「え？」

「鬼いちゃんの頭部を僕の太ももでぎゅっと挟んだりはしない」

「肩車なんてしない、でいい。聞き返したときは、最初に言った通りに言ってくれ」

「肩車なんてしないし、されない。考えてみてよ、肩車だとロスが大きいだろう？」

「ロス？」

「どちらがどちらをするにしても、肩車だと、うなじのところに座ることになるだろう？　座るってことは、つまり足し算できるのは座高だけってことになる。確かに鬼いちゃんは、座高には自信があるかもしれないけれど、それでも、座高プラス股下が座高よりも低くなるってことはないだろう？」

「座高プラス股下が座高よりも低くなる奴なんているか。足の長さがマイナスじゃねえか」

「そのマイナスを発見したのも、僕なんだけどね」

「フィールズ賞をもらえるわ。どころか斧乃木賞が設立されるわ」

「斧乃木賞。魅惑的な響きだね」

「ロスってのは要するに、肩車だと、斧乃木ちゃんが欲するほどの高さにはならないって意味か——いやだからと言ってだな、斧乃木ちゃん。そのロスは避けられないロスだろう。肩車以外に、というか、肩車以上に視点の高度を上げる方法なんて、まずないぞ。僕が斧乃木ちゃんを抱き上げたとしても、精々僕と同じ視点の高さまでにしかならないわけだし」

「それ抱き上げてない。抱き締めてるだけ」

「じゃあ、高い高いしたとしても」

「確かに僕は童女だけれど、そこまで子供扱いされたいわけじゃあないな。……なに、簡単なことだよ、鬼いちゃん。僕がいつもやっていることをすればいいんだ」

「いつもやっていること？」

「いつもやらされていることと言えば察しがつくんじゃあないのかな」

「…………？」

つかなかった。

というか、つきたくなかった。

004

数分後。

僕は高い視点に立っていた。

というか、斧乃木ちゃんの上に立っていた——斧乃木ちゃんが一本、天を指差すように突き立てた指の上にである。

「…………」

専門家の式神としての彼女の主たる役割が、本当のところ何なのかは、僕にははっきりとはわからないけれど——日常的な業務として斧乃木ちゃんがやっていることは、やっている役割は、どうやら『運転手』のようである。

と言っても、もちろん童女が車を実際に運転しているわけではなく――『地面を歩けない』という制限を持つ専門家に使役されるにあたって、彼女が地面を歩かなくてもいいよう、彼女を指やら肩やら頭やらに乗せて、運んでいるのだ。

人間一人を、そんな風に荷物のように運ぶ斧乃木ちゃんもすごいが、そんな風に運ばれる専門家氏もすごいと、僕は思っていたものだが――まさか自分が斧乃木ちゃんから、そんな風に運ばれることになるとは思わなかった。

いや、確かに……。

これならロスはないけれど……。

どころか、自信があるかないかはともかくとして、僕の足の長さは一センチの無駄なく高度として使えるし、しかも斧乃木ちゃんの手の長さまでそこにプラスされるから、最初に斧乃木ちゃんが言っていた、未知なる『三メートル越え』の視点に、僕は立つことになるのだった。

以前、肩車『された』ときの視点も相当に高かったけれど、今回は果たしてそれ以上だ――いや、このやりかたでは、僕が下になることはまず不可能だけれど、しかし……、上になることも、普通は不可能だろう。

指一本の上に立つって。

僕はバスケットボールか。

……回転させられているわけではないけれど、しかし特に平衡感覚に優れているわけでもない僕が、このように、不安定ながらも斧乃木ちゃんの指の上に立っていられるのは、彼女のほうがうまくバランスを調整してくれているかららしい。

ちょっとしたアトラクションみたいで、決してそんな場合ではないけれど、ちょっとした分だけ、ちょっと面白い。

「……あの人を運ぶときも、こんな風に、斧乃木ちゃんがバランスを取ってるの？」

「いや、お姉ちゃんを運ぶときにはその必要はないね。お姉ちゃんの乗りかたはやや特殊で——とは言え、僕が失敗して落とさないようにする配慮は必要だけどね」

落としたら半端じゃなく怒られるから、と斧乃木ちゃん。

「そうか、半端じゃなく怒られるのか……」

ぱないのか。

ちなみに忍はこの時間、おねむである。

斧乃木ちゃんと忍は不仲なので、ひょっとしたら起きてはいるけれど、狸寝入りを決め込んでいるのかもしれない——鬼が狸を決め込むなよ。怪異として信じられないくらいの位落ちだろうが。

「お姉ちゃんを落としたらたとえお姉ちゃんのミスでも僕のせいにされるからね。テクは使わないけど気を使って大変だよ。その点、落としても何一つ文句を言わない鬼いちゃんを運ぶ分には気が楽だ」

「悪いけど斧乃木ちゃん、そう言ってくれるのは嬉しいが、僕はそこまで人間ができてないぞ」

そういう意味ではこれは絶妙の高さだ。

落とされたら無傷ではすまないけれど、よっぽど打ちどころが悪くなければ、まあ命に別状はなく、そして意識を失うようなことはなく、落とし主である斧乃木ちゃんに言いたい放題文句を言えるという……。

「………」

落とし主ねえ。

「なあ、斧乃木ちゃん。とりあえず探し物は、この姿勢で続けるとして」

「すごい諦めのよさだよね、鬼いちゃん」

「切り替えが早いと言ってくれ」

「さすが『わからない問題は解かなくていいや』のキャッチフレーズでおなじみ、鬼いちゃん」

「そんな奴がどんな受験に成功するんだよ」

いや。

まあ、わからない問題を飛ばすというのも入試の上では避けて通れないテクニックだと戦場ヶ原は言っていたけれど——その点羽川は、『難しい問題から解いたほうがあとが楽だよ』という驚異のテクニックを主張していた。驚異過ぎるだろ。

「悪目立ちどころの話じゃねえから、さっさと見つけたいんだけど……、探し物というからには、どっかで落としたって話なのか？」

「ん？」

「いや、『ん？』じゃなくてさ。斧乃木ちゃん……、じゃないにしても、誰かが落としたとか、そういうものを探してるってことなのか？」

「さあね。僕は言われたことをやるだけの、言われたことをやるだけ娘だからねえ」

「属性に名前をつけるならちょっとは呼びやすくしろ。でも、探し物って言ったら、普通は落し物だろう？」

「そうとは限らない。この先僕が鬼いちゃんを落とすように、落としたものだけとは限らない」

「不吉な未来を暗示するな」

「誰かがどこかに隠したものを探しているのかもしれないし、なんらかの事故によって失われたものを探しているのかもしれないだろう。勝手な推理をしたければ好きにすればいいけれど、短絡的な判断で現場を混乱させるのはやめてもらおうか」

「…………」

辛辣だな……。

自分でも何を探しているかわかっていない癖に。

「見たらひとめでわかると言うのは、それは僕にも見たらわかるって意味なのか？　こうして僕を火の見櫓《やぐら》に上げたってことは、そうなんだろうけれど……、もしも誤解してるなら悪いんだけれど、僕、最近吸血鬼としてのスキルの消耗《しょうもう》が著《いちじる》しいから、怪異的な視力を期待されているんであれば、それには応えられない」

「大丈夫。鬼いちゃんには何も期待していない」

「……じゃあ、なんで人をこんな火の見櫓にあげてんだよ。神輿《みこし》としてかかげてんだよ」

「うん。僕が鬼いちゃんを、かかっ！　げているのはね……」

「意味もなく忍の物真似を交えるな」

「……別に怪異的な視力がなくても、見つかるものだからさ。だから鬼いちゃんはその調子で風見鶏《かざみどり》のごとく、あっちこっちに目を配って頂戴」

「地面に落ちてると考えていいのか？」

「考えるな。鬼いちゃんは目だけ凝らしていればいいんだ」

「…………」

なんで僕、童女の言いなりになっているんだろう……、気が弱ってると、人間、楽なほうへ楽なほうへと流されてしまうな。

いや、童女の言いなりになるのが、楽なほうなのかどうかは、果たして定かではないけれど……。

「とにかく、たとえ不審物でなくとも、何か気になるものや変だなって思うものがあったら、それを逐一僕に報告してくれればよい」

「よいって……」

相変わらずキャラがブレブレだなあ。

かの暴力陰陽《おんみょう》師《じ》は、よくもまあこんなブレブレな式神を使役しているものだ——どうやって制御しているのだろう。

やっぱり暴力だろうか。

場合によってはそれはＤＶと呼ばれるものだが。

「気になるものや変だなって思うものか……、それは交差点やらに設置された鏡に映る、自分達の姿を除いてってことだな？」

「皮肉ならあとでやってくれ。僕は今忙しいんだ」

「…………」

会話もさせてもらえないのか。

僕を支えるだけの業務がどうして忙しいのかと思ったけれど、斧乃木ちゃんもどうやら、僕を指一本で支えたままで、周辺を窺っているようだった。このあたりも一度は探した道なのだろうが、七度《ななたび》探して人を疑えという奴か——いや、この言葉は用途が違うか。

「僕だって、別に暇なわけじゃあないんだけどな」

「余命半年になったりって奴かい？」

そんな風に、僕を支えたままに、探し物を続けたままで、斧乃木ちゃんは言った——何の脈絡もなく、踏み込んだことを言ってきた。

「この一年やっていたことの中で、それだけはまだ、鬼いちゃんの中で解決していないことだよね——余命は順調に減っていっている最中だよね。センター試験の結果が芳しくなかったのは、そのせいもあるんじゃやない？」

「…………」

「まあ、鬼いちゃんが気にしているのは、どうせ自分の余命じゃあないんだろうけれどね——余命じゃなくて、お嫁さんなんだろうけどね」

「シリアスな話の途中に地口を挟むな」

「この場合は地口ではなく軽口と言って欲しいね」

「軽口でも挟むな」

「なに？　やっぱり太ももで挟んで欲しいのかい？　だとしたら申し訳ないけれど、僕の太ももは、太もも言うほど太くはない。むっちむちが好きな鬼いちゃん、ごめんなさい」

「ぶっ殺すぞ」

童女に暴言を吐いた。

「斧乃木ちゃんが僕に対して謝ることは、他にある」

「え？　じゃあ、むっちむちが嫌いだと？」

「それはまた別の話だ。あと、戦場ヶ原はまだ嫁じゃない」

「おや。僕は別に戦場ヶ原とは言っていないよ」

「ん？　違うのか？　忍のことだったのか？」

「いや、戦場ヶ原のことだけどね」

「軽口を挟みたいなら、軽やかに会話をしてくれ——あと、戦場ヶ原を呼び捨てにすんな。会ったことないだろ」

「会ったことはないけれど」

と、斧乃木ちゃんは道の角を折れる。

いったい、どこに行くつもりだ。僕の家とは真逆の方向なのだが……、今日中に帰れるんだろうか？

距離感や時間感覚が、怪異と人間とでは全然違うかららなあ……。

せめて探し物の探し場所の範囲だけでも教えてもらえると助かるのだが……、どうもさっきからの斧乃木ちゃんの動向を窺う限り、それも定かではないようなのだ。

この辺りとも、どの辺りとも限らない。

かの暴力陰陽師らしいといえばらしいけれど、随分とざっくりした指示の出しかただ——いや、以前あった事件のことを思うと、必ずしも斧乃木ちゃんを使役しているのが、暴力陰陽師とは限らないのだっけ？

特に専門家の元締めであるあの人なら——

「どのくらいなんだっけ？　あと、鬼いちゃんの余命。余命が終わるのと、受験が終わるのと、どっちが先？」

「デリカシーのない質問をしてくれるぜ。ずけずけずばずばと」

いや。

この場合は、さばさばと言うべきか——そしてくれるほうが、気が楽というのはあった。

変に気遣われるよりも、そうやってさばさば話して
「難しいところだな。受験自体は先に終わる。しかしその後卒業式が挟まって、結果が出るのは卒業式のあとだ」

「ある意味ラッキーとも言えるよね」

「言えるか」

「吸血鬼としてのスキルの消耗が激しいっていうのも、そういうことでしょう？　無駄な努力どころか、無駄な敗北を、今も繰り返しているということでしょう？　鬼いちゃんは」

「無駄ってことはないさ……」

ただ、効果がないのは事実である。

どころか、逆効果さえ生んでいる――回復するたび闇雲《やみくも》に突っ込むという作戦は、そろそろ見直しの時期に来ているのかもしれない。

「闇雲に突っ込むなんて作戦が、まさかこの世にあるとはね」

斧乃木ちゃんが肩を竦めた。

その動きに、危うく指先から転げ落ちそうになった。

「そう言われれば返す言葉もないが……」

「そんな作戦を取る人は、この世にお姉ちゃんだけだと思っていたよ」

「あるんじゃねえか」

まあ、あの人ならな。

もっとも、蛇神は不死身の怪異ではないから、不死の怪異を専門とするあの人の出番ではないという感じだが――それは斧乃木ちゃんも同じである。

ん。

そう言えば以前、蛇が神聖視される理由のひとつに、脱皮という生理現象を根拠とする不死性があったはずだが――えっと、この話、誰から聞いたんだっけ？

記憶がぼんやりしていて、繋がらない。

最近、こういうことが多いな。

受験勉強の根《こん》を詰め過ぎだろうか。

「一応、羽川が世界を股にかけて、忍野を探してくれているんだけれどな――生憎、成果は出ていないという感じだ」

「そう。忍野のお兄ちゃんね――僕もしばらく会っていない」

「ふうん……」

どこに行ったのかねえ、本当に。

あの放蕩無頼《ほうとうぶらい》の男は――羽川は海外まで行ったけれど、しかしあいつがパスポートを持っているとは、僕にはどうしても思えないんだけどな……。

「ねえ、鬼いちゃん。それで今後、どうするつもりなの？　もしも鬼いちゃんが望むのであれば、前みたいに、僕が臥煙さんに連絡を取ってあげないでもないんだよ？」

「いや……」

なんでそんなに上からなのかはともかくとして、しかし、あの人に繋いでもらうのは、ない。そもそもこの状況を招いたのが、あの人からの、『友人としての』頼みごとだったからだ——いや、やっぱりそんな、誰かのせいにするようなことを言うべきではないのか。

ただ、誰かのせいにするわけではなく、しかし何かのせいにしてもいいのであれば——あの人から預けられた一枚の札が、原因と言える。

諸悪の根源と。

「……それに、そうは言っても、僕はあの人の意に背いて、あの札を使わなかったって立場だからな。そう考えると、今更あの人に頼れない」

「そう言わずに。意外と友達として、フレキシブルに言うことを聞いてくれるかもしれないよ？」

「そりゃあ悪い人じゃないのは知ってるけどさ……、あの人、友達に対して恩返しや見返りを求め過ぎだよ」

まあ、それでも自分の命や戦場ヶ原の命がかかっているとなれば、いかなる犠牲も払うべきかもしれないけれど——この場合、払う代償というのはきっと、最低でも忍野忍、そして最悪なら千石撫子となるだろう。

それは無理だ。

そんな判断が下せる僕なら、そもそもこんな状況には陥っていない——レトリックを駆使した表現をしている場合ではないのは重々承知しているけれど、冷徹な判断が下せない僕には、熱く戦うくらいしか、取るべき作戦がないのである。

「まあ、そうだね。うっかり頼ると、あとで酷い目に遭うというのが臥煙さんさ。守りたいものがあるなら、頼らないほうが無難かもね」

「だよなあ……無難っつーか、現状僕、すげー災難に見舞われてはいるんだけど」

「というより……、現時点で臥煙さんのほうからコンタクトがないということは、臥煙さんに鬼いちゃんを助ける気が皆無《かいむ》ということだけれどね」

「じゃあ無理じゃん」

「友達から無理な頼みを受けないように立ち回るというのが臥煙さんのすごいところさ」

「要領よ過ぎるだろ」

「ただしそれは忍野のお兄ちゃんも同じじゃない？　羽川さん家《ち》の翼ちゃんが見つけたとしても、助けてくれるとは限らないんじゃない？　『助けない、一人は人でだけだよ助かるお嬢ちゃん』とか言って」

「忍野が片言になってんじゃねえか。どこの国で生活してたんだよ、忍野」

「棒読みの僕と片言の忍野のお兄ちゃんとの会話って、聞いてられないだろうね」

「聞いてられないと思うなら、棒読みを直せよ」

「これは直らない」

断言した。


この子にしては妙に強く断言した――棒読みは棒読みだけれど、なんだか棒読み具合に違和感があった。

なんだろう。

またキャラがブレたのだろうか。

「……まあ、確かに、忍野ならそう言うかもしれない――だから羽川の忍野探索は、僕にとっては気休めみたいなものさ。羽川だって、ロケハンのついでに探してくれてるだけだし」

まあ、ついでということはないだろうけれど、しかし僕としては、それ以上の期待をするわけにはいかない。

「結局、自分でなんとかするしかないって話さ。僕が蒔《ま》いた種だ、僕がなんとかするよ」

「それが本当に鬼いちゃんの蒔いた種なら、確かにそうするべきかもね」

「ん？　誰か他の奴が蒔いた種だとでも言うのか？けれど、そうは思えないぞ」

「思えるはずがないでしょ――種ってのは、地中に埋まってるものなんだから」

芽が出るまでは、その存在にすら気付けないのさ――と斧乃木ちゃんは言う。

「だけど不思議だとは思わないのかい？　ここのところ、まるでバランスでも取るかのように、まるで答え合わせでもするかのように、鬼いちゃんの周囲ばかりが乱れていくことを――」

「…………」

「怪異に出会えば怪異に曳《ひ》かれるとは言え――そのバランスさえ取られていくようじゃないか。それを不自然に思えないほど、鬼いちゃんも鈍くはないと思うけどね」

「……鈍いよ。いつだって僕は、その場を取り繕うことにいっぱいいっぱいだ――それもついに限界が来てるってことさ」

僕は言う。

まあ、怪異とは言え童女相手に愚痴を言うのも格好のつかない話だし、それを差し引いても、究極的にはあの人側である斧乃木ちゃんを、あまり板ばさみにするようなことは言うべきではないだろうから、これくらいに留めておくべきか。

そう思った僕は、話題を探し物のほうに戻す。

「何も、それらしいものはないけれど……、この辺にあるのは確かなのかい？　斧乃木ちゃん」

「なにもないなんて報告はいらない。成果をあげてから報告しろ」

「そんなことを言われても……」

無償で、どころか貴重な時間を費やしてまで探し物に付き合っている人間に対する、それは態度ではないと思うんだけれど……。

「ひとめ見ればそれとわかるもの、ねえ――なんなのかな、それは」

「さあね。そんなことを訊かれても見当もつかないけれど……、だけれど鬼いちゃん、僕にはひょっとしたら、と思うものはあるよ」

「へえ。なんだい？」

「誰であろうと、ひとめ見ればそれとわかるもの──だけど探し始めたら見失ってしまうもの。それは」

斧乃木ちゃんは。

指で支える僕を見上げ──言った。

「笑顔だよ！」

棒読みで言った。

無表情で言った。

「…………」

そりゃあ確かに、一刻も早く見つけてあげたいものだった。

005

後日談というか、今回のオチ。

いや、今回に限って言えば、オチどころかそもそも何も起きてさえおらず、童女に指で支えられて探し物をしましたという話で、怪異譚どころか日常の謎でさえないのだが。

しかも結局、夕暮れまで町中をうろつきまわって、何も見つけられず、何も成果を得られずという結果だったというのだから、笑いどころさえもない──僕が斧乃木ちゃんと散歩をしただけとも言える。

「見つからなかったね。仕方ないか。じゃ、ばいばい。ばいばいえーい」

斧乃木ちゃんはそんな横ピースと共に帰っていった。特に、探し物が見つからなかったことに消沈したという風もなかった──むしろ無表情ながらも、一日きっちり働いたことに、どことなく満足した雰囲気さえあった。

ひょっとして時給で働いているのだろうか。

結果を出しても出さなくとも、同じ時間働けばそれでいいんだろうか……、少なくともサービス残業をしようという意志は、僕の目からはまったく見て取れなかった。

まあ、出来高払いの式神というのも締まらないけれど……。

というわけで、その後、おざなりに置き去りにされた僕は、普通に、何事もなく家に帰って、何事もなく受験勉強を再開した――とは言え、昼に試験を受けた精神的疲労、斧乃木ちゃんの探しものを手伝っての肉体的疲労があったので、あまり夜が更ける前に、眠りについた。

帰り道、童女と戯《たわむ》れて、家に帰って、寝た？

おいおい。

そんなもん、後日談はおろか当日の談がないし、エピローグ以前にエピソードにすらなっておらず、アウトロに辿り着けないイントロクイズみたいな感じじゃあないか――と思われても無理はないけれど、この解答なきクイズに答を出してくれたのが、誰あろうというか、やっぱりというか、またかというか、羽川翼だった。

いや実際、羽川の探偵率が高過ぎる気がするけれど、これは純粋に学力や知能の差だと思っていただきたい。僕が羽川ばっかりに頼っているとかそういう話ではないのだ。

ただしその羽川をして、僕がこの話をした直後には、何も教えてくれなかった――『ふうん。そんなことがあったんだ。そんな場合？』と言われただけだった。

僕もその受け答えを、特に不自然だとは思わなかった――普通に、『そんな場合じゃないよなあ』と思っただけだった。そんな場合じゃなかったからだし、不自然じゃなかったからだ。

つまり僕は気付かなかったわけだ。

不自然じゃないという状況を作ってくれた――斧乃木ちゃんの心配り、そして羽川の心配りに。

「一番見つけにくい探し物ってなんだと思う？」

しばらくして――

蛇神に関する諸々《もろもろ》が終わって、しかしまた次の諸々が始まって、その後あたりのこと——羽川は僕に、そんな風に問いかけてきた。

いや、いきなり言われても、咄嗟には羽川が何を言おうとしたのかわからなかったけれど。

「え？　何の話？」

「だから斧乃木ちゃんの話——阿良々木くん、斧乃木ちゃんと同居することになったんでしょう？　だったらそのこと、言っておいたほうがいいかなって思って。一番見つけにくいものって、なんだと思う？」

「一番見つけにくい……」

なんだっけ。

そう言えば忍が以前、部屋の中にドーナツを隠すという遊びをしたことがあったな——えっと、それに基づいて答えたらいいのかな？

「えっとだな、僕が考える一番見つけにくいものは……」

「いや、この質問は前振りだから、阿良々木くんがどう考えるかもどう答えるかも、どうでもいいんだけど」

「どうでもいいのかよ。え？　じゃあ、この前振りのあと、どんな質問をするつもりなんだ？」

「『一番見つけやすいものってなんだと思う？』だよ」

「……それこそ、そりゃあ、『ひとめ見ればわかる』ものだと思うけれど……」

けどひとめ見ればわかる探し物って、なんなんだろう？　よく考えたら、大抵のものは、見つけた瞬間『ひとめでわかる』探し物になるよな。

それこそ『笑顔』が答でもない限り……。

「いやいや、阿良々木くん。あんまりその言葉に縛られちゃあ駄目だよ。だって、それって嘘なんだから」

「嘘？」

「嘘は言い過ぎだけれど。斧乃木ちゃんは、探しものなんてしてなかったんだよ。一番見つけにくい探し物っていうのは、まあ、そういうものだよね——存在しないものは見つけられない」

「…………」

え？

ちょっと待って、それはわかるけれど……、なんで僕、そんな嘘をつかれたの？

「まさか斧乃木ちゃん、僕と遊びたいがために、そんな罪のない嘘を……？」

「そうじゃなくって」

あっさり否定された。

あっさりし過ぎだろ。

「その答が、『一番見つけやすいもの』だよ——もちろん、見つけやすいものっていうのは目立つものなんだけれど、何が目立つって言って——探し物をしている人ほど、目立つ人はいないよね」

羽川は言う。

「足を止めたり、きょろきょろしたり、かがんだり、背伸びをしたり——どうしたって、挙動不審になるもんね。もちろん、奇声を発したりとかの度を越した暴挙は別としても——でも、お人形さんみたいな女の子の指先に立って、高い位置から探し物をするっていうのは、それくらい目立つ行為ではあるよね」

「…………」

悪目立ち——どころか。

大目立ち——というわけか。

「つまり斧乃木ちゃんの意図としては、阿良々木くんを目立たせたかったって感じかな。そのために、阿良々木くんを旗のように掲げたってこと」

「旗……フラッグか」

フラグを立てるというか、フラグとして立てられていたのか——僕は。

そんな男子がこの世にいるのかよ。

「で、でも、どうして斧乃木ちゃんは、僕を目立たせたかったんだ？　こいつはセンター試験でしくじった馬鹿だと、世に示したかったのか？」

「それはあるかもしれないけど」

それはあるかもしれないのか。

あっさり否定してくれよ。

ここでこそ。

「だけど、それだけじゃあないいーーもう、阿良々木くんも知っているんでしょ？　一月はその町に、阿良々木くんが決して会うわけにはいかなかった人がいたでしょう？」

「…………」

「阿良々木くんが会うわけにいかず——向こうも会いたがってない人が」

まあ、最終的には会ってしまったとはいえ。

と、羽川は続ける。

「毎日のようにその町を訪ねていた人だから、まあ、いつすれ違ってもおかしくなかったとは思うんだけれど——たぶん、それが起こりそうなところを、斧乃木ちゃんが止めてくれたんでしょ。阿良々木くんを目立たせることで、向こうが避けやすいようにしてくれた」

「見つけられない探し物をさせることで——僕を見つけやすくした……」

あいつと。

あの詐欺師と僕を——接近遭遇させないために。

「…………」

「もちろん、向こうがそんな目立つ——そそり立つ阿良々木くんを見つけたかどうかは定かじゃないけれど、見つけていたら、確実に遭遇を回避したでしょう。余接ちゃん的には、その頃の阿良々木くんに、そのとき以上の心労をかけたくないって気持ちだったんだろうね、きっと——何も起きない、事件性のない、物語性のない状況っていうのは、案外、誰かの気遣いとか、によって支えられてるものだよね」

斧乃木余接の気遣い。

気付かれない気遣い。

「自分の平和な生活が、何に支えられているか気付かないまま、自分がなんとかしなきゃって言っているのは——確かに滑稽だな。あいつに揶揄《やゆ》されるわけだ」

「かもね。人は一人で勝手に助かるだけとは、よく言ったものだけれど——けれど実際問題、一人で生きていくなんて、無理だよね」

羽川は忍野の口癖をなぞってから、言った。それはまだロケハンとは言え、幾度かの海外生活経験を踏まえての感想なのかもしれなかった。

「一人じゃ生きていけないし、たとえ一人で生きていきたいと思っても——どうしたって、誰かのお世話にはなっちゃうもんね。食事も、移動も、着替えも、——ひょっとしたら睡眠だって、誰かのお陰でできてるものだもんね」

「まあ……、そうだよな。普段はそんなこと、全然意識せずに日々を過ごしているけれど」

「そうだね。ひょっとするとそういうさりげない気遣いこそが、一番見つかりにくいものなのかもしれないね」

羽川はそうまとめた。


斧乃木ちゃんが棒読みで言っていたらどれだけ不快になったかわからないまとめかただったが、羽川が言うとそうは聞こえないから不思議だった——いや。たとえ斧乃木ちゃんが言っていても、そうは聞こえなかったかもしれない。

そんな気分だった。

第十一話　こよみナッシング

SUN	MON	TUE	WED	THU	FRI	SAT
				1	2	3
4	5	6	7	8	9	10
11	12	13	14	15	16	17
18	19	20	21	22	23	24
25	26	27	28			

2

February

001

影縫余弦《かげぬいよづる》に至っては、比喩や印象、概念の話ではなく、本当に道を歩かない――地面を歩かないという制限の下、彼女は日々を暮らしている。

それだけ聞くと小学生の遊びだ。

地面を海や奈落と見做《みな》して、石段やらブロックやら何やらの上、高いところだけを歩いて移動するという――たとえるなら一人で高鬼《たかおに》をやっているような生きかた、進みかた。僕が初めて彼女と遭遇したとき、彼女は郵便ポストの上に立っていたものである。

まあ、小学生がやるならば遊びだけれど、いい大人がやる分には立派な奇行だ――それに、あの遊びは体重の軽い小学生だから可能なことであって、育った大人には意外と難しい。あの人の身体能力の高さは今更語るまでもないことだけれど、しかし案外、それは普段からの奇行によって鍛えられての成果でもあるのかもしれない。

ただ、どう言い繕っても奇行は奇行――あまりにも奇行過ぎて、ちょっと触れづらく、僕はその理由を直接的には訊いたことがない。

しかし、会話の端々から予想する限り、そしてとある折紙好きから聞いた限り、どうやらちゃんとした理由はあるらしい――というか、少なくとも肉体鍛錬として鍛えているわけではなく、そして遊びでやっているわけではないことは確かだ。もちろん、仮に理由があったとしても、かなりの信念がなければ、その行動規範は貫けまい。

敵としては、というか。

彼女と正面から戦った経験を持つ僕としては――戦ったどころか、さながら規範のごとく貫かれた僕としては、まあ、まあまあ、あんなに怖い人もいないだろう。

僕は忍野を含め、何人か、彼女と同じ専門家に会ったことがあるけれど、やっぱり影縫余弦が一番怖いと思う。

恐ろしいと思う。

怪異よりもよっぽど怖い。

鬼よりもよっぽど強い。

暴力によって怪異を退治する陰陽師なんて、怪異よりもレアではないか——もっとも、そんな彼女だからこそ、その行動原理は真っ直ぐでわかりやすく、しかしその割にイレギュラーでもある。

道を歩かないというランダム性は、彼女のイレギュラーの象徴かもしれない。

そう言えば不死身の怪異を専門とする理由を『やり過ぎるということがないから』と語っていたけれど、実際のところはどうなのだろう。その言葉は額面通り鵜呑みにしてもよいものなのだろうか。

忍野や貝木に較べて、方法論はわかりやすい人でありながら、しかし反社会性という意味では、もっともこの世となじまない——人間でありながら、怪異よりも暗い闇で暮らしているような彼女に、いつか訊いてみたいものである。

道を歩かない彼女に。

道とは何か、訊いてみたい。

きっとこんな答が返ってくるだろう。

「歩く場所は、別に道やのうてもええ」

002

「てぃっ！」

「ぎゃふっ！」

「てぃっ！　てぃっ！」

「ぎゃふっ！　ぎゃふっ！」

掛け声も悲鳴も可愛らしいから、なんとなく、仲良くじゃれているだけの情景描写に感じられるかもしれないが、実際にはこれは、影縫さんが僕をボコボコにしているという図の、非常にマイルドな表現である——最終的に、

「ていっ!」

　と、影縫さんが放つ、脇腹をえぐるような——さながら達磨《だるま》落としみたいに胴体の部分がどこかに飛んでいったんじゃないかと思えるようなソバットによって僕がぶっ倒れたところで、そんな応酬は終わったけれど。

「なんや、だらしないなあ——夏に戦ったときには、もうちょい骨あったやろ、おどれ」

　言うてもその骨、うちが全部砕いたってんけどな——と言いながら、影縫さんは飛び上がった姿勢から、真新しい燈籠《とうろう》の上に着地する。

　神聖なる神社の、その燈籠の上に着地するなど罰当たりな行為だけれど、しかし神様不在の神社でやる分には許されるだろう——まあ影縫さんは地面に着地できないので、神様がいる神社でもきっと、同じようにするのだろうけれど。

　対する僕も、参道のど真ん中に仰向けに倒れているのだから、道というならどっち道、影縫さんを批難できたものではないけれど。

「ぐっ……」

　呻《うめ》く僕。

　全身が青あざになっているのを感じる。

「馬鹿な……、今回はバトル禁止という制限だったはず……」

「そんな制限はない。あるんはメタネタ禁止の制限だけや」

「そうだったのか……なんて勘違いだ……」

「ちゅーか、うちをバトルに誘ってきたんはそっちやんけ」

「そうでした……」

　そうなのだった。

　なんて筋違いだ。

そこだけ切り取って聞いたら自殺志願かと勘違いされるかもしれないけれど、そう、今日は僕が、自ら、自らの意志で影縫さんにお手合わせを願ったのだった——お手合わせとか。

どこの格闘家だと言いたくもなるが。

そしてこの惨憺たる結果である——

「一応これでも、手ェ抜いたってんで？　すっこすこに」

「ええ、それは感じています……」

できればもっと抜いてほしかったけれど。もっとすっこすことやらに。穴だらけのスポンジよろしく。

「痛感しています……」

「ところで何が目的やったん？　いきなりうちに勝負を挑んでくるなんて」

「…………」

事情を知っている人だから、みなまで言わずとも察してくれて、僕の向こう見ずな挑戦を受けてくれたのだとばかり思っていたけれど……、特に理由もなく、理由もわからないまま、影縫さんは僕をボコボコにしたらしかった。

すげーな、この人。

なかなかできることじゃない。

忍野の同期生だというから、ついつい、あいつのような『見透かし』を期待してしまうけれど——忍野とは、それに貝木とも、この人、やっぱり全然タイプが違うな。

いい意味でわかりやすいし。

悪い意味でもわかりやすい。

一筋縄ではいかないという視点では、まあ、共通していると言えるけれど……。

「はあ…………」

二月。

二月下旬のある日、僕は北白蛇神社を訪れていた——またしても神様が不在となっているこの神社は、何度も死にかけた場所であり、また最近、人死にが出た場所でもあるので、決して軽はずみな気持ちで足を伸ばしたいところではないのだけれど——今日は、僕が用のある専門家。

影縫さん、暴力陰陽師・影縫余弦さんがここに居を構えているのだから、やむを得ない。

そう、忍野メメがこの町に滞在していたとき、今はなき学習塾跡の廃ビルに寝泊りしていたように、影縫余弦は現在、この町に滞在するにあたって、北白蛇神社で寝泊りしているのである——マジかよと言いたくなるようなハートの強さだ。

ここがどういう場所なのか、専門家の彼女が一番知っているだろうに——ひょっとすると、専門家の元締めであるあの人から命じられてのことなのかと思ったけれど、話を聞いてみると、どうやらそうではないらしい。

というか、まあ当たり前というか、そりゃそうだろうなと思うような話ではあるけれど、どうもあの人と影縫さんは、あんまり反りが合わないらしい——この神社で生活していることは、どちらかというと、あの人に対して反旗を翻すとまではいかなくとも、あてつけみたいなところがあるようだ。

まあ——正弦《ただつる》さんのことがあるからな。

あてつけにしては乱暴過ぎるけれど——影縫さん自身、多少なりともその自覚はあるのか、抱える式神怪異・斧乃木余接をその行為に同行させることなく、彼女を僕の家に預けるという予防策を取っているしな。

僕の家に童女を預けるとは……。

本当にそれは予防策になっているのかな⁉

「…………」

まあそれはともかく。

僕のほうの近況報告というか、現在の状況を簡単にまとめておくと、昨年度の春休み、伝説の吸血鬼によって血を吸われ、こともあろうか吸血鬼化してしまった僕は、その後どうにかこうにか人間に戻れたものの、その肉体にいくらかの吸血鬼性が残ってしまった——それだけなら、人として暮らしていくのに不自由があったわけじゃあなかったのだが、しかし愚かしい僕は、その残った吸血鬼性に頼って、その後訪れた様々な難局に対処してきた。

間違ったことをしたとは思っていない。

そうしなければ乗り切れない難局ばかりだったし──どころか、例の蛇神がらみの件では、その吸血鬼性に頼ったところで、まるっきり、事態を乗り切れなかったのだから。

そうするしかなかった。

たとえそうなるとわかっていても。

ただ、代償は支払うことになる。

怪異の力に──闇の力に頼ってきた代償は。

自ら闇に触れ続けた僕は、闇に踏み入り続けた僕は、肉体を再び闇に染めつつあるのだった──自らである。

簡潔に言うと、存在の吸血鬼化が顕著となった──意図しない吸血鬼化で、しかもそれは不可逆なそれである。

今のところは、鏡や写真に自分の姿が映らないといった程度の──そう、その程度の不具合が出ているくらいだけれど、今後も吸血鬼の力に頼るような真似をしていたら、太陽の光で灰になったり、大蒜《にんにく》を食べられなくなったり、聖水で溶けたりするようになるのだろう。

それと引き換えに絶対的で絶大的なパワーを手に入れられるとは言え──人間社会での生活は望むべくもない。

つまり僕は今後、何に対処するにあたっても、僕はこれ以上吸血鬼性には頼れない──そういうことだった。

「……というわけで、色々ひと段落ついたんで、ひとつ影縫さんに稽古でもつけてもらおうかと思いまして。今後、僕が難局に差し掛かったとき、吸血鬼の力に頼らず、影縫さんみたいに鮮やかな対処ができるようになればいいなあと思って──」

「あー」

ぽん、と手を打つ。

燈籠の上にしゃがんだままで。

「なるほど、そういうことか。けど、それはやめといたほうがええなあ」

「そうですか」

やめといたほうがええのか。

さらって言ってくれるが、なら僕はいったいなんのために。

「ひとつには、うちのやりかたは一朝一夕で身につくもんやないし、もうひとつには専門家の中ではかなりの外道《げどう》やからな。あんまり若者に教えたいもんやない」

「…………」

影縫さんだって、そりゃあ十代ではないにしたって、業界の中ではまだまだ若手のほうだと思うんだけどな。

あと、ここだけの話、影縫さんの方法論を学べればと思った理由は、『怪異を暴力で制圧する』という、酷くシンプルでわかりやすそうな交渉術を使っているようだからというのもあるのだが——しかし、だからこそ逆に、一朝一夕ではいかないということなのかもしれない。

単純が一番難しい。

勉強だってそうだが。

「そしてもうひとつ言うとするなら、もしもこんな風に、実地のバトルでうちからうちの方法を学ぼうとしとったら、おどれは」

影縫さんは言った。

「身につける前に死ぬ」

「…………」

うん。

影縫さんを師匠としない理由は、それだけで十分だな。

授業料が高過ぎる。

そもそも吸血鬼モードでも手も足も出なかったみたいな相手に、生身の僕が及ぶはずがないよな——

そう思いつつ、僕はようやく呼吸が整ってきたので、仰向けの状態から身を起こす。

いくら神様のいない神社といえど、その境内で寝転がっているというのは、あまり気分が落ち着くものではない。

「大体、おどれはそんなことしとる場合やないんとちゃうんか？　受験勉強の本試験が、迫りまくっとるやろ——なんやったっけ、今は私立の、滑り止めとか受けとる時期なんかな？」

「生憎、親にあまり期待されてませんでね。受験するのは志望校一本です」

「ふうん……それはそれで、すごい度胸や思うけども。うちが受験したときはどうやったかな——もう憶えとらんなあ。気ィついたら大学におった気がする」

「そんなわけないと思いますが……」

「ほんで気ィ付いたら卒業しとったし、気ィついたらこの仕事しとったな——うちはただ、その辺にふらふらしとるむかつくもん、しばいとっただけやねんけどな」

「…………」

本当だとしたら、とんでもない天才肌だぞ。

その辺にふらふらしとるむかつくもんというのは、怪異のことだろうか……それとも人間も含んでいるのだろうか。

うーむ。

こうして教えを乞いに来たものの、やっぱり、仲良くなりたいタイプの人じゃあないよなあ。

「まあ、根を詰め過ぎてもよくないですしね。この時期になってくれば、あとはもう、なるようになるだけですよ」

「一種の諦めさえ感じる台詞やな。まあ、余命がいくらか延びたおどれとしては、浪人上等っちゅう感じなんかもしれんけど」

「いや、浪人は避けたいですね。諸事情ありまして」

「ほな尚更《なおさら》、うちとこんな無人の神社で殴り合いしとる場合やないやろがい」

影縫さんはそう言う——していたのは殴り合いではなく、一方的な殴られだったけれど、とにかく、ちゃんとした大人みたいなことを言う。

「なんのためにうちが余接を、おどれの家に潜入させたと思うとるねん。少なくともしばらくは、おどれが怪異関係に煩わされんでええようにやろが」

「まあ、それはわかりますけれど……、ただ、童女や幼女に守られるだけの日常生活というのも、心苦しいものがありまして」

「幼女ゆーんは旧キスショットのことか？　あれは六百歳の怪異やぞ——童女ゆうても、余接は死体人形の憑喪神やし」

「そう考えると、すごいものに守られてますね、僕の日常生活……」

何も起きない日常は、誰かによって守られているものだと言ったのは、羽川だったたっけな。

「だからこそ——迂闊に手は出せなくなっとるんやろの。あちらさ、あちらさんも」

「あちらさん？」

「あちらさんと言うか、どちらさんと言うかやけど——まあええわ。とにかく、うちから何かを学ぼうなんて、無理のあることはせんほうがええ。まあ今までも何人か、似たようなことをしようとした奴もおるし、うちも気まぐれ起こして、その道の師匠みたいな真似をしたことがないでもないけど、うまくいったためしがない」

影縫さんはけたけた笑いながら言う——いや、その『うまくいったためしがない』という話を具体的に想像すると、影縫さんが気まぐれで取ったという弟子たちが相当に無事では済んでなさそうなのだけれど……。

ふむ。

いい思いつきだと思ったのだが、やっぱり短絡的だったか——というか、これは思いつきで行動してはいけないという教訓かもしれない。教訓などというと、あの詐欺師のようではあるけれど……。

「影縫さんは」

だからもう、僕は影縫さんから教えを受けようという虫のいい考えは捨てて、単なる好奇心で質問をした。

「どうしてこの世界にかかわったんですか？」

「んん？　この世界？」

「いや、つまり、怪異とか、怪異譚とか、そういう世界ってことですけれど……」

「正直なところ、うちはあんまり、そういう区別をつけてへんなあ——気に喰わん奴をいてこましたっとるだけやからなあ」

さっきもそんなことを言っていたな。

夏休みのときも思ったけれど、しかしなんだかこの人は、思った以上にシンプルな行動原理で動いているようだった。

正義と悪の対立構造。

いや、正義というより——善性、だろうか？

もっとも、忍野あたりに言わせれば、気に入らない正義や、不愉快な善性も、この世に溢れているし——それと同じくらい、待望される悪も、切実なる悪もあるということになるのだろうけれど。

一筋縄にはいかない世の中を、一筋に生きているのが影縫さんということか……。

「幼稚園のとき、腹の立つ悪ガキを殴ったんが最初かな——今から思えば、あの悪ガキも、なんぞようないもんに憑かれとったんかもしれへんけれど。ま、うちが不死身の怪異を専門としてへん頃の話や」

「まあ、幼稚園児の頃から不死身の怪異を専門としていたら、びっくりしますけれどね……」

影縫さんの幼稚園時代とか。

あまりにも想像を絶するけれど——なんだろうな、当時の影縫さん相手ですら、バトルして勝てそうにないけれど。

当時影縫ちゃんに殴られたという悪ガキくんのご多幸をお祈り申し上げる。

「で、今現在あなたが不死身の怪異を専門に相手取っているのは、やり過ぎるということがないから——でしたよね。それを裏返すと、結構な回数、やり過ぎたことがあるって意味になりますけれど。それを踏まえての専門職ですか？」

「まあ、そういうことにはなるな——なんや、質問が多いな。ひょっとしてうちも混ぜたってくれるつもりか？　噂の阿良々木ハーレムとやらに」

「…………」

なぜ知ってる。

阿良々木ハーレムの存在を——いや、そんな悪趣味な組織は存在しないけれど。斧乃木ちゃんからの情報だろうか。

筒抜けだなあ。

彼女との同居によって、更に情報が筒抜けになっているかもしれない——ただまあ、それは好都合でもあるのか。

月火が問題なく生活しているという事実が影縫さんに伝わることは、僕にとって決してマイナスではないのだから。

「あなたを口説けるくらい、大きな人間になってみたいものですね——大きさどころか、このままじゃ人間じゃあなくなってしまいそうですけれど」

「その場合はうちがぶっ殺すから心配せんでええよ。余接をおどれに張り付かせとるんは、そのためでもあるしな——おどれがそれ以上人の道から外れることがあるようやったら、容赦なく始末せえ、ゆうとる」

「…………」

人の道、ねえ。

それなりにまっとうな人の道を歩んできたつもりだったけれど、しかし一体、どこでこうなってしまったのやら。

そして斧乃木ちゃんが刺客だったとは……。

まさかの事実がさらりと明らかになった。

いや、考えてみればわかりそうな話だけれど、今言われるまでまったく思いもしなかった。可愛らしい人形さんの姿についついい忘れがちになるけれど、そうなのだ、斧乃木ちゃん、彼女もまた『不死身の怪異』を専門に相手取るプロフェッショナルなのだった。

はっ——と、影縫さんは笑う。

言うても、と。

「そないにネガティブになる必要はないと、うちは思うけどな——このまま普通に生活を送る分には、問題のう人として生きていけるねんから」

「……鏡に映らなくてもですか？」

「鏡に映らんでも死ぬわけやないやろ。太陽の光で灰になるゆーんやったら、結構な問題やけれど——原因不明やゆーんやったら怖い話やし、いてもたってもいられへんようになるかしれんけど、この場合、原因もはっきりしとんねんからな。度を過ぎた吸血鬼化さえせんかったらええねん」

「そりゃあわかってますけれどね——ただ、このまま何事もなく、一生を過ごせるとは思えないじゃないですか。僕が初めて怪異というものを知ってから、たった一年でもう、これだけのことがあったんですから——」

「まあ頻度は高いわな。トラブルに遭う」

「…………」

その頻度の高いトラブルの中の一回は、あなたと斧乃木ちゃんなんだけれど、とは言うまい。今だって決して味方というわけではないけれど、それでもこうして、話に応じてくれる関係にはなったわけだし。

相談に乗ってもらっている——という感じでは、決してないにしても。

「けど、一生何のトラブルにも見舞われることなく生きとる人なんかおらんのちゃうん？　でも大抵の人は、吸血鬼になんぞならんかて——うちみたいな外法《げほう》に頼らんかて、なんとかしとるやん。なんやかんやなんとかかんとかしとるやん。はっきり言うて、怪異とかを認識してしまっとる分だけ、うちとかおどれとかは、心が弱うなっとるわな」

「心が——弱く」

「未知の存在にブルっとるちゅーんか、何が起こるかわからへんっちゅうことを、わかってもうとるっちゅうんか。日常生活における不安要素が増えてもうとるから、日常のほうに集中でけへんようになっとるちゅうんか。その辺は忍野くんも、同様に抱えとる悩みやったと思うで」

「忍野が……？」

あまり忍野に、悩むというイメージがないのだけれど。

至極《しごく》お気楽な極楽トンボというか、何かを沈思黙考している風など一度も見たことがないような、そんなイメージなのだけれど。

いや、しかし。

そういうイメージを、僕が持ったことがないというだけであって——思えば奴の、神経質なまでにバランスを取ろうとする姿勢は、バランスの崩壊を、中立を失うことを、恐れていたという風に言うことができるのかもしれない。

病的に。

恐れていた、と。

「その辺、貝木は本当に気楽そうだったな……、自然界のバランスなんて毛ほども考えずに、やりたい放題だったもんな、あいつ」

「まあ貝木くんは、怪異の存在なんて信じへんっちゅうスタンスやからな——しかし、そういうスタンスを取ることで、自分を守っとると言えるのかもしれん。バランス論をスタンスとする忍野くんと、似たり寄ったりでもある」

似たり寄ったりね。

まあ、昔、友達だったという二人だし——それに、自分で言ってみたものの、貝木ほど、気楽という表現が似合わない男も珍しい。

気楽って、不吉の対義語に近いものがあるし。

「ただ、うちやおどれに、そのスタンスを取ることは無理やな。バランス論にしても、否定論にしても、いずれにしても」

「無理……と言うのは？」

「おどれは己自身が怪異みたいなもんやし——うちはうちで、余接を抱えとるしな」

ああ、旧キスショットを抱えとるちゅう意味では、おどれとうちはまったく同じっちゅうことになるんかな——と、影縫さんは言った。

「バランスを取ろうとしても、どうしたって、怪異のほうに寄ってまうし——怪異のほうに依ってまうし。否定することは、己のありようを否定することにも繋がってまう」

「…………」

なんというか、そういう言われかたをすると、戸惑ってしまうな。

自信たっぷりで堂々としていて、道を歩かないという奇行を照れも衒《てら》いもなく実行し、己の信念に基づいて筋を通して生きている風の影縫さんと、ことあるごとにあっちへふらりこっちへふらりと、風の吹くままに漂っている、糸の切れた凧《たこ》ならぬ意図の切れた凧のような僕とに、まるで共通点があるかのような物言いは——いや、ひょっとすると、それを無意識のうちに感じていたからこそ、僕はこうして教えを乞いに、あまり足を伸ばしたくない場所であるはずの北白蛇神社にやってきたのかもしれないが。

……そうだな。

あまり影縫さんを質問攻めにしていると、本当に阿良々木ハーレムへの勧誘かと疑われるかもしれないけれど——だからそんな組織は存在しないって——けれど、それでも何か、それを押してでも何か、ひとつだけ影縫さんに訊きたいことがあるとすれば、そのことかもしれない。

生身で怪異と戦うすべではなく——影縫さんがどうしてこの世界に足を踏み入れたかでもなく——これまでどれくらい『やり過ぎ』てきたかでも、もちろん、どうして阿良々木ハーレムの存在を知っているかでもなく。

訊きたいのは。

僕が影縫余弦に訊きたいのは。

「ねえ、影縫さん」

「なんやいな」

「影縫さんと斧乃木ちゃんって、どういう関係なんですか？」

003

専門家・影縫余弦。

式神怪異・斧乃木余接。

その二人の関係性は、今更改めて確認するまでもなく、陰陽師と式神の関係である——主従関係であり、上下関係であり、影縫さんにとっては斧乃木ちゃんは所有物であり、怪異と戦う上での武器であり、また移動手段でもある。

その上に更に付け加える情報があるとすれば、憑喪神である斧乃木ちゃんの原型となる死体人形は、大学生時代に、影縫さん・忍野・貝木・手折《ており》正弦の四人を代表とするオカルト研究会が合同で製作した、ある種の作品らしい——それを影縫さんが引き取って、今に至るというわけだ。

そこまでは知っている。

しかし逆に言うと、そこまでしか知らない——どうしてその後、どうしてその先、今に至るまで、影縫さんと斧乃木ちゃんが、行動を共にしているのかがまったくわからないのだ。

だって、考えてみれば矛盾しているじゃあないか——不死身の怪異を専門とし、それを理に反したものとして日夜、というか夜毎《よごと》と言うべきなのか、とにかく戦い続ける影縫さんが——しかしその手足として、乗り物として、他でもない命を持たない、たとえ粉々に砕かれても死ぬことのない不死身の怪異を使っているなんて。

　まるでそれは——許せない相手として存在を封じた吸血鬼と、生活を共にしている僕のように、矛盾しているじゃあないか。

　そっくりそのまま、そっくりに矛盾しているじゃあないか。

　いつぞや、闇の世界にかかわり過ぎないために影縫さんが立てた代役が斧乃木ちゃんだというような話を聞いたが——しかし闇に触れないために闇を用いるというのも、やはり矛盾だ。

　それについて色々想像したことはあるけれど、これという結論は出ていない——だから、影縫さんに直接訊いてみたかった。

　どういう答が返ってくるにしても。

　それは今後の、忍と僕との関係に、どうあれ参考になる気がしたから——宿主《やどぬし》である僕が吸血鬼に寄りつつあるという事実は、当然のことながら、忍にも影響を与えつつあるからな。

　それが悪影響なのか好影響なのかは、現時点では正直判断のしようがないけれども——しかし、それを好影響にするためにも、影縫さんの話を聞いてみたい。

　怪異と生活を共にする専門家。

　それは僕から見る理想像なのかもしれないのだから——いや、別に、僕は将来、半人半妖の専門家になろうとか、そういう夢みたいな夢を目論んでいるわけじゃあないのだけれど、決して。

「うちと余接との関係？」

　他人同士の関係性についての問いかけなので、質問としてはやや踏み込んだものだったかもしれないけれど、しかし影縫さんはやや意外そうな顔をしただけで、特に気分を害したという様子はなかった——まあ、影縫さんの気分を害したりしたら、僕の肉体が害されるかもしれないので、思えば命懸けの質問ではあった。

意外そうというのも、なんだか、今更そんなことを訊くのかというような意外そうさだった──まだ話してなかったっけ、とか、誰かから聞いていないのか、とか、そんな感じの。

「そりゃあご存知の通り、主人とどれ……、陰陽師と式神やけど」

「奴隷って言いかけませんでした？」

「ドレミと言いかけたんや」

「主人とドレミ？」

なんか、駄目そうな音楽系メイドアニメっぽいタイトルだな……。

「いや、もちろん陰陽師と式神っていうのは知っていますけれど……、でも、ほら、斧乃木ちゃんって、影縫さんのことを『お姉ちゃん』って呼ぶじゃないですか」

「呼ぶなあ」

「だから姉妹みたいな関係性なのかなあって思うこともあって」

「それゆうたらあれやん、おどれかて余接から、お兄ちゃんゆーて呼ばれとるやん。大抵あいつは、人のことはお兄ちゃんお姉ちゃん言うで」

忍野くんのことは忍野のお兄ちゃん言うし、貝木くんのことも貝木お兄ちゃん言いよるで──と言う。

「臥煙さんのことは、臥煙さんゆーけどな。まああの人は特殊例や」

「はあ──でも」

貝木のことをお兄ちゃんと呼ぶのか。

それは恐れ知らずだな……。

「影縫さんのことはただ、お姉ちゃんって呼ぶじゃないですか。僕は、鬼のお兄ちゃん、略して鬼いちゃんですけれど」

まさかの定着を見せてしまった呼び名である。

「影縫さんのことは、ただお姉ちゃんと」

「……ふむ」

影縫さんは僕のそんな、根拠とも言えないような質問の根拠を受けて──意味深に黙る。いや、黙ったと思った。思ったし、やっぱり黙ったのだけれど、しかしそれと同時に行動も起こしていた——黙ると同時に燈籠の上から跳んでいた。

残像が生じるかと思うほどの、予備動作のない動きだった——跳んだというか、僕から見れば、消えたようなものだった。

それも当然。

目にも止まらぬ動きで彼女が跳んだ先は、僕の頭上だったからだ——僕の脳天の上に、先ほどまで燈籠の上にしゃがんでいたように、しゃがんでいた。

「……あの、影縫さん」

以前、影縫さんに頭の上に着地されたことで、忍がいたく落ち込んでいたけれど、なるほど確かに、自分の頭上に座られるというのは、単なる屈辱とは違う、味わいのある敗北感があるな……。

この阿良々木、新たなる性癖《せいへき》に目覚めそうだ。

もっとも、影縫さんはそのときと同じように体重を消しているので、重いとかはないのだが……忍じゃないけど、体重操作って普通に怪異の業だよな。斧乃木ちゃんは特殊のひと言で済ませていたが……。

「なかなかええ読みしとるやん——ええ勘かな？受験勉強の選択問題とか、おどれ、百点満点なんちゃうん？」

「よく言われますけど、全然です」

「ふうん。まあ選択問題を必ず外す言うんも、確率的に言うたらすごいっちゅう話もあるけどな」

「そのすごさ、僕の人生にはいらないんですけど」

「で、どう思うん？」

「どう思うと言われますと……、そうですね。僕としては、影縫さんや忍野や貝木や手折正弦が、学生時代に作ったという、余接ちゃんの原型、雛形《ひながた》となった人形は、影縫さんの実の妹の死体を使って作り上げた作品だという過去話を期待せざるを得ませんが」

「人の人生になんちゅう重い過去を背負わせよんね

ん」

　ぐり、と頭を踏みにじられた。

　痛い。

　ただ、痛いは痛いが、しかしよくその程度で済んだなと思えるくらいの酷い期待、ならぬ酷い予想ではあったけれど。

「まあ、実の姉妹と言うには、似てはいませんよね——けれど斧乃木ちゃんって表情がないから、わからないんですよね、その辺。似てる似てないって、顔の作りよりも、表情の作りかたで判断しているところも大きいですから——」

「はっ。そんな推理をしとるようやったら、おどれの勘働きも知れたもんやな。このままやと入試の失敗は決定的や」

「いや、入試には絶対出ませんけどね。斧乃木ちゃんの出自とか」

「ふむ。まあ、別に隠すようなことやないし、教えたってもええねんけど——」

　僕の頭の上で、思案する素振りを見せる影縫さん——と言っても。頭上での出来事ゆえに、見えないのだが。

「——しかしなんやな。そういう風に改まって訊かれると、もったいぶりたくなるな。なんや、教えたくなくなるな」

「…………」

　えー。

　影縫さんはこの通り、さっぱりした人だから、貝木みたいに、何か訊こうとしたらそのたび金をせびってくるようなことはないと踏んでいたのだけれど（踏まれているのだが）、思わぬひねくれ具合を前面に押し出してきた。

　そうだよな……。

　あの忍野や貝木の、同期の桜が、さっぱりしているだけの人なわけがないよな——改めて訊かれると答えたくなくなるというのは、ある種わかりやすい性格だけれど、しかしやっぱり付き合いやすい性格ではなかった。

もっとさり気なく訊けばよかった。

質問攻めの中に織り交ぜればよかった——お手合わせの申し込みについては、理由を忖度《そんたく》することもなく快諾したくせに。

「じゃあ、教えてもらえないんですか」

「いや、教えへんとは言わん。忍野くんや貝木くんみたいに、仕事で返せとか金を払えとか、そういうことを言うつもりもないから安心しい。そうやな——バトルの続きをやるっちゅうのはどや？」

「え？」

バトルの続き？

馬鹿な。

バトル展開は終わったはずでは。

「あの、もしも影縫さんに勝ったら、斧乃木ちゃんの正体を教えてもらえるとか、そういう話ですか？いやちょっと待ってください、それは無理があると言いますか、無茶も甚《はなは》だしいと言いますか……」

まだしも忍野に五百万円払うとか、貝木に小銭を巻き上げられるとか、そっちのほうが望みがありそうな感じである——夏休みの経験、そして今回の果し合いを経験し、僕はこの人には一億年かけても勝てないという確信を持った。

一億年て。

吸血鬼でも生き延びられねえよ。

正直、現在の同居人として斧乃木ちゃんの出自にはそれなりに強い興味があるけれど、折角拾った命を捨ててまで知りたいというわけでもない。

「ま、そらさすがに、うちに勝ったらとは言わんよ。そんな、いまだかつて誰にもできたことがないことを、おどれに要求したりはせえへん」

「…………」

え？

人生無敗なの、この人？

僕と忍、そんな人に挑戦して、見逃してもらえたの？

……自分が歩んできた道の危うさを、今更ながら痛感する僕だった。

「一発でええわ」

人生無敗の専門家は言う。

相変わらず、僕の頭上で。

「もしもうちと立ち合うて——一発でも攻撃を決めれたら、そんときは教えたるわ、余接の正体」

004

「というわけで火憐ちゃん、お前の出番だ！」

「いや、というわけと言われても……どういうわけだ？」

勢いで説得できると思ったが、魔法の呪文『というわけで』は、どうやら火憐には通じないようだった——帰宅後。

僕は火憐を部屋に呼び出して、いきなり本題に切り込んだのだった。もうひとりの妹である月火は、今頃斧乃木ちゃんと、隣の部屋で遊んでいる。

月火にとって斧乃木ちゃんは『ぬいぐるみ』なので、『と』というより『で』だが、なんにしても二人の関係性、因縁を思うとなかなか怖い遊びコンビだ。

火憐に話を持っていく前に、斧乃木ちゃん本人に訊くという手もあったのだけれど、しかし持ち主である影縫さんが教えてくれないことを、持ち物である斧乃木ちゃんに訊くというのはいささか反則気味だろう。

思いつきで行動してはいけないという原則は、こういうときにも適用されるべき原則かもしれない——即ち、質問とは、するべき相手にするべきだと。

まあ、斧乃木ちゃんも斧乃木ちゃんで、（今のキャラは）ねじくれているので、訊いても素直に教えてくれるとは思えないが……。

それに、『お姉ちゃんに生き返らせてもらった』というところから人生が始まった』という彼女が、真実を把握してるかどうかは、また別の話だ。

「とにかくだな、火憐ちゃん。わけあって詳しい事情は話せないのだが、鬼のように強い人がいて、手も足も出ない感じなんだけれど、その人に一発パンチを入れたいんだ。いい方法はないか？」

「あたしのことを何だと思ってんだ、この兄貴は……？」

火憐が怪訝そうな顔をする——怪訝そうと言うか、心外そうと言うか。

「あたしは武道を歩む武道家だぞ。暴力を行使する方法なんて、たとえ知っていたとしても、素人の兄ちゃんに教えるわけがないだろう。少なくとも、そんないい加減な情報で」

「そう言うなよ。これからはお前の好きなときにおっぱいを揉んでやるから」

「ん？　そうかい。まあまあ、そういう事情ならば、こちらにも譲歩する準備が……あるか！　兄ちゃんにおっぱい揉まれるのに好きなときなんかねえよ！」

激昂した。

なんと気の短い妹だ。

兄として恥ずかしい。

「いや、よく考えてみろ、火憐ちゃん。兄ちゃんに、好きなときにおっぱいを揉まれるのと、嫌いなときにおっぱいを揉まれるのと、どっちがいいんだ？」

「ん？　あ、それは好きなときに揉まれるほうがいい！　較べてみると明らかだ！　さっすが兄ちゃん、頭いいなあ！」

「…………」

さっすが火憐ちゃん、頭悪いなあ。

兄として心配だ。

「よしわかった。あたしは弟子は取らない主義なんだけれど、兄ちゃんだけは特別扱いしてやるぜ。ん？　兄ちゃんを弟子に？　兄なのか弟なのかがはなはだ曖昧だぜ！」

「兄だろ。いや、別にお前に弟子入りしようって話じゃねえんだけど……。たとえばお前なら、どうする？　自分よりも明らかに強い人間に、それでもパンチを一発決めようとしたら、どうする？」

「無理だな！」

元気よく答えられた。

なんで元気一杯なんだよ。

「いや、真面目な話さ。詳しい事情がわからないままに意見をさせてもらうけれど、そういう条件が出ているってことは、その相手には、パンチ一発入れることも難しいんだろ？　それは、クリーンヒットじゃなくても、ガードの上から入れることさえ難しいってことだろ？」

「そうだな。言ったろ、手も足も出ない」

「それくらい実力差があったら、もう戦っちゃ駄目だ。そういう相手からは逃げるのが武道だ」

「…………」

もっともらしいことを言う火憐。

ただ、僕はこいつが、向こう見ずに、勝ち目のない相手に向かっていくシーンを何度となく目撃している——そのたびに、それを引きとめるのに必死という感じだ。ただの熟語的な意味合いでなく、本当に『必ず死ぬ』んじゃないかというくらいに必死である。

人の振り見て我が振り直せというけれど、やっぱり、自分でできないことでも人には言えるんだなあと思える。

「そもそもさー、もしもなんとかしてパンチを一発入れれたとしても、そのあとどうするんだって話じゃん？　明らかに明らかな実力差がある相手にラッキーパンチを入れて、相手がキレたらどうすんのよって話だろ？　反撃されて、ボコボコにされるかもしれねーじゃねーか」

「ふうむ……確かにそりゃそうだ」

仮に、僕が影縫さんに何かのまぐれで一発入れたとして、それで、『ようやったな、おどれ！』と、僕の肩を叩いてくれそうな彼女ではない。どちらかというと『何さらすんじゃ、おどれ！』と、僕の肩をもぎ取りそうである。

　僕の中の影縫さんイメージも大概ではあるが……、なんだか、求める情報に対してリスクが高過ぎる気がする。そうだよな、影縫さんが必ずしも約束を守ってくれるわけじゃあないにもかかわらず、彼女に一発入れようと目論むなんて……。

　それよりはなんだろう、影縫さんにとっては所詮遊びであるこんな申し出に付き合わず、『そんなこと言わずに教えてくださいよー』と、両手をこすり合わせながらへこへこ頭を下げるというのが、賢者の取るべき手段という気もする。いや、その動きはまあ、賢者のそれではないけれど……。

　ふむ。

「火憐ちゃん。お前ならどうする？　もしも、絶対に一発、殴ってやりたい奴がいたとして」

「兄ちゃんみたいな奴か」

「いやいや、僕とは対極みたいな悪い奴だ。その相手に絶対敵いそうもないとすれば、どんな手を打つ？」

「言ったろ。打つ手はねえ。打つ拳もねえ。精々そうだな、長い目で見る。そいつに勝つことを目的に、鍛錬を開始する」

「鍛錬……」

　長い目というよりは、気の長い話だな、それは……。

　僕は格闘家としての訓練を積んでまで、斧乃木ちゃんの過去を知りたいわけじゃあないんだけれど──いや、確かに、生身での戦闘力を身につけたいというのが、そもそも僕が影縫さんを訪ねた目的だったから、全体としての辻褄《つじつま》が合うといえば辻褄は合うんだけれど……。

「一発入れるっていうのは、もうバトルになっちゃってるんだから、勝つつもりでやらざるをえないだろ。一撃必殺の一発って言うなら別だけれど──一撃必殺が決まるほどの実力があるなら、まあ、戦っても問題ないだろうしな」

「うーん、そう考えると、結局武道というのは、相手より強くなるための技術なんだな。弱い者が強い者に勝つための技術というより、強い者より強くなるための技術と言うか——」

「武道を技術と考えているうちは強くはなれねーというのが師匠の教えだが、まあ、それも避けられない現実だぜ。結局武道に求められる精神性ってのは、強い力には責任が伴うって話だからなー。だからあたしは正義を貫いているんだぜ」

「じゃあ、その正義で貫けない奴が現れたときは、お前はどうするんだ？」

「正義で貫けない奴なんていないぜ。あたしの正義はウォーターカッターだ！」

「水物だなあ……」

ファイヤーシスターズじゃなかったのかよ。

最近、別行動が多い姉妹とは言え。


こんな奴がもうすぐ高校生だというのだから恐い恐い。

と、僕はそこでひとつ閃いた。

確かに僕がたとえ、ここで火憐から空手の極意のようなものを聞き出したとして、それを影縫さんに披露したなら、その後斧乃木ちゃんのことを教えてもらえるどころかボコボコにされかねないという危険性はあるけれど、しかしそれは、僕と影縫さんくらいの実力差——格差がある場合の話だろう。

影縫さんに一発入れるという役割は、必ずしも僕がやらなければいけないことではないのではなかろうか——そう、代理を立てるという手はあるはずだ。

たとえば僕の前にいるウォーターカッターならばいかがだろう——月火と影縫さんを会わせるわけにはいかないけれど、奇《く》しくも火憐は、一瞬、影縫さんとすれ違ったことがあるのだった。

ならば、果たして。

「へい、火憐ちゃん」

「なんだ、兄」

「僕に代わって戦う気はあるか」

「ない」

一瞬も考えねえ。

「兄ちゃんが一発も入れられないような相手に、あたしが勝てるわけねーだろ」

「…………」

お前の兄ちゃんに対する信頼性の高さが高過ぎて怖い。

「つーかさー、兄ちゃん。兄ちゃんの話から察するに、つまりは、兄ちゃんが誰かに一発入れられたら、その相手が何か、質問に答えてくれるとか、そういう話なんだろ？」

「うむ、その通りだ。火憐ちゃんにしては察しがいいな」

「それ、やんわりと断わられてねえ？」

「…………」

「どうせ兄ちゃんが迂闊な質問をしたんだろ？　だからそれを、角を立てないように退けられたんじゃねえの？　問題をすり替えられたとも言えるけれど……、質問に答えてもらえるかどうかとかより、兄ちゃん、いつの間にか、その相手に一発入れることしか考えてねえんじゃねえ？」

「なんと……」

僕は言葉を失った。

喪ったという字で書きたくなるようなくらいの喪いっぷりだった——もう残りの一生、ひと言も喋れなくなるんじゃないかという衝撃だった。

僕が再び言葉を取り戻したシーンが感動のクライマックスとして描かれるんじゃないかと思われるくらいの、それくらいの喪失っぷりだった——衝撃の理由はふたつ。

まあ、ふたつとも似たり寄ったりの理由ではあるけれど——いつの間にか問題をすり替えられていたということから受けた衝撃よりも、大きな理由がふたつあるということだ。

まずそれを、脳までどころか心まで筋肉でできているんじゃないかという妹、阿良々木火憐に指摘されてしまったという恥ずかしさ、即ち羞恥《しゅうち》から受ける衝撃がひとつ——そしてそんな、気遣いのようなさりげないすり替えを、マジシャンのような真似を、他ならぬ影縫さんが行ったということから受ける衝撃がもうひとつである。

すべてを暴力で解決しようとする、歩く暴風雨みたいな影縫余弦が、そんなことをするなんて——いつか、忍を台風に例えたことがあったけれど、災害という意味では、忍以上の被害をもたらしかねない危険度の影縫さんが。

「…………」

まあ。

そんな影縫さんの深謀遠慮だからこそ、火憐にはそれが看破できたということかもしれないけれど——

「そうか……、あれが影縫さんなりの、大人の振る舞いってことか……」

忍野や貝木とは違う。

僕からの不思慮な質問をゲームにしてしまうことで、気まずくなることなく、その場をまとめてしまうという——いや。

暴力的に解決するという手段をとっさに取れず、そんな世間ずれした『大人の振る舞い』をセレクトしてしまう程、僕の質問が『踏み込んだ』ものだったのだということかもしれない。

「じゃあ、だとすれば、僕はそれに対してどうすればいいんだろうな？」

僕は火憐に訊いた。

自分の迂闊さというか、またしても思いつきで行動してしまったらしいことにもうすっかり意気消沈してしまった僕は、同じくすっかり火憐に頼りっきりだった。

火憐はいまや僕にとって憧れの妹だった。

「知るか。自分で考えろ」

「…………」

憧れの妹が冷たい。

「でも、あたしならそうだな。そんな気遣いをしてくれた、気遣いをさせてしまった、相手の顔を潰さないように頑張るだろうな。少なくともこんな風に、お利口さんの妹に相談して、勝負が口実として持ちかけられたものであるということを見抜いたことがバレないようにはするだろうな」

「お利口さんの妹というのが誰のことかはわからないけれど、まあ、そうだな。それを指摘するのは無粋だな」

神原あたりがやりそうなことだが。

さりげない気遣いには気付かない振り。

それが今の僕にできることだろう——いや、今の僕に、できることなのだろうか？

「でも、気付かない振りをするというのは、このままその人との勝負に臨むってことなんだけれど……、つまり意味もなく、勝てるはずがないとわかってる勝負を挑《いど》んでボコボコにされるということなんだけれど……」

「仕方ねえだろ。ボコボコにされろ」

「兄の身を守ろうという気がないのか、妹」

「あたしが守るのは兄ちゃんの身ではなく、意志さ」

「ボコボコになりたくないという僕の意志を守ってはくれないのか」

それに、意志はともかく、影縫さんの思いに応えようという僕の意図を隠そうと——それこそさりげない気遣いをするのであれば、影縫さんに臨むにあたって、なんらかの口実が必要になってくる。

勝算を用意しないままにバトルに臨むというのはあまりに向こう見ず過ぎるし——わざと負けに来たのかと勘繰られるのもどうかと思うし——かと言って、あっさり諦めて、勝負するのはやめましたと言って、引いてくれる人でもないだろう。

引いてくれたとしても、それは影縫さんに恥をかかすことになりかねない。

「…………」

なんだこのわけのわからない状況……。

僕は影縫さんに、勝つためではなく——上手に負けるために、一発入れるための、なんらかの方法を考えなければならないのか。

勝つための方法は考えなくちゃいけないけれど、その方法で勝ってはいけないと……、なんでそんな秘密工作みたいなことを、僕がしなくてはいけないのだ？

どうしてクラス全体の平均点をいたずらに上げないために、わざと問題を間違うみたいなことを……、これが思いつきで行動した代償だとすれば、あまりに大き過ぎる。

「進退窮《きわ》まったなあ……」

「身体極まった？　へー、兄ちゃん、いつの間に武道を極めたんだ？」

火憐がアホなことを言った。

こんなアホに己の無神経を指摘されたと思うと……。

005

後日談というか、今回のオチ。

僕が僕の不始末をどういう風に解決したかというと——どういう風に、偽りの勝算を組み立てたかというと。

まあ、もったいぶるほどのアイディアではない。

僕の行動、思考様式にはそんなにバリエーションがあるわけじゃあないのだ——だから、夏休み、一度影縫さんとやりあったときにとった方法を、基本的にはなぞることにした。

知らない人のために今更ながら説明しておけば、僕が夏休みのあの日、影縫さんにどのように挑んだかと言えば伝説の吸血鬼の成れの果て、忍野忍に吸血されることで……、吸血させることで、互いの吸血鬼性を跳ね上げ、己を強化し（忍も強化し）、挑んだのだった。

まあ。

いくら吸血鬼としてのスキルを跳ね上げたところで、不死身の怪異を専門とする影縫さんの前では、びっくりするくらい手も足も出なかったのだけれど——ただ、それでも、それは僕に取りうる最良の手段だった。

最悪であると同時に、最良の。

だからもしも、なんの制限もない状況下だったら、あのときよりも更に忍に血を吸わせ、自身を強化した上で影縫さんに挑むという手段が、『とりうる勝機』、影縫さんとのゲームに勝つために、僕が『考えやすい』、思いつきやすい方法としてあるだろう——ただしこれは今回、このままの形では使えない。

僕はもう、これ以上吸血鬼化するわけにはいかないのだ——それは影縫さんも知っていることだ。だからもしも、した振りをして影縫さんに挑むという作戦を取ったとしても、ええもうそれは、必要以上にボコボコにされることだろう。

いや、そうでなくとも、僕が今以上に吸血鬼性を上げれば、影縫さんは専門家として——不死身の怪異を倒す正義の専門家として、僕の存在をすりつぶすに違いない。

夏休み、彼女に見逃してもらえたのは、本当に奇跡みたいなものなのだ——基本的に、泣き落としが通じるような人じゃあないのだから。

プロなのだから。

だから吸血鬼化というアイディアは、負けるためであれ使えない——ただし、忍の力を借りるというアイディアはイキだ。

彼女の物質具現化の力を借りる。

エネルギー保存の法則とか質量保存の法則とか、そういうのを一切無視して、影や闇から好きなものを好きなように、想像したものを創造することができるという忍の、吸血鬼としての機能ならぬ奇能なのだが——それで今回は、ピストルを作ってもらった。

拳銃。

鉄砲である。

ひゃっほう！

影縫さんがどれほど強かろうと、拳銃を使えば余裕で勝てるぜ！

というわけではない。

鉄砲どころか、あんな人、バズーカ砲を持っていても勝てねえっての——吸血鬼ならば銀の弾丸で貫けば死ぬかもしれないけれど、影縫さんは何製の弾丸だろうと、死ぬどころか、貫くことすらできないと思う。

それなのに拳銃という道具を持ち出してきたのは、ただのレトリックとして採用するためである——影縫さんは、一発と言った。

一発入れたら——と。

ならば入れるその一発が、パンチであろうと、弾丸であろうと、いいはずじゃないか！

という、これもまた、いかにも愚かな僕が思いつきそうな、思いついて飛びつきそうな、短絡的なアイディアであり——そして、ここが肝要なことに、百パーセント失敗するアイディアである。

失敗するアイディアとして説得力がある——僕が引き金を引いたところで弾丸は影縫さんにかすりもしないだろう。

アホな妹を持つアホな高校生が、ゲームに挑んでただ負けた——それで話は終わるはずだ。さりげない気遣いに対する、咄嗟の返答……、いや、不始末に対する後始末としては、まあ、及第点と言ったところになるはずだ。

というわけで翌日、僕はピストルを片手に（忍が適当に作った拳銃なので、デザイン的にはオートマチック兼リボルバーみたいな、かなり奇矯《ききょう》なデザインだった）、北白蛇神社を訪れた。

僕みたいな向こう見ずな奴の手にピストルがある

という状況は我ながらかなり危っかしいものがあったが、さておき——影縫余弦と斧乃木余接の関係性。

それを知りたいという気持ちは変わらないけれど……、まあ、それはもう少し、色々片がついてからにするべきなのだろう。

ただ、僕のあまり当たらない勘は——影縫さんがああして、地面を歩かずに生活していることは、斧乃木ちゃんの存在と、無関係ではないのだろうと告げていた。

僕が忍と共にあるために、多くの犠牲を払っているように——それだけでも確認できないものだろうか。

それだけでも聞ければ。

僕は少しだけ気持ちを落ち着けて、受験に臨めるのだが——と。

北白蛇神社の境内に到着したところで、しかし、僕のあまり当たらない勘は、またも外れたことを知る——いや、影縫さんと斧乃木ちゃんの関係性のことではない。

「あれ……？」

神様のいない神社。

建物だけが、施設だけが新しくなった、何もない、からっぽの——吹き溜まりのような神社。

その神社の境内から、僕が知る限り最強のおねーさん——人生無敗の専門家・影縫余弦がいなくなっていた。

影も形も残さず、いなくなっていた。

「あれ？」

あの人が別れの言葉を口にせずに去ることなんて——まして斧乃木ちゃんを置き去りにいなくなることなんて、あるはずがないのに。

「あれ……？」

続く。

第十二話　こよみデッド

SUN	MON	TUE	WED	THU	FRI	SAT
				1	2	3
4	5	6	7	8	9	10
11	12	13	14	15	16	17
18	19	20	21	22	23	24
25	26	27	28	29	30	31

3

March

001

臥煙伊豆湖が道についてどういう風に考えているのか、僕は知らない——というより、僕は彼女のことを、何も知らない。何でも知っていると言う、堂々と言ってのける、威風堂々と言い切る彼女のことを、僕は何も知らない——せいぜい、忍野メメや貝木泥舟、影縫余弦の『先輩』であること、神原駿河の『叔母』であること、その程度しか知らない。その程度の知識で『知っている』と言えるのであれば、僕は大抵の人のことを知っていることになるだろう。

もっとも現代社会は、ニックネームと携帯アドレスを知っているだけであっさり友達同士になれたりもするので、そういう観点で言えば、僕は十分彼女の知人ではあるだろうし、何より臥煙伊豆湖は僕を『友達』というのだった。

よく知りもしない僕のことを。

いや、それとも知っているのだろうか？

何でも知っているように——僕のことも知っているのだろうか。

だとしても別に——不思議ではないが。

彼女が有する知識の、ほんのミクロンパーセントくらいの領地を、僕がしめていても不思議ではないが——だが、そうなると、自分が把握されているということになるのだが、あまりそれは気持ちのいいことではなかった。

なぜなら、彼女がする把握は、羽川翼のそれとは打って変わって、把握よりも掌握《しょうあく》に近いからだ——『知ってることだけ』しか知らない羽川翼と、『何でも知っている』臥煙伊豆湖との違いが、そこにこそある。

将棋に例えるとわかりやすい。

僕がせいぜい、個々の駒《こま》の動きかた、動かしかたをつかんでいる程度だとして——羽川は己の陣にあるすべての駒を『一個の軍』としてつかんでいる。それが把握ということだ——知識を組み合わせ、つなぎ合わせることができる。

知識と知識をリンクできる。

それが知識人ということだ。

雑学と知識の違いと言ってもいいけれど——だが、臥煙伊豆湖の場合はどうなのかというと、彼女の場合は、自陣だけではなく、敵陣のことまでつかんでいる——いや、向かいの陣を、敵陣なんて一方的な捉えかたをしていないのだ。向かいに並ぶ駒まで合わせて『一個の軍』と——『一個の群』とつかんでいる。

それが掌握ということだ。

手のひらの上ということだ。

手中ということだ。

ある意味上座にも下座にも座り、先手も後手も指すという、オールラウンダーということになるけれど——ただ、そういう人に、『ワンオブゼム』としてとらえられているということは、気持ちがいいことではないというより、普通に気持ち悪いことだ。

たとえ『友達』と言われようと、それは友達と彫られた五角形以上の何物でもないのだから。

友達には友達の使い方があり。

友達には友達の使い道がある。

それだけのことだ。

それだけのことであり、つまりはそれだけのことでしかない。

もっとも僕は、友達という駒がどういう動きをするものなのか、知らないけれど——

002

「解決策とはきみが死ぬことだ」

「え？」

「飛車を打たせて王を討つ——ってことでもないんだけれどね」

「え？　え？」

「大丈夫、痛いのは一瞬だよ——」

臥煙さんはそう言って剣を振るう。

その剣には見覚えがあった。

いや、見覚えがあるというのとは少し違う——かなり違う。それそのものを見たことがあるというわけではなく、知っているものに似ているということだった。

似ている？

この言い方も違う。

似ているというと、僕が知るほうが本物みたいだ——だけれど、僕がかつて見、かつて知り、斬ったことも斬られたこともある剣のほうこそが、レプリカなのだ。

今。

彼女が振るうその刀こそが——本物。

怪異殺しと呼ばれる——刀。

怪異殺し。

遥か昔に消滅したはずの——元祖怪異殺し。

その刀が。

本物の刀が——僕を斬った。

僕の指を、僕の手首を、僕の肘《ひじ》を、僕の二の腕を、僕の肩を、僕の足首を、僕の向うずねを、僕の膝《ひざ》を、僕の太ももを、僕の腰を、僕の胴を、僕の腹を、僕の胸を、僕の鎖骨《さこつ》を、僕の首を、僕の喉を、僕の顎《あご》を、僕の鼻を、僕の目を、僕の脳を、僕の脳天を——斬った。

輪切りにした。

一瞬で。

悲鳴をあげようとしたが——悲鳴をあげるための口も喉も肺も、さながら輪投げみたいに輪切りだった。

一瞬というのは嘘ではなかったが、しかし臥煙さんはひとつ、それでも大きな嘘をついた——あまりの速さに。

刀速に。

痛みを感じもしなかった。

003

遡る。

時を遡る——そして、山道を坂登る。

志望校への受験当日、三月十三日、その早朝、僕は頂上に北白蛇神社をいただく山の階段を登っていた——これはもう、ここひと月ほどの習慣のようなものだった。

習慣。

毎日している場合は、それは日課というのだったか。

まあ、毎日トレッキングというか、トレランをしているようなものなのだから、健康にはいいのだろうけれど——しかし、自分の将来を左右する大事な日にまで、その日課に唯々《いい》諾々《だくだく》と、特に何も考えるでもなく従うというのは、案外僕は、真面目な奴なのかもしれない。

真面目であることが美徳とは限らないし、またこの場合、僕は単に諦め悪く、引き摺《ず》られているだけかもしれないけれど……。

そういう場合は、習慣ではなく悪習というのか——あるいは悪癖とも。

実際、僕よりも真面目度の強い、真面目強度の強い羽川翼は、もう北白蛇神社を探ることに意味はない、探すなら他の場所を探したほうがいいと言っているし——斧乃木ちゃんにいたっては、最初から心配さえしていないようだが、しかし僕としては、それでも諦めきれない……、ついついというかのこのこ、北白蛇神社に、日参してしまう。

もう神様もおらず。

もちろん女子中学生もおらず。

そして——専門家もいない、境内に。

「……ま、往生際が悪いのは、吸血鬼なら当たり前か——」

不死身だしな。

もっとも僕の場合、不死身と言っても鏡に映らない程度だけれど——何の役にも立たない、むしろ迷惑しかこうむらないアンデッド性なのだけれど。

さて、そんなわけで。

影縫余弦が北白蛇神社から姿を消して——別れの挨拶もなく忽然と姿を消して、間もなく一ヵ月が過ぎようとしていた。

何事もなく。

何もなく——過ぎようとしていた。

こうなると、ただ——忍野がそうしたように、この町ですべき用事が済んだから、元々定住地を持たないであろう影縫さんが、ただ単に流れるように去ったとだけ見るのが正しいようにも思えるけれど、しかしそれはない。

あるはずがない。

だって忍野と違い、影縫さんはやるべきことを何もやっていない——やっていないというのは僕の狭い視野、知見に基づく判断で、あるいはやっている、終わらせているのかもしれないけれど……、あの後のたった一晩の間に、あの人ならば巨悪だって倒せるだろうけれど、しかしたとえそうだったとしても。

影縫さんが——陰陽師・影縫余弦が。

式神・斧乃木余接を置いたまま、去ったりするはずがないのだ。

「いや、そういうこともあるんじゃないの？　お姉ちゃん、そういうところ、かなり適当だし。僕を人里はなれた谷底に置いて、忘れて帰っちゃったこともあったよ」

……いや。

斧乃木ちゃんは、本人はそう言っていたのだけれ

ど……、谷底に忘れると言うのが果たしてどういうシチュエーションなのかが謎過ぎるのだけれど、

「まあ、でも、谷底に僕を置いていくお姉ちゃんだって、鬼いちゃんの家に僕を置いていくお姉ちゃんじゃあないか……」

そして僕の家を谷底以上の危険地帯みたいに言われるのはいささか心外ではあったけれど、とにかく斧乃木ちゃんも、少なくとも疑問には思っているようだった。

やはり心配はしていないようだが。

確かに――僕は当然のことながら、斧乃木ちゃんにしたところで、影縫さんを心配できるほど偉くはない。

あの人は、ある意味では忍野よりも貝木よりも恐るべき人間なのだ――おそらくはこの世でただ一人、暴力ですべてを解決してしまえる個人なのだ。

そんな人のことを、どうして僕ごときが心配できるだろう？　心配し得るだろう？　普通に気まぐれかもしれないじゃないか――たかが、僕と会うという約束を破り、神社にいなかったことくらい。

……その後帰ってこないことくらい。

あれから一ヵ月、僕は何度も自分にそう言い聞かせているのだけれど、それでもついつい、諦め悪く、往生際悪く、潔悪く――日々、神社に参るのだった。まるでお百度参りのように。

「潔悪く、なんて言葉はないんだっけ、そう言えば……」

まずいな。

今日が受験だというのに、自信をなくしてしまう――まあ、なんにしても、既に推薦で入学が決まっている戦場ヶ原が、大学までの道程をエスコートしてくれることになっているので、その待ち合わせ時間までには山を降りないと。

……大学までの道程にエスコートが必要だと思われているというのも、随分信用のない僕だが、戦場ヶ原いわく、

「ほら、犬も歩けば棒に当たるよう、阿良々木くんって道を歩けば怪異に遭うから」

とのことだ。

まあ、至言《しげん》だな。

我が恋人は、さすがに見るべきところを見ている——見るべくして見ている。

「阿良々木くんはもう、成績的には合格ラインに乗っているんだから、試験自体を受けられないというトラブルさえ回避すれば、キャンパスライフはもう見えているのよ」

そう言っていた。

僕が合格ラインに乗っているというのが、どこまで信じていい言葉なのかはわからないけれど、しかしまあ、試験よりも、試験を受けられないことを不安に思われるという僕の人生も、いい加減、いい加減なものがある。

まあ。

受験当日にこうやって山登りをしている時点で、確かに相当いい加減なものだけれど——

「……で、受験が終わればいよいよ卒業式か。どうなることやら」

いまやすっかり慣れて、特に足を進めることに負担も感じない階段を登りながら、僕は独り言を呟く。僕の影の中には、もちろん忍がいるのだけれど、どうやら今日は早寝を決め込んでいるようで、返事はない——四六時中、忍と一緒にいる以上、厳密な意味で僕の言葉に『独り言』なんてないのだけれど、まあ、聞いていないのだったら、独り言でいいだろう。

どうなることやら。

というのは、決して未来に対する展望というような意味合いではない——どちらかというと、そもそも僕にまともなキャンパスライフを送れるのかどうかという、そんな、ある種絶望にも似た意味合いである。

怪異と共にあり、自身も怪異化している僕が、キャンパスライフとかなんとか、そんなまともな生活を送れるのかどうか——やれやれ。

別に頼っているつもりはなかったけれど、影縫さんがいなくなって、やっぱりその辺の点について、心細くなっちまった感はあるな——僕自身が怪異になってしまったとき、そうとわかったとき、相談できる相手としての彼女がいたことは、かなりの支えになっていたのだろう。

その支えがすっぽり抜けたこと。

も、こうして僕が日参する理由になっているのかもしれない——なんのことはない、影縫さんを心配しているような振りをして、僕はただ、自分の身が可愛いだけなのかもしれない。

別に影縫さんが、僕の身体の異変に対して、特に何をしてくれた、何をしてくれるというわけでもないんだけれど……、あの人の妙な、自信たっぷりな、ふてぶてしい態度は、そばにいて人を安心させるものがあった——さすがは正義の標榜者というか、ブレない。

火憐にその辺、通じるものがあるんだけれど——いや、それだけじゃないな。

地面の上を歩かないという、何の呪いに基づくのかよくわからない制約を持ちながらも——それでも平然とああやって生活しているあの人は、やっぱり僕にとって指針になるはずだったし、なのにその『平然』が脅《おびや》かされたかもしれないとなると——僕が怯えるのも当たり前のことだった。

「ただ……、まあ、影縫さんを脅かす誰かが、何かがあるっていうことが、そもそも想定しづらいけれど……、仮にそういうことがあったとしても、その理由はなんだ？　ここ最近、起こってる一連のことと繋がっているのか……？」

…………。

起こってる一連のこと——というのが、現時点で、どれほど正しい表現なのかは定かではない。起こっている、という現在形ではなく——起こっていた、と過去形で表現すべきとする見方もあるだろう。

少なくとも影縫さんが姿を消してからのこの一ヵ月、この町では本当に、何も——何一つ不思議なことは起きていないのだから。

あれから一ヵ月、何もなく、何事もなく、過ぎようとしていた——というのは、これは表現ではなく、れっきとした事実だ。

怪異もなく。

『くらやみ』もない。

都市伝説も。

道聴塗説も。

街談巷説も。

当然ながら学校の怪談も——なかった。

忍野がいれば集めたであろう不思議なことも、変わったことも、おかしなことも——何もない。

まるですべてが終わったように。

まるですべてが終わったようだ。

「強いて何かあるとするなら、どうして影縫さんが失踪したのかという謎だけが残されたわけだけれど——」

と。

階段を登りきり、北白蛇神社の鳥居を潜ろうとしたところで——僕は見た。

境内の中。

参道のど真ん中——神様の通り道であるその場所に、特に構えるでも畏れるでもなく、立っているひとりの女性を、見た。

だぶだぶの服を着た。

帽子を深くかぶった——見るからに正体不明な、年齢不詳の女性を。

「……臥煙さん」

何事も起こらず過ぎた一ヵ月。

日課と化した日参。

だが、どうやら僕の、およそ無駄としか考えられないようなお百度参りも、しかし真実、無駄というわけではなかったようだ。

何かが起ころうとしていた。

それも決定的な何かが——否。

ひょっとすると、何かが終わろうとしているのかもしれなかったが。

004

「やあこよみん——おはよう」

臥煙さん。

臥煙伊豆湖さんは言った。

特にどうということもない、ただの挨拶だ——この人はどこで会っても、こんな風に挨拶するんだと思う。そこがいわゆる一般道であれ、山の上の神社であれ。

特殊な場所、特殊な状況というのが、彼女にあるのかどうかが疑わしい——彼女にとって特別な何かなんてものは、この世にないかもしれない。

すべてを知っているのなら——すべては同じ、通常だろうから。

「久し振り——いつ以来かな。そうそう、九月のあのとき以来かな？　ふふ、まあ私の耳には、きみの情報は色々届いてはいたけれどね……」

「……おはようございます」

僕はぺこりと頭を下げる。

まあ、この人とは色々あったけれど——基本的にはこの人が、僕の恩人であることに違いはない。彼女の後輩である忍野と同様に、だ。

いや。

彼女に対して恩返しどころか、結構な不義理、裏切りをしているという意味では、忍野以上に、僕は彼女に大きな借りがある——罪悪感とまでは言わないにしても、引け目があるというか、後ろめたい気持ちは否めない。

だからこうして、前触れもなく直面すると——そう、真っ直ぐに目を見られない。

対する臥煙さんのほうは、僕に対してわだかまりとか、そういうものはまったくないようで、前に会ったときと同じくにこにこにこしている——まあ、この人の場合、にこにこしたまま、周囲の人間を使ったり、見捨てたり、消費したりするので、その辺、なんの信頼もできないのだけれど。

千石や八九寺——千石撫子や八九寺真宵がどういうことになったのかを考えれば、僕はこの人に怒ってもいいくらいなのだが……、それが筋違いだということも、それなりにわかっている。

それなりにだが。

「大変なことになったようだね——きみの身体は。こよみん」

「いえ……、大変ってことは、そんなには」

「ふふ。そうだね、まあ、きみがこれまでやってきた、切り抜けてきたただならぬ危機のことを思えば、今のきみの肉体的状況は……、健康状態は、それほど危惧すべきものとはならないのかもしれないね。大変なのはどちらかと言うと——」

臥煙さんは後ろを向いた。

今、彼女の後ろにあるのは、新築された、まだ真新しい社だけだ——神体もロクにないような、空っぽの細工みたいなものだが。

そういう意味ではいつぞや僕が授業で作った小屋みたいな物体と、そう変わらない——なんて言えば、社を作った大工さんに、怒られるかもしれないけれど。

「余弦のほうか」

「…………」

「影縫余弦——私の親愛なる後輩。まさか彼女が狙われるとはね——いや、これは予想外だよ。私としても」

「……予想外ってことはないんじゃないですか？」

狙われる。

という、そんな露骨な言葉に、僕が反応しなかったわけじゃない――だけどそれよりも、臥煙さんの口から『予想外』なんて言葉が出てくるほうが、よっぽど僕にとっては驚きだった。

いや、驚きとは違う。

普通に『嘘をつけ』と思ったのだった。

「何でも知っているでしょう、あなたは」

「おいおい、久し振りに会った友達に対して、皮肉かい？　こよみん。何でも知ってる奴なんて、実在するわけないじゃないか。そんなのレトリックだよレトリック。言いも言ったり、はったりみたいなもんだ――」

「…………」

真意が読めない。

忍野も大抵、何を考えているかわからない奴だったし――貝木も影縫さんも、底の知れない人だったけれど、しかしさすがは、その先輩という感じである。

いや……。

でも、それ、違うと言えば違うんだよな。

忍野達の読めなさと、臥煙さんの読めなさは、種類が違うというか――決して同類というわけではないように思う。

忍野メメ、貝木泥舟、影縫余弦という後輩世代には、はっきりと言葉にできるわけではないにしても、ある種の共通項を見出せる。

彼らは。

何を考えているかわからない。

ゆえに――読めない。

が……、臥煙さんの場合は、何を考えているのかわからないというのとは違って――何を考えているのか、わかりたくない。

ゆえに――読めない。

読まない。

読みたくないのだ――いや、その頭の中が、忌むべき悪意に満ちているから読みたくないとか、そういう意味で『読みたくない』と言っているわけではない。

そういう意味で言うなら、貝木の頭の中のほうがよっぽど読みたくないだろう――単純に臥煙さんの頭の中は複雑怪奇過ぎるので、それを読もうとしたらこっちの脳がパンクするからだ。

だから。

いわば保身のために、僕は臥煙伊豆湖の真意を読みたくないのだ――誰だって、ヘビー級ボクサーのパンチを、必要もないのに、あえて食らおうとはしないように。

ただ……、今はその必要があるときなのかもしれない。

彼女がこうして。

自ら僕に会いに来たということは、そういうことだ――少なくとも会う必要があるから、会いに来たのだから。

なんにしても、僕が今日、受験当日であるにもかかわらずこの神社に来ることを、まるで予定表を共有しているかのような当たり前さで知って、待ち伏せしていた臥煙さんだ――今更『知らないことがある』と言われるよりも、『知らないことがない』と言ってくれたほうが、ずっと安心して、接せられるというものだ。

というか……、逆に怖いよな。

臥煙さんも掌握できていないような事態が、今この田舎町で進行しているというのよりは――それこそただのレトリック、友達同士の悪ふざけ……そうでなくとも、謙遜だと思いたい。

思わせて欲しい。

「そんな顔をするなよ。そんな顔で友達を見るもんじゃないよ、こよみん――予想外という言いかたはね、この場合、六面のうち五面までが『1』のサイコロを振って、それなのに『6』が出たというのと同じ意味での予想外だよ。確率的に『6』が出ることだってあることは、ちゃんとわかっちゃあいたけれど……、確率の低いことは起こりにくいことだって、私は知っているからね」

「…………」

「生きた暴力である影縫余弦に手を出す奴がいるとは思わなかった——だからこそ私はきみの肉体に起こった異常事態への対応に、あいつを送ったつもりだったんだけれど」

「手を出す奴が——という言いかたが、気になりますけれど」

おずおずと、まあ僕なりに用心深く差し出した疑問に、

「ん？」

と、臥煙さんは首を傾げる。

わざとらしく。

「どういう意味だい？　こよみん」

「いやその……、影縫さんを送ってもらったことには、とても感謝しているんですけれど」

そうだ。

その件について、僕は臥煙さんには、会った直後にお礼を言わなければならないくらいだったのだ

——ただ、その影縫さんが目下《もっか》行方不明という状況下では、お礼を言うよりも、謝罪をしたほうがいいかもしれない。

臥煙さんの後輩が、今行方不明の状態にあるのが——僕のせいであると、言えないわけじゃあないのだ。少なくとも僕のことがなければ、影縫さんがこの町を再度訪れることはなかったはずなのだから。

ただ、今は謝罪よりも感謝よりも。

質問だった。

「はっはっは、やめてくれよ、こよみん。親しき仲にも礼儀ありというけれど、そんなよそよそしい諺は、私ときみとの間には不必要というものだ。で、どういう意味だい？」

はぐらかすようなことを言いながら、全然話の本筋からブレず、同じ質問を繰り返す臥煙さん。話術というより、それは手順のようだった。

「……手を出す奴が——っていうのは、僕の影縫さ

んに対する印象とは違うと思ったんです。影縫さんを手にかける奴がって、こういう場合には言うんじゃないかなって」

「なるほど。影縫の強さに対する絶対的な信頼って奴だね、それは——まあ、実際に影縫と戦ったことのあるきみなら、私に対してその疑問を差し挟む資格があるのかもしれない。夏休み、無謀にも影縫に挑んだきみならね——手を出す奴は、そういう意味では既にいたわけだ」

「…………」

「なに、別にそのことを忘れていたってわけじゃあない——ただ、私はきみほど、影縫の強さに対して信頼を置いているわけじゃあない。私は知っている、上には上がいることを——というより、強さに絶対なんてないことを。確率は低かろうと——ね」

臥煙さんは僕を手招きした。

手招き？

なんだろう、と思ったが、それは単純に、鳥居を挟んで向こう側とこっち側とでは、話しにくいというだけのことらしい。

僕は意を決して、鳥居を潜《くぐ》る。

影縫さんよりも、暴力的な意味で強い者がいる——という意味で解釈するべきか、それとも、彼女の強さを無効化する方法があるという意味で解釈するべきかによって、臥煙さんの言葉の意味は変わってきそうだけれど——まあ、ただ、たとえどちらの意味だったとしても——

「……リスクを冒してまで影縫さんに手を出す奴がいるということが、あなたには信じられないということですか？」

そうだ。

僕自身それは疑問に思うことではあった。

いったいどんな理由があれば——影縫さんと対峙しようと思うだろう？　生きた暴力と対峙しようと——僕の場合は、妹の命がかかっていた。

それは臥煙さんにとっては『確率の低いこと』だ

ったんだろうけれど……、ただそれは、シンプルに僕の思慮不足というか、もしも影縫さんがどれほどの容量の持ち主かを知っていたら、僕は別の戦略を選んでいたかもしれない。いや、そうでなくとも——忍の存在なしじゃあ、とても影縫さんと向き合う度胸は生まれなかっただろう。

そして僕は、そういう、忍に対する依存の代償として、人間性を喪失したということだ——精神的な人間性ではなく、肉体的な人間性を。

…………。

そうだな。ここで推測すべきは、影縫さんに手を出した理由ではなく——そのために、手を出した奴とやらが、払った代償なのかもしれない。

奴。

臥煙さんは当たり前のようにそう、擬人化した表現を使ったが——普通ならば単なる言葉の綾《あや》で、たいした意味のない語弊《ごへい》かもしれないけれど、しかし臥煙さんが使った以上、そういうことはない。

つまり、影縫さんが自らの意志で、根城にしていたこの神社から去ったという線は、これで完全に——完膚《かんぷ》なきまでになくなったということである。

奴——普通は人間を表現するときにも使う言葉だが、しかし怪異を表現するときにも使う言葉で——あるいはそれ以外を表現することもある。

果たして何を示して——臥煙さんは『奴』と言ったのだろう。

「まあ、ああいう生きかた、ああいう戦いかたをしていた専門家だからね——人の恨みを買いやすかったことは確かだ。だが、伊達《だて》や酔狂《すいきょう》で正義を名乗っていたわけでもない。恨まれはしても、逆恨みをされるってことは、ないかなあ」

「…………」

伊達や酔狂で正義を名乗っている妹を二人ほど抱えている身としては耳が痛いというか、心が痛む話だった。

「つまり、影縫さん自身がトラブルの原因ではないって、臥煙さんは思ってるんですね」

「私がどう思っているかというより、それが事実なんだよ、こよみん——ところで余接はどうしている？」

「え？」

　いきなり話が変わったのでびっくりする——が、臥煙さんがそうしている以上は、それは必要な手順なのだろう、きっと。

　手順の意図がわからないままに、その意図に乗るのは危険だと思いつつも、わかりつつも——臥煙さんの真意を読めない、読まないままに僕は、答える。

　しかし、斧乃木ちゃんの第一保護者はもちろん影縫さんだが、斧乃木ちゃんの出自を考えると、広い意味では臥煙さんも保護者のうちだ——保護者には、保護している者の状態を知る権利がある。

「元気……ですよ。表情がないので、今回の件をどう思っているかまではわからないですけれど……、でも、影縫さんのことはあの子が一番よくわかっていますからね。何の心配もしていないって感じです——今のところ」

　法外なくらいにアイスクリームを要求してくるなどという、細やかな情報までは提供する必要はないだろうと判断し、僕は斧乃木ちゃんの近況報告を、そんな感じにまとめた。

　まあ、聞きたいのはこんなところだろう。

「影縫のことを、余接が一番よくわかっている？　ははは……、きみこそわかってないねえ、こよみん」

「え？」

「ま、怪異である余接について、変に知ったかぶらないだけ、全然いいんだけれどね——」

　ちなみに私は何でも知っているから、当然、余接のことは知っているけれど。

　と言う臥煙さん——案外、自己アピールの強い人なのだ。まあ、斧乃木ちゃんについて僕が何もわかっていないというのは、およそその通りだ。

　同じ屋根の下で暮らしてもう一ヵ月になるが、今のところあの童女については、アイスクリームが好きだということしかわかっていない。どちらかというとそんな情報は、いらないくらいだ。

「もっとも、いまやきみも怪異化が進行しているわけだから、相手が怪異だからわからないってこともないんだけれどね——ただし、怪異同士ならわかりあえるということも、幻想だけどね」

「はあ……、まあ、斧乃木ちゃんと忍も、大概不仲ですしね……」

お陰で今、阿良々木家の阿良々木ルームは、若干雰囲気が悪い——当初はまず喧嘩が絶えなかったけれど、今はなんというか冷戦状態で、昼に行動する斧乃木ちゃんと夜行性の忍、すれ違いの、ノンコミュニケーションの生活という感じだった。

正直ストレスフルで、僕としてはここ最近の受験勉強——追い込みの受験勉強、そのラストスパートがはかどらないことと言ったらなかった。

「それに余接は怪異の中でも特異だからね——人工物という意味で」

「人工物……」

「正弦と相対したときも、あいつは平然としていただろう？　一度試したことがあるんだよ——命令して、影縫と戦わせてみたことがある」

とんでもないことをさらっと、臥煙さんは言った。

「ひょっとするとあいつに、人間らしい情とか、そういうのがあるんじゃないかと思ってね——その確率を、そこまで低いと当時の私は思っていたわけじゃなかったんだけれど、あいつは何の迷いもなく、『お姉ちゃん』に襲い掛かった」

「…………」

「まあ、その勝負自体は影縫が勝って終わりだったけどね。命令すればそれで止められる余接に、そうしないところはあいつらしい——ああ、安心してよ、こよみん。こんなことを突然言い出したからといって、別に影縫の行方不明の原因が、犯人が、斧乃木余接だって言いたいわけじゃあない」

ほんの少しだけ僕の脳裏をかすめた疑念を目敏《めざと》く払拭《ふっしょく》してくる臥煙さんだった——さりげなくも無駄な手順を許さない感じが、まるで詰め将棋作りだった。

「あいつは命令を受けない限り——使役を受けない限りは、そこまでの動きを見せないからね」

「まあ——そうですね」

動きをしない、動かないという言いかたでなく、動きを見せないという言いかたをあえてしているところに、斧乃木ちゃんの個性を、自由意志を、完全に否定しているわけではないことが見出せるが——ただ確かに、正弦……、彼と相対し、敵対したときの彼女の様子を、具合を思い出せば、基本的に臥煙さんの言っていることは正論なのだろう。

表情がないことと同様。

感情もなく——だからもちろん、情もない。

「もっとも、だからこそ——影縫は排除されたんだけどね」

「え……、排除？」

臥煙さんの言葉にいちいち反応してしまう自分がもどかしい——彼女の意図が読めないにしたって、それでも彼女と向き合うときには、どっしりと構えて、悠然と会話をしたいものなのに。

羽川くらいの貫禄《かんろく》がないと、臥煙さんとは向き合えないものなのかな……、羽川と臥煙さんの会話なんて、若干、想像を絶するものがあるけれど。

「排除っていうのは、どういうことですか？」

「だから言ったように、影縫の失踪は、影縫自身に原因や理由があるわけじゃあないということだよ、こよみん——元々彼女は、この町で繰り広げられている一連のストーリーには、ほとんど無関係だったんだから。一瞬、こよみんの妹のせいでストーリーにかかわりかけたけれど、それはこよみんの自助努《じじょ》力で回避された」

回避というより拒否だけどね、と臥煙さんは言う。

「だからこそ私は彼女を、このたび送り込んだんだが……、まあ、思ったよりも根が深い。思ったよりはね」

「思ったよりは——思ったよりは根が深くとも、知っていた通りではありましたか？」

「突っかかるなよ、こよみん——私も心を痛めてないわけじゃあない、可愛い後輩が、こよみんの巻き添えを食ったことには」

「………………」

「ああ、巻き添えという意味では影縫だけれど、巻き込まれたという意味では貝木のほうだな——いや、あいつのほうは本当にどうなっちゃったんだろうね？　色んな情報が錯綜《さくそう》していて、私はそのすべてを知っているけれど——たぶん全部デマだってのが問題なんだ。大半はあいつが自分で流したデマなんだろうけれどね——不孝行な後輩を持つと先輩は不幸だよ。忍野は——はは」

忍野について言及しかけて、軽く笑って済ませる臥煙さんだった。いや、僕にとってはそこは、笑って済ませられる話じゃあないのだが——忍野のことはもちろん、影縫さんのことは当然として——貝木のことも。

「ん？　いやいや、貝木は自業自得だよ、だから気にするな——と言っても、こよみんの性格的に、それは無理だと思うけれど。でも気にするな。忍野のこともね——ただ、影縫のことについては、ここではっきりさせておいたほうがいいだろう、今後のためにも。こよみんの今後のためにも、そしてこの町の今後のためにも」

「僕の……ですか？」

「うん。こよみんの今と、後のため。まあ、町のことはそこまで……きみが一人で背負うようなことじゃあない。影縫が排除されたのは」

臥煙さんは言う。

「単純に邪魔だったからだ——影縫余弦本人じゃなく、彼女が使う式神である斧乃木余接が。こよみんのそばに配置された——斧乃木余接こそが。だから式神にして憑喪神、お人形さんであるところの彼女を無力化・無効化するために、あるじのほうを始末したってことさ。命令に従うだけ、使役されるがままの式神、斧乃木余接。指揮系統のトップであるご主人様がいなくなれば、あの決め顔童女なんておそれるに足りないからね——」

始末。

そのストレートな表現に——僕の心がざわつく。

ひりつく。

005

「臥煙さん……始末って」

「始末。まあ影縫の側からすれば不始末ってことになるのかな——とはいえ、厳密にはあいつは仕事でここにいたわけじゃあないんだから、そこで責め立てるのも無粋な話だ」

臥煙さんは言う。

ことというのは、この『北白蛇神社』という狭い意味でもあるのだろうけれど、もちろん、『この町』という広い意味でもあるのだろう。

確かに影縫さんの、いわゆる『仕事』は——専門家としての仕事は、僕の肉体的異変についてのコメントを出した時点で、八割がた終わっている——その後の正弦さんのことは彼女にとってはついでみたいなものだし、更にその後の滞在は、イレギュラーでしかなかったはずだ。

「いうならプライベート——職業的興味ではなく、個人的興味って奴。好奇心……、で動く奴じゃあないんだけれど。まあ、知的好奇心ならぬ美的好奇心で動く正弦のことがあったゆえに、多少センチメンタルになっていたのは間違いないだろうね。……まさかこよみんの家にいる余接のことが心配で留まっていたってことはない、……と思いたい」

思いたいって。

その可能性が『低くとも起こりうる』みたいに言わないでくれ、臥煙さん。

「余接をこよみん、きみの家に送り込んだのは意外性の演出のためでもあり、純正の人造怪異である彼女ならばきみを守りうるからなんだけれど——どうもそれを嫌った奴がいるみたいだ」

奴。

「嫌った……」

「ただ、それでもそいつは余接自身には手を出せなかったのだろう——彼女は純正の怪異だから。だからご主人様のほうに手を出したってこと。手を出す奴がいた理由——奴が手を出した理由は、こういうことだ」

奴。

嫌った奴——手を出した奴。

と、臥煙さんは繰り返す——まるで僕に暗示するように。


「ここから分岐するであろうストーリーはざっと分離させて二通り——余接が狙い通りに無力化し、きみのそばにいるだけの、無意味なボディガードになるか——それとも、案外余接が人間性に目覚め、こよみんの無茶無体を、自らの意志で守ろうとし……、怪異の本分を見失うか」

「……………」

「怪異の本分を見失ったらどうなるかっていうのは、こよみんにはもう説明しなくていいよね？　その実害を自分の目で見ているはずだから——」

その場合。

純正の怪異でなくなった斧乃木余接は——手を出せる存在となり、恐れるに足りなくなるのさ。

臥煙さんは説明口調でそう言った——なるほど、そうやって語られると、影縫さんのいきなりの失踪にも、それなりに合理性があるようにも見えてきた……、そもそも。

正弦さんの件もそうだった。

あのときも、ありえたパターンは二通りだった——僕が『人質』を助けるために、肉体を更に吸血鬼化させるというパターンと、斧乃木ちゃんがそれを防ぐために自ら暴力に打って出て——僕の前でその怪異性を発揮するというパターン。

その怪異性で。

僕と斧乃木ちゃんの間にあったかもしれない、今後生まれたかもしれない関係性を破壊するというパターン——実際には後者のほうが実現したわけだが、だがそれはなんというか、言うならば僕の側の心理の話だ。

僕の気の持ちよう。

その後、影縫さんのはからいで、彼女との同居生活を送ることによって、その事態は回避されているわけだが——だからこそ何事もなく、こうして今に至っているというような見方もできるわけだが。

だからこそ、と言うなら。

だからこそ影縫さんを排除し——斧乃木ちゃんを、事実上、僕のそばにいるだけの人形と化したというのか——臥煙さんの言うところの『奴』とやらが。

……だが、わからん。

わかったようでわからない話だ——いったいそうまでする意味はなんなのだ？　まるで僕に何かをさせまいとしているようだが……、それとも、僕に何かをさせようとしているのか？

なんにしても……、いい気分のわけがない。

この周囲から攻めてくるような感じ——孤立させられていく感じ。

こうなると、僕の肉体の吸血鬼化——僕の怪異化にしたところで、仕組まれたものという気がしないでもない——少なくともそんな風に考えるのが、完全なる被害妄想とは言えないだろう。

千石のことがなければ——この神社のことがなければ、僕もああも過度に、忍に頼ることはなかったわけで——忍は？

忍の立ち位置は、ではこの場合、どうなる。

僕のボディガードというなら、斧乃木ちゃんよりも忍のほうが——ああそうか、僕の身体の怪異化をこれ以上進めないためには、もう忍に頼ることはできないわけで……、斧乃木ちゃん同様に、ある種、無力化されている。

僕の強化ができないということは。

忍の強化もできないのだから。

真実の意味で、あいつは今、怪異の搾りかす——成れの果てだ。ただの金髪の幼女だ——僕にとっても、彼女自身にとっても、切り札にはならない。

切り札にも、切れる刀にも——

「……忍ちゃんは」

僕の思考が忍に及んだのを見て取ったようで——というより、たぶん、僕の思考が忍に向くよう、臥煙さんが誘導したのだと思うが。

時折さっきから、臥煙さんの視線が僕を外れ、僕の影を向いていたのは、きっとそのためだろう。

「今、ぐっすりお休み中かい？　こよみん」

「ええ……、最近はすっかり夜行性でして」

斧乃木ちゃんのせいで、とは言わない。どちらかというと、斧乃木ちゃんが忍を避けているというより、忍が斧乃木ちゃんを避けているのだし——

「この時間は大抵、寝ていますね」

「ふふ。まあそれは、彼女なりに思うところがあって奴なんだろうね——有事の際のために、生活をあえて怪異としての本質に近付けているというか。もっとも、既に怪異でなくなりかけている彼女がそうしたところで、あまり意味がない……、それでこよみんが人間に戻れるわけでもないんだけれどね」

どうも楽観的というか希望的というか……、希望にすがっているみたいだね、忍ちゃんは——と、臥煙さんは言う。その口振りはどこか哀れむようでもあったが、しかしどこか醒《さ》めているというか、事実をただ述べているだけという風にも思えた。

忍のやっていることや忍の気持ちみたいなものは、全部無価値な無駄に過ぎないという事実を、ただ述べているだけという風に――だとしても、忍がそんな、らしからぬ気回しをしていることにまったく気付かなかった僕が、それについてやいのやいの言うことはできないのだが。

「どころか――こよみんを更なる窮地に追い込みかねない」

「え？　更なる窮地？」

「ふふ。まあ完全な不死身でもなければ完全な吸血鬼でもない今のキスショット・アセロラオリオン・ハートアンダーブレードには、どの道、二十四時間態勢できみを警護することなんてできないんだけれどね――暗殺を防ぐってのは難しい。それはたとえるなら、将棋で、駒をひとつも取られることのないまま勝利を収めようってくらいの無茶かな――どんなに名のある名棋士《きし》であっても、たとえ相手がルールをロクに解さない子供であっても、駒を一枚も失うことなく将棋に勝つことなんてできない。誇り高い、情の深い指揮官だろうと、どうしたって捨て駒は生まれる――そういう話だよ、こよみん」

「……歩《ふ》の一枚を守ろうとしていたら、王を失う――って話ですか」

「歩に限らないね。ヘボ将棋王より飛車を可愛がり――なんて言うけれど、飛車だって角だって、金将だって銀将だって、時には捨て駒になりうる。捨て駒になりえないのは、王だけだ」

「…………」

「思えば不思議な遊びだよね、将棋っていうのは――たとえ王将以外のすべての駒を取られたところで、王さえ生き残っていれば、それで勝つことだってできるんだから。不思議なゲームバランスだよね。よくできてる。世の中をよく反映しているって言うかね――さてこよみん。きみは自分が王将だって思うかい？」

唐突に問いかけられ、僕はさして考えることもできず、

「あ、いえ――まさか」

と、反射的に答えてしまった。もうちょっとマシな答をしておくべきだったのかもしれないが、しかし僕は自分が王だと言えるほど、愉快な人格をしてもいない。たとえ吸血鬼が怪異の王であってもだ。

「とんでもないです、王なんて」

「だろうね、きみはそういう謙虚な奴だよ。そして今、この町に王はいない——きみも王でなければ、キスショット・アセロラオリオン・ハートアンダーブレードも王ではない。そして千石撫子も——」

さっきそうしたように。

もう一度臥煙さんは背後の社を振り返った。

「——いない」

「…………」

「今、王位が空席なんだ、この町は——だから色々と不具合が起きる。つまりは王だけ抜いて将棋をやっているようなものだね。はは、飛車角落としで将棋っていうのは聞いたことがあるけれど、王を落として将棋ってのは珍しいいな。その場合の勝ち負けはどう決めたものなんだろうね」

「その場合は——勝ちも負けもないでしょう。勝利条件も敗北条件もないってことになるんですから——」

「そう、勝ちも負けもない状態。それを人は、無法地帯と呼ぶ。……別に王ってのは、最強の駒である必要もないんだよ。ただいるだけでいい。いるだけで場は納まる——たとえその場が戦場であろうとも、だ」

「……町のことを将棋でたとえられても、よくわからないですね。まして戦場とか言われましても」

僕は正直な気持ちを言った。

そういう正直な気持ちを告げることが、ともすると——いや、正直な気持ちと言えるのかどうかはわからない。

わかりたくないだけかもしれない。

空位。

カオス状態の前には空白があると言っていたのは

確か――貝木だったか。

「そう言えば影縫さんも将棋の話をしてましたけれど……貝木と忍野と影縫さんで、詰め将棋を作って遊んでいたとか」

「はは。詰め将棋も王なしじゃあ難しいねえ」

「……詰め将棋の場合は、王はひとつでいいんですよね？　王位がひとつ空席でも――」

「双玉《そうぎょく》詰め将棋ってのもあるんだけれど、まあそれは、今の本題ではない」

僕は本能的に危険を察しでもしたのだろうか、話題をそれとなくそらそうとしてしまったが――その脱線を臥煙さんは許さない。

「町を将棋でたとえたのは、まあただの衒《てら》いみたいなものだ。取り立ててわかりやすくしようと考えて言ったわけじゃあない」

「…………」

「王を神と例えるのも、まあ風習と言えば風習だけどね――将棋の駒に神ってのはないしね。さて、それでも一応話を続けさせてもらうと、忍野は空位のままにこの町を霊的に安定させようとしたけれど――私は形だけでも王位を埋めようとした。そのことをこよみんに託して、こよみんはそれに失敗した。それがここまでの流れだったね？」

「まあ……、わかりやすくあらすじをまとめるとそんな感じでしょうか。でも、僕の周りで起きてたあれこれは、そんな単純なものでは――」

「単純ではないけれど、複雑でもないさ。複雑には収まらなかったと言うべきかな。いや、余接をきみのそばに置くことが、うまく牽制《けんせい》になればいいと思ってはいたんだけれど――そううまくはいかなかったみたいだ。影縫が行方不明になり――貝木が姿をくらまし――忍野の所在も知れないとなれば、いよいよ状況は切羽《せっぱ》詰っている。私が自ら動くしかなくなった」

「……動くって、どういう」

臥煙さんは必要がなければ動く人じゃあない。

以前この町に来たときもそうだった。

その人がこうして、僕を待ち構えていたということは——待ち構える必要があったということだ。まさかこの町が今置かれている状況を、懇切丁寧《こんせつていねい》に教えに来てくれたわけじゃああるまい。

確かに僕は、懇切丁寧に教えてあげたくなるくらい、何もわかっちゃいない奴かもしれないけれど——それだけでこの人が、足を運んでくるというようなことはない。

「被害がどんどん増えていくこの状況に、私は蓋《ふた》をしたいということだよ、こよみん。だから動くと言うよりは、動きを止めると言ったほうがいいのかもしれないな——特にこよみん、きみの動きを」

「僕の……？　いや、別に僕は動くつもりとか……、そういうのはないですよ。そのために影縫さんは、僕のところに斧乃木ちゃんを派遣したっていうのもあるんでしょう？　ボディガード兼、監視役っていうか……」

「そうだね、こよみんでもそれくらいはわかるか——だけれど、その仕事も、もう余接には果たせなくなった。指揮系統が崩されたからね。余接はもう、きみを守ることもできなければ——きみを止めることもできない。文字通りの傀儡《かいらい》だ」

おっと傀儡という字にも鬼って字は含まれていたっけ——と臥煙さんは言う。

「だからきみは動ける。もう動ける——それを止める者はいない。そして厄介なことに——きみが動くと、あちらも動く」

「あちら……？」

「あちらというのがどちらなのかは考えなくていい。要するには『奴』だ」

僕の考えを封じるようなことを言う臥煙さん。そして立て続けに言った。

「問題なのは——きみが動くことは危険だということだ。というより、あちらとしてはきみが動くのを待っている——さながら先に動いたほうが負ける決闘みたいなシチュエーション。ジレンマって感じだ」

「ジレンマって……何と何の、ですか？」

「ことの解決策っていうのは見えているけれど、しかしそれをするのが少しばかり心が痛むということだよ」

解決策……？

解決策って、何の、だ？

確かにこの町では、僕の周囲では色々と起こったけれど――そのすべてが、究極的には、既に終息している。

終息させた人物がことごとく所在不明になっているという点が、いわば問題なのだが――それについては、ことの起こしようがない。

「何の解決策かが気になるかい？　それは、まあきみにはもう関係なくなるんだけれど――」

臥煙さんが動いた。

一歩、僕に近付いてきた。

彼女が動いた、僕に近づいてきたと言うことは――むろん、その必要があるということだけれど、しかし――その必要が何かがわからない。

結局、僕は今に至るまで。

彼女の真意を読めないままだ。

「この町から、ながらくまとわりついている『くらやみ』を晴らすための解決策で――そしてその解決策とは、きみが死ぬことだ」

「え？」

「飛車を打たせて王を討つ――ってことでもないんだけれどね」

「え？　え？」

「大丈夫、痛いのは一瞬だよ――」

臥煙さんはそう言って剣を振るう。

その剣には見覚えがあった。

いや、見覚えがあるというのとは少し違う――かなり違う。それそのものを見たことがあるというわけではなく、知っているものに似ているということだった。

似ている?

この言い方も違う。

似ているというと、僕が知るほうが本物みたいだ——だけれど、僕がかつて見、かつて知り、斬ったこともまた斬られたこともある剣こそが、レプリカなのだ。

今。

彼女が振るうその刀こそが——本物。

怪異殺しと呼ばれる——刀。

怪異殺し。

遥か昔に消滅したはずの——元祖怪異殺し。

その刀が。

本物の刀が——僕を斬った。

僕の指を、僕の手首を、僕の肘を、僕の二の腕を、僕の肩を、僕の足首を、僕の向うずねを、僕の膝を、僕の太ももを、僕の腰を、僕の胴を、僕の腹を、僕の胸を、僕の鎖骨を、僕の首を、僕の喉を、僕の顎を、僕の鼻を、僕の目を、僕の脳を、僕の脳天を——斬った。

輪切りにした。

一瞬で。

悲鳴をあげようとしたが——悲鳴をあげるための口も喉も肺も、さながら輪投げみたいに輪切りだった。

一瞬というのは嘘ではなかったが、しかし臥煙さんはひとつ、それでも大きな嘘をついた——あまりの速さに。

刀速に。

痛みを感じもしなかった。

「…………」

いつの間に彼女が刀を持っていて。

どうして怪異殺しを持っているのか。

わからないまま——僕は粉々になり、神社の境内に散り散りになる。ああ、そう言えばこの神社でかつて千石が、こんな具合に——蛇を輪切りにしていたんだっけ。

それに思い当たりながら。

僕が、僕の部品だったものが、分散する。

「こんなことになって残念だよ、本当にそう思う。ただ、わかって欲しいのは、これでも私はぎりぎりまで待ったってことだ――きみの受験当日まで待ったってことだ。受験が終わってしまえば、制限が解かれ、解放されたきみがどう動くか、私にも不確定になるからね」

声が聞こえた気がするのは錯覚だろう――聞こえるはずがない、聴覚器官も、それを受信する脳も、いまや輪切りなのだから。

「きみの死後、キスショット・アセロラオリオン・ハートアンダーブレードが復活するんじゃないかという心配はしなくていい――気休めになるかどうかわからないけれど、そう言っておく。彼女は既に一度、そういう『未来』を――そういう『世界』を見てしまっている。だからその動きは――その道は封鎖されている。したくたって、そういう暴走はできないだろう。暴れて走るための道はなく、ゆえにしても――自殺くらいだ」

自殺志願の吸血鬼。

それは怪異のありかたとしてはどうだったのだろう――適切だったのかどうか、今となってはわからないが――まあ、適切ではなかったとしても、どっち道死ぬのであれば同じことなのか。死ぬのとくらやみに呑まれるのとが、同じなのかどうかは不明だけれど。

「そしてこれは気休めじゃあなく保証する――きみの死は、きみの家族や恋人や友人には、なるべくショックが少ないように、責任をもって私が伝える」

ああ。

臥煙さんが責任を持ってくれるのなら――それは大丈夫だろう。だけどとは言え、やっぱり――半年以上、生活の大半を費やしてきた受験勉強が無為に終わるというのは、悲しいものだった。

確かに――戦場ヶ原の言う通りだった。

僕のような男にとっては、試験そのものよりも、試験会場にまでたどり着くほうが何よりの難関のようで——そしてそれには落第したようだった。

桜散り。

阿良々木暦も散った。

006

後日談というか、今回のオチ。

オチ?

いや、バラバラになって、僕が輪切りに刻まれて、地面に落ちればそれで十分に落ちという気がするんだけれど。

「……あれ?」

生きてた。

死んでなかった——真上に太陽があった。

つまり時間はおよそ、あれから六時間ほど経って、既に昼間ということのようだが——その太陽の光の下で、輪切りになったはずの僕が、大の字になって倒れていた。

なんだこれ。

どういうことだ?

臥煙さんはもういない。

その痕跡さえない。

どういうことだ——僕は臥煙さんに、彼女の振る怪異殺しによって切り刻まれたんじゃなかったのか? あるいは吸血鬼としての不死性が、僕を死の際から復活させたのか——いや、忍に血を吸わせていないのに、それはありえない。

臥煙さんが忍の寝入り際を狙ったのは、僕に、忍に、万が一にもそれをさせないためなのだから——それに、たとえそうだったとしても、あそこまでバラバラに刻まれた状態から復活するほどの不死性を僕の肉体が得ているのならば、こんな風に太陽の光の下で、無事でいられるはずがないのに。

こんなの、まるで――怪異殺しに対する怪異生かしでもあるかのようじゃないか。

何が起こっている？

いったい何が起こっている――いや。

臥煙さんは――何を起こした？

「あ。お目覚めですか」

と。

大の字になったまま、何もわからずにいる僕を見下ろす影があった。

「それとも、これはこれは、寝た子を起こしちゃいましたかね――ララバイさん」

「……僕の名前を子守唄みたいに言ってんじゃねえ――僕の名前は、阿良々木」

反射的にそう言い返そうとして。

僕を見下ろす少女にそう言い返そうとして――ツインテールで大きなリュックサックを背負った少女にそう言い返そうとして。

僕は、言葉に詰まる。

いや、もちろん、自分の名前を見失ったわけじゃあなくて――

「でしたね。失礼、噛みました」

彼女はにこりと笑って言った――それはかつて、僕が好きだった、大好きだった、太陽のような笑顔だった。

懐かしく。

もう見れないはずの――

「で、これは阿良々木さんは試験会場に辿りつけず、入試に落ちたねっていうオチってことですか？」

「いや、そんなオチじゃ落ちれねえよ」

あとがき

小説、特に推理小説においては、物語上の重要なファクターとして『伏線』という概念がありまして、乱暴に説明すると要するにこれは『ああ、あのときのあれはこういうことだったんだ!』という読み味を齎《もたら》す描写ということになるんですけれど、これはまあ現実でもままあるように思えます。あとから思えばあれはこういうことだったのかとか、今から思えばあれはこういうことだったのかとか、今更ながらあれはこういうことだったのかとか、過去を振り返ってそう思い出すことは、誰しも体験済みでしょう。それはなんというか、大抵の場合は後悔と共に思い出す体験となりそうですけれど――あのときそうだと気付いていればこんなことにはならなかったのに、みたいな?『あのとき気付くこともできたはずだ』、『気付く人ならあそこで気付いていたんだ』という感想を抱かせるものが伏線なのだとしたら、そこに後悔が伴うのは一種当たり前なのですが、しかしどうでしょう、そういう後悔みたいな感情を受け取らざるを得ない回想がすべて伏線かと言えば、決してそんなことはないようで。『あとから思えば伏線だった出来事』が本当に伏線だったかどうかは、小説だったら作者に聞けば、作者が正直者だった場合は教えてくれそうなものですけれど、現実的には判断のしようがないことですし。人間は関係ないものからでも自由に関係性を見出せてしまう生き物なので、解釈次第によっては何もかもが『伏線』ということになりかねません。『友達の友達』じゃあないですけれど、人間関係を六人分辿っていくと、世界中の誰とだって繋がれるという理論があります。意外な世間の狭さを示すエピソードでもありますが、しかし六人分辿った人間関係が、果たして関係と言えるのでしょうか？　その人と本当に繋がっていると言えるのでしょうか？　『友達の友達の友達の友達の友達の友達』は、己という物語の伏線と、果たしてなりうるのでしょうか。

以上の話はもちろん何の伏線でもなく、本書は物語シリーズファイナルシーズン第二作です。本来第二作目は『終物語』のはずだったのに、どうして『憑物語』と『終物語』の狭間に本書が登場したのかと言えば、シリーズ第一作である『化物語』から数えて、シリーズ冊数的にも年数的にもかなり遠いところまで来たので、最初の頃と現在とが繋がっていないようにも思えてきたゆえ、改めて阿良々木暦達が過ごした一年を振り返り、繋がりを確認してみたかったという作者的事情によるものです。そんな感じで本書は百パーセント突然書かれた小説です、『暦物語』、こよみストーン・こよみフラワー・こよみサンド・こよみウォーター・こよみウインド・こよみツリー・こよみティー・こよみマウンテン・こよみトーラス・こよみシード・こよみナッシング・こよみデッドでした。

短編集になったのでVOFANさんにかなりの枚数のイラストを描いていただきました。ありがとうございました。ファイナルシーズン、この後は『終物語』『続・終物語』と続きます。よろしくお願いします。まあまた何か間に挟まるかもしれませんが、それはそれで。

西尾維新

初出　本作品は、書き下ろしです。

著者紹介

西尾維新《にしおいしん》

1981年生まれ。第23回メフィスト賞受賞作『クビキリサイクル』（講談社ノベルス）に始まる〈戯言《ざれごと》シリーズ〉を、2005年に完結。近作に『憑物語《ツキモノガタリ》』（講談社BOX）、『難民探偵』（講談社）、『悲痛伝』（講談社ノベルス）がある。

Illustration

VOFAN《ヴォーファン》

1980年生まれ。代表作に詩画集『Colorful Dreams』シリーズ（台湾・全力出版）がある。現在台湾版『ファミ通』で表紙を担当。2005年冬『ファウスト Vol.6』（講談社）で日本デビュー。2006年より本作〈物語〉シリーズのイラストを担当。

協力／全力出版

講談社BOX　KODANSHA BOX

暦物語《コヨミモノガタリ》

定価はケースに表示してあります

2013年5月20日 第1刷発行

著者 ── 西尾維新《にしおいしん》

発行者 ─ 鈴木　哲

発行所 ─ 株式会社講談社
東京都文京区音羽2-12-21　郵便番号 112-8001
編集部 03-5395-4114
販売部 03-5395-5817
業務部 03-5395-3615

印刷所 ─ 凸版印刷株式会社

製本所 ─ 株式会社若林製本工場

製函所 ─ 株式会社岡山紙器所

ISBN978-4-06-283837-5　N.D.C.913　448p　19cm

コメンタリー脚本集！
CUE
アニメ
化物語《バケモノガタリ》
副音声副読本上・下
定価：1470円（税込）© 西尾維新／講談社・アニプレックス・シャフト

青春に、
副音声はつきものだ。
待望のキャラクター
上巻内容
第一巻 ひたぎクラブ
[出演] 戦場ヶ原ひたぎ・羽川翼
第二巻 まよいマイマイ
[出演] 八九寺真宵・羽川翼
第三巻 するがモンキー
[出演] 戦場ヶ原ひたぎ・神原駿河
下巻の
表紙は
翼と暦!!
西尾維新
Illustration／渡辺明夫
KODANSHA BOX

Blu-ray初動売上

キャラクターデザイン 渡辺明夫
描き下ろし表紙＋ヒロイン全員集合ポスター封入
三方背クリアケース入り五分冊 フルカラー全320ページ

TVアニメ史上No.1!

【本編収録内容】
原作 西尾維新×
監督 新房昭之×
演出 尾石達也 鼎談
西尾維新書き下ろし『化物語』短々編
「ひたぎブッフェ」「まよいルーム」「するがコート」
「なでこプール」「つばさソング」

大ヒットアニメ

主演：神谷浩史他
メインキャスト対談集
EDアートディレクション
ウエダハジメ
描き下ろしイラスト&マンガ

アニメコンプリートガイドブック

Illustration/ 渡辺明夫

ISBN 978-4-06-216226-5
定価　3,000円（税別）

『化物語』
唯一の
完全
公式読本
設定資料&原画集
スタッフインタビュー集
and more……!
化物語

『人間試験』完全漫画化！
それでは始めよう。悪を、愛を、青春を！
悩める女子高生・無桐《むとう》伊織《いおり》の前に、
奇怪な大鋏《おおばさみ》を操る男が現れた。
殺人鬼一家「零崎一賊《ぜろざきいちぞく》」の
長兄を名乗るその男、
零崎双識《そうしき》との出会いが、
未知なる伊織を
目覚めさせる！
ーンにて全力全開連載中!!

第1~4巻すべてに
西尾維新
書き下ろし
用語集を収録!!
漫画版
零崎《ゼロザキ》双識《ソウシキ》の人間試験
原作 西尾維新《にしおいしん》
講談社ノベルス『零崎双識の人間試験』より
漫画 シオミヤイルカ
キャラクター原案:竹《たけ》
第1~4巻絶賛発売中!!
アフタヌーンKC 定価 各600~610円(税込) 発行:講談社
毎月25日発売! 月刊アフタヌーン